KB123291

경산 정원용 연구

경산정원용총서 1

경산 정원용 연구

허경진·심경호·구지현·천금매
김호·박혜민·최영화

보고사
BOGOSA

이 책자는 2019년 광명시 주최 '경산 정원용 연구 학술발표회' 사업의 일환으로 발간한 것입니다.

정원용이 90년 동안 기록한 일기 『경산일록』 17책. 연세대 학술정보원 소장.

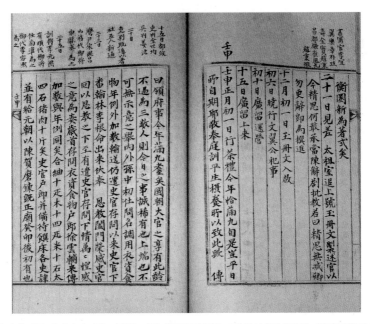

자신이 직접 관여되지 않은 사항은 나중에라도 자료를 조사하여 『경산일록』 위에 덧붙여 썼다.

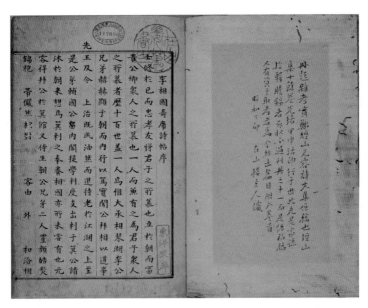

정원용이 영유현에 머물 때에 지은 시문을 수록한 『경산초초(經山初草)』.
일본 동양문고에 소장되어 있다.

정원용이 입었던 조복

정원용 문중의 호패

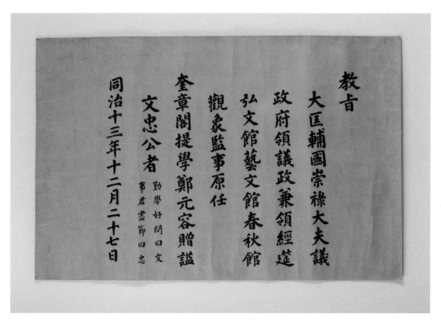

정원용에게 문충공이라는 시호를 내린 교지

경산 정원용 묘. 경기도 광명시 노온사동 산 572번지. 광명시 향토유적 제2호

머리말

광명시의 3대 인물 가운데 한 분인 경산(經山) 정원용(鄭元容, 1783~1873) 선생은 72년간 관원으로 봉직하면서 30년 넘게 재상으로 국정을 책임졌던 정치가로는 잘 알려져 있지만, 안동 김씨와 풍양 조씨의 세도 정치 속에서 어느 쪽에도 속하지 않으면서 중용을 지켜 공직자로 성공할 수 있었던 비결은 제대로 알려져 있지 않습니다.

정원용 선생은 어릴 적부터 일기를 쓰기 시작하여 91세로 세상을 떠나던 날 오전까지도 자신의 상태와 의식을 일기에 쓸 정도로 기록 정신에 투철한 관원이었는데, 부임하는 지방마다 관련 기록을 남겨서 후임자에게 도움이 되게 하였으며, 조정의 전고도 환하게 기억하였습니다. 그가 잘 기록한다는 사실을 알고 여러 왕들이 그를 항상 옆에 두었으므로 승진에도 도움이 되었으며, 그가 모든 전고를 널리 알고 중용을 지켰기에 조정이 위기에 처할 때마다 위기 관리자로 부름 받아 정국을 안정시켰던 것입니다.

사적으로나 공적으로나 감출 것이 없기에 모든 것을 빠짐없이 기록한 그의 기록들은 그때나 지금이나 다방면에 많은 도움을 주고 있습니다만, 그가 워낙 방대한 분량의 기록을 남겼을 뿐만 아니라 전방위적인 지식인 공직자였기 때문에 그의 업적을 제대로 평가하기는 쉽지 않습니다.

다방면에 걸친 정원용의 저술 전체를 한 번에 다룰 수가 없으므로 첫 번째 학술대회 주제를 "이상적인 공직자 경산(經山) 정원용(鄭元容)"으로 정하고, 우선 시인, 생활인, 법관, 외교관, 목민관, 백과사전학자로서의 면모를 정리해보았습니다.

　정원용 선생 제2의 고향인 광명시에서 열상고전연구회를 초청하여 학술대회를 개최하도록 지원해주신 박승원 시장님께 감사드립니다. 10년 전부터 광명시의 3대 인물 가운데 한 분인 정원용 선생에 관심을 가지고 꾸준히 자료를 조사하여 정리해주신 광명문화원의 여러분과 양철원 선생님께도 감사드립니다. 『경산일록』이 번역 출판되면서 정원용 선생에 관한 기록이 다방면의 연구에서 인용되고 있는데, 이 책도 여러분들에게 도움이 되기를 빕니다.

2019년 11월 1일
열상고전연구회 회장 허경진

차 례

전방위적인 지식인 공직자 정원용

허경진

1. 72년 관직을 성공적으로 수행한 재상 정원용

경산(經山) 정원용(鄭元容, 1783~1873)이라는 인물을 한마디로 표현하기는 쉽지 않다. 충무공 이순신은 『난중일기』를 기록할 정도로 글을 잘 썼지만 무인(武人)이라는 표현이 정확하고, 황희 정승도 『방촌집』이라는 문집을 남길 정도의 글을 지었지만 재상(宰相)이라는 표현을 즐겨 쓴다. 재상이 되기 전에 여러 관직을 성공적으로 수행하였기에 재상에 올랐겠지만, 그가 어떤 관직을 어떻게 성실하게 수행하였는지에 관한 기록이 별로 없기 때문에, 우리에게는 그저 훌륭한 재상으로만 기억되는 것이다.

『한국민족문화대백과사전』「정원용」항목에서는 그를 "조선 후기 좌의정, 중추부판사, 영의정 등을 역임한 문신"이라고 정의내리고, '생애 및 활동' 마지막 단락에서 "권문세가 출신으로 20여 년간 여러 차례 의정(議政)을 지냈지만, 늘 검소하게 생활하며 청렴결백했다"고 평가하였다. 정원용을 좌의정부터 소개한 것은 그를 문신이라기보다는 재상의 성격이 더 강한 인물로 본 것이다.

왕조실록과 그의 일기를 근거로 작성한 연보에 의하면 1802년 10월 29일 문과에 급제하고 11월 9일 가주서(假注書, 정7품)에 임명되어[1] 1873년 1월 3일 세상을 떠날 때까지 영중추부사(정1품)[2] 벼슬로 왕의 자문을 맡았으니, 72년 관직 생활을 한 것이다. 59세 되던 1841년 4월 22일 우의정에 임명되었으니, 재상만 33년 역임하였다.

정원용을 소개할 때에는 조선왕조 최고라는 수식어가 많이 붙게 된다. 가장 오래 쓴 개인 일기 『경산일록』, 가장 오랜 관직생활 72년, 가장 오랜 재상 역임 33년, 회갑(回甲)은 물론 결혼 60주년 회근례(回졸禮)와 문과 급제 60주년 회방연(回榜宴)을 치러 삼회대(三回帶)를 둘렀던 관원 등등.

물론 정원용이 오래 살았기에 가능한 기록들이지만, 오래 살면서도 실무 능력이 있었기에 계속 관직을 유지할 수 있었고, 19세기 풍양 조씨와 안동 김씨의 세도정치 속에서 제3자로 균형을 유지할 수 있었기에 72년 동안 유배 한 번 가지 않고 영중추부사 직함을 90세가 넘도록 지닐 수 있었다.

---

1) 허경진, 『정원용 관련 저술 해제집』, 보고사, 2009, 62쪽.
  이하 정원용의 생애를 소개하는 기록은 모두 이 책에서 인용하며, 따로 각주를 달지 않는다.
2) 86세 되던 1868년 윤4월 11일에 고종이 영의정에 임명하자 정원용이 몇 차례 사양하여, 윤4월 21일에 비로소 체차하여 영중추부사에 임명하였다.
  『고종실록』 10년(1873) 1월 3일 기사에 "영중추부사 정원용이 세상을 떠났다[領府事 鄭元容卒]"고 기록하여, 시임(時任)인 것을 밝혔다.

2. 다방면에 재능을 지닌 르네상스형의 인간

『한국민족문화대백과사전』에는 「정원용」 항목뿐만 아니라, 「경산 정원용 의대」 항목이 따로 있어서, 정원용이 생전에 입었던 의복들을 별도로 소개하고 있다. 이 항목의 정의는 "조선 후기의 문신 경산(經山) 정원용(鄭元容)이 입었던 19세기 후반의 복식과 그 부속품"이라고 되어 있으며, '개설'에서

> 조복에 해당하는 적초의(赤綃衣) 3점, 청초의(靑綃衣) 1점, 상(裳) 1점, 후수(後綬) 1점, 패옥(佩玉) 1점, 폐슬(蔽膝) 1점, 홀(笏) 2점, 제복의(祭服衣) 1점, 관복(官服) 1점, 전복(戰服) 3점, 동다리 2점, 구군복대(具軍服帶) 2점, 광다회(廣多繪) 1점, 서대(犀帶) 1점, 학정대(鶴頂帶) 1점, 술 4점, 장도(粧刀) 1점, 호패(戶牌) 7점 등 복식과 그 부속품을 포함하여 일괄 62점이다. 1968년 12월 12일 중요민속자료 제13호로 지정되어 국립민속박물관에 소장되어 있다.

라고 소개하였다. 이 사전에서는 정원용이 입었던 의복들의 '의의와 평가' 항목에서 "이 유물들은 착용자의 신분과 연대가 확실하고 대례복·소례복·평상복 등이 갖추어져 있어 한 시대의 복식제도를 파악할 수 있는 귀중한 자료들이다."라고 평가하였다. 그는 다양한 직위에서 다양한 활동을 하였기에 전복(戰服)을 포함한 다양한 형태의 의복들을 입었는데, 정원용이라는 인물이 입은 데다 깨끗하게 보관했기에 상태가 좋아서 중요민속자료로 지정되었다.

정원용이라는 한 인물에 관하여 다양한 주제로 학술대회를 할 수 있는 것도 정원용 자체가 다양한 활동을 성공적으로 수행하였기에 가능했지만, 직함이 바뀔 때마다 자신의 역할과 그 결과를 다양한 형태의

문장으로 기록했기에 가능했으며, 자손들이 이 중요한 기록들을 잘 보관했기에 가능하였다. 그의 의복이 중요민속자료 제13호로 지정될 수 있었던 것도 그 덕분이며, 광명(시흥)이라는 공간에서 그의 자료와 유택까지 잘 관리했기에 정원용에 관한 종합 학술대회를 개최할 수 있게 된 것이다.

연세대학교 학술정보원에 소장된 그의 저술 13종은 모두 필사본인데, 크게 네 부류로 나눌 수 있다. 『약산록(藥山錄)』, 『경산북정록(經山北征錄)』, 『기성록(箕城錄)』, 『경산집 부록』은 문집류이고, 『관첩록(關牒錄)』, 『서첩록(西牒錄)』, 『유경록(惟輕錄)』, 『북첩록(北牒錄)』은 공문류이다. 이 가운데 『유경록』은 살인사건의 개요와 처리과정 및 조사관의 심리(審理)와 제사(題詞), 발사(跋辭)를 정리한 책이다. 『총진편금(叢珍片金)』과 『수향편(袖香編)』은 유서류이며, 『쇄사동정일기(曬史東征日記)』, 『연사록(燕槎錄)』, 『경산일록(經山日錄)』은 일기류이다. 활자본 문집인 『경산집(經山集)』에 실린 글은 이 가운데 몇 분의 일에 지나지 않는다. 실리지 않은 글들은 대부분 관원들이 날마다 쓰던 공문류인데, 자신이 관장하던 업무를 꼼꼼하게 기록하고 평생 정리하는 모습에서 전형적인 관원의 모습을 찾아볼 수 있다.

정원용이 세상을 떠나자 예조에서 1874년 12월에 "문충(文忠), 충간(忠簡), 문헌(文獻)"이라는 세 개의 시호를 뽑아서 「정원용 시호망단자(諡號望單子)」를 올렸는데, 고종이 "문충(文忠)"이라는 시호를 선정하여 내렸다. 문(文)은 "부지런히 배우고 즐겨 묻는다[勤學好問]"는 뜻이니 문인학자에게 가장 훌륭한 시자(諡字)이며, 충(忠)은 "임금 섬기기에 절의를 다하였다[事君盡節]"는 뜻이니 신하에게 가장 영광스러운 시자(諡字)이다. 『사기정의(史記正義)』 「시법해(諡法解)」에 실린 글자가 103자에 194용

레이고 조선시대 세종 때에 봉상시에서 시(諡)에 사용하던 글자도 이
정도였는데, 이 가운데 가장 훌륭한 칭찬이 이 두 글자이다.

이 두 글자 가운데 한 글자도 받기 어려운데 고려의 신하 가운데는
익재 이제현, 포은 정몽주가 문충(文忠)이라는 시호를 받았으며, 조선
에서는 보한재 신숙주, 서애 유성룡, 백사 이항복, 오리 이원익, 지천
최명길, 약천 남구만 등의 이름난 재상들이 문충이라는 시호를 받았다.
대부분 어려운 시기에 조정을 이끌었던 재상들인데, 이 가운데 대표적
으로 전방위적인 지식인 공직자가 바로 정원용이다.

3. 72년 관직에서 기록한 정원용 저술의 범주

조선시대 관원들은 대부분 과거시험을 거쳐 합격했으므로, 문(文)·
사(史)·철(哲)의 종합적인 지식을 겸비한 인문학적인 인물이었다. 관원
은 여러 분야에서 임무에 종사했는데, 목민관(牧民官)은 행정(行政)과
사법(司法)을 아울러 맡았다. 정원용은 행정가(行政家)뿐만 아니라 외교
관(外交官)으로도, 전고학자(典故學者)로도, 문인(文人)으로도 성공하였
다. 그는 벼슬하는 동안 관원의 임무에 성실했으며, 그 벼슬과 관련된
글쓰기에도 성실하였다. 그가 관원으로 성공한 비결 가운데 하나가 중
용(中庸)을 지키는 느긋한 성격이었지만, 다른 하나는 성실하게 기록을
정리했다는 점이다.

조선시대 행정가들이 글을 잘 지은 까닭은 과거시험 과목이 글쓰기였
기 때문이다. 『경국대전(經國大典)』에 의하면 진사시에서는 원칙적으로
부(賦) 1편과 고시(古詩)·명(銘)·잠(箴) 가운데 1편을 시험하기로 되어

있지만, 실제로는 부 1편과 시 1편을 시험하였다. 전시(殿試)에서는 대책
(對策)·표(表)·전(箋)·잠(箴)·송(頌)·제(制)·고(誥) 가운데 1편을 시험하
였으니, 관원으로서의 소양을 글쓰기로 평가한 것이며, 실제로 관원생활
을 하는 동안 이러한 문체로 상당한 분량의 글쓰기를 하였다. 그러나
대부분의 관원들이 시문(詩文) 중심으로 문집을 편집하였기에, 그들의
다양한 글쓰기 실상을 확인하기가 힘들다. 공문서(公文書)는 개인의 글
이 아니라고 생각하여, 문집을 편집할 때에 내어버린 것이다.

　정원용은 1807년 25세의 나이에 춘당대 한림소시(翰林召試)에서 2등
으로 뽑혀 예문관 검열로 임명되었으며, 사관(史官)으로 관원생활을 시
작하였다. 이후 오랫동안 임금 곁에서 사초(史草)를 썼으며, 헌종의 비
문(碑文), 태조와 철종, 고종, 신정황후의 옥책문(玉冊文) 제술관으로 임
명될 정도로 문장에도 뛰어났다. 개인적인 서정시보다는 관각문학(館閣
文學)에 뛰어났으며, 이러한 장점이 있기에 관직 생활의 상당 부분을
임금 곁에서 지냈다.

　정원용의 저술은 생전에 간행되지 않았지만, 그는 자신의 저술을 틈틈
이 정리했으며, 서리(書吏)를 시켜 정서해 두었다. 저자 자신이 확인했기
에 정확하게 필사되었다. 정원용의 증손자 위당(爲堂) 정인보(鄭寅普) 선
생과 문중에서 필사본 13종을 연희대학교에 기증했는데, 손자 정범조(鄭
範朝, 1833~1897)가 간행한 활자본『경산집(經山集)』에는 대부분 실리지
않은 내용들이다. 이 저술들은 다음과 같이 네 부류로 나눌 수 있다.

· 문집류
『약산록(藥山錄)』,『경산북정록(經山北征錄)』,『기성록(箕城錄)』,『경산
집 부록』.

·공문류

『관첩록(關牒錄)』, 『서첩록(西牒錄)』, 『유경록(惟輕錄)』, 『북첩록(北牒錄)』.

·유서류

『총진편금(叢珍片金)』, 『수향편(袖香編)』.

·일기류

『쇄사동정일기(曬史東征日記)』, 『연사록(燕槎錄)』, 『경산일록(經山日錄)』.[3]

공문류 가운데 살인사건의 개요와 처리과정 및 조사관의 심리(審理)와 제사(題詞), 발사(跋辭)를 정리한 『유경록』은 성격이 다른 공문이다. 정원용의 다양한 글쓰기를 통해, 이상적인 관원을 꿈꾸며 살았던 조선시대 지식인의 저술 태도를 살펴보고자 한다.[4]

---

3) 필자는 이외에도 일본 교토대학에 소장된 『문헌촬록(文獻撮錄)』, 일본 동양문고에 소장된 『경산초초(經山初草)』 등의 해제도 작성하였지만, 위당 선생이 기증한 필사본들이 아니기에 여기서는 소개하지 않는다.

4) 연세대학교 학술정보원에는 13종의 필사본 저술 외에도 손자 정범조가 1895년에 발문을 붙여 편찬한 『경산집(經山集)』 20권 10책, 부록 3권 1책이 목활자본과 금속활자본으로 소장되어 있다. 이 문집도 역시 정원용이 스스로 편집해 두었던 것을 간행한 것이지만, 민족문화추진회에서 이미 2002년에 한국문집총간(韓國文集叢刊) 300집으로 제작하여 간행하였기에 따로 소개하지 않는다.

4. 백성의 마음을 헤아렸던 목민관으로서의 글쓰기 『경산북정록』

　정원용이 오랫동안 왕의 신임을 받으며 재상으로 봉직할 수 있었던 까닭은 불편부당한 성품 덕분이기도 하지만, 여러 차례 목민관으로 나아가 훌륭한 치적을 남겼기 때문이기도 하다. 그는 젊은 시절 대부분을 사관(史官)과 언관(言官), 또는 승지로 임금 곁에서 봉직했지만, 1819년에 영변 부사, 1827년에 전라도 관찰사와 강원도 관찰사, 1829년에 회령 부사, 1833년에 수원 유수, 평안도 관찰사, 1840년에 함경도 관찰사로 부임하여 치적을 남겼다.

　영변 부사 시절에는 시문과 공문을 모아 『약산록(藥山錄)』 4책을 편찬하고, 회령 부사 시절에는 『경산북정록(經山北征錄)』 10책을 편찬했으며, 평안도 관찰사 시절에는 『기성록(箕城錄)』 1책을 편찬하였다. 회령 부사는 종3품 관직인데, 관찰사(종2품)와 참판(종2품)까지 지낸 그를 회령 부사로 파견한 것은 홍수가 나서 곤란을 겪는 회령부 백성들을 안정시키기 위해 백성들의 마음을 살필 수 있는 목민관을 파견할 필요가 있었기 때문이다.

　지방 고을의 행정을 맡아 백성들을 다스리는 목민관(牧民官)과는 다르지만, 정원용은 두 차례나 위유사(慰諭使)를 맡아 곤경에 빠진 백성들의 마음을 달래며 왕의 유서(諭書)를 전달하였다. 1819년 충청도에 홍수가 나서 민가 2천 호가 떠내려가자 좌부승지 정원용이 호서위유사로 파견되어 곡식을 풀고 조세를 감면하여 민심을 안정시켰으며, 1821년에 관서지방에 수재(水災)와 전염병이 심해지자 영변 부사 정원용이 관서위유사를 겸임하며 역시 민심을 수습하였다. 조정이나 민간에서 그를 위유사(慰諭

使)의 적임자로 여겼기에 임무를 성공적으로 수행할 수 있었다.

1829년 8월에 북관(北關)에 홍수가 나자 순조는 8월 13일 하루 동안에 후보를 네 차례나 올리도록 명하였는데, 마지막에 정원용의 이름이 올라오자 그제야 낙점하였다.[5] 규장각 직제학(정3품) 정원용을 회령 부사로 내려 보내면서 "북도의 수재가 매우 참혹하여 가까이 있던 신하들을 특별히 보내는 것이니, 각자 한마음으로 대양(對揚)하여 궁중에서 북도(北道)를 돌보아야 하는 근심을 덜어주기 바란다."라고 당부하였다.[6]

정원용이 이 지역에 처음 부임해 보니 백성이 완악하여 형벌을 두려워하지 않았다. 그는 "가르치지 않고 벌을 주는 것도 학대하는 것"이라 하여, 형구를 모두 치우고 정성을 다해 타이르고 가르쳤다. 수재 피해를 마무리한 뒤인 이듬해 12월 28일에 자헌대부에 올라 사헌부 대사헌(종2품)으로 승진해 회령을 떠날 때까지 1년 4개월 동안 지은 글을 모은 책이 『경산북정록(經山北征錄)』10책이다.

1) 『경산북정록(經山北征錄)』10책의 구성

10책의 구성은 다음과 같다.

· 제1책 시(詩)

「북정시서(北征詩序)」와 권1 목록, 102제 167수가 54장에 실렸다.

· 제2책 시(詩)

권2 목록과 73제 165수가 47장에 실렸다.

---

5) 허경진·구지현 역, 『국역 경산일록 2』, 보고사, 2009, 119쪽.
6) 『純祖實錄』卷12, 29년 己丑(1829) 8월 10일 기사.

· **제3책 잡저(雜著)**

권3 목록과 서(書) 14편, 서(序) 7편, 전문(箋文) 9편, 설(說) 4편, 묘지명(墓誌銘) 1편, 문(文) 1편, 전체 30제 36편이 55장에 실렸다.

· **제4책 침담록(枕談錄)**

「침담록서(枕談錄序)」와 잡저 「침담록」이 45장에 실렸다. 1829년 10월 초에 사촌 정윤용(鄭允容, 1792~1865)과 바둑·시문·세태에 관해 나눈 이야기를 기록한 글이다.

· **제5책 철북습록(鐵北拾錄)**

「철북습록서(鐵北拾錄序)」와 지리서 「철북습록」이 58장에 실렸다.

· **제6책 북략의의(北略擬議) 상**

권6 목록과 「북략의의서(北略擬議序)」, 「북관총록(北關總錄) 읍관방부(邑官方附)」, 「관방(關防) 진보성첩영애부(鎭堡城堞嶺隘附)」, 「산천(山川) 해로부(海路附)」, 「성적(聖蹟)」이 53장에 실렸다.

· **제7책 북략의의(北略擬議) 하**

권7 목록과 「인물(人物) 사원부(祠院附)」, 「교사(敎士) 과환부(科宦附)」, 「전정(田政) 선세부(船稅附)」, 「군제(軍制) 군기부(軍器附)」, 「적정(糴政) 이사호구부(里社戶口附)」, 「개시(開市)」가 53장에 실렸다.

· **제8책 독역일록(讀易日錄)**

「독역일록서(讀易日錄序)」와 「독역일록」이 67장에 실렸다. 『주역(周易)』을 공부하려는 아동들에게 도움을 주기 위하여 일록(日錄)식으로

'건(乾)'과 '곤(坤)'을 비롯한 『주역』의 주요 원리들을 자세하게 설명
한 글이다.

· 제9책 선직고강(選職攷綱)
권9 목록과 26개 관직을 55장에 소개했다.

· 제10책 일기
권수제는 「북정일록(北征日錄)」인데, 1행에 19자씩 37장에 필사했다.

이 가운데 권1과 권2의 한시는 일반적인 문집에 실리는 글이다. 목민
관으로서의 다짐이라든가, 백성들과 주고받은 시, 변방 회령의 산천과
특산물을 읊은 시들이 나름대로 특이하지만, 목민관으로서의 글쓰기는
권3부터 시작된다. 권3 잡저(雜著)에는 서(書)·서(序)·전문(箋文)·설(說)·
묘지명(墓誌銘)·문(文) 등이 차례로 실려 있다.

서(書) 가운데 「상묘당서(上廟堂書)」를 비롯한 「우상묘당서(又上廟堂
書)」·「여주당서(與籌堂書)」·「우여주당서(又與籌堂書)」 등이 폐국(弊局),
또는 패국(敗局)이라고 불리는 이 지역의 실태를 파악하고, 곡부(穀簿)와
각 창고의 문부(文簿)를 살펴본 뒤에 구체적인 개선책을 건의한 글이다.

서(序)는 「위기연구서(圍棋聯句序)」·「우사연구서(耦射聯句序)」·「북정
시서(北征詩序)」·「침담록서(枕談錄序)」·「철북습록서(鐵北拾錄序)」·「북
략의의서(北略擬議序)」·「독역일록서(讀易日錄序)」 등의 7편이 실려 있다.
이들은 대부분 『경산북정록』의 각 책에 실린 개별 저술의 서문을 모아
놓은 것이다.

전문(箋文)은 「동지전문(冬至箋文)」(2수)·「정조전문(正朝箋文)」(2수)·「탄

신전문(誕辰箋文)」(2수)·「진위전문(陳慰箋文)」(3수) 등의 9수이다. 이 글
들은 동지와 설날, 또는 순조의 탄신을 하례하거나 붕어를 위로하며 올
렸던 전문인데, 다른 시기에 지어 올린 글들이 잘못 실렸다. 전문은 형식
적인 글이어서 대부분의 문인들이 해마다 의례적으로 지으면서도 문집
에는 싣지 않는 문체인데, 그는 이러한 글까지도 자신의 이름으로 올렸
던 만큼 문집에 남겨 두었다.

설(說)은 「기설(基說)」(2편)·「기설증이군옥(基說贈李君玉)」·「오류설(烏
騮說)」의 4편이다. 이 가운데 「오류설」은 중국의 시장에서 판매되는 명
마(名馬)에 관한 견해를 밝힌 글이다. 그가 관할하던 회령개시(會寧開市)
에서 청나라 상인들과 사고팔던 말이 천여 마리가 넘었기에 명마에 관한
글을 쓴 것이다.

묘지명(墓誌銘)은 「목사윤공치혁묘지명(牧使尹公致赫墓誌銘)」 1편이다.

문(文)은 「진향문(進香文)」 1편인데, 1834년에 세상을 떠난 순조(純祖)
의 영전에 향을 올리며 지은 글이다. 이 글 역시 『기성록(箕城錄)』에 실
린 글이 잘못 편집된 것인데, 목민관의 자격으로 지은 글을 문집에 실
은 예이다.

2) 『철북습록(鐵北拾錄)』

권5의 『철북습록(鐵北拾錄)』은 글자 그대로 '철령 이북의 사정을 주
워 모아 기록한 책'인데, 자신의 견문을 중심으로 회령 및 관북 지역의
지명이나 사물을 상세히 서술한 백과사전적 지리서이다. 125항목은 크
게 세 부분으로 나누어진다.

1. '철령(鐵嶺)'부터 '두만강(豆滿江)'까지 92항목은 관북지방의 지형
   과 건축물에 대한 설명이다.
2. '알동팔지(斡東八池)'부터 '청인시기(淸人始起)'까지 18항목은 '두외
   보문(豆外補聞)'이라는 소제목 하에 국경과 인접한 두만강 너머의
   지형과 부족에 대하여 설명하였다.
3. '북속기략(北俗紀略)' 15항목에서는 관북 지역의 풍속과 의식주,
   특산물에 대하여 설명하였다.

이 가운데 두만강 너머 청나라 지역의 사정을 소개한 「두외보문(豆外
補聞)」 18항목을 소개하면 다음과 같다.

알동팔지(斡東八池)·황산(黃山)·아양곶산(我羊串山)·녹둔도(鹿屯島)·
삼봉도(三峰島)·외공험진(外公嶮鎭)·현성(縣城)·려탑(麗塔)·거양성(巨陽
城)·선춘령(先春嶺)·훈춘(訓春)·동가강(佟家江)·분계강내(分界江內)·허
전인(許全人)·노거국(虜車國)·번호부락(蕃胡部落)·홀랄온(忽刺溫)·청인
시기(淸人始起).

녹둔도(鹿屯島)라든가 훈춘(訓春) 같은 지명만 보아도 알 수 있듯이
영토에 관련된 중요한 사항들인데, 그는 자신이 관할하는 회령 일대에
만 관심을 가진 것이 아니라 국경 너머에까지도 관심을 가지고 조사
기록하였다. 이런 부분에서도 순조가 그를 회령 부사로 파견한 깊은 뜻
을 짐작할 수 있다.

3) 『북략의의(北略擬議)』

권6과 권7에 실린 「북략의의(北略擬議)」는 관북지방의 인문지리서이다.

「관북총록(北關總錄)」은 관북지방에 대한 총론이다. 관북지방의 고을 및 관원에 대한 설명인데, 역사적 득실을 고증하여 시기별로 자세하게 설명하였다.

「관방(關防)」은 군사적 요충지로서 관북지방의 방어 태세를 점검할 수 있도록 정리한 글이다. 적을 막을 수 있는 성곽과 수용인원 등에 대하여 자세히 설명하였다.

「산천(山川)」은 유사시에 활용할 수 있는 지리적 조건에 대하여 서술한 글이다. 육지의 지리적 조건뿐만 아니라 수로(水路)까지 소개하여, 육지 못지않게 수로(水路) 방어가 중요함을 강조하고 있다.

「성적(聖蹟)」에서는 관북지방이 조선을 창업한 태조(太祖)의 조상인 목조(穆祖)의 기원임을 강조하면서, 이곳이 우리의 고토(古土)로서 매우 중요한 지역임을 역설하였다.

「인물(人物)」에서는 관북지방의 중요한 인물과 사당에 모시고 추앙하는 인물 등을 소개하였다.

「교사(敎士)」에서는 관북지방 출신으로 과거를 통해 관계에 진출한 선비들을 소개하였다.

「전정(田政)」에서는 이 지역의 조세제도를 정리하였는데, 선박에 부과되는 세금까지 자세하게 정리하였다.

「군제(軍制)」에서는 이 지역이 당시 국방의 요충지였던 만큼, 단순한 군제(軍制)뿐만 아니라 당시 군대에서 사용되는 각종 기물까지 자세하게 소개하였다.

「적정(糴政)」은 백성들의 식생활과 관련된 제반 사항 및 호구(戶口)

의 수효와 관련된 설명인데, 척박한 지역이기 때문에 민생의 안정이라는 측면에 중점을 두고 기록했다.

「개시(開市)」는 관북지역의 시장 현황에 대한 기록이다. 회령개시(會寧開市)는 조선 중기 이후 청나라와 통상하던 무역시장인데, 함경도 지방 상인을 중심으로 서울 등에서 몰려든 상인까지 가세하여 사무역(私貿易)이 성행하는 상황과 우마(牛馬) 거래 등 당시 관북지역 상업과 국제무역의 전반적 흐름을 확인할 수 있다.

「북략의의(北略擬議)」상·하 역시 「철북습록(鐵北拾錄)」과 마찬가지로 『북행수록(北行隨錄)』에 수록되어 있는 귀중한 자료이다.

4) 『선직고강(選職攷綱)』

관직 가운데 중요한 26개 직을 선별하여 역사적으로 고증하고, 자세하게 설명한 관제설(官制說)이다.

그는 1년 4개월 동안 회령 부사로 재임하면서 방대한 분량의 글을 썼다. 그는 9월과 10월에 회령도호부 경내를 순시하고, 매달 활쏘기와 시부(詩賦)를 시험했으며, 12월과 1월에 회령개시(會寧開市)를 주관하는 한편 향음(鄕飮)과 향약례(鄕約禮), 양로연(養老宴) 등을 실시하였다. 그런 틈틈이 이렇게 방대한 분량의 글을 쓴 것만 해도 놀라운데, 대부분 후임 관원들이 참고할 만한 저술이다.

그는 회령 부사로 재임하던 1829년 8월 13일부터 1830년 11월 23일까지 1년 4개월 동안 일기를 써서 『경산북정록(經山北征錄)』 권10으로 편집하였다. 그는 10월 17일에 집에서 온 편지를 받아 "영상이 주청하여 정경

(正卿) 반열에 올렸다"는 소식을 들었고,[7] 29일에는 순찰사가 보내온
편지를 보고 "체직(遞職) 서류가 7일에 도착해서 11일 인사를 열어 대임
(代任)으로 윤재건이 되었다"는[8] 소식을 들었다. 그 이튿날인 11월 1일
일기에 이미 이임 준비를 하는 모습이 기록되어 있다.

> 4일에 출발한다고 사적으로 앞 참(站)에 통보하였다. (내가 회령 부사로
> 있는 동안) 창고에 남은 곡식으로 급한 사람을 구제할 때 가자체곡(加資帖
> 穀) 얻기를 청하여 수합해서 정곡 1,600석을 갖추었다. 1백 석씩 각 사(社)
> 에 나누어 두고 '민창(民倉)'이라고 이름하고 지급하는 절목을 만들었으며,
> 모곡(耗穀)을 가져다 민역을 보충하고 수재와 가뭄을 대비하도록 하였다.
> '오제령 전토는 50년 전 강물이 무너지고 터져서 물길이 나뉘어 섬들이 되
> 었으므로 없어져서 경작할 수 없다.'라고 아뢰었으나, 근래 물이 얕아져 건
> 널 수 있게 되자 백성들이 경작할 수 있게 허락하기를 원하였다. 세를 걷어
> 서원에 납부하도록 하였다. 서원은 바로 팔의사(八義士)의 향소인데다, 물
> 력이 구차하고 어려웠기 때문이었다. 남사정과 북사정은 바로 성 안팎의 무
> 사가 활쏘기 연습을 하는 곳이다. 각기 정곡 10석을 지급하여 밭을 사서 정
> 자를 수리하는 자본으로 삼게 하였다. 육진(六鎭)에 있는 군청(軍廳) 명색
> 은 정병에서 차출하고 도훈도(都訓導)·여수(旅帥)·대정(隊正)·대장(隊長)
> 은 관문에서 기다려 세포(稅布) 28필로 이틀갈이 밭을 사서 해당 청(廳)에
> 납부하게 하였다. 병영에 연어(鰱魚) 값으로 납부하는 무명 6필이 매년 고
> 질적인 폐해가 되었으므로 감영에 보고하여 혁파하였다. 순영의 연례에 황
> 지 100권을 납부하는 것이 승려들에게 폐해가 되었으므로 감영에 보고하여
> 혁파하였다. 역산은 바닷가인데 성정미(城丁米) 30여 석을 호마다 바치게
> 하여 장교와 형리에게 주는 급료의 자본이 되게 하였지만, 작년과 금년은

---

7) 허경진·구지현 역, 앞의 책, 2009, 134쪽.
8) 허경진·구지현 역, 위의 책, 2009, 135쪽.

가볍게 하고 그만두게 하여 아울러 관아에서 지급하고 베로 대신하였다. 상인에게 걷는 세가 매 사람마다 4냥인데 나란히 반으로 줄였다. 북인의 포목 역시 반으로 줄였다.

11월 1일 하루치의 일기에서 그가 해유(解由) 문서 작성하는 모습을 엿볼 수 있는데, 짧은 기간 내에 관북지역의 폐해를 혁파한 사정을 알 수 있다. 전임자가 했던 일을 후임자에게 전수하는 기록이기도 하다. 1년 4개월 동안 행정하는 틈틈이 10책 분량의 글을 썼는데, 대부분이 폐해를 혁파하고, 국경을 방어하며, 후임 목민관들에게 행정의 지표가 되는 글쓰기였다.

5. 벌 주기를 가볍게 하려는 법관으로서의 글쓰기 『유경록』

정원용이 법관(法官)으로서의 활동을 기록한 책은 『유경록(惟輕錄)』 2종이다.

하나는 1831년 형조판서에 임명되어 1년 5개월 동안 처리한 전국의 살인사건 31건의 간단한 내역과 제사(題詞)를 정리한 1책인데, 한성부(漢城府) 남부에서 강도흥이 이순배를 발로 차서 죽게 만든 사건부터 나주목(羅州牧)에서 양내춘이 김연파회를 때려죽인 사건까지 실려 있다.

다른 하나는 1833년 평안도 관찰사에 임명되어 2년 동안 재임하면서 처리한 살인사건 185건의 개요와 처리과정, 심리(審理), 제사(題詞), 발사(跋辭)를 정리한 5책이다. '유경(惟輕)'이란 '오직 가볍게 처벌할 것만 생각한다'는 뜻이니, 정원용뿐만 아니라 조선시대 행형(行刑) 사상을 잘 드러낸 표현이다.

이 가운데 평안도관찰사로 재직하면서 정리해 놓은 5책본 『유경록』을
예로 들어서, 제3책에 실린 28건의 제목과 간단한 내용을 소개한다. 각
사건 첫머리에 피고와 초검관, 복검관(覆檢官)의 이름이 기록되어 있다.

1) 삼등 엄동이옥사(三登嚴同伊獄事): 자신의 아내 김조이가 혼례 후에도
   다리[髢]를 올리지 않은 데다 장모가 다시 시집보내려고 하자 엄동이
   가 격분하여 자살한 사건.
2) 강계 윤광철옥사(江界尹光哲獄事): 자신의 아내가 강득황과 간통하고
   아이가 배고파 우는데도 내버려두자 윤광철이 격분하여 자살한 사건.
3) 증산 노동이옥사(甑山盧同伊獄事): 병으로 죽은 노동이의 어머니가
   며느리 홍조이를 의심하여 고발한 사건.
4) 평양 조린점옥사(平壤趙獜占獄事): 조린점이 임능교와 술을 먹고 장
   난치다가 넘어져 다친 뒤에 며칠이 지나 죽은 사건.
5) 영유 김맹손김원도옥사(永柔金孟孫金遠道獄事): 미친병을 앓고 있던
   김맹손과 김원도가 자살한 사건.
6) 강계 김시응전일대옥사(江界金時應全日大獄事): 김시응이 전일대의
   아내를 욕보이다가 전일대에게 찔려 죽자, 김시응의 아버지 김종묵이
   전일대를 칼로 찔러 죽인 사건.
7) 영변 한조이옥사(寧邊韓召史獄事): 한조이가 신병을 요양하겠다고 친
   정에 돌아가기를 청했지만, 차홍규가 빚을 갚지 못했다고 허락하지 않
   자 비관한 한조이가 물에 빠져 자살한 사건.
8) 상원 오조이옥사(祥原吳召史獄事): 오조이가 투병 중에 자신의 딸이
   개가하여 병시중할 사람이 없자 자살한 사건.
9) 용강 김조이옥사(龍岡金召史獄事): 김이휘가 평소 말을 듣지 않던 부
   인 김조이를 술김에 칼로 찔러 죽인 사건.
10) 태천 이석진옥사(泰川李石陳獄事): 감기를 앓던 이석진이 논밭의 돌
    을 옮기는 문제로 김계득과 다툰 지 7일 만에 죽은 사건.

11) 태천 김여점김신오옥사(泰川金呂占金信五獄事): 김사주의 아버지 김
여점이 김신오와 다툰 뒤 9일 만에 죽자 김사주가 김신오를 복수하여
죽인 사건.

12) 영변 김천신옥사(寧邊金天新獄事): 김천신이 술김에 김용철의 아내
를 욕보이려다가 김용철에게 맞아 죽은 사건.

13) 영변 김응철옥사(寧邊金應哲獄事): 김천오가 전권(田券)과 종곡(種
穀)을 늑탈한 데 격분하여 김응철이 스스로 목매 죽은 사건.

14) 영원 길씨옥사(寧遠吉氏獄事): 양혜맹이 밤중에 길 씨의 집에 침입하
여 욕보이려고 하자 격분한 길 씨가 물에 뛰어든 사건.

15) 덕천 강유격옥사(德川姜有格獄事): 강재유가 자신의 손자며느리와
간통했다고 강유격이 문중의 수치로 여겨 쫓아내자, 강재유가 도끼
로 강유격을 내리쳐 죽인 사건.

16) 개천 나조이옥사(价川羅召史獄事): 도둑을 맞은 나조이가 장우손을
의심하여 대질심문을 하게 되었는데, 장우손이 수치스러운 말로 나조
이를 욕보이자 분을 이기지 못한 나조이가 간수를 먹고 자살한 사건.

17) 성천 윤간난옥사(成川尹干蘭獄事): 이수엄과 윤간난이 서로 씨름을
하다가 이수엄이 윤간난을 밀어 넘어뜨렸는데 죽은 사건.

18) 성천 박조이옥사(成川朴召史獄事): 박조이가 본 남편을 배반하고 이진
공의 첩이 되어서도 최호인과 간통하고, 최호인의 재취(再娶)를 투기
해오다가 성질을 참지 못하고 최호인의 집에서 난리를 피우다 죽은
사건.

19) 순안 비연홍옥사(順安婢軟紅獄事): 병을 앓는 연홍이 피접(避接)하
던 중 남편의 집을 찾아갔는데 그 집의 노(奴) 대덕이 맞아들이지 않
자 병이 악화되어 죽었으므로, 시친(屍親)이 대덕을 고발하여 조사
한 사건.

20) 안주 김대손옥사(安州金大孫獄事): 이대용이 길에서 김대손을 만나
콩을 판 돈을 빼앗고 칼로 찔러 죽인 사건.

21) 중화 관노창실옥사(中和官奴昌實獄事): 창실이 자신의 아내를 임재완

의 외가(外家) 선산에 몰래 매장했다가 들켜 임재완에게 맞은 후 34일
만에 죽은 사건.

22) 덕천 강재유옥사(德川姜在裕獄事): 강봉주의 아버지 강유격이 강재
유에 의해 도끼로 죽음임을 당하자, 강봉주가 복수하여 죽인 사건.

23) 상원 이중실옥사(祥原李仲實獄事): 전고(田庫) 매매 문제로 이상관
이 이중실을 취중에 때렸다가 8일 만에 죽은 사건.

24) 개천 김영득옥사(价川金永得獄事): 김영득이 김양복의 채마 밭에서
오이를 따자 김양복이 협인(挾人) 윤학을 시켜 쫓아내고 존위(尊位)
에게 고발토록 해, 이에 격분한 김영득이 스스로 목매 죽은 사건.

25) 가산 오진국옥사(嘉山吳鎭國獄事): 좌수(座首) 김경이 집안사람의
발괄로 오진국을 추문할 때 진국의 말과 행동이 오만하여 장(杖) 두
대를 때렸는데 병이 나 죽은 사건.

26) 평양 나철중옥사(平壤羅喆中獄事): 나철중이 평양에서 불량배와 다툰
후 죽었는데, 평상시 주사(酒邪)가 심한 나철중의 병사(病死)로 판명
된 사건.

27) 순천 이조이옥사(順川李召史獄事): 정시언이 남을 때려 낙태시켰다
고 김남섭이 무고하여 벌을 받게 하자, 남섭의 아우 종섭이 아플 때
에 시언이 그의 집에 뼈를 묻었다는 사건.

살인사건에 관한 기록을 정리한 책으로는 정약용(丁若鏞)의 『흠흠신
서(欽欽新書)』가 가장 널리 알려져 있다. 『흠흠신서』는 정약용이 곡산
부사와 형조참의로 재직 중에 다루었던 사건과 그 밖의 내용을 벼슬에
서 물러난 뒤에 정리하고 분석한 것이지만, 『유경록(惟輕錄)』은 정원용
이 현직에 있는 동안 그때그때 정리해둔 것이다. 조선시대 목민관들이
모두 살인사건을 조사하고 보고서를 작성하였지만, 하나의 저서로 남
겨 놓은 사람은 많이 알려져 있지 않다. 살인기록에 관한 보고서까지도
중요하게 생각하여 독립된 저술로 정리해 놓은 태도가 바로 정원용을

30년 동안 재상으로 재임케 하였다.

6. 전고를 중요시한 위기관리 재상으로서의 글쓰기
   『수향편』과 『총진편금』

정원용은 헌종이 후사도 없이 붕어했을 때에는 강화도에 가서 강화도령 이원범을 모셔와 왕위에 오르게 하고 영의정에 호위대장을 겸했으며, 철종이 후사도 없이 붕어했을 때에도 원상(院相)으로 위기 관리를 잘하였다.

정원용이 재상까지 오를 수 있었던 이유 가운데 하나가 조정의 전고(典故)에 밝다는 점인데, 총명하여 기억력이 좋기도 했지만 언제나 모든 것을 기록하는 습관이 있었기 때문이기도 하다. 어렸을 때에 집에 손님이 오면 아버지가 정원용을 불러 곁에서 기록하라고 시켰다.[9]

기록을 중요하게 여기는 습관은 회현방 동래 정씨 문중의 특성이어서, 정태화 경우를 예로 들면 50대 후반까지 직무와 시기에 따라 『포사일기(曝史日記)』・『서행기(西行記)』・『음빙록(飮氷錄)』・『기해일기(己亥日記)』 등의 일기를 기록했으며, 그 이후 세상을 떠날 때까지의 행적은 후손이 여러 기록을 수집 정리하여 『연기초략(年紀抄略)』이라는 책으로 보완하였다. 이 기록들을 함께 편집한 『양파실기(陽坡實記)』는 정태화의 자서전이자 연대기이다.

정원용은 승정원의 가주서(假注書)로 벼슬을 시작하였는데, 그 이후에

---

9) 鄭元容, 『經山集附錄』 卷1, 「年譜」, 議政公每對客, 輒令從傍記之, 公之善於記注, 本於此.

도 기록을 잘한다는 이유로 여러 차례 사관(史官)이나 청요직(淸要職)에 등용되었으며, 『홍재전서(弘齋全書)』 정리, 『동성교여집(東省校餘集)』 편찬, 『철종실록(哲宗實錄)』 편수에 참여하여 권력의 핵심들과 가까워졌다. 노론 세도정치의 일원이 아니면서도 그가 30년 동안 재상으로 활동할 수 있었던 이유 가운데 하나가 바로 위기 상황에서 전고에 밝은 백과사전적인 저술가였기 때문이다.

1) 『수향편(袖香編)』

『수향편(袖香編)』은 영의정을 거쳐 영부사로 재직하던 정원용이 1854년에 잠시 관직에서 물러나 한가한 틈이 나자, 50년 관직의 경험을 더듬어 조정(朝廷)의 전장(典章)이나 의칙(儀則), 사가(私家)의 미덕(美德)과 치행(治行), 선배들의 문장과 의론을 특별한 분류 없이 엮은 유서이다. 그가 이 책을 편찬한 동기는 그가 지은 서문에 잘 나타나 있다.

> 내가 조정에서 벼슬을 한 지가 50여 년이다. 조정의 전장(典章)과 의칙(儀則)은 몸소 겪고 살펴보았으며, 사가(私家)의 덕미(德美)와 치행(治行), 선배(先輩) 장덕(長德)의 문장과 의론은 눈으로 보고 귀로 들어왔다. 공무에서 물러나와 한가롭게 있을 때, 혹 그 기억들을 잊어버릴까 봐 안타까워 생각나는 대로 써서 상자 속에 넣어두곤 하였다. … 이 책은 저술(著述)과 다르므로 분류하고 순서 짓지 않았으며, 논변(論辨)과도 다르므로 중앙 조정의 득실과 인물들에 대한 포폄은 일절 언급하지 않았다. 대부분 조정에서 물러나온 때 기록한 것이기에 제목을 '수향편(袖香編)'이라 하였다. 자손들이 전범으로 삼으면 무릇 규제(規制)하고 고거(考據)하는 밑천에 또한 작은 보탬이 없지 않으리라.

　자손들에게 전범으로 삼으라고 당부하였지만, 실제로는 조정의 관원들이 전범으로 삼아야 할 내용들이다. 정원용이 누군가에게 도움을 주기 위해서 저술한 대표적인 책이다. 권1 76항목, 권2 64항목, 권3 52항목, 권4 50항목, 권5 80항목, 권6 69항목으로, 총 391항목이 실려 있다. 내용이 방대하므로, 권1만 예로 들어 설명하기로 한다.

　권1에는 주로 중국과 북방 지역에 관련한 의례와 각 궁의 칭호와 내력 등이 소개되어 있다. 중국과 북방 지역에 대한 관심은 저자가 관서위유사(關西慰諭使)와 동지사(冬至使)로 청나라에 다녀온 경험에서 나온 것으로 보이는데, 중국인과의 필담이나 창수시(唱酬詩)를 보면 알 수 있다. 일반 백성들의 옥안(獄案)을 소개하기도 하였는데, 법관으로서의 글쓰기인『유경록(惟輕錄)』의 연장이라고 할 만하다.

　종묘를 포함한 궁궐의 칭호와 내력, 내전(內殿)의 존호나 각전(各殿)의 칭호,『경국대전』등 법전의 편찬, 세금, 정계(定界), 과거(科擧), 판비(判批), 주전(鑄錢), 활자(活字) 등에 관한 항목이 포함되어 있다. 이 중 특히 「아동활자인서지법(我東活字印書之法)」은 태종 때의 계미자(癸未字), 세종 때의 경자자(庚子字)와 갑인자(甲寅字), 정조 때 임진자(壬辰字) 등의 주조 내력이 정리되어 있다. 이 밖에도 갑인자에 중국 사고전서자(四庫全書字)를 취합하여 만든 '생생자(生生字)'와 이 생생자에 추가하여 주조한 '정리자(整理字)'까지 소개하였다.

　6권 391항목이 모두 이 같은 우리나라의 고사 전고들인데, 자신의 설명 그대로 50년 관직의 기억을 더듬어 정리한 유서이다. 풍부한 독서력과 정확한 기억력에 의해 정리했는데, 자신이 국정에 참여하여 얻은 지식을 후배 관원들에게 전수하기 위해 기록했다. 개인이 편찬한 문헌비고(文獻備考) 성격의 저술이다.

2) 『총진편금(叢珍片金)』

『총진편금(叢珍片金)』은 정원용이 중국 문헌을 보면서 참고가 될 만한 기록들을 뽑아 엮은 책인데, 연세대 학술정보원에는 권5에 184항목, 권6에 182항목이 남아 있다. 어느 특정한 시기에 편찬한 것이 아니라, 평소 독서하는 중에 필요하다고 생각한 것을 그때그때 표시해 두었다가 옮겨 적은 듯한데, 역시 관원(官員)에게 필요한 백과전서이다. 『수향편』이 우리나라 문물 중심이라면, 『총진편금』은 중국 문물 중심의 유서이다.

7. 생활인의 평생 글쓰기 『경산일록』

조선시대 문인들은 자신의 기록을 중요시하여 편지 하나도 버리지 않고 문집에 실었으며, 일기를 기록하였고, 여행을 떠나면 일기 형식의 기행문을 따로 기록하였다.

정원용은 91년 동안 살면서, 세상을 떠나던 며칠 전까지 일기를 썼다. 1873년 1월 2일에 담체(痰滯)와 오한 증세가 있어 약을 지어 먹고 이튿날 세상을 떠났는데, 정신을 잃기 직전까지 일기를 썼다. 마지막 날의 일기를 보자.

3일. 일찍이 인삼과 귤즙, 산삼 3돈, 귤껍질 5푼에 죽력(竹瀝) 세 숟가락을 조리하여 복용하였다. 주부(注簿) 정재원과 낭청 김경집이 와서 머물면서 진찰하였다. 새벽부터 목구멍에 가래가 오르락내리락 하였다. 앉으면 조금 내려가고 누우면 목구멍의 가래 소리가 약하게 났다. 또 마음이 어지럽고 한기(寒氣)와 열이 약하게 왔다 갔다 했다. 정초(正初)인지라 여러 손님들이 많이 찾아와 만나보고 술을 대접하였다. 모두 오늘은 지독하게 추운

날씨라고 하였지만 문 쪽으로 걸어 나가 문을 열어놓고 보려 했더니, 조병
휘 대감이 자리에 앉아 있다가 말하였다.

"찬 공기를 쐬는 것은 좋지 않으니 돌아가 침석(寢席)에 앉으시는 것이
좋겠습니다."

이에 내가 답하였다.

"이렇게 추운 날씨에 불도 못 때는 가난한 집 사람들은 이 같은 날 어떻게
살아갈 수 있겠는가?"

제술관을 사양하는 차자를 써서 바로 녹사(錄事)를 시켜 제출하도록 하였
다. 매번 병이 나면 정말 걱정이 되었다. 의원 송계렴을 불러서 삼령(蔘苓)과
생맥산방(生脉散方)에 산삼을 넣고 청심원 5푼을 조리하여 바로 끓여서 복용
하였다. 또 밥과 탕을 숟가락으로 뜰 때에 손이 떨리는 증세가 있어서 물어보
았더니, 의원이 "이런 증세는 처음 나타났습니다."라고 하였다. 소변이 계속
해서 나왔다. 마음이 어지러울 때마다 시험 삼아 조금 걸으면 좋아졌다.

아들이 지은 행장에는 신시(申時)에 세상을 떠났다고 했으니, 그는
죽음을 서너 시간 앞두고도 재상의 처신을 잃지 않았다. 세배 온 손님
들에게 술을 대접하고, 조정에서 위촉받은 옥책문 제술관을 사직하는
차자를 써서 올렸으며, 추운 날씨에 불도 때지 못할 정도로 가난한 백
성들을 걱정하였다. "어지러울 때마다 시험 삼아 조금 걸어보면 좋아졌
다."라고 했으니, 죽음을 앞두고도 삶에 희망을 가지고 의연하게 처했
던 그의 몸가짐이 드러난다.

『경산일록(經山日錄)』의 중요성은 왕조실록에도 실려 있지 않은 사실
을 자세히 기록한 점에 있다. 『헌종실록』에는 헌종이 세상을 떠나던 날
인 1849년 6월 5일의 기록이 "약원에 명하여 윤직하게 하였다[命藥院
輪直]"는 다섯 글자뿐이다. 그러나 『경산일록』에는 실록에 없는 글과
자신이 듣고 본 헌종의 마지막 모습을 상세하게 기록하였다. 그는 판중

추부사(종1품)로 있으면서 왕실의 신임을 얻고 있었기 때문에, 승하와
즉위 과정에서 막중한 임무를 맡고 왕의 곁을 지키다가 자기가 보고들
은 것을 모두 기록했던 것이다. 너무 긴 느낌이 있지만 참고삼아 인용
하기로 한다.

　　저녁에 약방장무관(藥房掌務官)이 임금의 상태가 더 심해졌다고 글로 알
려왔다. 들어가서 교대로 숙직하였는데, '사정이 훨씬 더 놀랍고 걱정스럽다'
고 계가 내려왔다. 임금의 상태는 지난 겨울에 귤피탕(橘皮湯) 2제를 올렸고,
또 체증(滯症) 때문에 항상 향사군자탕(香砂君子湯)을 올려왔다. 정월부터
물리셔서, 약을 올려도 자주 체하고, 편안히 자지 못하는 등의 증세가 있었다.
매번 안에서 의관을 불러들일 때마다 변종호·이하석·김형선 등이 들어가
진료하여 약을 올렸으나, 평위전(平胃煎)과 양위전(養胃煎)을 군자탕 등에
가미한 처방에 불과했다. 여러 증상이 나아졌다 못해졌다 일정치 않았다.
임금의 얼굴이 야위고 누렇게 떴으며, 통통했던 피부가 말랐다. 앞의 모든
사정이 우려되었다. 위에서는 밖에 소동이 일어날까 염려해서 숨기고 알리려
하지 않았다. 그래서 의관들도 감히 드러내놓고 말하지 못했으며, 약원(藥院)
에서도 자세히 알지 못했다. 4월 20일 후 약방도제조 권돈인이 의관을 데리고
들어가 의약 등절로 진료하였다. 약방에서 주관하여 우러러 청하여, 비로소
약원에서 들어가 진료했다. 또 탕제를 들고 와 기다리며 아뢰었다.
　　"또 귀용군자탕(歸茸君子湯) 스무 첩을 올립니다."
　　5월 13일에 영중추부사가 온 김에 임금을 문안하였다. 영중추부사 조인
영이 지난해부터 다리에 병이 있어 임금께서 입궐하지 말도록 했는데, 이날
에 이르러 처음으로 문안한 것이다. 참판 조병준, 승지 조병기도 이튿날 입
궐하였다. 의약 등절을 영중추부사가 주장하였다. 들어가 진료하고 약을 의
논하는데, 약방에서 제대로 다 알지 못했다. 권도상도 병이 있어 약원에 오
지 못했다. 그 사이에 면천에 사는 시골 의사 이명위가 궁궐 문에서 약리(藥
吏)를 불렀기에, 그를 올라오게 하였다. 그가 들어와 진료한 뒤에 대가미신

기탕(大加味腎氣湯)을 내면서

"비경(脾經)과 신경(腎經)이 모두 허하다."

라고 말했다. 그 약을 들여왔으나, 영중추부사가 "재료가 많다"는 이유로 쓰지 않았다. …… 의관은 변종호와 이기복이 밤새 숙직을 했으며, 이하석이 드나들었다. 이하석이 매번 도상의 집에 가서 알렸다. 이날 저녁에 급한 소식을 듣고 저녁을 먹은 뒤에 궁궐로 향했는데, 가는 길에 '차례대로 숙직한다'는 소식을 들었다. 조방(朝房)에 나아가니 영중추부사 조 대감이 조방에 있었다. 내가 임금의 제절을 묻자,

"더 위중해져서 문의 자물쇠를 잠그려 하기 때문에 나왔다."

라고 대답하였다. 도상은 또 자물쇠를 따라 궁궐 문지기를 내보내고 본가로 향하였다. 내 생각에 도상이 본가로 향하니 임금의 제절에 시급한 근심은 없는 것 같았다. 그래서 문에 남아 있었다. 정전의 뜰에 나아가 차례대로 숙직에 참여한 다음, 임금께 문안하고 나와 보니 이미 3경이 지났다. 여러 관료와 2품 이상이 모두 돌아갔다.

나도 집으로 돌아와 잠시 앉아 있다가 조방에 나아갔다. 이날이 초엿새였다. 자물쇠가 열리기를 기다려 정전의 뜰에 나아가 문안에 참여하였다. 좌의정 김도희·판부사 박회수와 함께 약방에 갔더니 제조 서좌보와 부제조 홍종응이 약원에 있었다. 도상은 병 때문에 들어오지 않았다. 내가 '가마를 타더라도 꼭 약원에 들어와야 한다'는 뜻을 도상에게 알리게 했다. 도상이 조금 후 들어왔기에, 내가 말했다.

"어찌 숙직을 청하지 않는 게요? 대신이 또 어찌 문안 여쭙기를 청하지 않는 게요?"

도상이 말했다.

"숙직을 청하는 것은 지금 역시 시간이 지났습니다. 만약 할 수 있다면 소생이 어찌 하지 않겠습니까?"

영중추부사가 '임금께서 싫어하신다'는 말을 듣고 숙직을 청하지 못하게 했다고 말하는 것이었다. 영중추부사가 일찍 문안을 여쭈러 들어갔다가 듣고서 곧 주원(廚院)에 나와 앉았다. 나는 '임금의 환후가 조금 나아져서 영

중추부사가 나와 앉았구나.'라고 생각했다. 잠시 있다가 계부군자탕(桂附君子湯)에 인삼 한 냥쭝을 달여서 들였다. 임금께서 놀라고 근심스럽게 한 다음에 또 '안에서 영중추부사를 들랍신다'는 말을 들었고, 영중추부사가 도상에게 글을 맡기는 것을 보았다. 그를 시켜 곧 '숙직을 옮기라'고 청하니, 온 약원이 크게 놀랐다. 급히 일어나 주원으로 가는 길에 '대신과 각신(閣臣)은 입시하라'는 하교가 있었다고 들었다. 들어가려는 즈음 아랫사람이 전하는 말을 들었는데, '중희당 방 안에서 이미 곡성이 났다'는 것이었다. 슬프구나! 이 무슨 일이란 말인가?

헌종이 승하한 소식이 5일 날짜 끝부분에 기록되었지만, 사실은 6일이다. 그가 잠을 자지 않았기 때문에 잇달아 기록했을 뿐이다. 자물쇠가 열리기 전부터 기다리다가 정전 쪽으로 향했는데, 이미 곡소리가 났다. 임금이 세상을 떠나면 세자가 이어 즉위해야 하는데, 헌종 경우에는 세자를 미리 정하지 못했다. 그래서 왕실의 어른인 대왕대비 순원왕후가 원로대신들의 의견을 들어 후사를 정했는데, 정원용이 강화도령 이원범(李元範)을 모셔다가 즉위하는 과정까지 책임을 맡았다. 그래서 6일의 일기도 실록보다 훨씬 더 자세하다.

　판부사 권돈인·좌상 김도희·판부사 박회수 및 각신(閣臣) 김학성·서희순 등과 함께 중희당에 들어가 뫼셨다. 중희당 뜰에 들어가자마자 곡소리가 방 안에서 나왔다. 내가 계단에서 마루에 오르자, 영중추부사 조인영이 마루에서 일어나 물러났다. 내가 옷깃을 잡고 말했다.
　"이게 무슨 일이오?"
　이어서 함께 방을 통해 협방으로 갔다. 장지문을 열어보니 임금께서 아래편에 누워 검은색 겹이불을 덮고 계셨다. 방의 가리개 안에서는 내전께서 곡소리를 내고 계셨다. 영중추부사가 이불을 걷어보니 얼굴 부분이 백지로 덮여 있었다. 그 모습을 보자 놀랍고 애통하여 소리를 질렀으며, 나도 모르게 목이 메도록 통곡하였다. 여러 대신들이 도승지 홍종응을 시켜 대보(大寶)를 찾게 하였다. 좌상에게 맡겨 대보를 대왕대비전에 바치자, "도승지가 보궤(寶櫃)의 자물쇠를 열라"는 전교를 글로 내렸다. 내가 말했다.

"살피고 삼가는 방법은 이렇습니다. 대보(大寶)를 봉한 종이를 찢어서 보고 살핀 다음에 종이를 바꾸어 봉합니다. 자물쇠를 채운 뒤에, 종이에다 '신 아무개가 삼가 봉합니다'라고 써서 봉해야 됩니다."

도승지가 내 말대로 했다. 승전색(承傳色)에게 청해 동조(東朝)에 바쳤다. (줄임)

대비께서 "권 판부사(權判府事)를 원상(院相)으로 삼으라"고 전교를 내리셨다. 이것은 본래 영의정이 하는 직임이었으나, (이번에는) 원임대신(原任大臣)이 대신 행하게 되었다. (줄임) 권 대감이 좌상에게 말했다.

"나라에 어찌 하루라도 임금이 없을 수 있겠습니까? 지금은 상(喪)을 거행하고 있으니, 마땅히 동조를 뵙기를 청해 미리 사직(社稷)에 대한 계획을 정하는 것이 좋겠습니다." (줄임)

내가 말했다.

"신들이 복이 없어 이같이 산이 무너지고 땅이 갈라지는 슬픔을 만나게 되니, 천지가 막막하여 무슨 말로 위로를 드리겠습니까? 그러나 지금 종사(宗社)의 위급함을 돌아보면 참으로 위태합니다. 신하와 백성들이 우러러 바라보고 있는 분은 오직 우리 대비 전하뿐입니다."

권돈인이 말했다.

"신들이 불충하기 짝이 없어 이런 망극한 변을 만났습니다."

대왕대비전께서 가로막으며 하교하셨다.

"종사를 맡길 일이 시급하니……."

그 나머지는 말씀과 흐느낌이 반반이었고 소리가 작아 여러 신하들이 자세히 듣지 못하였다. 내가 아뢰었다.

"종사의 대계가 시급합니다. 엎드려 바라오니, 너그럽게 감정을 억누르시고 분명히 하교하셔서, 신들이 상세히 받들어 듣게 해 주십시오. 이것은 막중하고 막대한 일이라, 말씀으로만 받들 수 없습니다. 엎드려 바라오니,

글자로 써서 내려주십시오."

대비께서 하교하셨다.

"여기에 글자로 쓴 것이 있소."

발 안에서 종이 한 장을 내놓으시고, 또 하교하셨다.

"차례로 본 후에 진서(眞書)로 번역하는 것이 좋겠소."

내시가 무릎을 꿇고 받아서 도승지 홍종응에게 주었다. 홍종응이 무릎을 꿇고 받았다. 내가 홍종응을 시켜 앞에 나아가 큰 소리로 언문(諺文)으로 된 교지를 읽게 한 후에, 여러 대신들이 함께 보았다. 홍종응이 번역한 것을 읽어 아뢰었다.

"종사를 맡길 일이 시급하다. 영묘조(英廟朝)의 혈맥(血脈)은 지금 임금과 강화부에 거주하는 이 사람뿐이다. 이 사람에게 종사를 맡기기로 정하라."

(이름) 두 글자 옆에 '즉 광(㼂)의 셋째 아들이다'라고 쓰여 있었다. 읽기를 마치자, 내가 말했다.

"연세가 지금 얼마입니까?"

대비께서 말씀하셨다.

"열아홉 살이오."

내가 말했다.

"종사의 계획이 정해졌으니, 참으로 신하와 백성들에게 기쁘고 다행스러운 일입니다."

조인영이 말했다.

"먼저 군(君)으로 봉해야 할 것 같습니다."

대비께서 말씀하셨다.

"맞아들여 오는 의례와 절차를 예에 따라 거행하시오."

김도희가 말했다.

"대비께서 수렴청정(垂簾聽政)하시고, 절목(節目)은 전례에 따라 해당 관아에서 마련하는 것이 좋겠습니다."

대비께서 말씀하셨다.

"새 왕께서 연세가 스물이 가깝고, 나는 나이가 예순이 넘어 정신도 혼미해졌소. 지금 어찌 다시 이 일을 논의할 수 있겠소만 국사가 지극히 중요하여, 지금은 당연히 힘쓰고 따라야 할 일을 회피할 생각은 없소."(줄임)

김도희가 말했다.

"지금 이번 봉영 때 정경 대신 가운데 누가 나가야 합니까?"(줄임)

자성께서 말씀하셨다.

"정 판부사가 나가시오."

종응이 말했다.

"어느 승지가 나갈까요?"

대비께서 말씀하셨다.

"도승지가 나가시오."

내가 말했다.

"이번 일은 대단히 중대합니다. 서신을 받들어 공손히 전하고 공손히 받아야 실제로 예절에 부합됩니다. 이제 자교(慈敎)를 내리시어, 승정원에서 정서하여 대비께 보이게 하고, 옥새를 찍어 돌려보내서 채여(彩輿)에 받들고 의장(儀仗)을 갖추어, 신들이 함께 나아가 공손히 전하는 것이 옳습니다."

대비께서 하교하셨다.

"사리가 과연 아뢴 대로이니, 그렇게 하면 될 것이오."

또 하교하셨다.

"임금께서 오실 때에 쌍교(雙轎)로 행차하시는 것이 좋겠소."

이에 물러나 사옹원에 앉아서 예조의 아전을 불러 의주(儀注)를 내오게 하고, 병조의 아전을 불러 배위절목(陪衛節目)을 내오게 했다. (배위절목 줄임)

처음에는 금군 100명, 총영군 200명이었으나 모두 반수로 줄였고, 전어군(傳語軍)은 200명이 정해진 수였으므로 단지 위군(衛軍) 10명으로 부자(部字) 안에 명령을 전하게 했으며, 부(部) 밖은 경기감영에서 정해 보내게 하여 폐단을 없앴다. 그리고 삼영(三營) 및 총영(總營)에서 각기 군병의 노자를 내려 보내게 하여, 관청의 주방 및 여염집에 식량을 요구하지 않게 하였다. (줄임)

(약속한 장소에) 경기감영의 역마가 와서 기다리고 있지 않았다. 초경부
터 4경까지 앉아서, 경기 감사 김기만이 배행하러 오기를 기다렸다. 약현
(藥峴) 의막에 앉아 있는데, '기마가 모자라서 앉아있다'는 말을 (경기 감사
가) 듣고 급히 사인교 한 대와 교군 8명을 보내왔다. 그래서 이것을 타고
전진하였다. 밤이 어둡고 비가 쏟아졌는데, 횃불까지 없었다. 간신히 양화
진 나루에 닿았더니, 배는 모두 앞사람이 다 타고 가버렸다. 게다가 바람이
불고 물이 불어나 잠시 쉬었다. 진장(鎭將)이 수레 안에서 횃불을 잡고 양화
진을 건넜다. 먼저 도승지에게 채여를 배행하여 앞서 가게 하였다.

실록의 몇십 배 되는 이틀 동안의 일기만 보더라도,『경산일록』의
내용이 얼마나 상세한지 알 수 있다. 물론 실록과 일기의 기록 태도와
방식이 다르기 때문에 실록이 일기만큼 자세할 수는 없지만, 같은 역할
을 맡았던 관원 가운데 정원용만이 이같이 자세한 기록을 남겼다는 점
에서 후세에 증빙을 남기려고 했던 관원 정원용의 평생 글쓰기 태도를
확인할 수 있다. 그는 사관(史官)이 없는 위기 상황에서 국정(國政)을 기
록할 사관을 자임한 것이다.

연세대학교 학술정보원 국학자료실에『경산일록』17책이 소장되어
있는데, 원래 그가 기록한 일기는 이보다 분량이 더 많았다. 현재 확인
할 수 있는 것만 보더라도 몇몇 시기에는 별도의 일기를 썼다.

1808년 4월 7일부터 5월초까지 열성(列聖) 실록을 포쇄하고 정조대
왕의 지장(誌狀)을 봉안하기 위해 오대산(五臺山) 사고(史庫)를 거쳐 고
성군까지 25일 동안 다녀온 과정을『쇄사동정일기(曬史東征日記)』1책
31장으로 기록했다.

회령 부사로 재임하던 1829년 8월 13일부터 1830년 11월 23일까지
1년 남짓 기록한 일기가『경산북정록(經山北征錄)』제10책에 실려 있다.

그는 1831년 10월 16일에 동지정사(冬至正使)로 출발하여 이듬해 3월 27일 한양에 돌아와 입궐(入闕) 숙배(肅拜)하기까지 5개월 12일 동안 중국을 오가며 연행일기를 기록하였다. 『연사록(燕槎錄)』 2책 가운데 제1책이 일기이고, 제2책은 한시이다.

이 세 가지 일기는 자세하게 기록되었는데, 정원용은 이 일기들을 간단히 줄여서 『경산일록』에 실었다. 말하자면 『쇄사동정일기(曬史東征日記)』나 『경산북정록(經山北征錄)』의 제10책, 『연사록(燕槎錄)』 등은 그 자체로도 온전한 일기이면서 『경산일록』의 자료가 되는 셈이다.

그의 저술 가운데 일기는 아니지만 일기 형식으로 기록한 『독역일록(讀易日錄)』이란 책이 있다. 그는 『주역(周易)』을 공부하는 것이 역사를 공부하는 것과 마찬가지로 매우 중요하다고 생각하였다. 그래서 어려서부터 『주역』을 공부하려는 아이들에게 도움을 주기 위하여 일록(日錄) 형식으로 '건(乾)'과 '곤(坤)'을 비롯한 『주역』의 주요 원리들을 자세하게 설명한 글이 『독역일록(讀易日錄)』인데, 회령 부사 시절의 문집인 『경산북정록(經山北征錄)』 제8책이다.

위의 몇 가지 책만 보더라도 그의 평생 행적과 저술이 모두 일기에 기록되어 있음을 알 수 있는데, 그가 평생 일기를 기록하던 습관은 그의 선조에게 물려받아 자손에게까지 이어졌다. 그의 선조 정태화는 55세까지 일기를 기록했으며, 정원용의 아들 정기세, 손자 정범조, 증손자 정인승 또한 평생 일기를 기록하였다. 그 중간 선상에 위치한 정원용의 『경산일록』은 동래 정씨 집안의 기록정신에서 나온 문화유산으로, 『경산종환일록(經山從宦日錄)』이라는 부제목이 시사하듯이 70년 벼슬생활을 기록한 일기여서 한 세기 조선 역사를 그의 눈을 통해 볼 수 있다.

8. 정원용 마음의 고향 광명시 노온사동(시흥 아왕리)

지금의 광명시 노온사동은 정원용의 『경산일록』에서 시흥(始興) 왕리(旺里)로 기록되었다. 『정조실록』 19년(1795) 윤2월 1일 기사에 "금천현감을 현령으로 승격시키고 읍호(邑號)를 시흥(始興)으로 바꿨는데, 이는 옛 읍호를 따른 것이다"고 하였으며, 정조가 사도세자의 현륭원에 거둥할 때에 시흥 행궁에서 유숙하였다.

『신증동국여지승람』 제10권 「경기·금천현」 '군명(郡名)'에 시흥(始興)이 보이니, 고려 때에도 시흥군으로 불렸다. 『고려사절요』 강감찬(姜邯贊) 졸기(卒記)에

> 시중(侍中)으로 치사(致仕)한 강감찬(姜邯贊)이 세상을 떠났다. 한 사신이 밤중에 시흥군(始興郡)에 들어왔는데, 큰 별이 인가로 떨어지는 것을 보고 아전을 보내어 살펴보게 하였더니, 마침 그 집의 부인이 아들을 낳았다. 사신이 마음속으로 기이하게 여겨 데리고 돌아와 길렀으니, 이 아이가 바로 강감찬(姜邯贊)이다.
> 侍中致仕姜邯贊卒. … 有一使臣夜入始興郡, 見大星隕于人家, 遣吏往視之, 適其家婦生男. 使臣心異之, 取歸以養, 是爲邯贊.

라고 하여 시흥군을 영웅 강감찬 장군의 탄생지로 기록하였다. 광명시에 관향을 둔 금천 강씨가 이때부터 커다란 문중으로 발전한 것이다.

『신증동국여지승람』 제10권 「경기·금천현」 '풍속(風俗)' 항목에 "속동제완(俗同齊緩)"이라 하였는데, 소주(小註)에는

> 이규보(李奎報) 시에 '습속이 제나라 땅같이 느슨하다[習俗雖同齊土緩]' 하였으니, 제영(題詠)에 보인다.

李奎報詩, 習俗雖同齊土緩, 見題詠.

고 하였다. 정원용은 죽은 부모와 살아남은 후손들이 편안하게 지낼 땅을 찾아 시흥에 정착한 것이지만, 공자나 맹자의 고향처럼 느슨한 시흥 주민들의 습속이 자신의 느슨한 성격과 맞아서 이곳에 정착한 듯도 하다.

　한성부의 회현방은 경화세족(京華世族)들이 벼슬을 시작하기에 좋은 곳이었지만, 시흥은 전방위적인 지식인 공직자 정원용의 생애를 성공적으로 마무리하게 만들어준 곳이다.

가) 정원용이 명당으로 선정한 시흥 아왕리

　회현방 동래 정씨들의 선산은 과천에 있어서, 정원용은 자주 과천에 가서 성묘하였다. 초기의 『경산일록』에서 다음과 같은 과천 성묘 사례들을 찾아볼 수 있다.

　(1804년 9월) 10일. 임당(林塘), 양파(陽坡) 선조께 과천(果川) 선영에서 제사를 지냈다. 걸어서 사당리에 나아가 참례하였다. 예관은 임준상(任俊常)이었다. 당일 돌아왔다.[10]

　(1813년 6월) 5일. 사촌동생 시용·윤용과 과천의 경산(經山)에 갔다.

　(1823년) 5월 1일. 윤용과 의곡에 가서 계부 산소에 절하였다. 덕장동 친척 경명의 집에서 유숙하였다.
　5월 2일. 또 의곡에 갔다가 과천 경산의 농사(農舍)에 들렀다. 그리고 삼

---

10) 이하 『경산일록』 번역은 모두 허경진의 국역본을 인용하며, 연월(年月)을 괄호 안에 밝히고, 번거롭게 각주를 달지 않는다.

현의 친척 집에 들렀다가 돌아왔다.

회현방 동래 정씨의 대표적인 선조인 임당(林塘) 정유길(鄭惟吉, 1515~
1588)과 양파(陽坡) 정태화(鄭太和, 1602~1673)를 모신 과천 선영은 단순
히 성묘 때만 찾아가는 공간이 아니라, 삼년상 동안 여막살이를 하는
공간이자, 생업의 기지이기도 했다.

그러다가 어머니가 세상을 떠나자, 정원용은 새로운 문중을 일으키
기 위해 명당을 찾았다. 조부 정계순(鄭啓淳, 1729~1789)은 차남이어서
광주 북문 사창리에 새로 산소를 정하였는데, 근처에 있는 향교가 산송
을 일으켜 한참 후에야 안장하였다.[11] 아버지도 산송 과정에서 임시로
모셨다가, 42세 되던 1824년 10월에 어머니까지 세상을 떠나자 본격적
으로 명당을 찾아 나섰다.

(11월) 2일 성복하였다. 산지로 마산에 새로 정한 곳이 끝내 마음에 들지
않았고, 이 씨 집에서 잇달아 말을 내었으므로, 영구히 장사지낼 만한 곳을
다시 구하였다. 시흥 남면 아왕리(일명 사야)의 주봉 아래 이경무 대장 집에
서 이장한 옛터가 있는데, 판서 박종훈이 돈 천삼백을 주고 사두었다는 말
을 들었다. 지관을 데리고 가서 살펴보았다. 처음 볼 때는 눈 속에 광활하여
묘혈을 정할 수 없어서 다시 다른 곳을 구하였으나 구하지 못하고, 또 지관
을 데리고 가서 보았다. 산지기 김홍대의 집에 묵으면서 또 자세히 살핀 후
갑좌경향(甲坐庚向)의 언덕을 정하였다. 12월 26일을 마산에서 이장하여
합부(合祔)하고, 또 옛 무덤을 깨뜨리는 날로 잡았다.

---

11) 『經山日錄』, 1789년 8월. 新占山所, 於廣州北門外司倉里, 卽土人安億仲家後, 而地
師徐儀鳳所占也. 校儒, 以校宮近望, 起訟, 久而後安.

예전에는 시흥이 정조의 현륭원 참배를 수행하며 지나가던 공간이었지만, 이제부터는 부모를 모신 공간이 된 것이다.

나) 몇 년에 걸쳐 청렴하게 지은 시흥 아왕리의 집

시흥 아왕리는 한양에서 멀지 않은 곳이어서, 회현방 집에서 아침에 떠나 성묘하고 그날로 돌아갈 수도 있었다. 그러나 삼년상을 지내는 여막(廬幕)을 재실(齋室)로 바꿨다가 살림집을 지으면서 정원용은 이곳에서 제사와 명절을 지낼 뿐만 아니라 즐겁고 기쁜 일상생활까지 하였다. 1856년 동지섣달 그믐날에는 설을 시흥에서 지내려고 한강까지 갔다가 얼음이 반만 얼어서 되돌아오기도 하였으며, 썰매를 타고 한강을 건너기도 하였다.

그는 70여 년 관직생활을 하면서도 청렴하게 살았기에, 시흥 아왕리의 집은 여러 해가 걸려서야 완성되었다.

(1833년 8월) 25일 맑음. 봉심 후 떠나 시흥 왕리의 재실에 가서 묵었다. 변 비장이 수행하였다.

(11월) 19일 맑음. 집사람, 윤 씨 댁으로 시집간 딸과 출발하여 안양에서 점심을 먹고 저녁에 시흥 왕리의 선산 재실에 닿았다. 연화정에 닿으니 앞의 읍촌 부로들이 음식을 차려 와서 대접했다. 연화정 위에서 잠시 쉬었다. 남부와 북부에 각각 백 전씩 지급해 방역(防役)[12]의 땅으로 삼으라고 공문을 보냈다. 산소에 와서 절을 했다. 부모님에 대한 그리움이 절절하였다.

---

12) 시골 백성들이 부역 대신 돈이나 곡식을 미리 바치고 역을 면제받는 일.

재실만 있을 때에는 대개 성묘를 목적으로 방문했으며, 인원이 많지 않았다. 정원용은 주민들의 역을 줄여주고, 주민들은 음식을 접대하여 서로 돕는 관계가 이루어졌다.

(1849년 윤4월) 6일. 3월에 수리했던 내사(內舍)를 새로 지었다. 다방(茶房)과 행랑채 공사를 시작한 뒤에 한강으로 가느라 잠시 하던 일을 쉬었다가 목수 등이 또 내려와서 이날부터 또 시작하였다.

7일. 비가 내리더니 개었다. 이날 신시에 상량을 하고 또 수리하는 일을 시작하였다.

(윤4월) 16일. 목수가 수리를 마쳤다고 알려왔다. 와장(瓦匠)과 이장(泥匠)이 일을 시작했다.

(5월) 12일. 집 짓는 공사가 끝났다고 알려왔다. 공장(工匠)이 모두 돌아갔다. 내방(內房) 주위의 새집 5칸과 행랑 5칸을 세웠다.

(1851년 4월) 19일. 재작년 산소의 여막을 수리할 때에 아직 미처 벽을 바르지 못한 곳이 있어서 겸인(傔人) 응완과 함께 내외 여막의 벽을 발랐다.

안채 5칸, 다방(茶房), 행랑채 5칸을 짓고 벽을 바르는 데에 2년이 넘게 걸렸다.

(1864년 2월) 27일 흐렸다가 혹 맑아지기도 하였다. 앞들에 나무 5, 6백여 그루를 심었다. 왕리 마을 사람들 중 나무를 캐어다 심고 가꾼 18명에게 각각 술과 약과와 포(脯)와 감을 대접한 후에 모두에게 2전씩 지급하였다. 영래(領來)한 두 사람에게는 부채 두 자루를 지급하였다. 오른쪽 산기슭 밖에는 소나무를 심었고 또 상수리나무를 심었다. 둘째아이와 막내아이가 와

서 묵었다. 녹사 박유련이 와서 묵었다.

28일. … 이어 마을 사람들과 함께 작은 못과 큰 못을 팠다. 막내아이가 돌아갔다.

3월 1일. 날씨가 맑았다. 마을 사람 20명이 나무를 캐어 잡목을 앞들에 심었다. 각각 밥과 국을 대접한 후에 약과와 포와 감을 지급하였다. 장정 10명에게는 각각 15문전(文錢)을 지급하였고, 동자 10명에게는 각각 10문전씩 지급하였다.

2일. … 마을 사람 5명에게 내일 양화진으로 가서 김 대감 집 버드나무 가지를 잘라 와서 앞 냇가와 큰 못과 작은 못에 나누어 심으라고 시켰다.

1864년 봄에는 집 안팎의 조경에도 힘써 아왕리 마을사람들에게 나무를 캐어다가 심는 일을 맡겼는데, 장정과 동자의 품삯을 차등 있게 지급하고 음식을 접대하였다.

(3월) 9일. 경력 김명구가 왔다가 돌아갔다. 이전부터 작은 사랑채를 다시 고쳐 짓고 계단을 새로 세우고자 하는 뜻을 갖고 있었는데, 중림촌에서 마침 초가 10칸을 팔기를 원하는 자가 있어서 2백 냥을 주고 구입하고 이날 철거하여 가지고 왔다.

10일. 목수 3명, 조역(助役) 2명, 기군(機軍) 6명이 어제 내려왔다.

11일. … 노량 별장이 버들가지 네 바리를 보내주어 못가와 냇가에 나누어 심었다. 이날 진시에 작은 사랑채를 철거하였다. 석수 2명이 내려와 돌을 다듬었다.

21일. … 점심밥을 먹은 후에 화성으로 연뿌리를 캐러 갔다. 안산 권사인의 집 앞 연못에 심어놓은 것이다.

22일. (막내아들) 화성 판관이 쌀 2석과 고기 종류와 참기름을 보냈다. 또 연뿌리를 보냈다. 또 고을 안에 있는 연못으로 가서 캐어 가지고 와 마을 안 연못에 심었다.

(5월) 19일 위장(衛將) 이인복과 허 첨지가 서로 도와 도배한 후에 서울로 돌아갔다.

27일. 시흥의 사랑채를 짓는 일이 다 끝났다고 알려왔다. 간역(看役) 이 해진과 목수들이 들어왔다.

사랑채는 안채를 지은 뒤로부터 13년 뒤에야 초가 10칸을 사다가 옮겨 세웠으며, 연뿌리는 안산에서 옮겨다 고을 안 연못에 심었다. 이 뒤부터 마을에 있는 정자를 연화정(蓮花亭)이라 하였으니, 마을 사람들과 함께 즐긴 공간이었다.

(1864년 7월) 28일. (손녀) 이실과 함께 못가 정자에 가서 점심을 해서 먹었다. 마을 안의 연꽃을 심은 못은 본래 작은 섬이 있었는데, 그 섬 위에 새로 한 칸의 띠풀 정자를 지었었다.

(1866년 7월) 28일. 두 손녀 이실, 조실과 함께 시흥 산소 여막으로 갔다. … 저녁에는 동구(洞口) 안의 연정(蓮亭)으로 갔다. 연꽃 여덟, 아홉 송이가 활짝 피어 있어서 즐거운 마음으로 구경하였다.

면앙정 송순(宋純)이 "십 년을 경영하여 초가 삼간 지어내니 …"라고 시조를 읊었는데, 정원용은 실제로 10년 넘게 경영하여 초가 10칸의 사랑채를 세웠다.

29일. … 산정 중 사우정(四隅亭)에 부정한 일이 있었다고 들었다. 이인복을 시켜서 재목을 철거하여 목전인(木廛人)에게 주게 하고 석초(石礎)는 그냥 두었다.

그가 시흥 아왕리에 살림집을 지으면서 10년 넘게 걸린 이유는 청렴 결백한 그의 성품 때문이었다. 그는 평소에 친족이나 동료들을 접대하기 좋아하여 회현방 집에도 산정을 지었는데, 자신이 모르는 사이에 부정한 일이 있었다는 소식을 듣자 곧바로 재목을 철거하여 돌려주었다. 시흥 아왕리 집도 자신의 청렴을 손상하지 않는 범위 내에서 집을 짓다 보니 10년이 훨씬 넘게 걸린 것이다.

다) 정국을 구상하던 고향

정원용은 몸이 아프거나 왕과 견해가 다를 때에는 회현방 집을 떠나 시흥 아왕리에 내려와 쉬었는데, 예를 들면 1855년 1월에 시흥 집으로 가면서 철종에게 "고향 집으로 간다"고 상소하였다.

1일. 새벽에 문익공의 사당에 시제사를 행하였다. 마음이 한결같이 위태 롭고 떨려 상소하였다.
"곧바로 고향 길을 찾겠습니다. 대개 선배들 중에서 약원의 책임을 맡았 던 자들 중에는 그 정세(情勢)가 또한 고향을 찾은 전례가 많았습니다."
상소에 대한 비답이 잇달아 이르러, 시흥에서 죄를 기다리겠다는 뜻으로 부주하였다. 참관과 서흥 부사가 따라왔다. 이공산을 올렸다.
2일. 향사이공산을 올렸다. 또 삼전중속미음(三錢重粟米飮)을 올렸다.

오혁(吳爀)의 상소와 관련하여 정원용도 차자를 올려 함께 국문을 받 게 해달라고 청했다가 너그러운 비답을 받자, 시흥 집으로 돌아와 죄를 기다렸다. 그러나 영부사로서 약방의 도제조 책임을 다하느라고, 날마다 철종에게 올리는 한약의 처방과 시약 과정을 살폈다.

　1841년 4월에 우의정에 임명되자 사직 상소를 올리고 시흥 집으로 내려왔는데, 한 달 보름이 넘게 상소를 올리고 왕이 돈유를 내리는 과정이 『경산일록』에 자세히 기록되었다. 이런 일이 자주 있었으므로, 기간이 가장 길었던 이 사건을 예로 들어보인다.

　　22일. … 복상의 후보에 김흥근·정○○을 더하여 모두 낙점되었다. 이조판서 권돈인이 도목정사를 열어 김흥근은 좌의정, 나는 우의정에 임명하는 데 임금의 재가를 받았다. … 황송하고 두려워 어찌할 수 없었다. …

　　24일. 훈련대장 이유수의 삼호정(三好亭)을 빌려 머물렀다. 첫 번째 돈유(敦諭)를 가주서 장덕량(張德良)이 와서 전했다. 쌓인 죄를 아직 조사받지 않은 터라 새로운 명이 황송함과 두려움을 더욱 늘게 하였다. 감히 우러러 보답하지 못한다는 뜻을 구두로 전하였다. …

　　(5월) 14일. 네 번째 상소를 올려 엄한 비답을 받았다. '내 어린 아들[13]'이 함께 훌륭한 일을 하기에 부족하다'는 하교가 있기에 이르러 황송하고 두려워 몸을 어디에 둘지 몰랐다. … 지금 내린 비지(批旨)에 감히 들어 받들 수 없는 하교가 있으니 감히 서울 근처에 편히 거처할 수 없어, 다시 시골길을 찾아가 도착한 (시흥)현의 옥에서 죄를 기다리겠다고 전하였다. 그리고 홀로 말을 타고 시흥현으로 가서 명을 기다렸다. 이때가 2경쯤 되었다. …

　　15일. 즉시 한양성으로 들어오라는 뜻의 말씀이 또 전해졌다. … 또 '경의 고집을 내가 본래 깨닫지 못했고 공의 불안함을 내가 어찌 스스로 편안히 여기겠는가? 공은 더욱 헤아리라.'라는 전교가 있었다. …

　　16일. '우상의 일이 어찌 다르지 않으랴? 거조가 점점 더욱 괴이해지니 힘써 항거하는 것인가? 이기려고 힘쓰는 것인가? 공경하여 예우하는 것은 예우하는 것이고 명분을 지켜 해야 할 일은 해야 하는 것이니 우의정에게

---

13) 헌종을 가리킴.

파직의 법전을 시행하라'라는 하교를 받들고 더욱 황극하고 두려웠다. 이어서 탑동 이규현 형 집에 가서 점심을 먹고 왕리 산소의 여막에 왔다. …

17일. … 밤 4경에 다시 들으니 영상 조인영이 임금님의 앞에서 다음과 같이 아뢰었다고 한다.

"어제 전 우상에 대해 처분하신 하교는 실로 전 우상이 깊이 핑계를 대고 굳이 사양한 데서 말미암은 것입니다. … 그러나 다만 생각하건대 신하가 벼슬에 나오거나 떠나고 사직하거나 받을 즈음 '성을 낼지언정 변함이 없다'는 것이 바로 옛 교훈이니 대신을 공경하는 의에 있어서는 더욱 넉넉하게 포용하도록 부지런히 힘써야 합니다. … 오직 전하께서 더욱 참작하고 헤아리시기 바랍니다."

상께서 "헤아려 처리하였다."라고 말씀하셨다고 한다.

18일. 병마사 이관규(李寬奎), 벽동 수령 오치문(吳致文)이 만나러 왔다. 성주(城主)인 윤일선(尹日善)도 만나러 왔다.

19일. 경기도사 이봉순(李鳳純)과 좌랑 김영삼(金永三)이 만나러 왔다. …

29일. 다음과 같이 전교하셨다.

"지난날 전 우상의 처분은 특히 조정의 체모를 조금 남긴 것에 불과하나 역시 전 우상이 인용한 도의에 더는 남은 것이 없도록 하고 싶다. … 그러니 이 전교를 사관을 파견하여 알리고 함께 오라."

사관 김대규(金大圭)가 전하러 내려왔다. 사관의 숙소는 따로 먼 마을에 정하니 오가는 일과 지공(支供) 모두 민폐가 있었다. 역마와 인부를 즉시 돌려보내고 사관은 작은 방에 묵었다. 이로부터 아침저녁 밥을 제공했다. …

(6월) 4일. 현도(縣道)를 통해 다섯 번째 상소를 올렸으나 도리어 융중한 비답을 받았다. 또 사정이 억지로 하기 어렵다고 부주(附奏)를 올렸다. …

6일. 세 번째 돈유를 받들었다. '정성과 사례가 미진하여 어찌 비상한 거조를 안타깝게 여기는 지경에 이르게 하는가?'라는 하교였다. … 처음에는 (시흥)현의 감옥에서 명을 기다리려고 했으나 만약 또 엄한 하교가 있으면 더욱더 편안하기 어려울 것이었다. 그래서 의금부에서 명을 기다리기로 작

정했다. 이어서 부주를 다음과 같이 지었다.

"지금 내리신 타이름과 가르침이 매우 놀랍고 두려워 감히 일각이라도 편안히 있지 못하겠습니다. 앞으로 나아가 의금부에서 죄를 기다리겠습니다."

사관에게 부탁해서 먼저 장계를 쓰게 하고 탑동 사랑에서 묵었다.

7일. 해가 뜰 때 출발해 서울로 들어가 곧바로 전동으로 가서 자리를 정했다. 의금부에서 승정으로 대신이 명을 기다린다는 말을 알렸다. 승정원에서 계사를 들였다. 다음과 같이 전교하셨다.

"어제 내린 유지를 환수하라. 내가 방금 난간에 나와 기다리니 들어와서 직접 얼굴을 맞대고 내 얘기를 들어라."

황감함이 지극하여 받아들일 길이 없었다. … 추후에 말을 타고 평복으로 조방(朝房)에 들어가 시복(時服)[14]으로 갈아입고 입궐했다. 내삼청(內三廳)[15]이 숙배단자를 들였다. 이어서 인정전 뜰에서 사은숙배하였다. '우상은 머물러 기다리라'는 하교가 있어 빈청에 나아갔다. 승지 윤치수(尹致秀)가 불러오라는 명을 받들고 와서 전하였다. 삼가 받아 희정당에서 입시하였다. 내가 나아가 문후를 여쭈었다. 상께서 말씀하셨다.

"인의(引義)가 어찌 그리 심한가?"

내가 '염방(廉防)[16]이 지중하여 부득불 자제하겠다'는 뜻을 우러러 아뢰었다. 이어서 물러나겠다는 청을 특별히 허락해 달라고 청하였다. 상께서 말씀하셨다.

"지금 이미 벼슬길에 나왔는데 또 무엇 때문에 사면하려는 것이냐?"

나는 조정에서 물러난 후 또 학문에 정진하기를 기원하는 마음을 우러러 아뢰고 물러났다. 조정에서 빈대(賓對)[17]가 있는 10일에 나와 정하라고 하

---

14) 관원이 입시하거나 공무를 집행할 때 입는 예복.

15) 조선조 내금위·겸사복·우림위를 통틀어 일컬음.

16) 염치(廉恥)와 예방(禮防)을 가리킴. 예방은 예법으로 제한하여 그릇된 행동을 못하게 하는 것.

17) 매월 여섯 차례 의정(議政)·대간(臺諫)·옥당(玉堂)들이 입시하여 중요한 정무를 상주하는 일.

교하셨다.

　10일. 빈대(賓對)에 참석했다. … 상계서 말씀하셨다.

　"좌상과 우상의 뜻은 어떠한가?"

　신이 아뢰었다.

　"법전의 전례에 이미 원용한 증거가 있어 일의 도리에 구애될 것이 없으니 이와 같이 방식을 정하는 것이 좋을 것 같습니다."

　4월 22일에 우의정에 임명되어 6월 10일 빈대(賓對)에 참석해 정견을 아뢸 때까지 한 달 보름이 넘게 사직 상소를 올리고 시흥 집에 들어앉아서 앞으로의 정국을 구상하였다. 시흥 집에서 다섯 차례 상소가 올라가고 세 차례 돈유(敦諭)가 내려오는 절차를 거치는 동안 정원용과 사관들이 밤낮으로 한양에서 시흥까지 오르내렸다. 시흥 집은 상소문을 올리고 왕의 비답을 기다리기에 적합한 거리였다. 형식적으로는 사직 상소를 올렸지만, 관원들은 정원용을 이미 우의정으로 인정하여 시흥 집에 찾아들었다. 정원용은 조정과 적당한 거리를 두고 시흥 집에서 머물며 나름대로 정국을 구상했던 것이다. 좌의정이나 영의정에 임명되었 때에도 시흥은 사직 상소를 올린 뒤에 왕이 다시 부를 때까지 정국을 구상하는 공간이었다.

라) 주민들과 함께 즐거워하던 시흥 아왕리

　정원용이 시흥에 정착하면서 즐겁고 경사로운 일이 많아서 잔치를 많이 벌이게 되었다. 그때마다 조정에서 악공들을 보내어 음악을 연주케 하여 시흥 주민들을 즐겁게 하였다. 섣달그믐에 시흥으로 가서 설을 지내기도 했는데, 1856년에는 정월 대보름날 자연스럽게 주민들의 축제 구경을 하였다.

밤에 아이와 정언 직동과 더불어 시를 지었다. 또 마을 사람들이 줄다리기 놀이를 하는 것을 구경하였다.

가장 많은 잔치는 가족들의 생일잔치로, 그때마다 마을 주민들을 초청하였다.

(1864년 8월) 24일. 딸아이 윤실의 생일이다. 내종(內從)인 참판 이삼현과 둘째아이 기년이가 나왔다. 오정에 국수와 떡을 차렸다. 가까운 마을 사람 10명이 왔다.

(10월) 19일. 아우 강화유수의 생일이다. 모여서 이른 밥과 아침밥을 먹었다. 오찬에는 친척들과 동네 손님들이 많이 와서 모였다. 명주와 무명과 편지지 등을 지급하였다.

자손들이 많다 보면 자손 가운데 누군가 벼슬을 얻으면 시흥 산소에 가서 분황(焚黃)이나 영전(榮奠)을 행하게 된다.

(1837년 4월) 29일. 교하의 종제 시용이 나와 영전을 행하는데 슬픈 감정을 이길 수 없었다. 또 분황하여 고제를 지내고 아울러 축문이 있었다. 인천 수령 이형원, 시흥 본관 이명원이 와서 모였다. 소나무 그늘에 자리를 펴고 음악을 연주하고 놀이를 구경하였다. 원근 백성 남녀 중 모인 자가 천여 명이 되었다. 술과 떡을 나누어 주었다. 그러나 소란스러워 고르게 나누어 줄 수 없었던 것이 흠이다.

(11월) 8일. 시흥 산소에 갔다. 맏아이와 막내아이, 조카와 주서(注書)인 손자 범조가 따라갔다. 서생(庶甥) 김홍석, 겸인 장신영도 같이 갔으며, 여종들도 갔다. 광주에 갔던 악공도 왔다. 잡가객(雜歌客) 세 사람은 저녁에 왔다.

지공은 본관에서 해 주었는데, 하속과 묘지기의 집에서 갖추어 대접하였다.

9일. 날씨가 맑고 따뜻했다. 진시에 산에 올랐다. 축문을 갖추고 영전을 행하였다. 요전상은 부평에서 준비했다. 그릇 수는 거의 40개가 되었다. 이 날 둘째아이와 손자 묵조가 내려와 동참하였다. 또 집에서 전(奠)을 준비하고 축문을 갖추어 부인의 묘에 영전을 행하였다.

4월 29일. 분황(焚黃) 때에는 원근 주민 천여 명을 접대하면서 골고루 나눠주지 못하는 것을 아쉬워했으며, 11월 영전(榮奠)에는 이틀 동안 악공과 가객(歌客)들이 시흥에 와서 영전(榮奠)을 공연하였다.

(1864년 5월) 17일. … "금년 정월에 큰 손자 기세가 다시 병조판서에 제수되었고, 3월에는 둘째 손자 기년이가 장악정에 제수되었으며, 막내손자 기명이 특별한 은총을 입어 서흥 부사에서 화성 판관으로 바뀌게 되었습니다. 이는 음우(蔭佑)가 여기까지 미친 것이니 영광스러움과 감사함을 이기지 못하겠기에 감히 고합니다. ……"

정경부인의 산소에도 같이 구고하고 전(奠)을 행한 후에 음복상(飮福床)을 받았다. 마을사람 13명에게 각각 한 상에 국수와 떡과 술과 고기와 과일을 차려주었다.

위의 일기에는 정원용이 부모의 묘 앞에 가서 세 손자(자신의 아들)가 새 벼슬을 얻은 사연을 구체적으로 아뢰는 모습이 보인다. 역시 마을 주민들을 불러다 접대하였다.

1862년 2월 18일에 정원용이 팔순(八旬) 생일을 맞게 되자 철종이 1등 사악(賜樂)을 보냈는데, 회현방 집뿐만 아니라 시흥의 집에도 보냈다. 3월 22일에 철종이 회현연(回榜宴)을 베풀고, 시흥 가는 길에도 "말과 요전상(澆奠床)을 갖추어 지급하라."고 전교하였다.

25일. … 나는 공복에 꽃을 꽂고 평교(平轎)를 타고 집으로 돌아갔다. 도로에는 구경꾼들이 담장을 둘러친 것처럼 많았으니 참으로 영광스러운 일이었다. 새로 급제한 이들에게 모두 찬상을 대접하였다. 저녁에 선영을 영성(榮省)하겠다고 차자를 올리니 편한 대로 갔다 오라고 비답하셨다. 이어 전교하셨다.

"말과 요전상(澆奠床)을 갖추어 지급하라."

(3월) 26일. 시흥 산소에 갔다. 아우 참판 헌용, 아들 좌참찬 기세, 훈도 기년, 광주판관 기명, 손자 교리 범조, 조카 교리 기회, 외손 검교 대교 윤자덕, 차손 묵조와 경조, 서손 간, 나이 어린 손자 증신과 증은, 둘째 며느리, 장녀, 손녀 이실과 조실, 손자며느리와 백경이 갔다. 악공 36명, 무동 10명, 전악 2명과 약원의 하인까지 도합 50여 명이 행차하였다. 한천점에 이르러 공복을 입었다. 홍패와 여개(輿蓋)를 앞세우고 여막에 이르렀다. 본관 조병검이 와서 만났다. 주물상(晝物床)과 저녁밥을 갖추어 일행에게 모두 대접하였다.

27일. 종제 판서 시용이 나왔다. 요전상은 남양에서 준비하였다. 축문을 지어 영전을 행하고 또 축문을 지어 부인의 묘소에 영전을 행하였다. 오정에 묘소 앞 평지에 차일을 설치하였다. 가까운 마을에서 보러 온 사람들은 물론이고 아는 사람이나 모르는 사람이든 나누어 앉아 서로 북남쪽을 향한 채 잔칫상을 받았다. 상에 꽃을 꽂아 대접하였다. 음악과 무동을 베풀었고 한편에는 광대가 선희(縇戱)를 베풀었다. 구경꾼들의 수를 헤아릴 수가 없었다. 모두에게 술과 떡을 나누어 대접하였다. 종제 판서가 돌아갔다. 남양의 제물 색리(色吏) 등에게 모두 부채와 모자를 지급하였다.

28일. 광주 판관이 집에서 준비한 찬으로 영전을 행하였다. 맏아이, 막내아이, 집의 아우, 손자아이와 손자며느리가 돌아갔다. 집의 조카가 돌아갔다. 악공도 모두 돌아갔다. 산지기와 묘촌(墓村) 사람들이 기뻐하기에 다섯 집에 부채 한 자루와 면포 한 필을 지급하고 산지기에게는 베 한 필을 더 지급하였다.

30일. 아이들과 내행들이 모두 돌아갔다.

잔치는 닷새나 계속 되었는데, 철종이 1등 사악과 약원의 하인까지 50여 명을 시흥에 내려 보냈고, 정원용의 친지들도 수십 명이 찾아와 아왕리가 시끌벅적하였다. 관아와 아들들이 참석자들에게 점심, 저녁 을 접대하였는데, 가까운 마을에서 보러 온 사람들은 물론이고 아는 사 람이나 모르는 사람이든 나누어 앉아 서로 북남쪽을 향한 채 잔칫상을 받았다. 악공들은 사흘 만에 서울로 돌아갔으며, 산지기뿐만 아니라 묘 언저리의 주민들에게까지 부채와 면포를 선물하였다.

악공(樂工) 36명과 무동(舞童) 10명은 서울 집에 보낸 1등 사악과 같 은 숫자인데, 오방무(五方舞) 5명만 시흥 집에는 오지 않았다. 한천점에 서 공복을 갈아입었다고 했으니, 거기서부터 풍악을 울리고 춤을 추면 서 시흥 아왕리까지 행진하였을 것이다. 아왕리까지 이르는 길가의 주 민들도 보기 힘든 구경거리를 즐겼고, 아왕리 인근의 주민들은 잔칫상 까지 받아 두고두고 이야깃거리가 되었을 것이다.

(1865년 5월) 3일. 마을 안과 왕리의 동창(東倉) 장제리 백성 40명이 대 궐을 짓는 일에 갔다.

(윤5월) 6일. 밤에 가랑비가 내렸다. 가뭄 끝인지라 매우 기뻤다. 하지만 밤까지는 쏟아지지 않고 이내 개어버리고 말았다.
7일. 가랑비가 내리는 가운데 서울로 출발하였다. 식구들이 모두 올라왔 다. 아침에 비가 오다가 그쳐버렸다. 농사짓기에 가물어 고민이다. 막내아 이는 안성에 있었다. 기우제를 행하느라 올라올 수 없다고 들었다.

정원용은 시흥 집에 들어앉아서도 마을 소식을 전해 들으며, 경복궁 중건 공사에 불려가는 백성들의 숫자도 일기에 기록하였고, 가뭄이 들면 함께 걱정하다가 가랑비만 내려도 기뻐하였다. 주민들과 즐거움이나 슬픔을 함께했던 것이다.

마) 정원용이 기록에 올린 광명리(光明里)

지금의 광명시는 1970년 6월 10일에 광명리와 철산리를 관할하는 서면 광명출장소가 설치되면서 행정구역으로 이름을 알리기 시작했는데, 우리나라의 한문 기록을 총괄하여 데이터베이스로 구축한 고전번역원 DB에서 '광명리(光明里)'를 검색하면 봉조하 최규서가 예전에 과천 광명리에 잠시 살았다는 기록 1건만 보인다. '광명'이라는 지명이 역사에 기록될 만한 내역이 별로 없었던 셈인데, 그나마 과천 시기의 광명리였다.

시흥의 광명리는 정원용의 『경산일록』에서 처음 보인다.

정원용이 명당을 찾은 이유는 둘째 아들 정기년(鄭基年)의 묏자리를 구하기 위해서였다. 정기년은 6월 7일에 생일을 맞아 가족들이 전부 모여 축하했는데, 10일부터 증세가 좋지 않아 부평 관아에 있던 아내와 며느리들이 회현방 집으로 모였으며, 11일에 병세가 심해져 부평 부사 종3품 체직 상소를 올렸다. 그날 사시(巳時)에 운명하여 12일에 입관하고 장지를 구하였다. 15일에 지사 양종화·원○○ 등이 시흥에서 산지를 구하기 시작하여 원근에서 명당을 찾다가 마음에 드는 곳을 찾지 못해 1865년 7월 22일에 임시로 장사지냈다.

장사지낸 뒤에야 시흥 관내인 광명(光明)에서 명당(明堂)을 찾아냈다.

(9월) 2일. 찬성이 김증정과 함께 와서 광명(光明) 산지(山地)를 보았다. 저녁에 이곳에 다다랐다가 또 모촌에 갔다. 일전에 보아 두었던 곳은 불길하다며 광명 땅이 적합하다고 하였다.

3일. 날씨가 맑고 따뜻하였다. 판서와 김증정과 낭청 김증선과 함께 광명 산지로 가서 땅을 살펴보았다. 김증정과 그 나머지 사람들의 범안(凡眼)으로도 모두 좋다고 찬탄하였다.

아들과 지관들이 한동안 길지라고 여겼던 서인천의 모촌도 불길하다고 여겨져, 광명으로 이장하기로 결정하였다.

(1867년 3월) 6일. 둘째아이의 면례(緬禮)를 광명리의 새로 고른 땅에다 행하려고 맏아이와 찬성과 지사가 보러 갔다.
7일. 맏아이가 산지에서 돌아왔다. 여러 지사들이 모두 찬미하였다. 진좌(辰坐)로 정하고 금정(金井)을 여니 흙빛이 아주 좋았다고 하였다.
9일. 관을 내니 무덤 속이 안온(安穩)하였다고 한다. 식후에 광명 신산(新山) 아래로 인행(引行)하였다.
10일. 인시에 하관하였다. 신시에 찬성과 광주 판관과 은아(誾兒)가 모두 돌아갔다.

1867년 3월 10일에 정원용의 둘째 아들 정기년의 묘를 광명으로 이장하면서 부모로부터 3대째 광명시에 묘를 쓰고, '괭매'를 광명리(光明里)로 기록하였다. 정원용 문중에서 시흥의 인연이 광명으로 이어진 것이다.

9. 맺음말: 정원용 기록을 정리하고 선양할 광명시의 과제

정원용의 방대한 필사본 저술은 다양한 글쓰기를 통해 조선시대 관원의 체계적인 기록 태도를 보여준다. 목민관 시절에는 행정과 사법을 맡은 지방관으로서 지방행정의 기반을 확고히 하는 글을 썼다. 연행 시기에는 일기뿐만 아니라 청나라 문인들과 주고받은 편지와 시까지 함께 편집해, 국제교류의 실체를 분명하게 드러내 보였다. 재상 시절에는 국가 행정의 전고를 정리하는 글을 써서 후배들에게 전범을 남겼으며, 90년 동안 일기를 기록하여 평생 글쓰기의 모범을 보였다.

영변 부사 시기의 경우를 예로 들면 현재 전하는 활자본『경산집(經山集)』 20권 10책에 실린 시는 필사본『약산록(藥山錄)』에 실린 시의 10분의 1밖에 실리지 않았으며, 공문 성격의 글은 거의 싣지 않았으니, 그가 실제로 저술한 분량은 엄청나다. 평생 요직에 있으면서 행정에 몰두했던 사실을 염두에 둔다면, 그는 하루 종일 틈날 때마다 글을 쓰고 정리했던 것은 아닐까.

90년 동안 기록한 일기『경산일록(經山日錄)』 17책만 해도 세계에서 가장 오래 쓴 개인 일기라고 할 수 있겠지만, 아들 정기세와 증손자 정인승이 50년 동안 쓴 일기『일록(日錄)』 15책, 손자 정범조가 39년 동안 쓴 일기『일록(日錄)』 19책까지 합하면 4대에 걸쳐 200년 가까이 51책을 기록했으니 그야말로 유례를 찾아보기 힘들다. 이러한 글쓰기는 이 집안의 선조인 정태화(鄭太和)의『연기초략(年紀抄略)』에서 시작된 전통이다.

2009년 2월 18일부터 20일까지 경기도 이천 유네스코 평화센터에서 열린 '유네스코 세계기록유산 아태지역 훈련 워크숍'에 참여한 유네스코 세계기록유산 국제자문위원회 등재심사소위원회 위원장 로슬린 러셀 여사는 "한국의 세계기록유산이 왕실 중심으로 등록되어 있다."면서, 민간 기록의 등재를 추진하라고 권유하였다. 우리나라에서 세계기록유산에 등재를 추진할 만한 민간기록이 많겠지만, '정원용·정기세·정범조·정인승 4대의 일기'도 등재를 검토해볼 만한 가치가 있다.[18]

정원용 문중의 4대 일기가 세계기록유산 등재 기준에 부합하는지 엄밀한 검토가 필요한데, 그보다 앞서 한자로 기록된 정원용의 방대한 기록들을 1년에 하나씩이라도 현대어로 번역하여 광명시민뿐만 아니라 우리 모두에게 공개하는 것이 중요하다. 정원용·정기세·정범조·정인승 4대의 일기는 한글로 번역하여 종이책으로 출판하는 데 그치지 말고, 데이터베이스로 편찬하여 국내외 학자와 일반인들이 다양한 목적에 따라 검색할 수 있도록 공개할 필요가 있다.[19]

정원용이 평생 쉬지 않고 집필하거나 정리하여 목민관, 법관, 외교관, 경제전문가, 재상, 백과사전학자로서의 저술들을 우리에게 남겨준 만큼, 광명시와 우리 학계의 숙제가 크다고 할 수 있다.

18) 경산일록 번역자인 허경진과 구지현은 조선통신사 기록의 세계기록유산 한일공동 등재 작업 때에 학술위원으로 참여하였다.

19) 필자는 한국연구재단 토대연구의 지원을 받아 2015년부터 2018년까지 「수신사 및 조사시찰단 자료 DB 구축」 사업을 수행하면서 다양한 종류의 일기와 기행문들을 데이터베이스로 편찬하는 방법을 축적하였다. 정원용 4대 일기도 이와 같은 방법으로 데이터베이스를 편찬하여 국내외에 공개하면 효과적으로 활용할 수 있다.

『경산집』을 통해 본 시인 정원용

심경호

1. 서언

정원용(鄭元容, 1783~1873)은 조선시대에 관직 생활을 오래 한 사람들 가운데 특히 주목할 만한 인물이다. 순조와 헌종, 철종, 고종 등 4대 왕에 걸쳐 72년간 조정에서 관료생활을 하면서 30년간 재상직에 있었고 영의정을 여섯 차례나 지냈다. 명나라 호형(胡濙)은 여섯 왕을 두루 섬기며 60년 동안 관직에 머물렀고, 왕서(王恕)는 50여 년이나 벼슬을 살았으며, 장무(張懋)는 부친 장보(張輔)의 공작(公爵) 작위를 이은 것이 66년이었고 병권을 잡은 것이 40년이었다. 유윤(劉珝)은 50여 년을 관직에 있었고, 곽횡(郭鈜)은 50년간 벼슬했다. 하지만 조선에서는 그렇게 오랫동안 관직에 있었던 사람은 정원용 외에 달리 없다.

정원용의 집안은 본관이 동래이되, 서울 회동에 세거했으므로 회동 정씨라고 부른다. 조선 선조 때 정유길(鄭惟吉)은 좌의정을 지냈고, 그 아들 정창연(鄭昌衍)의 손자 정태화(鄭太和)는 현종 때 영의정에 여섯 번이나 복배되었다. 정유길의 직손 가운데서 한성 판윤이 14명이나 나왔고 부마가 둘이나 나왔다.

정원용은 순조 2년(1802) 문과에 급제하여 이조와 예조, 병조의 참판 등 여러 관직을 두루 거쳤다. 순조 21년(1821)에 괴질이 서북지방에 크게 번지고 천재(天災)가 발생하여 민심이 어지러워졌을 때는 관서 위유사로서 평안도 지방을 순찰하고 대책 마련에 힘썼다. 순조 31년(1831)에는 동지사로 청나라 연경에 다녀왔다. 헌종 9년(1843) 판중추부사가 되고, 헌종 14년(1848) 영의정에 이르렀다. 이듬해 헌종이 승하하자 강화에 살던 덕완군 이원범(李元範)을 왕으로 영립할 것을 주장하여 철종으로 옹립했다.

정원용은 정조(正祖)·순조(純祖)·익종(翼宗) 삼조(三朝)의 보감(寶鑑)을 편찬한 후 세초연(洗草宴) 때 선온(宣醞)이 있자 사은(謝恩) 전문(箋文), 자신의 회혼일(回婚日)에 선온이 있자 사은 전문, 자신의 문과회방일(文科回榜日)에 궤장(几杖)과 선온(宣醞)이 내리자 사은 전문을 작성했다. 또한 강녕전(康寧殿), 오순정(五詢亭), 화수정(花樹亭), 학포당(學圃堂), 산하출천재(山下出泉齋)에 대한 상량문(上樑文)을 남겼다. 전문과 상량문을 보면, 정원용이 '운어(韻語)'에 대단히 뛰었다는 사실을 잘 알 수 있다.

이 가운데 정조·순조·익종 삼조의 보감 세초연 때 선온에 사은하기 위해 작성한 전문은 65세 때인 헌종 13년(1847, 정미) 조인영(趙寅永)과 함께 『삼조보감(三朝寶鑑)』의 교정대신(校正大臣)에 차임되어 세초연 때 지은 전문이다.[1] 국고전장(國故典章)에 밝고 사필(史筆)이 공정하다고

---

1) 『국조보감』은 조선조 역대 국왕의 치적 중에서 모범이 될 만한 사실을 수록한 편년체의 역사책으로, 정조 6년(1782)에 조경(趙璥) 등이 이미 완성되어 있던 『사조보감(四朝寶鑑)』 등 전대의 보감에 이어 나머지 임금들의 보감을 편찬하여 『국조보감』 68권과 별편 7권을 완성했고, 헌종 13년(1847) 조인영(趙寅永), 정원용(鄭元容) 등이 정조·순조·익종의 『삼조보감(三朝寶鑑)』을 편찬했다. 이듬해 『국조보감』 82권과 별편 10권이

평가되었기 때문에 참여한 것이다.

한편, 회혼일 선온에 대해 사은 전문, 문과회방일 궤장 하사와 선온에 대한 사은 전문은 정원용이 인수(仁壽)했기에 작성할 수 있었던 글이다. 즉, 철종 8년(1857) 1월 17일(경오), 영중추부사 정원용은 회근을 맞았다. 철종은 이원(梨園)으로 하여금 2등악을 보내게 하고 승지를 보내 선온하며 잔치에 드는 비용과 안팎의 옷감, 음식물을 해조(該曹)로 하여금 넉넉히 보내도록 하라고 하교했다. 회근례 다음날 정원용은 「사회근일선온전문(謝回졸日宣醞箋文)」을 철종에게 올렸다. 또한 철종 13년(1862) 정월에 정원용은 팔순이 되고, 또 순조 2년(1802) 10월 순조 혼례를 축하하는 경과(慶科)에서 급제한 지 60년이 되었다. 철종은 정원용이 나이와 덕망이 모두 높고 네 조정을 두루 섬긴 데다가 급제했던 과거가 경과였던 것을 이유로, 문과회방일에 궤장을 내리고 연회에 소용되는 물품을 실어 보냈다. 그리고 승지를 보내 선온하고 1등악을 내려 보냈다. 문과회방일 다음날, 정원용은 「사문과회방일사궤장선온전문(謝文科回榜日賜几杖宣醞箋文)」을 올려 사례했다.

또한 정원용은 71세 되던 철종 4년(1853, 계축) 여름, 장남 정기세(鄭基世)의 강화(江華) 임소에서 취양(就養)할 때 강화도의 지세, 연혁, 풍광을 소재로 「강도부(江都賦)」를 지었다. 이 부를 보면, 정원용의 필세가 만년에 이르러서도 조금도 감쇠하지 않았음을 잘 알 수 있다. 더구나 초간본의 문집 『경산집(經山集)』에는 20세부터 84세까지의 시가 차례대로 배열되어 있어서, 정원용의 굳건한 태도, 중후한 필세가 일생 변하지 않았다

완성되었으며, 융희 2년(1908) 이용원(李容元) 등이 규장각에서 헌종·철종의 보감 편찬에 착수하여 이듬해 완성함으로써 총 90권 28책이 되었다.

는 사실을 잘 알 수가 있다. 가장 만년의 시는 84세 되던 고종 3년(1866, 병인) 10월 19일, 상경하여 아우 정헌용(鄭憲容, 1795~1879)의 생조(生朝)에 참여하고 지은 칠언고시 20운 40구의 장편시이다.[2]

여기서는 문집 『경산집』을 중심으로 정원용의 시세계를 개괄하기로 한다.

2. 정원용의 문집, 저술과 『경산집』 수록 시

정원용은 정조 7년(1783) 돈녕부 도정 정동만(鄭東晩, 1753~1822)과 예조판서 이숭우(李崇祐, 1723~1789)의 딸인 용인 이씨 사이에 장남으로 태어났다. 본관은 동래(東萊), 자는 선지(善之), 호는 경산(經山)이다. 시호는 문충(文忠)이다. 영의정을 지낸 정태화(鄭太和)의 6세손이다. 할아버지는 사간원 대사간을 지낸 정계순(鄭啓淳)이다. 아들로는 이조판서를 지낸 정기세(鄭基世)와 부사를 지낸 정기명(鄭基明)이 있다. 동어(桐漁) 이상황(李相璜, 1763~1841)은 정원용의 척숙(戚叔)이었다. 이유원(李裕元, 1814~1888)은 아우 정헌용(鄭憲容, 1795~1879)의 사위이니, 곧 정원용의 질서(姪婿)이다.

정원용은 생전에 김창집의 4대손인 풍고(楓皐) 김조순(金祖淳, 1765~1832), 석애(石厓) 조만영(趙萬永)과 운석(雲石) 조인영(趙寅永) 형제, 이재(彛齋) 권돈인(權敦仁), 연천(淵泉) 김이양(金履陽) 등과 깊이 교유했다.

---

2) 鄭元容, 「陽月十九卯君判書之生朝也余自鄕廬上京把酒相歡詩以識之」, 『經山集』 권4, 한국문집총간 300, 한국고전번역원, 2002. 이하, 정원용의 시는 이 텍스트에서 취하며, 면수는 일일이 표시하지 않는다. 정원용이 지은 각 시의 형식과 창작시기에 대해서는 본고의 부록을 참조.

정원용의 행장(行狀)은 조카사위 이유원이 지은 것[3]과 외손 윤자덕(尹滋悳)이 1886년경에 지은 것이 있다. 이유원이 지은 행장은 정원용의 시호를 의정한 일로 끝맺고 있고, 윤자덕이 지은 행장은 더 풍부한 내용을 덧붙였다. 장남 정기세(鄭基世)가 묘표를 짓고, 손자 정범조(鄭範朝)가 묘지(墓誌)를 지었다. 정원용 자신은 조부 정계순(鄭啓淳) 묘표, 중부 정동면(鄭東勉) 묘표, 부친 정동만(鄭東晚) 묘표, 계부 정동일(鄭東逸) 묘지명을 지었다.

정원용은 정조 7년(1783) 2월 18일, 서울 회현방(會賢坊)에서 태어났다. 11세 되던 정조 17년(1793), 상제(庠製) 동몽시(童蒙試)에서 장원을 했다. 15세 되던 정조 21년(1797) 7월, 강릉 김씨 김계락(金啓洛)의 딸과 혼인했다. 19세 되던 순조 원년(1801), 식년시에 입격했으나 회시에 낙방하고, 이듬해 순조 2년(1802) 10월, 문과에 합격한 후, 순조 3년(1803) 정월, 가주서(假注書)가 되었다가, 순조 4년(1804) 승문원 권지부정자가 되었다. 이후 홍문관, 사간원, 사헌부, 규장각 등의 직을 거친 후, 37세 되던 순조 19년(1819) 대사성과 대사간에 임명되었다. 그리고 영변 부사, 전라도 관찰사, 강원도 관찰사, 회령 부사, 수원 유수, 평안도 관찰사, 함경도 관찰사 등의 외직과 승지, 형조판서, 병조판서, 이조판서, 예조판서를 거쳐 59세 되던 헌종 7년(1841) 우의정에 임명되었으며, 헌종 8년(1842) 좌의정을 거쳐 헌종 14년(1848)부터 고종 5년(1868)에 다시 영의정에 임명되었다.

정원용은 90년 동안 기록한 『경산종환일록(經山從宦日錄)』(『경산일록(經山日錄)』) 17책을 남겨, 현재 연세대학교 학술정보원 국학자료실에

---

3) 李裕元, 「鄭元容行狀」, 『嘉梧藁略』冊19.

소장되어 있다. 그밖에 1807년 4월부터 5월까지 열성(列聖) 실록을 포쇄하고 정조의 지장(誌狀)을 봉안하기 위해 오대산을 다녀오면서 기록한 『쇄사동정일기(曬史東征日記)』 1책, 1831년 10월부터 1832년 3월까지 『동지정사(冬至正使)』로 북경을 다녀오면서 기록한 『연사록(燕槎錄)』 2책이 있다.

정원용은 각 벼슬에 있을 때마다 지은 글들을 모아서 초고를 편집하고 벼슬과 관련된 제목을 붙였다. 연세대학교 학술정보원 국학자료실에 『약산록(藥山錄)』(1819~1822), 『경산북정록(經山北征錄)』(1829~1830), 『기성록(箕城錄)』(1833~1835) 등의 초고들이 소장되어 있다. 이 가운데 『약산록』 4책은 정원용이 영변 부사에 임명된 1819년 12월 6일부터 좌승지로 승진한 1822년 6월 2일까지 2년 6개월 동안 지은 시문을 모았다. 허경진 선생의 연구에 의하면 『약산집』에 실린 시 170수 가운데 18수만 활자본 『경산집』에 실려 있다고 한다. 최근 발견된 일본 동양문고본 『경산집초초(經山集初草)』에 실린 시문(1810년 8월 15일부터 1811년 4월 중순까지 지은 시문)은 활자본 『경산집』에 한 편도 실리지 않았다.

또한 정원용은 공문류도 많이 남겼다. 순조 33년(1833) 11월부터 1835년 7월까지 평안도 관찰사로 있을 때 감영에서 하급 관청으로 내려보낸 공문 30편을 『관첩록(關牒錄)』 1책으로 엮고, 같은 시기 평안도 감영에서 관아 사이에 오간 공문을 『서첩록(西牒錄)』 3책으로 엮었다. 1831년 4월부터 1832년 10월까지 형조판서로 재임하면서 전국 살인사건 31건을 판결한 내용을 『유경록(惟輕錄)』 1책으로 정리하고, 1833년 11월부터 1835년 7월까지 평안도 관찰사로 재임하면서 살인 사건 185건을 판결한 내용을 『유경록』 5책으로 엮었다. 또한 1840년 3월부터 1841년 4월까지 함경도 관찰사 재임할 때 감영과 속현 사이에 오고간 공문을 편집한

『북첩록(北牒錄)』 4책(전5책)을 남겼다. 1803년부터 1851년까지의 정무를 기록한 『황각장주(黃閣章奏)』도 있다.

한편, 정원용은 인물고사와 국고전장(國故典章)의 사항들을 정리하는 것에 큰 관심을 기울였다. 본인의 편서 이외에, 금석(金石) 이존수(李存秀, 1772~1829)가 순조 29년(1829, 기축년)에 『광보자경편(廣補自警編)』[4]을 엮은 점에 대해서도 주목했다. 이 편서는 『역경』·『시경』·『서경』·『중용』·『대학』·『논어』·『맹자』·『효경』·『성리대전』·『송명신언행록』 및 조선의 『율곡전서』(282항)·『퇴계집』(3항)·『우암집(尤庵集)』(31항) 등 28종 책에서 경계의 말을 뽑아서 엮고 책 말미에 『자경편』을 둔 것이다. 이존수는 달성 서씨 서영보(徐榮輔, 1759~1816), 연안 이씨 종친인 이만수(李晩秀, 1752~1820), 김조순 등 당대의 시파 및 노론의 인물들과 교유했다.[5] 정원용은 이존수 행장을 지어 이존수가 『광수자경편』을 엮은 사실을 특별히 기록했다.[6] 그리고 정원용은 스스로 편찬한 초집(抄輯) 및

---

4) 李存秀, 「廣補自警編總敍」『廣補自警編』. "余於請告在江上也, 裒成一書, 上輯易·書·詩三禮之文, 以及乎庸·學·語·孟·孝經之章句, 下緝二程·朱子之訓, 以及乎小學·近思錄·性理大全·濂洛諸賢之說, 與大學眞衍丘補. …… 又採本朝之退陶·栗谷·尤庵三先生之言, 以附焉. …… 又於宋人自警本編, 精抄其格言至論, 付之篇末, 合以名之曰廣補自警編."; 안솔잎, 「조선시대 自警編의 간행과 편찬에 대한 연구」, 고려대학교 대학원 국문학(한문학 전공) 석사논문, 2018.

5) 본관은 延安, 자는 聖老, 호는 金石 또는 蓮游, 시호는 文翼이다. 廷龜의 7세손이며, 증조할아버지는 옥천군수 舟臣으로, 조부는 영의정 李天輔(1698~1761)이고, 부는 판서 李文源이다. 李天輔는 노론 출신 영의정이지만 영조가 사도세자에 대한 교육의 책임을 묻자 스스로 목숨을 끊었다. 이문원은 벼슬길에 올랐지만 벽파의 모함을 받았다. 하지만 이문원은 남인의 영수 蔡濟恭을 탄핵하여 향리로 쫓겨나게 했다.

6) 鄭元容, 「左議政李公(存秀)行狀」經山集 卷18. "己丑春, 退居鷺湖僑舍, 嘗言曰: '聖人作經, 將使讀者, 誦其文思其義, 知事理之當然, 見道義之全體而力行之, 以入聖賢之域也. 不讀則何以知修身治國之事乎?' 遂裒成一書, 上輯易·詩·書三禮之文, 以及乎庸學語孟孝經之章句, 下緝性理大全濂洛諸賢之說, 與大學眞衍丘補, 宋名臣言行之錄, 採

찰기(札記) 정리본을 여럿 남겼다. 중국 문헌을 초록하여『총진편금(叢珍片金)』1책(전3책)을 남겼고, 조정의 전장(典章)이나 의칙(儀則), 사가(私家)의 덕행, 선배의 문장과 의론을 정리하여『수향편(袖香編)』3책을 남겼다. 이 둘은 연세대학교 학술정보원 국학자료실에 있다. 또 우리나라 상고시대부터 조선 말까지의 문물제도의 사항을 분류하여 엮은『문헌촬록(文獻撮錄)』필사본이 별도로 전한다.

정원용의 문집『경산집(經山集)』은 고종 32년(1895) 손자 정범조(鄭範朝)가 활자로 간행했다. 손자 정범조와 정범세(鄭範朝)가 활자본에 발문을 붙였다. 정원용은 생전에 이미 자신의 문집을 60권으로 자편(自編)하고 이유원에게 서문까지 받아 두었다.[7] 자편고를 바탕으로 장남 정기세(鄭基世)가 40권으로 재편하여 간행하려다가 뜻을 이루지 못하고 타계했다. 외손 윤자덕(尹滋悳)이 1886년경 작성한 정원용 행장은 정원용의 저술로 '유고(遺稿) 40권'을 언급했다. 손자 정범조는 정기세가 편차해 둔 유고를 다시 20권으로 조정하고 교정한 후, 연보(年譜), 행장(行狀), 묘표(墓表), 교서(敎書), 사제문(賜祭文) 등을 부록으로 추가해서 1895년 활자로 인행(印行)했다. 본집은 원집(原集) 20권, 부록 3권 합 11책으로 구성되어 있다. 한국국립중앙도서관 등에 소장되어 있고, 한국고전번역원 한국문집총간 300에 수록되었다. 이 초간본에는 서(序)나 행장이 없다. 활자본 경산집의 목록은 부(賦)[권1], 시[권1-4], 소(疏)·차(箚)[권5-8], 주(奏)·계(啓)[권9], 의장(議狀)[권10], 응제문(應製文)·전문(箋文)·상량문(上樑文)[권11], 서(書)·서(序)·기(記)·발(跋)[권12], 제문(祭文)·잡저(雜著)[권

其切要之語, 彙分類聚, 又採本朝先賢之言以附焉, 又於宋人自警本編, 精抄其格言至論, 付之編末, 名之曰 廣補自警編."

7) 이유원의 문집『가오고략(嘉梧藁略)』에「경산집서(經山集序)」가 들어 있다.

13], 신도비(神道碑)[권14-5], 묘갈(墓碣)·묘표(墓表)[권16], 지명(誌銘)[권
17], 가장(家狀)·행장(行狀)[권18], 시장(諡狀)[권19-20]의 순서로 편집되
었다.

『경산집』 본집의 권1~4는 부 4편, 시 281제를 수록했다.

부 가운데 「강도부(江都賦)」는 1853년 장남 정기세(鄭基世)의 강화유
수(江華留守) 임소로 취양(就養) 갔을 때 지은 것으로서, 강화의 연혁과
형세를 상세히 읊었다.

『경산집』 권1에는 1803년경부터 1820년경 사이에 지은 시를 수록했
다. 1808년 오대산사고(五臺山史庫)에 포쇄(曝曬)하러 가던 길에 금강산
을 유람하고 지은 시가 있고, 1819년에는 호서 위유사(湖西慰諭使)로,
1821년 관서 위유사로 파견되어 공무의 여가에 시를 지었다.[8] 이후 1822
년과 1824년에 각각 부친상과 모친상을 당하여 시를 짓지 않았다. 권2에
는 1827년경부터 1831년경 사이에 지은 시가 수록되어 있다. 1828년
강원도 관찰사로 나가 공무를 보는 여가에 시를 많이 남겼다. 1829년
회령 부사(會寧府使)가 되었을 때는 북관(北關)의 형편과 군정(軍情)을 『철
북합록(鐵北拾錄)』과 『북략의의(北略擬議)』로 엮는 여가에, 풍토를 노래
하는 시들을 많이 남겼다. 1831년 동지정사(冬至正使)로 연경(燕京)에 다
녀오는 길에 지은 시와 중국인들과 화답한 시도 권2에 남겨 두었다. 권3
는 1832년경부터 1851년경까지의 시를 수록했다. 즉, 1834년 평안도
관찰사, 1840년 함경도 관찰사로 재직시 공무의 여가에 작성한 시들을
수록하고, 조두순(趙斗淳)·조만영(趙萬永)·조인영(趙寅永)·김조순(金祖淳)

---

8) 1821년 關西에 水害와 전염병이 돌자 慰諭使로 차임되어 갔다 온 이후 그 개혁책을
   아뢴 「關西慰諭使陳西路事宜疏」(『경산집』 권5)가 별도로 있다.

등과 교유하며 지은 시들을 함께 수록했다. 권4는 1852년경부터 1866년
사이에 지은 시를 수록했다. 정원용은 1852년 수락산(水落山)과 도봉산
(道峯山)을 유람하고 「수락도봉산유기(水落道峯山遊記)」를 지었으나, 당
시 지었을 시는 남기지 않은 듯하다. 1853년부터 1864년까지는 자식들
의 임소(任所)에 취양(就養)가서 시를 많이 지어, 『경산집』에 일부 남겨
두었다. 즉, 1853년과 1854년 장남 정기세(鄭基世)의 임소인 강화(江華)와
전주(全州), 1855년 차남 정기년(鄭基秊)의 임소인 서흥(瑞興), 1860년과
1864년 계자 정기명(鄭基命)의 임소인 홍천(洪川)과 화성(華城)에서 지은
시들이 그것이다. 권4의 맨 뒤에는 연구(聯句)들을 모아 두었다.

　　일본 동양문고에 소장된 마에마 교사쿠(前間恭作) 구장(舊藏) 『경산초
초(經山初草)』도 그러한 예이다[表題: 雜考, 識語: 昭和丁卯(1927)在山樓主
人識, 印: 在山樓蒐書之一]. 이 필사본은 정원용이 순조 10년(1810, 경오)
10월부터 순조 11년(1811, 신미) 4월 8일까지 영유현령으로 부임해 있는
부친의 곳으로 가서 머물며 지은 시 46수와 문 26편을 편집한 미정고
불분권 1책이다. 정원용은 1810년 7월 12일 홍문관 수찬에 임명되어 근
무하고 있었는데, 아버지 정동만이 8월 15일에 영유현령으로 임명되자
10월 5일부터 '부모의 병'을 이유로 휴가를 얻어 영유현까지 아버지를
모시고 갔다. 그리고 1811년 4월 19일 임금의 부름을 받고 서울로 출발했
다. 이 『경산초초』에 실린 시는 다음과 같다.[9]

---

9) 허경진, 「경산초초(經山初草) 해제」, 고려대학교 민족문화연구원 해외한국학자료센
　터 제공 해제.

『경산초초(經山初草)』 제3권 수록 시
- 「庚午初冬日奉板輿作永淸觀行路占」 경오년(1810) 10월 6일에 부친을 모시고 영유로 가면서 지은 칠언절구 1수
- 「宿蔥秀舘答盧金郊휘書因尾示」 10월 9일 총수관에서 자며 지은 오언절구 1수
- 「箕營次李相國晬席韻」 10월 13일 영부사 이시수(李時秀)의 생신을 축하하는 칠언절구 4수[제1권 첫 번째에 실린 「이상국수석시첩서(李相國壽席詩帖序)」도 이때 지었다.]
- 「夜泛舟次李相國韻」 같은 날 대동강에서 뱃놀이하며 이시수의 시에 차운한 칠언절구 2수
- 「簡李泰川」
- 「送有之從」 10월 24일 종제 시용을 서울 집으로 돌려보내며 지은 오언율시
- 「百祥樓送南上舍正客赴燕京」 11월 10일 연행사 일행을 안주에서 만나 지은 오언율시
- 「陪輿西來無暇吟咏尹戚兄士瞻甫有書索詩故詩以簡之」 칠언절구 2수
- 「寓居淸溪書帷靜寂松濤拍案推囱見寒山雪霽月輪皎潔悄坐無眠瞻懷友人是夜夢與諸賢會唔松園覺來耿耿然尤增此懷曉枕輾轉詩以識之寄示社中諸友」
- 「鶴山舘與崔友國輔相逢夜得七律」 강서현령 최길헌의 둘째아들 최원이 진사에 합격해 축하하는 잔치에 갔다가, 11월 22일에 그의 형 최황(崔璜, 1783~1874)을 만나 지은 칠언율시
- 「與國輔同宿三夜耳明將歸矣爲賦一律」
- 「練光亭逢申學士仲立甫按試歸路夜與聯枕賦贈」 신재식(申在植, 자 仲立, 호 翠微)에게 준 시
- 「鶴山衙參聞喜宴呈崔太守」 11월 22일 진사 최원의 문희연에 참석해서, 그의 부친 강서현령 최길헌에게 지어 준 칠언율시
- 「寄崔友國輔」 최황(자 국보)에게 지어 준 칠언절구 5수

- 「嘉辛未正朝觀留永淸恭賦二詩獻家大人」 신미년(1811) 설날 아침 부친에게 지어 바친 칠언절구 2수
- 「余沾沐洪造出入邇密已十載矣迓新之日敬寫戀結之忱」 진사에 합격한 지 10년, 성은에 감사하며 지은 칠언절구 2수
- 「安陵使君過余留宿歸後謝之」 1월 22일 안주목사 조종영이 찾아와 함께 연구(聯句)를 제작하고 돌아가자 감사의 뜻으로 보낸 칠언절구 3수
- 「又一絶謝留書迹」 조종영이 써준 글씨에 감사하며 지은 칠언절구 1수
- 「春日偶閱山谷道人集聞谷鳥流音忽懷友人曺儀卿仍效集中分韻寄贈體以相彼鳥矣猶求友聲爲韻援筆成詩旣成矣聊書置俟褫」 조봉진(曺鳳振, 자 儀卿)이 생각나서 황정견(黃庭堅)의 시를 따라 분운(分韻)하여 지어 보낸 시
- 「梨亭春日醉賦相屬」 봄날 영유현 이화정에서 지은 칠언율시 1수와 오언율시 1수
- 「又和族祖淑葆氏留別詩」
- 「疊箕營子舍李友韻」
- 「又和燈夕相邀韻」 사월 초파일에 화운한 오언율시 1수

순조 29년(1829) 북관에 재해가 일어나 많은 백성들이 죽거나 다치게 되자 이를 수습하고 민심을 살피기 위해서 새로이 지방관들을 뽑아 보냈는데, 이때 정원용도 회령 부사로 차임되어 그해 8월부터 다음해 12월까지 약 일 년 남짓 재임했으며, 『경산북정록』을 남겼다. 『경산북정록』에는 총 219제 380수의 시가 실려 있다.[10] 그러나 『경산집』에는 그 가운데 일부의 시만을 수록했다.

---

10) 권은지, 「經山 鄭元容 『經山北征錄』의 시세계 고찰」, 『동양고전연구』 75, 동양고전학회, 2019, 165~196쪽.

3. 각체시의 연마와 응제시, 연구(聯句)

정원용은 칠언절구, 오언율시, 칠언율시, 칠언배율, 칠언장편고시, 사언체, 장단구, 초사체 등 각 체에 뛰어났다. 34세 되던 순조 16년(1816, 병자) 4월, 부친을 순흥(順興) 임소에서 뵈온 이후, 내주(萊州)에서 7일간 노닌 일을 기록한 칠언율시 8수는 염사체(艶詞體)로 지었다.[11]

정원용이 단양에서 지은 「이요루(二樂樓)」[12]는 칠언절구의 산뜻한 시이다. 이 시에서 정원용은 단양군 남쪽의 물을 중국 경호에 견주고, 산은 봉래산이라 비유하고, 이요루에 올라보니 주변 풍광이 그림으로 전할 만하다고 했다. 매 구마다 '단양(丹陽)'이란 지명을 사용한 것이 특이하다.

> 단양군 남쪽의 물은 경호
> 단양군 북쪽의 산은 봉호.
> 그대가 단양에 와서 누에 올라 바라보면
> 하나의 산과 한 줄기 물이 모두 그려둘 만하리.

> 丹陽郡南水鏡湖, 丹陽郡北山蓬壺.
> 君向丹陽樓上望, 一山一水摠堪圖.

이유원은 『임하필기』에서 정원용의 시감(詩鑑)을 언급했다.[13]

---

11) 鄭元容, 「留萊州七日居處鋪設飮食綺羅遊玩之勝俱不可不錄效艶詞體作八絶以應蕉齋誖囑」, 『經山集』 권1.

12) 鄭元容, 「二樂樓」, 『經山集』 권1.

13) 李裕元, 「고관(高官)의 시 품격」, 『임하필기』 제29권 春明逸史. 한국고전번역원 제공 번역문.

호산(壺山) 박문호(朴文鎬)의 「영국(詠菊)」 시 끝 구절에서, "오색 꽃 중에서 황색이 가장 귀하니, 여러 꽃 뒤에 피어나 만절의 향기 풍기네.[花中五色黃爲貴, 獨殿群芳晚節香]"라고 했다. 경산 정원용이 말하기를, "이 구절은 대신의 작품에 걸맞다. 만약 '독(獨)' 자가 아니었다면 격조를 이룰 수 없었을 것이다." 했다. 정 공이 시문에서 고(孤)와 독(獨) 등의 글자를 가장 금했으나, 오히려 잘 지었다고 인정한 것이다. 내가 젊을 적에 지은 구절에서, "뜰의 해바라기 늙어도 해를 향해 우러르고, 울타리 국화 처음 피어나도 이미 서리를 깔보네.[園葵到老猶傾日, 籬菊初生已傲霜]" 했는데, 만년에 '이(已)' 자가 온당치 않음을 깨닫고 안(安) 자로 고치려 했으나 되지 않았다. 혹은 편(便) 자로 바꾸면 어떨까 하고 경산공에게 나아가 질정하고자 한다.

이유원은 헌종 7년(1841, 신축) 정시문과에 급제했는데, 자신의 응방(應榜) 일에 받은 제공의 축하시 가운데 정원용의 시를 탄재, 신위(申緯, 호 紫霞)와 함께 삼시축(三詩軸)이라 하여 애중했다.[14) 정원용 시는 「賀姪婿李(裕元)簪花榮到」라는 제목의 칠언율시[下平聲八庚(首句入韻)]이다.

당나라 때 학사와 송나라 때 경이
모두 니금 첩 속에 이름이 들었지.
귀한 상은 먼저 유아한 기상에서 징험했고
청직의 반열은 세가의 명성을 함께 꼽네.
높은 벼슬이 경술로 말미암았음을 잘 알고
풍운의 먼 길에 드는 것을 이제 보겠네.
경하하는 말이 문전을 메우니 희색이 많고
비단 고삐 날아 이르니 살구꽃이 환하네.

14) 李裕元, 「次韻三詩合軸」, 『嘉梧藳略』; 『임하필기』 제25권 春明逸史.

唐時學士宋時卿, 俱是泥金帖裏名.
貴相先徵儒雅氣, 淸班共數世家聲.
定知靑紫由經術, 卽看風雲入遠程.
賀語門闌多喜色, 錦韉飛到杏花明.

이유원은 자신이 연경에 가게 되었을 때 정원용이 장남 정기세(鄭基世)의 성천(成川) 임소에서 취양하고 있으면서 인편에 부쳐 주었던 시를 소중하게 여겼다.[15]

용만(龍灣)의 이별 노래 변방에 날 때에
압록강에 배가 움직이자 벼랑을 마악 옮겨가네.
깊은 밤 눈 내리는 막사에 호가 소리 들리면
전에 '별 움직이고 호표 잠잔다'고 내가 지었던 시를 읊어 보게나.

灣陌離歌出塞時, 綠江舟動岸初移.
三更雪幕風笳裏, 試誦星辰虎豹詩.

정원용은 이 시에 주(註)를 붙여, "내가 압록강을 건너느라고 노숙(露宿)을 하던 날 밤에 '베개에는 별들이 움직이고, 침상에는 호표가 잠자네.[枕上星辰動, 床邊虎豹眠]'라는 시구를 얻었는데, 풍고 태사(楓皐太史, 김조순)에게 크게 칭상(稱賞)을 받았다. 이제 세월이 오래 지난 뒤에 그대를 위해 이것을 써 주는 것일세."라고 했다. 이유원은 압록강을 지나면서 진실로 정원용의 시가 매우 실제에 부합함을 깨달았다고 했다.

정원용은 순조 27년(1827) 윤5월 28일(임신)의 소회(小晦)에 종제 정

---

15) 李裕元, 「경산(經山)이 부쳐 준 시」, 『임하필기』 제25권 춘명일사(春明逸史).

윤용(鄭允容, 자 景執)과 함께 종일 각체시를 지었다. 이때 정원용은 강원도 관찰사로 재임하여 원주(原州)에 있었다. 정원용은 관풍각(觀風閣)에 앉고 정윤용은 채약오(採藥塢)에 앉아, 곁에 사람이 작은 종이에 운자를 쓰면 서로 창수하여, 기생을 시켜서 시통을 전하게 했다. 해가 뜰 때부터 저녁에 촛불을 켜야 할 때까지 계속했는데, 정원용은 칠언고시 10수, 오언고시 16수, 칠언율시 10수, 오언율시 10수, 칠언절구 24수, 오언절구 29수 합99수 830구에 이르렀다. 정윤용은 겸손의 뜻을 표하기 위해서인지, 정원용보다 3수가 적었다. 정원용은 『경산집』에 당시의 99수 가운데, 칠언고시 1수, 오언고시 1수, 칠언율시 1수, 오언율시 1수, 칠언절구 1수, 오언절구 1수 등 모두 6수만 선별해서 실어두었다.[16] 그 형식은 다음과 같다.

> 제1수 칠언고시 14구[入聲六月/入聲七曷(首句入韻): 月(수구)·兀·髮·笏·窟·橛·渤·渴]
>
> 제2수 오언고시 12구[入聲一屋: 畜·櫝·祿·服·逐·卜]
>
> 제3수 칠언율시[下平聲七陽(首句入韻): 塘(수구)·光·墻·棠·床]
>
> 제4수 오언율시[上平聲二冬: 松·溶·濃·春]
>
> 제5수 칠언절구[下平聲十一尤(首句入韻): 樓·舟·洲]
>
> 제6수 오언절구[上平聲三江: 江·摠].

정원용은 순조 2년(1802, 임술) 10월, 20세로 문과에 합격하고 순조

---

16) 鄭元容, 「閏五月小晦與從弟景執(允容)約做各體詩 余坐觀風閣 景執坐採藥塢 使傍人 片紙書韻字互唱酬 命紅妓傳筒 日出而始 燭上而止 余得七古十首五古十六首七律十五 律十七絶二十四五絶二十九合九十九首首句爲八百三十 景執比余減三首 意其意不欲多上 余也 兩軓工拙雖不同 而其醉墨亂字 豪吟逸句 往往天機呈露 有可以想其卽席之風流韻 事 遂惜其棄各粧以藏之(各體錄第一篇)」, 『經山集』 권2.

3년(1803, 계해) 정월 가주서(假注書)가 되었다. 순조 4년(1804) 22세로 승문원 권지부정자(承文院 權知副正字)가 되었으며, 순조 6년(1806, 병인) 정월, 가주서로서 빈연(賓筵)에 참석했다. 25세 되던 순조 7년(1807, 정묘) 8월, 검열(檢閱)이 되었다. 순조 8년(1808, 무진) 5월 12일 영화당(暎花堂)에서 우사(耦射)하고 부용정(芙蓉亭)에서 응제했다. 이후 오대산사고(五臺山史庫)로 정조(正祖)의 지장(誌狀)을 봉안하고 실록(實錄)을 포쇄(曝曬)하러 갔고,[17] 아울러 금강산을 유람했다. 복명 후 겸선전관(兼宣傳官)이 되었다. 정약용은 1802년부터 1808년 사이에 응제(應製)를 많이 했을 터인데, 『경산집』에는 다음 4수의 응제시가 남아 있다.

003 「夏日直堂后奉和荳溪朴承宣宗薰尹承宣魯東盆蓮聯句韻」 오언 20구 [上平聲十灰]. 순조 5년(1805, 을축) 여름 荳溪 朴宗薰(1773~1841)과 尹魯東(1753~?)의 聯句 운자를 사용하여 지은 시. 윤노동은 1805년 10월 24일 (계묘) 冬至正使 李時秀의 서장관으로 辭陛했다. 따라서 이 시는 그 이전에 지은 것이다.
004 「賦得唐封郭子儀爲汾陽王(禁直應製)」 칠언배율 36구[下平聲七陽, 首句不入韻] 순조 5년(1805, 을축) 22세로 承文院 權知副正字로서 지은 응제시.
005 「賦得三百六旬春不老(召試)」 칠언배율 10운 20구[上平聲十一眞, 首句入韻] 순조 5년(1805, 을축) 22세로 承文院 權知副正字로서 지은 응제시.
006 「芙蓉亭應製」 칠언절구[上平聲十三元, 首句入韻). 순조 8년(1808, 무진) 5월 12일 暎花堂에서 耦射하고 芙蓉亭에서 응제.

순조 8년(1808, 무진) 5월 12일, 정원용은 다른 문신들과 함께 영화당

---

17) 연보에 4월로 되어 있는 것은 잘못이다. 부용당 응제 이후에 오대산사고로 향했다.

(暎花堂)에서 우사(耦射)하고 부용정(芙蓉亭)에서 응제했다. 부용정의 응제는 정조 때부터의 궁내 관례이기도 했다. 정원용의 소서(小序)는 그 관례에 대해서는 언급하지 않았으나, 당일의 시사(試射)와 응제(應製)에 대해 상세하게 전하고 있다.[18]

　　무진년 5월 12일, 상께서 영화당에 거둥하시어, 그림 과녁을 펼치라고 명하시고, 신등을 불러 둘씩 짝이 되어 활을 쏘게 하셨다. 우부승지 송지렴(宋知濂), 주서 조정화(趙庭和) 및 내가 우우(右耦)가 되고, 동부승지 박종훈(朴宗薰), 검열 조봉진(曺鳳振), 이헌기(李憲琦)가 좌우(左耦)가 되었으며, 검교직각(檢校直閣) 심상규(沈象奎)가 감사(監射)를 맡았다. 상께서는 누헌에 임하시어 관람하시고, 계단 앞에 휜문(楎門)을 세우라 명하시고, 활을 쏠 때에는 음악으로 절주하고, 화살을 주을 때에는 나팔을 불어서 영을 대신하게 하셨다. 여섯 순배를 쏘아서, 맞춘 것을 계산했는데, 좌우와 우우의 등급이 같았다. 상께서는 상을 반포하고 음악을 연주하라고 명하셨다. 여러 신하들은 사배례를 행했다. 상께서 돌아보시면서, "이 모임을 어찌 쉬이 갖겠는가? 부용정 아래에 채색 배가 있으니, 경등은 한껏 즐기다가 돌아가시오."라고 하셨다. 여러 신하들이 영화문 안으로 들어갔다. 이 날, 바람이 먹구름을 걷어가고 비가 개어, 구름과 해가 맑고 따스했으며, 동산의 나무는 짙은 비취빛이고 못의 연잎은 맑고 푸르렀으므로, 서로 돌아보면서 즐거워했다. 마침내 배에 올랐는데, 곁에는 작은 두 배가 있어서, 악공이 타고 있

---

18) 鄭元容,「芙蓉亭應製」,『經山集』권1. 소서(小序)는 다음과 같다. "戊辰五月十二日, 上御暎花堂, 命張畫帳, 召臣等耦射. 右副承旨宋知濂, 注書趙庭和及賤臣爲右耦, 同副承旨朴宗薰, 檢閱曺鳳振, 李憲琦爲左耦, 檢校直閣沈象奎監射. 上臨軒觀之, 命於階前立楎門, 發射樂以節之, 拾箭吹以令之. 射六巡計所獲, 左右耦相等焉. 命頒賞樂作, 諸臣行四拜禮. 上顧謂曰: '玆會豈易得哉? 芙蓉亭下有彩舟, 卿等其盡懽而歸.' 諸臣入暎花門內. 是日風捲雨霽, 雲日淸暄, 苑樹濃翠, 池荷淨綠, 相顧而樂. 遂登舟, 傍有二小舟, 樂工在焉. 少頃宣內廚珍饌, 旣飽又茶, 茶罷, 諸臣應旨, 賦詩製進. 命退歸, 齊會銀臺, 考券旋下, 各頒書冊一部. 賤臣領『朱書百選』. 臣等之所被恩榮, 奚但一時之榮輝, 感激而已."

었다. 얼마 있다가 궁궐 내의 진찬을 내주시어, 배불리 먹고는 차를 마셨으며, 차를 다 마신 뒤에는 여러 신하들이 칙지에 응하여 시를 지어 써서 올렸다. 물러나 돌아가라고 명하실제, 모두 은대(승정원)에 모였는데, 시권(詩券)을 고열(考閱)하시고, 곧 내려주시며, 각각 서책 1부씩 내려주셨다. 나는 『주서백선』을 수령했다. 신등이 입은 은혜는 어찌 한 시기의 영화로 그치겠는가, 감격할 따름이다.

정원용의 응제시는 다음과 같다.

> 연잎 배가 둥실둥실 떠가자 구슬같은 이슬방울은 번득이는데
> 소악(韶樂)의 곡조가 이루어지자 법온(法醞, 궁중 술)이 하사되었네.
> 이날 군주와 신하가 경하하는 뜻을 함께하니
> 원컨대 천보(天保)의 노래로 크나큰 성은에 답하려 한다네.

> 荷舟泛泛露珠翻, 韶樂調成降法樽.
> 是日君臣同慶意, 願將天保答洪恩.

'천보'의 노래는 『시경』 「소아(小雅) 천보(天保)」를 가리킨다. 그 노래에, "하늘이 그대를 보정(保定)하사, 흥성하지 않음이 없는지라, 산과 같고 언덕과 같으며, 산마루와 같고 구릉과 같도다.[天保定爾, 以莫不興. 如山如阜, 如岡如陵]"라고 했다. 군주를 송축하기 위해 산처럼[如山], 언덕처럼[如阜], 산등성이처럼[如岡], 구릉처럼[如陵], 흘러온 시냇물처럼[如川方至], 달이 변함없는 것처럼[如月恒], 떠오르는 태양처럼[如日升], 변치 않는 남산처럼[如南山壽], 무성한 소나무와 잣나무처럼[如松柏茂]이라고 한 '여(如) 자' 아홉 개를 사용했다. 그래서 「천보」를 구여송(九如頌)이라고도 한다. 정원용은 군주의 덕을 송축하는 노래라는 뜻으로 '천보'

노래라는 말을 사용했다.

　헌종 15년(1849, 기유) 6월 6일(임신), 헌종이 재위한 지 15년 만에 후사를 두지 않고 승하했을 때 순조의 비이자 헌종의 할머니인 대왕대비 순원 숙황후(純元肅皇后)가 급히 대신을 불렀다. 순원 숙황후는 순조가 대한제국 광무 4년(1900)에 순조 숙황제로 추존될 때 순원왕후를 추존하여 부른 이름이다. 영중추부사 조인영, 판중추부사 정원용·권돈인·박회수, 좌의정 김도희가 희정당에서 입대했다. 조인영 등이 종사를 맡길 곳을 속히 하교하시라고 청하니, 대왕대비가 무어라 말했으나 울음소리가 섞여 알아들을 수가 없었다. 정원용이 "글씨로 써서 내리소서."라고 하자, 대왕대비가 언교(諺敎)를 내렸다. 도승지 홍종응(洪鍾應)이 번역하여 읽기를, "영조 임금의 혈통으로는 금상(今上)과 강화(江華)에 살고 있는 아무[원범] 뿐이다. 그래서 종사를 아무[원범]에게 맡기는 것으로 정한다."라고 했다. 두 글자 옆에 별도로 '곧 광(瓛)의 셋째 아들이다[卽瓛之第三子].'라는 여섯 글자를 썼다. 당초에 장조(莊祖, 즉 사도세자)는 정조와 은언군(恩彦君) 이인(李䄄)을 낳았는데, 은언군은 전계대원군(全溪大院君) 이광(李瓛)을 낳았다. 철종은 전계대원군의 셋째아들이다. 권돈인이 "광(廣)자의 편방이 모호합니다."라고 하자, 대왕대비가 "옥(玉) 자 변에 광(廣)자다."라고 했다. 즉시 철종을 봉하여 덕완군(德完君)으로 삼았다. 그리고 정원용과 홍종응에게 명하여 강화의 사저에 가서 덕완군을 맞아오게 했다.

　정원용이 강화로 덕완군을 맞이하러 갈 때 숙원 숙황후는 안구사(鞍廐駟)를 하사했다. 사(駟)는 수레를 끄는 네 마리의 말을 뜻하지만, 여기서 안구사는 안구마와 같은 말인 듯하다. 정원용은 사양하는 차자를 올렸으나, 윤허 받지 못했다. 당시 그가 올린 「사봉영석마차(辭奉迎錫馬

箚)가 『경산집』에 실려 있다.

덕완군이 서울에 이르자 종친과 문무백관이 나와 맞이했다. 덕완군은 돈화문을 거쳐 들어와 헌종의 빈전(殯殿)에 나아가 거애(擧哀)했다. 이날 덕완군은 관례를 행하며 이름을 변(昪)으로 고쳤으니, 이때 나이 19세였다. 덕완군은 9일(을해)에 인정문에서 즉위하고, 헌종의 계비 효정왕후[홍재룡의 따님]를 높여서 대비로 삼았다. 하지만 헌종의 모친으로서 대왕대비가 된 신정왕후[조만영의 따님, 즉 조대비]가 수렴청정하기로 했다.

철종이 승하한 뒤 작성된 행장에 따르면 철종은 강화도 시절의 어린 나이에 학문에 힘썼다고 한다. 하지만 철종은 제왕이 되기 위한 공부를 한 사람이 아니다. 시강원의 빈사들에게서 학문을 배우지도 않았다. 그렇기에 즉위한 뒤에는 수렴청정을 하는 대왕대비(순원 숙황후)에 대해, 또 조회나 경연에서 얼굴을 맞대는 신료들에 대해 겉으로는 드러낼 수 없는 열등감을 지니고 있었을 것이다.

철종 원년(1850) 3월의 경연에서, 철종은 협시(夾侍)에게 명하여 종이 한 꾸러미를 가져와서 영경연사 정원용에게 주게 했다. 정원용이 꿇어앉아 받아서 공경히 펴보니 『시경』 「천보(天保)」편을 해서체로 쓴 여덟 폭이었다. 철종은 웃으면서, "이것은 내가 근간에 쓴 것이다."라고 했다. 정원용은, "글씨가 아정(雅正)합니다. 별로 크게 공을 들이지 않았는데도 성상의 기예가 이처럼 뛰어나시니, 참으로 말할 수 없이 기쁘고 경하스럽습니다. 신이 갖고 가서 소중히 보관하여 집안에 대대로 전하는 보물로 삼겠습니다."라고 했다. 철종은 "내 글씨가 무슨 보물로 삼을 만한 것이겠는가?"라고 했다. 사관이 굳이 이 사실을 사초에 적고, 『철종실록』을 편찬한 문신들이 이 일화를 기록으로 남긴 이유는 새삼 말할 필요가 없다. 정원용이 이 팔첩병에 발문을 남겨, 왕이 오래도록 복록

을 누리기를 바란다는 소망을 밝혔다.[19]

철종은 재위 3년 9월에 이문원에서 재숙(齋宿)하다가 소유재(小酉齋)
의 일강(日講)에 들었는데, 경연에서 정원용에게 자작한 4구시를 보이면
서 기념하는 글을 지으라고 하고, 신하들에게 갱진(賡進)하게 했다. 또
각신들이 회강하기 위해 모였을 때 정원용이 옥당에서 대기하자, 철종은
'경산노인(經山老人)'이라는 네 글자를 크게 써서 각리에게 주어 내리라
고 했다. 정원용은 그 글씨의 체세(體勢)가 굉려수정(閎麗粹正)하다고 칭
송하고, 철종이 글씨를 내린 것을 당나라 문황(文皇)이나 송나라 인종(仁
宗)이 한묵(翰墨)에 뛰어나 시종신들에게 글씨를 써서 내렸던 예에 견주
었다. 그러면서 철종의 학문이 나날이 나아가는 것에 안도했다. 정원용
의 「어서경산노인사대자기(御書經山老人四大字記)」의 일부를 보면 다음
과 같다.[20]

우리 성상은 학문이 나날이 나아가고 덕이 나날이 뛰어올라, 백성들의
마음을 얻고 하늘의 명을 누려서 해가 뜨고 초승달이 생겨나듯, 언덕이 솟
고 구릉이 일어나듯 흥기하여, 자손이 천이며 억이 될 것이며, 커다란 기초
를 태산의 반석 위에 놓으시고, 바다로 둘러싸인 우리 강역을 춘대(春臺)의
수역(壽域, 영원한 구역)에 두실 것이다. 이러한 때에 신은 세 분 상감을
모시고 늙어서 은퇴한 옛 각신으로서 초가집 아래에 앉아 봉래의 대궐을
우러르며, 붓을 잡아 성덕송(聖德頌)·사중가(四重歌)·경착요(耕鑿謠)·하
청사(河淸詞)를 모방하여 찬양하고 영탄하며, 피리·거문고 같은 악기로 연
주하는 음악을 입히고 아름답고 질 좋은 옥돌로 만든 비석에 새기며, 난대
(蘭臺)[한나라 궁궐의 장서각을 지닌 비서성(祕書省). 여기서는 실록청 등

---

19) 鄭元容, 『경산집』 권12, 「御書天保詩八帖屛跋」.
20) 鄭元容, 『경산집』 권12, 「御書經山老人四大字記」.

을 뜻함]의 사씨(史氏, 사관)에게 고하여 특별히 기록하게 하되, 한 번만 기록하는 것으로 그치지 않게 한다. 이것은 신이 미약하고 미미하기 짝이 없는 마음을 바쳐서 부처의 은혜에 보답하는 것과 같은 것이 아니겠는가?

정원용은 성덕송, 사중가, 경착요, 하청사를 모방하여 성군의 덕을 칭송하겠다고 했다. 성덕송은 당나라 원화(元和) 연간에 현종이 안록산의 난을 극복한 것을 칭송하여 원결(元結)이 지은 「대당중흥송(大唐中興頌)」을 말한다. 사중가는 한나라 광무제의 태자를 위하여 제작된 악장으로, 일중광(日重光)·월중륜(月重輪)·성중휘(星重輝)·해중윤(海重潤)의 4장으로 되어 있다. 경착요는 요 임금 때 거리의 노인이 지었다는 격양가(擊壤歌)이다. "해가 뜨면 일어나고 해가 지면 쉬면서 내 우물 파서 물을 마시고 내 밭을 갈아서 밥을 먹나니, 임금의 힘이 나에게 무슨 상관이 있겠는가?"라고 했다. 하청사는 포조(鮑照)가 지은 「하청송(河淸頌)」을 말한다. 황하의 물은 1,000년에 한 번씩 맑아지는데, 먼저 사흘 동안 청수(淸水)가 되고 그 다음은 백수(白水)·적수(赤水)·현수(玄水)·황수(黃水)의 순으로 되돌아간다고 한다. 황하의 물이 맑아지는 것은 성군이 출현하여 태평시대가 도래하리라는 상서로운 조짐으로 꼽힌다.

또한 철종은 재위 8년(1857) 5월 15일(을축), 시임·원임 대신 및 국구(國舅), 기사 당상(耆社堂上)을 소견하고, 대왕대비의 탄신을 경하하는 칠언절구를 적은 홍지(紅紙) 한 폭을 내렸다. 그리고 나서, "이것은 내가 친히 쓴 것이니, 경 등은 돌려가면서 본 뒤에 갱진(賡進)하도록 하라."라고 하교하고, 갱진하는 시는 경연의 자리에서 물러난 뒤에 지어 올리도록 하라고 했다.

정원용은 형제, 자질, 질서, 친우들과 연구(聯句)를 통해 정서와 사유

방식을 공유하고 시풍을 공유했다. 『경산집』에 수록한 예만을 보면 다음과 같다. (시 제목의 앞 숫자는 『경산집』 수록 시의 일련번호이다.)

273 「夏夜與從弟有之景執同柳戚景瞻(魯洙)李聖爲(鐸遠)賦」(聯句) 五言 4人 36聯句(下平聲十五咸). 여름, 從弟 鄭始容(자 有之, 1786~?, 鄭東勉 아들), 鄭允容(자 景執, 1795~1865, 鄭東逸 아들), 柳魯洙(자 景瞻, 1765~?), 李鐸遠(자 聖爲, 1777~?)와 함께 聯句.

274 「北海趙令元卿鍾永訪永柔書室令小奚拈韻輪筆聯句」五言 2人 42聯句(去聲二十九豔). 永柔(현 평안남도 평원) 書室에 있을 때 趙鍾永(자 元卿, 1771~1829, 1810년 안주목사가 됨)과 함께 聯句. 순조 10년(1810, 경오) 28세, 7월 12일 홍문관 수찬으로 근무하고 있을 때 아버지 정동만이 8월 15일에 영유현령으로 임명되자 10월 5일부터 '부모의 병'을 이유로 휴가를 얻어 영유현에 가서 아버지를 모셨다. 10월 5일 밤에 수찬에 낙점되었다. 영유현 동헌의 서실인 四宜堂에 머물며 聯句한 것이다. (정원용은 순조 11년(1811, 신미) 6월 掌令이 된 후 8월에 영유로 부친을 다시 찾아뵈었다.)

275 「九月二十二日頒眞殿餕果蘋婆感飫懷核之餘斗室竹里小華李丹皐鶴秀諸僚聯句」오언 5인 30聯句[上平聲一東]. 斗室 斗室 沈象奎(1766~1838), 竹里 金履喬(1764~1832), 小華 李光文(1778~1838), 丹皐 李鶴秀(1780~1859)와의 聯句.

276 「載寧衙中與群弟有之景執翼之聯句」오언 4인 97聯句[上聲十六銑] 從弟 鄭始容(자 有之, 1786~?, 鄭東勉 아들), 從弟 鄭允容(자 景執, 1795~1865, 鄭東逸 아들), 鄭憲容(자 翼之, 1795~1879, 정원용 아우)와의 聯句. 정원용이 시작하고, 마지막에 "曰我兄及弟, 勉勉令德顯"으로 끝맺었다. 순조 14년(1814, 갑술) 32세, 사헌부 집의가 되고 4월에 載寧 임소로 부친을 찾아뵙다.

277 「會寧衙軒與從弟景執幕賓尹用如洪明汝圍棊聯句」오언 4인 60聯句[入聲十六葉]. 從弟 鄭允容(자 景執), 幕賓 尹用如 洪明汝와의 圍棊를 이용한 聯句. 이 연구는 1829년 9월부터 1830년 8월 사이에 지었다. 순조 29년

(1829, 기축) 47세로 규장각 직제학이 되었으나, 8월에 北道에 水災가 있자 會寧 府使에 차임되었다. 순조 30년(1830, 경인) 9월 資憲大夫에 오르고, 備局 堂上, 知經筵, 대사헌이 된다.

278「過咸營與翠微按使闓韻聯句」오언 2인 29聯句. 순조 29년(1829, 기축) 함경도 감영에서 당시 함경도 관찰사이던 申在植(자 仲立, 호 翠微)과 함께 작성한 연구. 마지막은 신재식이 "再續文園躅, 異鄕留盛跡"으로 마무리를 지었다. (정원용은 1819년에 「練光亭逢申學士仲立甫按試歸路夜與聯枕賦贈」를 지은 일이 있다.)

279「閣中餞上行人淵泉尙書與徐直閣原泉萬淳金待敎石陵英淳李待敎構堂肯愚金直閣石世鼎集聯句」오언 5인 25聯句[去聲十一隊] 1829년에 제작한 연구이다. 淵泉 金履陽(1755~1845, 초명 金履永)이 사신으로 나가게 되자, 直閣 原泉 徐萬淳, 待敎 石陵 金英淳, 待敎 構堂 李肯愚, 直閣 石世 金鼎集과 함께 연구를 제작. 정원용이 두 번째이다.『순조실록』순조 29년 기축(1829)1월 2일(정유)에 보면, 이날 閣圈을 했는데, 待敎 六點을 받은 이는 金炳韶·金鼎集·趙秉憲·徐戴淳·金大根이었다. 代點(東宮의 落點)하여 鄭元容·徐憙淳을 규장각 직제학으로, 金鼎集을 대교로 삼았다.

280「歲夕箕城與阿世阿秊闓韻聯句」오언 3인 21聯句[上聲十七篠]. 1845년(헌종 11, 을사) 9월, 장남 鄭基世의 成川 任所로 가서 거처하다가, 이듬해 2월 성천에서 돌아와 關西의 事情을 아뢰게 된다. 이 연구는 1845년 세모에 鄭基世, 鄭基年과 함께 지었다.

281「箕城乙密臺與弟兒輩聯句」. 오언 6인 25聯句[上聲十四旱]. 從弟 鄭允容(자 景執), 아우 鄭憲容(자 翼之), 종제 鄭老容(자 景聰, 鄭允容 아우), 장남 鄭基世, 차남 鄭基年, 삼남 鄭基命 등이 함께 한 연구이다. 헌종 11년(1845, 을사) 9월, 장남 鄭基世의 成川 任所로 가서 취양했는데, 이듬해 2월 귀경하기 이전에 평양 을밀대에서 제작한 듯하다.

정원용이 남긴 시 가운데는 압운의 방식이 특이한 것도 있다. 순조 31년(1831, 신묘) 10월 동지정사로서 연경으로 향하여, 12월 북경에 이르고, 이듬해 풍진동(馮震東, 자 少渠)에게 준 초사체의 장단구가 그것이다. 시의 제목을 풀이하면 다음과 같다.[21]

> 풍소거(진동)은 저주(滁州) 사람으로, 문학으로 이름이 성하고 행실이 아주 높아, 효렴(孝廉)의 천거되어 서울로 올라와 선발을 기다리고 있다. 풍소거는 저주에 있을 때를 그리워하여 '산중음시(山中吟詩)'의 취향으로 그림한 첩을 그렸는데, 조정의 명사들과 그 저주의 선비들이 다투어 시문을 적어, 「공산음취도(空山吟趣圖)」라고 이름을 붙였다. 그리고 정 주사(程主事)[덕린(德麟)]이 나를 방문하는 김에, 그가 지은 시의 시집과 『속효경(續孝經)』 1책을 증여하면서, 시화첩에 시 하나를 적어달라고 청했으므로, 즉좌에 솔이하게 써서 준다.

정원용이 당시 써 준 시는 '솔이하게' 지은 것이라 압운이 분명하지 않다. 하지만 이 초사체 장단구는 상성(上聲) 제4 '紙'운의 24자로 압운했다. 裏·以·履·矣·美·理·水·紫·蘂·已·几·起·紙·壘·始·爾·士·里·似·耳·恥·視·是·涘가 운자이다.

> 붉은 대문은 적흑색 비단으로 싼 나무 창을 세우고, 아로새긴 누각은 비단에 수놓은 장막을 두르건만,
> 그대는 홀로 어이하여 빈 산 속에 적막하게 지내는가?
> 생황과 피리는 뜰에 나열되고, 서옥과 보옥은 집 안에 열 지었거늘,
> 그대는 홀로 어이하여 차갑고 담백하게 음영의 취미를 지니고 있는가?
> 그대는 도를 배워, 충연하게 안으로 만족하여 바깥으로 붉은 슬갑도 누런

---

21) 鄭元容, 「馮少渠(震東) 滁州人 文學盛名 行誼甚高 以孝廉薦 上京候選 少渠思在滁時 山中吟詩之趣 作畵一帖 朝廷名士 本州士人 競題詩文 名曰空山吟趣圖 因程主事(德麟) 來訪余 贈其所作詩集續孝經一冊 仍請題一詩於帖中 坐次率爾書贈」, 『經山集』 권2.

관모도 구하지 않아

　가는 곳마다 편안하게 평소의 행실을 지키누나.

　은둔해도 기산과 영수의 은둔자처럼 과감히 세상을 잊지 않고

　출사해도 오의항과 남곡의 화려함을 구하지 않네.

　그대의 책을 읽어보면 그대의 생실은 증자와 민자건처럼 높고,

　그대의 시를 읽어보면 그대의 재주는 이백이나 두보처럼 아름다워라.

　당상에 올라도 즐거워하지 불안해 하지 않고

　아침에 밭 갈고 저녁에 글 읽으며 가사를 다스리며,

　흥 일어나면 번번이 홀로 멀리 가서

　바위에서 발돋움하여 다시 물에 임하네.

　구름과 노을은 찬란하여 비단을 모아둔 듯하고

　풀과 나무는 우거져 비취빛과 자줏빛을 중첩하네.

　석란을 인끈으로 차고 두형을 띠로 삼고는

　옥 즙액을 마시고 옥 꽃술을 먹노라.

　손으로는 삼수(三秀, 영지)를 캐며 담담하여 돌아갈 것을 잊고

　머리 들어 먼 산을 바라보아 바라보길 그치지 않네.

　구양수 옹이 손수 심은 매화는 향이 가시지 않고[저주(滁州)에 구양수 공
이 손수 매화를 심었다.]

　냇가 구름과 산마루 달은 비자나무 궤안을 비추네.

　이끼를 씻어내고 소동파의 글자를 다시 읽고

　만 가지 시름 깨끗이 씻어주나니 종소리가 일어나서.[거처의 동쪽에 원나
라 때의 큰 종이 있다.]

　처마에 바람이 불면 수염과 눈썹이 움직이고

　붓을 뽑아서 다시 종이를 펼치네.

　솔바람 소리와 새 울음이 서로 조화하니

　세속 사람과 대결할 진지를 쌓을 것 없어라.

　주나라 소아와 초나라 이소의 풍격으로

　풍풍하고 앙앙하여 정시(正始)의 바른 음으로 돌아가네.

소요부(소옹)처럼 시 읊기를 사랑해서가 아니요

마음을 기쁘게 가지고 흥취를 우탁하면 짐짓 그만이로다.

산의 옥과 못의 구슬은 광휘를 가리려도 가릴 수 없어

천자께서 이름을 들으시고 부들로 바퀴를 싼 수레로 고명한 선비를 징소하셨네.

빈 산이여 오래 머물 수는 없나니

그대여 돌아와 천자의 도성으로 들어오시오.

손에 한 폭 빈 산 그림을 들고 있나니

붉은 벼랑 푸른 벽과 그윽한 샘 기이한 바위가 모두 흡사하여,

의연히 그대가 빈 산 푸른 곳에 앉아서

빼어난 음향과 낭랑한 읊조림이 거기에 있는 듯하여라.

내가 듣자니 산인은 산을 나가면 곧바로 산을 잊기에

그래서 새가 기롱하고 물고기가 조소하며 숲은 부끄러워하고 시내는 수치로 여긴다고 한다만,

지극한 사람은 영화나 모욕으로 마음에 누가 되지 않기에

누헌에 관모를 쓰든 언덕 골짝에 있든 동일하게 보아서,

그런 후에 나아가면 군주를 요순의 반열에 올리고 물러나면 자기 한 몸을 착하게 한다니

군자의 출처행장(出處行藏)은 본디 이와 같은 법이라.

나는 그대의 뜻이 산에 있지 않고 시에 있지 않음을 아나니

바라건대 이 그림을 거마가 다니는 길, 구름 지나가는 물가에 걸어두시오.

朱門兮棨戟, 雕閣兮錦繡, 君獨胡爲寂寞空山裏?

笙竽兮羅庭, 瑱璐兮列屋, 君獨胡爲冷淡吟趣以?

君乎學道充然內足, 無外求朱芾黃冠, 隨處安素履.

處不爲箕山穎水之果哉, 出不爲烏衣南曲之華矣.

讀君書君行曾閟高, 咏君詩君才李杜美.

上堂怡怡不戚戚, 朝耕暮讀家事理.

興來每獨逞, 跂石復臨水.

雲霞燦爛攢綺羅, 草樹葱蒨疊翠紫.

紉石蘭兮帶杜蘅, 飮瓊液兮飡琪蘂.

手採三秀澹忘歸, 擧頭看山看不已.

歐翁手植香不沫[滁州], 有歐公手植梅, 川雲嶺月照棐几.

拭蘚重讀長公字, 萬慮澄淸鍾聲起[所居東有元時大鍾].

風檐鬚眉動, 抽毫復展紙.

松籟禽聲相依和, 不與俗子對陣疊.

周雅與楚騷, 渢泱返正始.

不是堯夫愛吟詩, 怡情寓趣聊復爾.

山玉淵珠光輝掩不得, 天子聞名蒲輪徵高士.

空山兮不可以久留, 君乎歸來入帝里.

手持一幅畫空山, 丹崖翠壁幽泉奇巖皆相似.

依然坐君空翠中, 逸響朗吟如在耳.

我聞山人出山便忘山, 所以鳥譏而魚嘲林慙而澗恥.

至人不以榮辱累其心, 軒冕丘壑均一視.

然後進可致君退善身, 君子行藏用舍本如是.

我知君意不在山不在詩, 願揭此圖兮車馬之塗雲水之涘.

「공산음취도」 속의 은둔자는 출사를 희망하는 사람의 분장(扮裝)이다. 정원용은 그 점을 예리하게 파악하여, "나는 그대의 뜻이 산에 있지 않고 시에 있지 않음을 아나니, 바라건대 이 그림을 거마가 다니는 길, 구름 지나가는 물가에 걸어두시오."라고 했다. 거마가 다니는 길은 벼슬하는 길, 구름 지나가는 물가는 은둔하는 길이다. 정원용은 그 둘은 아무 차이가 없으며, 지극한 도를 깨달은 사람처럼 "누헌에 관모를 쓰든 언덕 골짝에 있든 동일하게 보아서," "나아가면 군주를 요순의 반열에 올리고 물러나면 자기 한 몸을 착하게 하라."고 권면했다. 이것은 정원용의 출처행장에 관한 철학이기도 했다.

4. 교유창수시(交遊唱酬詩)

정원용은 젊어서 정치가이자 장서가이며 문장가였던 심상규(沈象奎, 1766~1838, 호 斗室)와 깊이 교유했다. 심상규는 24세에 문과에 급제하여 관직에 나아갔으며, 초계문신으로 발탁되어 정원용 이외에도 서영보(徐榮輔, 1759~1816 호 竹石), 남공철(南公轍, 1760~1840 호 思穎·金陵), 김조순(金祖淳, 1765~1832 호 楓皐) 등을 평생의 교유로 삼았다. 이들은 정치적 입장을 같이 하여 이후 세도정치의 발판을 마련했다.[22] 정원용은 저명한 학자관료들인 조두순(趙斗淳, 1796~1870 호 心庵), 김유근(金逌根, 1785~1840 호 黃山)과 그의 동생 김좌근(金左根, 1797~1869 호 荷屋), 김흥근(金興根, 1796~1870 호 游觀) 등과 접촉이 많았다. 질서(姪壻) 이유원(李裕元, 1814~1888 호 橘山), 친우 권돈인(權敦仁, 1783~1859 호 彛齋)을 통해 당대의 정치가들과도 깊이 교유했다.

김조순은 장생(張生)의 소유로 삼청동 계곡 서편 산중턱에 있던 옥호산서(玉壺山墅)를 사들여 별장으로 삼고 그곳에서 여가를 즐겼다. 옥호산서를 옥하산방, 혹은 옥호정(玉壺亭)이라고도 했다.[23] 김조순은 이곳을

---

22) 김윤조, 「두실 심상규의 생애와 시 연구」, 계명대학교 일반대학원 박사학위논문, 2013.
23) 고 이병도 선생이 소장했던 〈옥호정도〉의 채색도가 공개된 일이 있다. 그림에는 편액·주련(柱聯)의 글씨까지 묘사되어 있다. 〈옥호정도〉에 의하면 누정은 동향이고, 안채와 대문은 남향이었다. 대문 안채와 별채 등 3동은 이엉 이은 초가이고 안채의 2동은 기와집이다. 바깥사랑채의 편액에 '옥호산방(玉壺山房)'이라 썼다. 후원에 혜생천(惠生泉)이 있고 주변 숲 사이에 죽정(竹亭)·산반루(山半樓)·첩운정(疊雲亭) 등이 있으며 석벽에는 '혜생천'의 각자(刻字)가 있다. 뒤쪽의 넓은 석벽에는 '옥호동천(玉壺洞天)'의 붉은

중심으로 문인들과 소집(小集)을 자주 가졌다. 정원용은 순조 13년(1813, 계유) 31세 사간원 사간이 되고 규장각 직각 겸 교서관 교리가 되어『홍재전서(弘齋全書)』를 교정했다. 그리고 그해 사복시정(司僕寺正)이 되었을 때 김조순의 옥호거(玉壺居) 즉 옥호산방을 찾아갔다. 당시 김조순은 옥호산방의 승경을 말하면서 「초도옥호(初到玉壺)」 제목으로 시를 지어보라고 했는데, 그때는 응수하지 못하고, 훗날 그 네 글자를 운자로 나누어 사용하여 시를 추록했다.[24] 칠언고시 환운 20운 40구이다(換韻首句入韻. 居(수구)·如·廬·閭·裾·初 / 帽·掃·號·好·到/俗(환운수구)·足·錄·綠·曲·玉 / 呼(환운수구)·娛·虞·途·輪·壺). 그리고 철종 3년(1852, 임자) 71세 때, 김조순의 아들 김좌근(金左根)이 죽정(竹亭)을 중수(重修)하고 김조순의 계유 옥호연(癸酉玉壺宴)을 열자 옛일을 회상하며, 다시 당시의 시에 차운했다.[25]

글씨가 있다. 그 옆 바위에는 을해, 즉 순조 15년(1815)에 새긴 '산광여수고(山光如邃古) 석기가장년(石氣可長年)'의 각명이 있다.

24) 鄭元容, 「以太僕正 懷刺謁提擧楓皐金太史(祖淳)于玉壺之居 公盛說壺居之勝 仍命題初到玉壺 諾而未克酬也 追錄爲詩 分揖命題四字爲韻」, 『經山集』 권2. "玉壺先生玉壺居, 我想玉壺居何如. 先生弱冠通仙籍, 承寵長宿承明廬. 未老命賜三公服, 鍾鼎車駟光門閭. 光祿池臺將軍閣, 畵戟森衛香凝裾. 人生富貴須適意, 誰復孤守往initial. 我時懷刺門下造, 眼見山風吹紗帽. 林木巖壑相暎發, 白雲滿逕人不掃. 數間茅屋太簡朴, 亭扁漫好飛來號. 紙帳烏几書縱橫, 一樹梅發相爲好. 溪邨畵靜市聲遠, 終日罕逢輪鞅到. 謂言幽居甚不俗, 我臥看山心常足. 年前買得張家子, 山中四時皆堪錄. 山花對對發秀木, 山鳥款款啼深綠. 淸夜松壇抱月眠, 石泉琮琤鳴山曲. 天寒大雪逾可喜, 俯瞰衆峰如攢玉. 板扉長掩倦招呼, 飮酒哦詩聊獨娛. 有時客來亦無惡, 往往遊事多不虞. 悢情便可菀炎炎老, 老去漸厭馳名途. 始識先生眞淸福, 玉壺更贏華屋輪. 壺花壺月復壺雪, 拜請先生長在壺."

25) 鄭元容, 「癸酉臘 謁楓皐太史于玉壺之居 命賦七古 仍賜和章 尙寶莊之 哲嗣荷屋端揆(左根)重修竹亭 邀諸僚會飮 謹次原韻」, 『經山集』 권4. "此是玉壺先生居, 卄載重尋意何如. 先生自忘金紫貴, 白水板扉靑山廬. 水流不競山不動, 誰知闉闍澤遍窮閭. 獨卻珍駕騁籍囷, 雲錦爲裳瓊瑤裾. 往往傾座高議論, 上扢循蠻隣太初. 綠筠架椽時徑造, 石欄點筆

김조순은 49세 되던 순조 13년(1813) 8월, 이백(李白)의 「자극궁감추(紫極宮感秋)」 시에 차운하여 오언배율을 지어 김이교에게 부쳤다. 김이교도 같은 운으로 연거푸 세 번에 걸쳐 화답했다. 이어서 박종훈[두계(荳溪)] 등이 화운했다. 이백 시의 원 제목은 「심양자극궁감추작(尋陽紫極宮感秋作)」으로, 49세 때 지은 오언고시이다. 춘추시대 위(衛)나라 대부 거원(蘧瑗)[거백옥(蘧伯玉)]의 "나이 50에 49년의 잘못됨을 알았다.(年五十而知四十九年非)"라는 고사가 있어서, 49세에 이백의 시에 차운하면서 인생을 돌아본 것이다. 예로부터 시인 묵객들이 즐겨 화운해 왔다. 김조순의 시는 「산재에 밤에 앉아서, 이공봉 자극궁감추 시에 차운하다[山齋夜坐次李供奉紫極宮感秋韻]」라는 제목이다.

청년에는 삼가 헤아리지 못하여
문자를 적어 청사에 남길 기대했다만
백발이 되어서도 이룬 것 없고
허물과 후회만 한 움큼
서늘한 바람이 옥우하늘에 불어올 때
가슴을 끌어안고 홀로 말똥말똥
맑은 달빛은 새벽에 기둥에 가득하여
나의 산간 거처에 보내오네
인생의 큰 꿈을 아직 깨지 않았지만

風吹帽. 蛟騰虎躍林木振, 光焰上蟠埃氛掃. 誰與長慶續酬唱, 不須建安紛名號. 渟淵之色蒼鬱氣, 高古不要姸而好. 雪槧授草發俚音. 尋軌敢跂門庭到. 和章投寶驚時俗, 夜光連城比奚足. 高風邈矣難再攀. 聚星遺響誰追錄. 流景等閒春復秋, 巖葩自紅壁蘚綠. 凉露薰桂寄枕夢, 依稀石逕傍溪曲. 端揆朝望冠百辟, 令姿懷瑾鳴蒼玉. 竹亭重修更招呼, 對樽怳如舊歡娛. 文藻古宅傳世業, 靑箱鮑謝與歐虞. 時來飮水山房宿, 元是疎襟淡榮途. 秀石老楡慣顔面, 移席談言寸心輸. 願公莫辭長作主, 我每爲詩歌玉壺."

아무 의심도 안 하거늘 어찌 운명을 점치랴
고인은 불원복(不遠復)을 귀하게 여겼으니
오늘은 바로 어제가 다시 온 것
준마라도 내달리다가는 결국 접질리고
기우뚱한 그릇이라도 텅 비면 엎어지지 않는 법
49년의 지난 일을
부앙하다 보니 이미 속속들이 알겠구나

靑年竊未揆, 劬書期汗竹. 白首無所成, 尤悔寧可捄.
凉飇噓玉宇, 耿耿抱靈獨. 晴月曉滿楹, 送我山間宿.
大夢雖未覺, 不疑又何卜. 古人貴不遠, 今是昨猶復.
良馬馳終蹶, 攲器虛尠覆. 四十九年內, 俯仰諒已熟.

김조순은 일생을 돌아보면서, 『주역』에서 말한 불원복(不遠復)의 가르침을 생각했다. 불원복이란 허물 있는 사람이 빨리 뉘우쳐서 회복한다는 뜻이다. 주희(주자)도 친구에게 지어준 시에서, '불원복'으로 삼자부(三字符)를 삼아 띠에 찬다고 했다. 이 가르침을 상기하면서, 김조순은 성만(盛滿)을 경계하고 기기(攲器)의 가르침을 배워야겠다고 생각했다. 기기란 주나라 때 군주를 경계하기 위해 만들었다는 그릇이다. 텅 비면 기울어지고 물을 가득 채우면 엎어지지만 8분쯤 알맞게 물을 채우면 반듯이 놓인다고 한다.

김조순의 시에 대해 정원용이 차운한 시가 전한다. 「이공봉 자극궁 감추 시에 차운함. 풍고 선생의 시에 화운하여 정정을 구함[次李供奉紫極宮感秋韻 和楓皐先生求正]」이라는 제목이다.

우수수 담 가의 오동잎 지고
사각사각 흙담 사이 대나무 소리
백로 절기에 흰 이슬은 긴 하늘에 어슴푸레하고
가을 달빛이 맑아 움켜쥘 듯하다
궁궐 관청에서 절기의 밤을 보내자니
그리워라, 그 누가 고독한 이를 깨우는가
풍 옹 김조순은 맑은 상상을 발하여
옥호에 달을 담아 잠을 자면서
유유자적하게 마음대로 감상하니
이 놀이는 진실로 길일을 점칠 것이 없구나
뛰어난 자취는 따라잡지 못한다 해도
아름다운 시에는 화운할 수 있고말고
옥 같은 봉우리에 달이 영구히 매달려
구름 따라 엎어졌다 뒤집어졌다 하지 않누나
공의 시가 문득 기약이 있는 듯하기에
오래도록 달과 함께 물끄러미 바라본다오

摵摵垣畔梧, 颸颸埤間竹. 白露曖長空, 秋光清可掬.
禁省度良宵, 懷哉疇警獨. 楓翁發清想, 玉壺携月宿.
適意恣所賞, 玆遊亮不卜. 勝躅縱難攀, 嘉藻猶可復.
長懸玉峰月, 不隨雲翻覆. 公詩輒如期, 久與月相熟.

정원용은 김조순의 풍모를 "옥 같은 봉우리에 달이 영구히 매달려,
구름 따라 엎어졌다 뒤집어졌다 하지 않누나."라고 표현했다. 세파에
휩쓸리지 않고 천연의 본질을 그대로 지킨다고 칭송한 것이다.

심상규도 화운시를 지었는데, 심상규는 김조순보다 한 살 연하로, 함
께 북학을 공부하고 같은 시기에 정계에 진출한 사이였다. 스스로를 '두

실병생(斗室病生)'이라 칭하고, 서문과 함께 부쳤다.[26) 서영보(徐榮輔)도 김조순의 시에 차운해서, 「풍고 선배가 동성교여집을 열람하면서 자극궁의 시운으로 보내왔기에 마침내 창수한다[楓皐長僚閱東省校餘集 用紫極宮韻見寄 遂酬]」라는 시를 지었다. 정원용은 다시 같은 운으로 시를 지어 소회를 적었다.[27)

정원용은 헌종 7년(1841, 59)에 우의정이 되었다. 헌종 8년(1842, 임인) 6월에는 석애(石厓) 조만영(趙萬永), 운석(雲石) 조인영(趙寅永), 이재(彛齋) 권돈인(權敦仁), 연천(淵泉) 김이양(金履陽)과 함께 묵계노인정(墨溪老人亭)에서 분운을 해서, '淸'자를 골라 오언 14운 28구[下平聲八庚]를 지었다.[28)

> 짙푸르게 무성산 수풀 빛
> 찰랑찰랑 맑은 시냇물 소리.
> 석 옹(운석)이 공무의 여가를 내어
> 약속을 보내어 산수의 먼 곳을 노닐 뜻을 부쳤네.

---

26) 번역하면 다음과 같다. "8월 16일 비오는 저녁 즈음 선생(김조순)이 옥호산서에 가셨다는 소식을 듣고 무료하게 베개를 베고 문득 잠이 들었다가, 밤이 깊어 잠에서 깨어보니 휘영청 달이 떠올라 대나무에 비치고 잠든 날짐승을 헤아릴 정도였다. 일어나 정원을 거닐다가 문득 시를 지어 축하하는 마음을 부치고 싶은 생각이 들었으나 뜻을 이루지는 못했다. 이제 동성(東省·규장각)에 들어와 선생이 어젯밤에 지은 시를 보니 옛사람이 말한 '내 뱃속에 말이 있다'라고 한 것과 흡사하다. 드디어 자신의 굼뜨고 졸렬함을 잊고서 차운하여, 두실 병생(斗室病生·심상규) 자신이 풍고 선생(김조순) 음궤(吟机·시 읊는 책상) 아래 올린다."

27) 鄭元容, 「疊前韻志懷」, 『經山集』권2 "早歲弄柔翰, 竊擬垂靑竹, 織綺未斷正, 掇英不盈掬. 所期違夙昔, 深省起幽獨, 歲月一何迅, 彌懼無歸宿. 羞爲曼倩隱, 久厭君平卜. 安分齊得失, 探理觀往復. 韜鋒慚不沽, 騁轍戒存覆. 猶抱涓埃愿, 夷險講已熟."

28) 鄭元容, 「季夏日與石厓雲石彛齋金淵泉尙書(履陽)諸公會墨溪老人亭分韻得淸字」, 『經山集』권3.

예절은 간소하되 오랜 우호는 돈독하고
문장의 빛깔은 옥구슬을 떨치는 듯하다.
수원(睢園, 梁孝王 兔園)에서와 같은 모임은 희세(希世)의 일로 일컬어지고
교목지가(喬木之家)에 필공(畢公) 같은 공경이 있도다.
멋진 과실은 살구와 매실이 늘어서고
빠른 곡조는 피리와 생황이 불어내네.
짙은 녹음은 아름다운 가래나무가 만들어 덮고 있고
바둑알은 또각또각 내려놓네.
짝을 이루어 불암을 바라보고
자리 옮겨 다섯 소나무 기둥에 의지하니,
맑은 바람은 묵은 구름을 거두어가고
노천에 앉으니 곧장 달이 밝아온다.
즐겁고 기뻐서 피로를 모르니
뛰어난 인연을 누가 가벼이 여기랴?
임천의 취향이 어이 없으랴?
누가 관인의 끈을 매는 영화가 없으랴?
귀한 바는 덕을 닦아,
빛을 역사책에 이름 올려 드리우는 일.
흉금을 열고 바윗굴 은둔처를 둘러보니
뛰어난 경지가 왕성에 있도다.
훈과 지의 악기같이 형제간에 화합하고
환희는 벗들에게까지 미치네.
시가로 회화를 대신하여,
붓에 먹을 뭇이니 맑은 기운이 물씬하다.

蔥蒨茂林色, 潺湲淸澗聲. 石翁撰公暇, 訰約寄退情.
禮簡敦夙好, 文采振瑤瓊. 睢會稱希世, 喬年有畢卿.
嘉實羅杏梅, 繁腔按竽笙. 緗陰覆文楸, 某子下丁丁.

駢對望佛巖, 徙倚五松楹. 淸飆撤屯雲, 露坐俟月明.
怡悅不知疲, 勝緣何可輕? 豈無林泉趣? 孰非圭組榮?
所貴修令德, 光垂簡策名. 曠襟眄巖棲, 佳境在王城.
塤箎和且洽, 歡讌及友生. 歌詩代繪事, 濡翰含餘淸.

정원용은 68세 되던 철종 1년(1850, 경술) 11월, 좌의정, 영중추부사가
되고, 70세 되던 철종 3년(1852, 임자) 1월, 기사(耆社)에 들어갔다. 이
70세 되던 해의 4월에 서준보(徐俊輔), 윤치겸(尹致謙), 안광직(安光直),
조기경(趙冀永), 이노병(李魯秉), 이약우(李若愚), 김도희(金道喜) 등 7인
과 화수루(花樹樓)에서 기로회(耆老會)를 열었다. 철종 6년(1855, 을묘) 4
월에는 차자 정기년(鄭基季)의 서흥(瑞興) 임소로 가서 취양하다가 5월에
서울로 돌아왔는데, 이후 김도희(金道喜), 이헌구(李憲球), 박회수(朴晦
壽), 김흥근(金興根), 조두순(趙斗淳), 김좌근(金左根)과 함께 화수루(花樹
樓)에서 오팔회(五八會)를 조직했다. 이러한 모임에서는 많은 시들을 창
수하고 분운을 했을 것인데, 그 일부만 『경산집』에 남아 있다.
한편, 정원용의 조카사위 이유원은 여러 시회를 가졌는데, 그 참가
인사들은 정원용과도 교유권을 형성했을 것이다. 추담(秋潭) 조휘림(趙
徽林)[(趙秉徽, 1808~1874)]은 그 한 예이다.
이를테면 이유원은 현종 10년(1844, 갑진) 장씨원(張氏園)에서 칠학사
회(七學士會)의 모임을 가졌다. 칠학사회는 이유원 이외에, 주계(周溪)
정기세(鄭基世), 연암(煙巖) 조석우(曺錫雨), 성산(星山) 조연창(趙然昌),
금령(錦舲) 박영보(朴永輔), 석거(石居) 김기찬(金基纘), 석농(石農) 조응화
(趙應和) 등이었다.[29] 또 이유원은 1853년(철종 계축) 늦봄에 종남산(終南

29) 이유원, 「장씨원(張氏園)에서 잔치를 열어 즐기다」, 『임하필기』 제25권 춘명일사(春

山) 묵계산장(墨溪山莊)에서 속난정회(續蘭亭會)를 열었다.[30] 그 모임은
이유원 이외에, 소정(邵亭) 김영작(金永爵), 두산(斗山) 조영화(趙英和),
난휴(蘭畦) 조운주(趙雲周), 완계(浣溪) 조문화(趙文和), 초파(蕉坡) 박흥수
(朴興壽), 다사(茶史) 서당보(徐堂輔), 종산(鍾山) 이원명(李源命), 화산(華
山) 조명하(趙命夏), 추담(秋潭) 조휘림(趙徽林)[趙秉徽(1808~1874)], 호남
(鄗南) 조운한(趙雲漢), 호계(扈溪) 정영조(鄭永朝), 석거(石居) 김기찬(金基
纘), 성산(星山) 조연창(趙然昌), 단천(丹泉) 조석여(曺錫輿), 주계(周溪) 정
기세(鄭基世), 국하(菊下) 조연흥(趙然興), 단농(丹農) 이유응(李裕膺), 석
전(石篆) 정기명(鄭基命) 등이었다.

5. 기사기적시(記事記績詩)

정원용은 기록을 중시했다. 지방관으로 부임할 당시 일어났던 사건
들을 일일이 기록하고 관련 공문들을 모아두었으며, 해당 지역과 관련
된 다양한 정책을 제시하기도 했다. 함경도 관찰사와 회령 부사로 나간
경험, 북방 관련 정보를 특히 많이 정리했다. 시에서도 각지의 풍토와
유적을 중시하여 기사기적시(記事記績詩)를 많이 지었다.

순조 29년(1829) 북관에 재해가 일어나 많은 백성들이 죽거나 다치게
되자 이를 수습하고 민심을 살피기 위해서 새로이 지방관들을 뽑아 보냈
는데, 이때 정원용도 회령 부사로 차임되어 그해 8월부터 다음해 12월
까지 약 일 년 남짓 재임했으며, 『경산북정록』을 남겼다. 『경산북정록』

明逸史).

30) 이유원, 「속난정회」, 『임하필기』 제25권 춘명일사(春明逸史).

에는 총 219제 380수의 시가 실려 있는데,[31] 이 시들은 북방지역의 풍토
와 사적을 상세하게 기록했다.

정원용은 47세 되던 순조 29년(1829, 기축) 8월, 북도(北道)에 수재(水
災)가 있자 회령 부사(會寧府使)에 차임되다. 마천령을 오르면서 장단구
의 가행체를 지었다.[32]

앞에는 산마루가 구름을 쓰다듬고
뒤에는 산마루가 하늘을 쓰다듬는 것.
마천령이 드높고 뾰족하고 다시 아스라하니
마천이란 이름이 어찌 그렇지 않으랴.
손으로 하늘을 쓰다듬지만 하늘은 쓰다듬을 수 없으니
이름과 실질이 어긋나는 것은 아닌지.
촉도가 하늘에 오르기보다 어렵다는 것은 높음을 말한 것
이름과 뜻이 반드시 얽어매야만 하랴.
어렵도다 높구나 구십구 구비 길
늘어지고 구부러지며 서쪽으로 서리고 또 동쪽으로 돌아가네.
수레 뒤집어지고 말발굽 접질림을 말할 필요 있으랴
앞에서 끌고 뒤에서 밀면서 열 걸음에 여덟아홉 번 자빠지네.
차례를 짓기는 기러기가 줄 잇듯이 하고 물고기가 꿰이듯하며
앞사람은 뒤로 물러나지 않고 뒷사람은 앞으로 나서지 않으며,
험한 비탈길이 일백 척 간두(竿頭)에서 더 나아가듯 하며
미끄러운 고개는 황금 쟁반에 둥근 구슬을 굴리듯 하네.
위로 오르기는 태원(太原)과 경양(涇陽)의 구름사다리 탄 군사같고

31) 권은지, 「經山 鄭元容『經山北征錄』의 시세계 고찰」, 『동양고전연구』 75, 동양고전
학회, 2019, 165~196쪽.
32) 鄭元容, 「摩天嶺歌」, 『經山集』 권2.

아래로 내려가긴 구당(瞿塘)과 염예퇴(灔澦堆)에서 바람 부는 급여울을
가는 배와 같네.

땀은 간장처럼 방울져 떨어지고 헐떡이긴 소와 같으며

옷자락 떨치며 크게 웃는 것은 꼭대기에 이르고서라네.

예부터 이름난 양장구곡(羊腸九曲)과 촉 땅 조도(鳥道)는 보지 못했지만

함관(咸關)과 철령(鐵嶺)은 돗자리처럼 크고 넓다 하리.

눈 들어 사방을 바로 보니 역시 장쾌하여라!

기색과 광경이 천이며 만이며 각기 다르네.

굽어보니 넘실거리고 일렁이는 것은 북명(北溟)이 둘러쌌고

우러러 보니 드넓어 탕탕한 것은 태현(太玄)에 닿은 듯하네.

오른쪽에는 큰 줄기와 관목과 등넝쿨과 잡꽃들이 있고

왼쪽에는 매달린 비탈, 허공을 지른 잔도, 깊은 골짝, 우는 샘이 있네.

골짝에 바람과 안개를 내뿜으며 호랑이와 시랑은 울부짖고

허공에 뒤집히는 격랑을 일으키며 교룡과 고개가 침을 흘리네.

백두산이 기세를 종횡하며 산고개를 묶어내어

신속히 도약하고 달아나듯 뛰어오르며 형세가 이어졌네.

하늘을 남북으로 한정 짓는 것이 자물쇠 같아

서울과는 인가의 연기를 통하게 하지 않네.

말갈과 여진은

땅을 연 것이 어느 해인가?

인민을 내몰아 전투하여 서로 먹을 것을 뺏게 하여

거친 변경 천리를 짐승 비린내가 잠식하게 했지.

처음에 개척하여 길을 뚫은 이가 누구인가?

굳세고 용맹한 윤관이 앞서고 김종서가 뒤이었네.

문을 겹으로 하고 따기 쳐서 변경의 급보가 멎고

부월 잡고 화살 끼고 위세를 폈네.

이래로 사백 년 남짓

마을에서는 쟁기와 보습 들었지 창과 단창을 저장 않았지.

성스런 조정은 먼 곳 백성을 보살피길 가까운 곳 백성과 같게 하고
북관의 열 고을 위해 목민관 선발하니 은덕이 두루 덮여,
요역과 징세는 아주 가벼워
여인은 베 짜고 남편은 밭 갈았네.
또 듣자니, 산천이 신령하여 진기한 보물이 많이 나서
한 줌의 물품이 일천 금값이라네.
가는 삼, 영험한 인삼, 붉은 초달피, 푸른 녹용
동과 은을 산에서 캐고 구슬을 못에서 채집했네.
근래에는 북쪽 무지렁이 백성들이 어이 이다지도 곤궁한가?
혹여 백성들로 하여금 그 이익을 온전히 하지 못하게 해서가 아닐까.
만약 관리가 어질고 해마다 풍년이라 백성들이 즐겁고 안락하면
마천령이 탄탄한 평지처럼 사람들이 서로 어깨가 부딪칠 정도이리.
만약 관리가 탐학하고 해마다 흉년이라 백성들이 근심한다면
그 험준함이 이 고개보다 백배는 더하여 왕래할 길이 없으리.
나는 마천령의 험준함을 한탄하다가 노래를 지어서
이 산마루를 오가는 뭇 현자들에게 선포하려오.

前有嶺摩雲, 後有嶺摩天.
摩天嶺崔嵬峯崔復巀嶭, 名以摩天不其然?
以手摩天天不可摩, 名實無乃相乖焉!
蜀道難天盖謂高, 何必名義相拘牽?
難乎高哉九十九曲路, 逶迤屈折西盤又東旋.
轂翻蹄蹶何足道? 前挽後推十步八九顚.
以次序鴈而貫魚, 前者不後後不前.
險礏百尺進竿頭, 滑坂金盤轉丸圓.
上如太原涇陽雲梯甲, 下如瞿塘灩澦風灘船.
汗滴如漿喘如牛, 振衣大笑始上巓.
古來羊腸鳥道雖未見, 咸關鐵嶺康莊如席氈.

舉眼四望亦快哉! 氣色光景各萬千.

俯臨汪洋瀁瀰環北溟, 仰看浩浩蕩蕩薄太玄.

右有脩榦灌樾蔓藤雜卉, 左有懸磴飛棧幽壑鳴泉.

噓谷風霧虎豹嘷, 翻空濤浪蛟鯨涎.

白頭縱氣束爲嶺, 迅躍奔騰勢相連.

天限南北如鍵鑰, 不與漢京通人烟.

鞨鞨及女眞, 闢土在何年?

驅民戰鬪相奪食, 千里荒服淪腥羶.

厥初開鑿者爲誰? 桓桓尹金相後先.

重門擊柝邊警息, 杖鉞挾矢張威權.

伊來四百有餘載, 里有耒耜無戈鋋.

聖朝字民罔遐邇, 十州選牧恩德宣.

賦徭征稅最輕薄, 婦兮織縷男耕田.

又聞山川靈異産珍寶, 一握之物直千錢.

細麻靈秬紫貂皮蒼鹿茸, 銅銀採山珠採淵.

近來北氓何窮困? 無或使民不得其利專!

若使吏良歲豐民熙熙, 摩天坦坦平地人磨肩.

若使吏虐歲凶民戚戚, 其險百倍此嶺行無緣.

我嘆摩天之險仍作歌, 以布來往此嶺之輩賢.

  과거에 마천령 이북은 윤관과 김종서가 개척한 이래 백성들이 편안
히 생계를 꾸리고 물산이 풍부했지만, 최근에는 백성들이 그 지역의 이
로움을 온전히 향유하지 못하여 지독하게 곤궁하다는 사실을 가슴 아
파했다. 그리고 관리가 탐학하고 흉년이 계속된다면 백성들은 고통을
겪어, 그 험악한 상황은 이 산마루보다 백 곱절은 더 험하여 이 산마루
에는 왕래할 사람도 없게 되리라고 우려했다.

6. 아내에게 부친 시

정원용은 아내, 딸, 아들, 사위, 며느리, 외손자, 동생, 누이 등등 가까운 가족과 친족을 그리워하고 그들의 안부를 염려하는 시를 많이 남겼다. 가족의 가치를 소중하게 여기고 그 구성원인 여성의 삶에 대해 깊은 관심을 보였다. 정원용은 모친의 행장과 누이의 제문도 남겼으며, 딸과 질녀에게 보내는 시도 지었다. 아내와 딸, 그리고 며느리를 위해 각각 한 편의 '수서(壽序)'를 남겼다.[33] 조선에서는 명 문단의 동향에 관심이 많았던 문인들에 의해 수서가 작성되기 시작하여, 점차 확산되었다.[34] 하지만 아내 심지어 딸이나 며느리를 위해 수서를 지은 사례는 정원용이 유일하다. 정원용이 부인을 위한 수서를 짓자 강릉 김씨는 "저는 당신에게 있어서 만난 지 오래되고 깊이 알고 있는 점이 교분을 나눈 친구들에 뒤지지 않잖습니까. 올해가 환갑이라 수서를 짓는 법도에 비춰 어긋남이 없으니 당신의 글 한마디를 얻어 규합을 빛나게 해주시길 바랍니다. 어찌 채란이나 전당으로 장식하는 것일 뿐이겠습니까?"라고 수용했다.[35]

정원용은 순조 29년(1829) 북관에 재해가 일어나자 회령 부사로 차임되어 그해 8월부터 다음해 12월까지 약 일 년 남짓 재임하고 총 219제 380수의 시를 수록한 『경산북정록(經山北征錄)』을 남겼는데, 그 속에는

---

33) 김우정, 「경산(經山) 정원용(鄭元容)의 남성성(masculinity)」, 『한국고전여성문학연구』 34, 한국고전여성문학회, 2017, 269~296쪽.

34) 최기숙, 「조선시대(17세기-20세기 초) 壽序의 문예적 전통과 壽宴 문화」, 『열상고전연구』 36, 열상고전연구회, 2012, 99~141쪽; 김우정, 「한국 한문학에 있어서 壽序의 전통과 문학적 변주 양상」, 『한국한문학연구』 51, 한국한문학회, 2013, 239~265쪽.

35) 鄭元容, 「內子貞敬夫人六十壽序」, 『經山集』 권12 序.

아내와 딸, 며느리, 누이 등 가정과 친족의 여성들을 그리워한 시가 많다. 『경산집』에는 그 가운데 일부만을 수록했다. 정원용이 가정과 친족의 여성들을 위해 쓴 시는 『경산집』에 수록된 것보다 훨씬 많을 가능성이 높다.

정원용은 특히 아내의 처지를 이해하고 아내를 존중했으며, 가정의 노고를 위로했다. 아내가 세상을 떠난 뒤 제문은 물론 묘지(墓誌)도 직접 지었다.[36] 정원용은 그 글에서 아내를 '양우(良友)'요 '양필(良弼)'이었다고 회상했다. 초간본 『경산집』에는 정원용이 부인 강릉 김씨에게 보낸 시가 상당히 많이 실려 있다. 강릉 김씨는 한시를 잘 이해한 듯하다.

정원용의 부인은 명문거족 강릉 김씨의 출신이다. 부친 김계락(金啓洛, 1753~1815)은 형조판서와 예조판서를 거쳐 우참찬까지 올랐다. 김계락은 첫 부인 양주 조씨와의 사이에 6녀를 두었고, 셋째 부인 청주 한씨와의 사이에서 1남 1녀를 두었다. 정원용의 부인은 김계락과 양주 조씨의 사이에서 태어났다. 김계락은 나이 56세에 1남 학무(學懋, 1808~1835)를 얻었다.

정원용과 강릉 김씨는 같은 해에 태어나, 정조 21년(1797) 15세 때 혼인했다. 이후 철종 8년(1857) 부인이 타계할 때까지 부부는 60년을 해로했다. 바로 회근례(回巹禮)를 올린 지 두 달만인 3월 19일 부인은 세상을 떠났다. 부부는 3남 2녀를 두었다. 장남 정기세는 우찬성, 차남 정기년은 목사, 계자 정기명은 부사까지 올랐다. 장녀는 훗날 승지까지 오른 윤주진(尹周鎭, 1805~?)과 혼인했고, 차녀는 젖먹이 때 죽었다.

정원용은 부인의 묘지에서 부인의 성품을 드러내는 다음 일화를 적

---

36) 鄭元容, 「故室貞敬夫人江陵金氏墓誌銘」, 『經山集』 권17 誌銘.

어 두었다.

　나와는 오랫동안 서로 아끼고 좋아했지만 일찍이 웃으며 맞이하거나 먼
저 말한 적이 없었다. 회령에서 돌아왔을 때 집안사람 모두가 기뻐하며 맞
이했다. 내가 방에 들어가 "부인께선 홀로 자리에 앉아 눈도 깜빡 않는단
말이오?"라고 묻자, 부인은 "저는 성품이 좀스러워 몸가짐을 가지런하고 엄
숙히 하는 데 힘쓰다 보니, 때로 지나치게 꼿꼿한 경우도 있답니다."라고
했다 내가 웃으며, "어찌 도량이 그리 좁소?"라고 하자, 부인은 "저는 성품
이 좁아서 그래요."라고 했다. 나를 대할 때는 항상 손님 대하듯이 했고 번
다하게 말하는 경우도 없었다. 병이 났을 때에도 부축을 받아 앉아 기어이
머리를 빗고 세수를 했으며 누워있을 때에도 용모를 단정히 하여 조금이라
도 게으른 모습으로 나를 대하지 않았다.[37]

　정원용이 아내 강릉 김씨에게 보내거나 아내를 그리워하여 지은 시
들 가운데 초간본『경산집』에 수록된 작품들을 열거하면 아래와 같다.

　074「寄內」오언고시 장편 37운 74구[上聲二十五有: 婦·久·厚·咎·走·
綏·受·口·右·牖·部·蔀·酉·忸·有·酒·斗·九·苟·後·守·誘·瓿·狃·耦·
友·取·否·壽·柳·畝·負·臼·垢·叟·首·朽] 45세 되던 순조 27년(1827,
정해) 3월 강원도 관찰사가 되어 원주 감영에 부임하여 아내에게 부친 시.
　075「五月二十日夜苦熱不能眠使兒子拈韻代草成三十韻寄內兼致所囑之意」
오언고시 장편 30운 60구[下平聲七陽: 庄·陽·房·裳·桑·床·場·疆·章·
裝·方·良·鄕·傍·坊·張·腸·長·詳·箱·光·藏·傷·緗·堂·芳·香·常·量·

37) 鄭元容,「故室貞敬夫人江陵金氏墓誌銘」,『經山集』권17 誌銘. "自會寧還, 家室皆欣
迓, 余入室曰: '夫人獨席坐而不睫乎?' 夫人曰: '女性拙, 飭躬齊而莊, 遇事或過於耿介.'
余哂曰: '何量之狹?' 夫人曰: '女性褊.' 對余如肅賓, 言語無煩絮. 疾亟時, 扶坐强櫛頹,
雖臥必作容, 少不以惰色接."

妨] 45세 되던 순조 27년(1827, 정해) 3월 강원도 관찰사로 부임한 후 5월 20일 무더운 밤에 원주 감영에서 아내에게 부치기 위해 지은 시.

082「七月七夕愁雨悄坐適披見廬陵集有寄內詩以斑斑林間鳩起興爲首句有日子能甘藜藿我易解簪紱蓋歐陽公守鎭陽之日以携手共歸之意問於內子也蓋出處進退之間衣食不能無累故古人亦不得不謀諸婦歟詩中盛言世路之可畏衆怨之可怵而末以藜藿之能甘聊卜簪紱之可解此是公位未高年未老之時而其憂畏保身之計發於性情者如此今余才器遠不及古人而宦名日益盛見此詩安得無感動今心哉仍次其韻寄內子」오언고시 44운 88구[入聲十三職(劾자 통압): 匹·失·日·律·實·室·佚·一·拔·颭·沒·嫉·瑟·忽·姪·溢·物·逸·咄·畢·櫛·疾·膝·觱·鬱·吉·述·乞·艸·慄·弼·秩·筆·乙·劾·鎭·唧·質·密·怵·必·紱·出·韠] 순조 27년(1827, 정해) 7월 7일 강원도 원주 감영에서 歐陽修 시에 차운하여 아내에게 보낸 시.

095「家人每要示北方山川風俗衣服飲食之制長夜無眠漫成百五十五韻寄之」오언고시 155운. 47세 되던 1829년(순조 29, 기축) 8월 會寧 府使에 차임되고, 도임하여 지은 아내에게 부친 시.

098「我國興王之跡肇於北方故比之岐豐臣於是行躬履目覩每過一山一水靡不詳審不啻若按圖而考史也頌先烈之宏達感王業之艱難逐贊美詠嘆記聞錄見衍爲岐豐歌謠八十五韻寄示家人」칠언고시 85운. 47세 되던 순조 29년(1829, 기축) 8월 會寧 府使에 차임되고, 도임하여 북방 함흥의 이왕가 유적지를 하나하나 고증하여 아내에게 부친 시.

100「贈內」칠언절구 10수. 47세 되던 순조 29년(1829, 기축) 8월 會寧 府使에 차임되고, 회령에 도임하여 아내에게 부친 시.

160「二月八日爲迎祠字出往裁松院寫懷贈內」칠언고시 20운 40구[上聲七麌, 首句不入韻: 婦·受·綬·壽·右·走·有·久·斗·厚·部·柳·後·首·牖·取·負·友·臼·叟] 헌종 1년(1835, 을미) 평안도 관찰사로 있으면서, 2월 8일 祠字를 맞이하러 재송원에 나가 아내를 그리워하여 적어 보낸 시.

161「贈女」오언고시 20운 40구[上平聲四支: 慈·辭·淇·隨·褵·兒·私·湄·萁·期·歧·斯·貽·爲·詩·規·儀·疑·基·資] 헌종 1년(1835, 을미) 평

안도 관찰사로 있으면서, 2월 8일 祠宇를 맞이하러 재송원에 나가 아내와 딸을 그리워하여 딸에게 적어 보낸 시.

179「內堂新粧小屛戲書一詩復申還鄕之約」칠언율시[上平聲四支, 首句入韻]. 헌종 6년(1840, 경자) 3월 함경도 관찰사가 되어, 9월에 아내로부터 新粧小屛을 받고 부친 시.

241「始興路中見農民築室時余有家舍修葺之役漫吟示家兒」오언고시 20운 40구[下平聲十一尤: 儔·諏·收·鍮·邱·牛·疇·優·愁·求·鳩·樓·鉤·休·簍·修·周·由·酬·留] 철종 8년(1857, 정사) 3월에 부인 김 씨가 몰하여 5월에 시흥의 선영 곁에 임시로 묻고, 철종 9년(1858, 무오) 2월에 부인의 묘를 完襄할 때 지은 시.

이 가운데 정원용이 45세 되던 순조 27년(1827, 정해) 강원도 관찰사가 되어, 5월 20일 무더운 밤에 원주 감영에서 아내에게 부치기 위해 지은 시(075「五月二十日夜苦熱不能眠使兒子拈韻代草成三十韻寄內兼致所囑之意」)를 보기로 한다. 가족이 헤어져 지내게 된 것을 슬퍼하되, 아내에게는 고서를 잘 보관하고 정원의 화초와 나무를 잘 가꾸어 달라고 당부하여, 마치 가까이 있는 사람에게 정담을 건네듯이 말했다.

> 그대와 해로하겠다 약속하고
> 왕리(旺里)에 새로 전장을 열어서는,
> 해를 보내고 또 봄을 맞으니
> 봄볕이 점점 따스해졌지요.
> 담백하게 쟁반과 탁자의 물품을 갖추고
> 정결하게 서재의 방을 청소해두어,
> 나는 누워서 책을 보고
> 그대는 앉아서 의복을 기우며,
> 아이들에게는 붓과 벼루를 펴두게 시키고

종에게는 가래나무 뽕나무를 심게 하고는,
샘물을 길어다가 차를 달여 마시고
해가 높이 뜰 때까지 너른 평상에서 잠을 잤으니,
욕되지 않기에 이에 족했거늘
어이 분잡하고 화려한 생활을 선망했던가요?
상감 은혜가 지극히 높고 중해
옥 부절을 내리시며 동쪽 땅을 맡기시니,
위임하여 맡기겠노라는 따스한 옥음을 받들었으니
사직소를 허락하지 않는 자 하셨기에,
감격하여 성은에 보답하기로 맹세하고
대궐을 하직하고 행장을 꾸렸다오.
감영에 도착한 지 한 달 남짓 지났건만
선정 베풀 방도는 아직 헷갈릴 따름.
지방에 임하여 정사를 두루 폈던 주나라 현인에게 창피하고
군주와 정무 나눠 맡아 잘 처리했던 한나라 어진 이천석 관리들에게 부끄
럽구려.
나그네 수심은 나날이 모여들어
머리 들어 고향을 그리워한다오.
두 아이도 나를 따라왔고
누이도 내 곁에 있건만,
병든 아내와 어린 아이만
홀로 회현방에 남아 있구려.
가족이 항상 단란하게 모여 살아
오랫동안 떨어져 산 적이 없었건만,
노쇠하니 상정(常情)이 곱절이니
어이 간장이 쓰리지 않겠소?
가을바람 불면 만나자고 약속했지만
길고 긴 여름날을 견디기 어렵구려.

집안일은 일체 그대에게 맡겼으니
어찌 멀리 상세한 서신을 보내달라고 바라겠소?
옛 서적 수천 권이
차곡차곡 책상자에 가득한데,
손수 열람하여 선인들의 수택을 보호하고
내사(內賜)하신 은혜로운 영광을 답습했기에,
상자 가득한 황금 정도일 뿐이 아니니
주의를 쏟아주고 함부로 보관하지 말아주오.
또한 좀벌레의 침식을 막아야 하고
비바람에 상하지 않게 막하여 하오.
서루에 저장하고 자물쇠를 단단히 채우고
찌를 나누어 표지를 잘 정돈하기 바라오.
장미와 철쭉은
새로 서당 곁에 씨를 뿌려두오.
하나하나 석류나무는
꽃이 피면 정말로 곱겠지요.
비 오면 파초는 높은 잎이 뽑아나오고
달빛 아래 계수나무는 새로운 향기가 감돌리라.
여종을 독려하여 우물의 물을 길어
씻어주고 물 대어주길 일상으로 삼으면,
음양이 모두 사랑하여 잘 자라게 하니리
이 뜻을 그대는 잘 헤아려 주오.
뒤의 서찰로 알리겠으니
나머지 일은 생략한대도 무방하지 않겠소?

與子偕老約, 旺里開新庄. 過歲仍逢春, 春日漸載陽.
澹泊具盤桌, 精潔掃軒房. 我臥看書卷, 君坐縫衣裳.
教兒開筆硏, 課僕種梓桑. 汲泉煮茗飮, 日高眠匡床.

不辱斯足矣, 豈羨芬華場? 君恩太隆重, 王節授東疆.
委毗承溫音, 不許辭巽章. 感激誓圖報, 辭陛理行裝.
到營纔踰月, 政術迷向方. 來宣愧周賢, 共理慙漢良.
羈愁日多集, 擧頭思故鄕. 兩兒行相隨, 弟妹來在傍.
病妻與穉子, 獨留在賢坊. 家室常團聚, 未曾久分張.
年衰倍人情, 如何不牽腸? 縱有秋風約, 難堪夏日長.
家事一付君, 豈待遠書詳? 古書數千卷, 秩秩盈架箱.
手閱護先澤, 內賜襲恩光. 不啻滿篋金, 管念莫漫藏.
且辟虫蠹損, 宜防風雨傷. 貯樓固扃鐍, 分籤整縹緗.
紫薇與躑躅, 新種傍書堂. 箇箇石榴樹, 開花正鮮芳.
雨蕉抽高葉, 月桂飄新香. 督婢汲井水, 沾灌日爲常.
二物俱所愛, 此意君庶量. 後書須相報, 餘事曷何妨?

철종 8년(1857) 정월, 영중추부사 정원용이 회근(回巹)을 맞게 되자, 철종은 사관을 보내 위문했다. 또 정원용을 희정당에서 불러, "만일 사람들마다 그대처럼 수를 누리고 오늘 같은 기회를 겸할 수 있다면 어찌 성대한 일이 아니겠는가?"라고, 글을 지어서 내려 주었다. 회근례에서 술과 2등악을 하사받은 다음날, 정원용은 「사회근일선온전문(謝回巹日宣醞箋文)」을 지어 철종에게 올렸다.

지금 세성(歲星)의 기년(紀年)이 정(丁)에 해당하니, 곧 신의 욱조(旭朝)[제때에 맞게 혼례를 올렸다는 뜻. 예법과 시기를 맞추어 혼례를 올려야 한다는 내용의 『시경』 「패풍(邶風) 포유고엽(匏有苦葉)」에 나오는 말]의 회갑입니다. 예법에 관한 경전에는 혼인이 중요함을 기록하고 있으면서도 다만 "가서 너를 도울 사람을 맞이하라(爾相往迎)"라고 했고[『의례(儀禮)』 「사혼례(士婚禮)」에, "가서 너의 짝을 맞이하여 우리 집안 제사의 일을 이어 받도록 하라."라고 했음], 『시경』의 시인은 시집을 가는 여인이 집안에 적절해야 한다는 것을 노래하면서도 그저 "그대와 함께 늙겠노라."라고 했으니[『시경』
「패풍(邶風) 격고(擊鼓)」에, "죽으나 사나 만나나 헤어지나, 그대와 함께 하
자 언약했지. 그대의 손을 잡고, 그대와 함께 늙겠노라."라고 했음], 만약
한결같이 처음 결리(結褵)[딸이 시집갈 때 어머니가 경계의 말을 하며 향주머
니를 채워 주는 것으로, 결혼을 뜻함. 『시경』 「빈풍(豳風) 동산(東山)」에 나온
말]하던 때를 모방하고자 한다면 아마도 도서나 역사서에 징험할 것이 없을
것입니다. 합환주를 마시는 의식을 거듭 베푸는 것은 여항에서 근래 행하는
것으로, 부부의 금슬을 기원하는 평상을 차려놓고 호호백발이 그저 종족들과
함께 즐기고, 바가지 술을 두고 때때옷 입은 자식과 손자들이 축하하는 데
그칠 뿐입니다. 그렇거늘 미천한 이 사람의 혼사에 관계된 일이 갑자기 높고
높은 구중궁궐에 들리게 될 줄이야 어찌 알았겠습니까?[38]

정원용은 이 회근례를 올린 후 불과 2개월 만에 부인을 잃었으니,
상실감은 너무도 컸을 것이다.

7. 결어

철종 13년(1862) 정월에 정원용은 팔순이 되고, 또 순조 2년(1802) 10월
순조의 혼례를 축하하는 경과(慶科)에서 급제한 지 60년이 되었다. 철종
은 정원용이 나이와 덕망이 모두 높고 네 조정을 두루 섬긴 데다가 급제
했던 과거가 경과였던 것을 이유로, 문과회방일(文科回榜日)에 궤장을

---

38) 鄭元容, 「謝回卺日宣醞箋文」, 『經山集』 권11 箋文. "顧今星紀之適丁, 乃臣旭朝之舊
甲. 禮經著婚姻之重, 只云爾相往迎. 詩人詠室家之宜, 止稱與子偕老. 若夫一倣結褵之
始, 殆圖史古無徵焉. 至如重設合酳之儀, 卽閭里近所行者, 琴床皓髮, 但與宗族而爲歡,
匏樽斑衣. 一任兒孫之稱喜. 豈意微賤配匹之事, 遠及崇高九重之聽?"

내리고 연회에 소용되는 물품을 실어 보냈다. 그리고 승지를 보내 선온(宣醞)하고 1등악을 내렸다. 회방일에 1등악을 하사받은 다음날, 정원용은 「성은의 유지를 받은 후 성명을 거두시라고 청하는 차자(恩諭後請收成命箚)」를 올렸다.

　　신은 약관의 젊은 나이에 다행히 우리 성스러운 선왕이신 순묘순조께서 주나라 문왕이 다리를 놓아 위수에서 부인을 맞았듯이[주나라 문왕이 부인 태사(太姒)를 위수에서 맞이한 일에서 온 말로, 국왕의 혼례를 말함. 『시경』「대아(大雅) 대명(大明)」에서 나옴] 가례를 행하시던 때에, 성균관에 들어가 과거에 응시할 자격을 얻어 왕의 조정에서 시권(試券)을 올려 운 좋게 과거에 급제하고는, 마침내 문신의 명부에 이름이 올라, 허다한 광음세월을 거치면서 한없는 은덕을 삼가 받들었습니다. 요행으로 명승(冥升)[승진. 『주역』「승괘(升卦)」에 "상육[上六]은 올라감에 어두우니, 쉬지 않는 정도(貞道)에 이롭다."라고 했음]을 외람되이 하고 의정부에 몸을 둔 것이, 이래로 20여 년 되었는데, 이제 창명(唱名)[방방(放榜)]의 옛 간지가 다시 돌아오니 옛일을 서글퍼하는 충정이 더욱 절실합니다. (중략) 하물며 궤장을 하사하심은 기석(耆碩, 고령의 덕 있는 인물)을 우대하여 예법을 베푸는 세상에 보기 드문 은전입니다. 신의 조상이 두 번이나 이 하사를 받아서 성대한 일로 전해져 오고 있습니다만, 저로 말하면 정무에 아무 역할도 하지 못했거늘 도리어 낳아주신 분을 욕되게 하는 두려움을 끼치게 되었으니, 이에 더욱 신은 부끄러워하고 벌벌 떨며 감히 명을 받들지 못하겠습니다. 옷과 음식을 하사하신 은혜의 경우에는 신이 늘 불충(不衷)하여 창피하다는 생각을 품고 있어서, 늘 시위소찬(尸位素餐)한다는 비난을 받을까 두려워했으니, 어찌 감히 은나라에서 상자에 담아 함부로 주지 않고 근실히 했던 정치[『서경』「열명(說命)」에 "의상을 상자에 잘 간직해 두어야 한다."라고 했고 그 전(傳)에 "의상은 덕 있는 이에게 명하여 내리는 것이니, 반드시 상자에 두어 삼가는 것은 함부로 주는 일이 없도록 경계한 것이다."라고 했음]에 누가 되겠으며, 주나라에서 세발솥에 들어 있는 진기한 음식을 신하들에게 나누어주던 권우(眷遇)를 바라겠습니까?

철종은 비답을 내려, "부디 겸손해 하여 사양하지 말고, 안심하고 수령하기 바란다."라고 했다. 마침내 정원용은 각종 하사품을 수령하고 궤장을 받았다. 그리고 이튿날에는 「사문과회방일사궤장선온전문(謝文科回榜日賜几杖宣醞箋文)」을 올려 사례했다.

정원용은 철종을 도와 국정을 바로잡고 외부로부터의 환난에 대처할 방안을 수립하고자 했다. 하지만 세도정치의 폐단으로 통치기강이 무너졌고 삼정(三政)은 문란했다. 철종 13년(1862)에는 진주 단성지방을 시발로 삼남 지방에서 농민항쟁이 일어났다. 철종은 봉기가 일어난 지역의 수령과 관속을 처벌하고 농민의 요구를 일부 수렴했다. 5월에 철종은 책제(策題)를 내어 군정·환정·전정의 삼정에 관한 폐단에 대하여 물었다. 이때 서울과 지방의 인사들이 모두 이에 대해 토론하는 대책(對策)을 바쳤다. 철종은 삼정이정청(三政釐正廳)을 설치하도록 명하고 대신으로 하여금 맡아 다스리게 하되, 경외의 선비들이 바친 대책 중에서 시행할 만한 것을 채택하여 이정(釐正)하는 조목으로 삼도록 했다. 처음에는 조두순이 그 일을 주관했는데, 끝마치지 못한 채 물러났고 정원용이 그를 대신했다. 대개 조두순은 환곡을 탕척해 주자고 했고, 정원용은 예전대로 따르되 수거(修擧)하자는 의견을 견지했다. 수거란 원래의 법규를 그대로 잘 시행하는 것을 말한다. 특히 정액 이상의 징수로 원망이 많았던 환정을 개선하기 위해, 법정 세액 이외의 각종 부가세를 혁파하고 도결(都結)이나 방결(防結)을 폐지하며 환곡은 토지세로 전환시키고자 했다. 그러나 후속조치가 없었으므로, 정원용의 계책은 흐지부지되고 말았다.

그 뒤 조두순이 다시 들어와 정원용의 계책을 따라 호남과 관서에서 먼저 시행했으나, 삼정의 폐단은 없어지지 않았고 계책의 효과도 나타나지 않았다. 이후 농민들은 현실적 구원의 기대를 종교적 지향과 결합시켜 동학을 만들어 냈다. 그러자 철종은 이를 탄압하고 교주 최제우를 혹세무민(惑世誣民)의 죄를 씌워 체포했다.

철종은 여러 해 근심하고 애쓰다가 피로가 쌓여 병이 잦더니, 재위 14년(1863) 12월 8일(경진)에 창덕궁의 대조전에서 승하했다. 정원용은 원상(院相)이 되었다. 대왕대비(조대비)는 정원용 등에게 하교하기를, "지금 국가 안위가 시각이 급하니, 흥선군의 적출(嫡出)의 둘째아들로 익종대왕의 대통을 잇게 하라."라고 했다. 정원용 등이 언교(諺敎)로 써서 내리기를 청하자 대왕대비가 주렴 안에서 언교를 내렸다. 대신들이 돌려본 뒤 도승지 민치상(閔致庠)이 이를 한문으로 번역하여 읽어 아뢰고 나서 반포했다. 대왕대비가 하교하기를, "흥선군의 둘째 아들의 작호를 익성군으로 하비(下批)한다."라고 했다. 그리고 나서 영의정 김좌근(金左根)에게 명하여 익성군을 받들어 맞아오게 했다. 김좌근이 아뢰기를, "주상이 어린 나이에 왕위를 이으면 발을 드리우고 함께 정사를 보는 전례가 있으니, 이번에도 이런 예에 따라 마련하오리까?"라고 하니, 기유년(1849)·헌종 15년의 예에 따라 거행하라고 명했다. 이후 철종의 묘호를 정하고, 시호는 문현무성헌인영효(文顯武成獻仁英孝)로 정한 뒤에, 이듬해 갑자년 4월 7일, 예릉(睿陵)에 장사지냈다. 고종은 융희 2년에 철종을 장황제(章皇帝)로 추존했다. 철종이 승하한 이듬해 정원용은 실록청 총재관으로서 『철종실록』의 편찬을 주관했다.

철종 연간에 재상으로서 정원용은 군주를 보살피고 공봉(供奉)하는 데 더 힘을 기울였다. 이것은 그가 「사회근일선온전문(謝回卒日宣醞箋

文)」에서 밝힌 내용과도 부합한다. 언젠가 정원용은 홍순목(洪淳穆)에게, "재상 일이란 어렵지 않다. 문서를 때맞추어 처리하는 데 달려 있을 뿐이다."라고 했다고 한다. 이는 김재찬(金載瓚)이 정승을 지낸 10년 동안에 시행한 사업이란 오직 기사년(1809년·순조 9)에 진휼(賑恤)한 일과 임신년(1812년·순조 12)에 홍경래 난을 진압한 일뿐이었음을 두고, 그가 무리하게 명예를 구하지 않은 점을 높이 쳐서 한 말이었다. 숙종 때 최석정(崔錫鼎)이 남구만(南九萬)에게 정승의 도를 묻자, 남구만은 일이 손끝에 이르면 그것을 처리할 뿐이라고 대답했다고 한다. 최석정은 개혁을 주로 했는데, 남구만은 그것을 단점으로 생각하여 바로잡으려 했던 것이다. 정원용이 삼정의 문란을 바로잡기 위해 새로운 제도를 시행하기보다 옛 법규를 그대로 시행하는 데 치중했던 것은 나름대로 정승의 도를 지키려한 것이라고 할 수 있다.

그렇다고 정원용이 관례만 따르고 건백(建白)을 게을리한 것은 아니다. 관례가 없는 사안들에 대해서는 새로운 전통과 방안을 마련하기 위해 진력했다. 정원용은 행정 일선에서 물러난 뒤에도 지방 행정의 문란과 민란이 발생하자 암행어사 제도를 부활시키자고 건의했다. 이러한 중후한 재상의 덕을 지키면서 국정을 온건하게 처리하고자 했던 풍모가 그의 시세계에도 고스란히 드러나 있다.

부록 : 정원용 시부(詩賦)의 형식과 창작시기

(1) 賦 4편

01 「留仙觀賦」1810년(순조 10, 경오) 10월, 부친의 평안도 永柔縣 任所로 가서 부친을 모시고 成都(成川)으로 가서 성천 관아의 東明館 서쪽에 연해 있는 유선관에서 지은 부.

02 「皇南殿賦」34세 되던 1816년(순조 16, 병자) 4월, 順興(경상북도 영주시 순흥면) 임소로 부친을 뵈러 갔다가 경주에 들러 황남전(경순왕전)에서 신라의 역사를 읊은 부.

03 「金華窟賦」34세 되던 1816년(순조 16, 병자) 4월, 順興(경상북도 영주시 순흥면) 임소로 부친을 뵈러 갔다가 永春의 金華窟에 들러 읊은 부.

04 「江都賦」71세 되던 1853년(철종 4, 계축) 여름, 장남 鄭基世의 江華 임소로 가서 就養할 때 지은 강화도의 지세, 연혁, 풍광에 대하여 읊은 부.

(2) 詩

001 「松坡舟中」오언율시[下平聲十一尤]

002 「玉井寺」오언율시[下平聲十一尤]. 옥정사는 경기도 광주군 남한산성 북문 안에 있던 절.

003 「夏日直堂后奉和荳溪朴承宣宗薰尹承宣魯東盆蓮聯句韻」오언 20구 [上平聲十灰]. 1805년(순조 5, 을축) 여름 荳溪 朴宗薰(1773~1841)과 尹魯東(1753~?)의 聯句 운자를 사용하여 지은 시. 정원용은 1802년(순조 2, 임술) 10월, 20세로 文科에 합격하고 1803년(순조 3, 계해) 정월 假注書가 되었다. 1804년(순조 4) 22세로 承文院 權知副正字가 되었으며, 1806년(순조 6, 병인) 정월, 가주서로서 賓筵에 참석했다. 윤노동은 1805년 10월 24일(계묘) 冬至正使 李時秀의 서장관으로 辭陛했다. 따라서 이 시는 그 이전에 지은 것이다.

004「賦得唐封郭子儀爲汾陽王(禁直應製)」칠언배율 36구[下平聲七陽(首句不入韻)] 22세 되던 1805년(순조 5, 을축) 承文院 權知副正字가 되고 25세 되던 1807년(순조 7, 정묘) 8월 檢閱이 되었는데, 그 사이에 지은 응제시.

005「賦得三百六旬春不老(召試)」칠언배율 10운 20구[上平聲十一眞(首句入韻)] 1805년(순조 5, 을축) 承文院 權知副正字가 되고 25세 되던 1807년(순조 7년, 정묘) 8월 檢閱이 되었는데, 그 사이에 지은 응제시.

006「芙蓉亭應製」칠언절구[上平聲十三元, 首句入韻)]. 1808년(순조 8, 무진) 5월 12일 검열로서 暎花堂에서 耦射하고 芙蓉亭에서 응제.

007「曬史五臺山之行到月精寺次朴府使(宗正)韻」칠언율시[上平聲十一眞(首句入韻)] 1808년(순조 8, 무진) 26세 되던 해 6월, 正祖의 誌狀 奉安하고 實錄을 曝曬하기 위해 五臺山史庫에 가면서 지었다.

008「上元寺」칠언율시[上平聲十二文(首句入韻)] 1808년(순조 8, 무진) 6월, 正祖 誌狀을 奉安하고 實錄을 曝曬하기 위해 五臺山史庫에 가면서 지었다.

009「登大關嶺口占」칠언절구[上平聲四支(首句入韻)] 1808년(순조 8, 무진) 6월, 五臺山史庫에 가서 正祖 誌狀을 奉安하고 實錄을 曝曬한 후 대관령을 넘으면서 지은 시.

010「觀音窟」오언 26구[入聲六月: 渤·闕·沒·越·惚·發·月·矶·髮·汨·咄·歇·窟] 1808년(순조 8, 무진) 6월, 五臺山史庫에 가서 正祖 誌狀을 奉安하고 實錄을 曝曬한 후 대관령을 넘어 관음굴에 들러 지은 시.

011「淸澗亭」칠언절구[(下平聲十一尤(首句入韻)] 1808년(순조 8, 무진) 6월, 五臺山史庫에 가서 正祖 誌狀을 奉安하고 實錄을 曝曬한 후 대관령을 넘어 청간정에 들러 지은 시. 淸澗亭 "竟日行行海上游·爲看海色復登樓·高人着眼心無大·大海還同一澗流"

012「九龍淵」칠언 19운 38구[入聲一屋(首句通押): 積(수구·入聲十一陌)·

谷·肉·僕·陸·曝·玉·穀·斜·軸·束·畜·麓·鹿·玉·粟·瀆·肅·蹢·
幅] 1808년(순조 8, 무진) 6월, 五臺山史庫에 가서 正祖 誌狀을 奉安
하고 대관령을 넘어 구룡연에 이르러 지은 시.

013 「海金剛」 오언 20구[入聲十藥/入聲十一陌: 澤·癖·闢·蹟·劇·魄·宅·
夕·屐·籍] 1808년(순조 8, 무진) 6월, 五臺山史庫에 가서 正祖 誌狀
을 奉安하고 대관령을 넘어 해금강에 이르러 지은 시.

014 「海山亭」 오언율시[下平聲九靑] 1808년(순조 8, 무진) 26세 되던 해
6월, 五臺山史庫에 가서 正祖 誌狀을 奉安하고 대관령을 넘어 해산
정에 이르러 지은 시.

015 「楡岾嶺上」 오언 20구[去聲四寘/上聲四紙: 寺·已·起·紫·底·理·
蟻·裏·髓·喜] 1808년(순조 8, 무진) 26세 되던 해 6월, 五臺山史庫
에 가서 正祖 誌狀을 奉安하고 대관령을 넘어 해산정으로부터 유점
령을 오르면서 지은 시.

016 「楡岾寺」 칠언율시[上平聲十三元] 1808년(순조 8 1808, 무진) 26세
되던 해 6월, 五臺山史庫에 가서 正祖 誌狀을 奉安하고 외금강으로
부터 금강산에 들어가 유점사에서 지은 시.

017 「隱仙臺」 오언 18구[上聲十一軫: 準·緊·引·窘·牝·蜃·笋·盡·軫]
1808년(순조 8, 무진) 26세 되던 해 6월, 五臺山史庫에 가서 正祖
誌狀을 奉安하고 대관령을 넘어 외금강으로부터 금강산에 들어가 은
선대에서 지은 시.

018 「摩訶衍」 오언율시[下平聲七陽] 1808년(순조 8, 무진) 6월, 五臺山
史庫에 가서 正祖 誌狀을 奉安하고 외금강으로부터 금강산에 들어가
마하연에서 지은 시.

019 「歇惺樓」 오언율시[上平聲十一眞] 1808년(순조 8, 무진) 6월, 五臺
山史庫에 가서 正祖 誌狀을 奉安하고 외금강으로부터 금강산에 들어
가 헐성루에서 지은 시.

020 「玉署直中和李友(止淵)韻」 칠언율시[下平聲四豪, 首句入韻]. 1809년
(순조 9, 기사) 27세, 弘文館 副修撰가 되어 숙직하면서 李止淵(1777~

1841, 본관 전주, 자 景進) 시에 차운하다. 이지연은 1805년(순조 5) 진사가 되고 별시 문과에 병과로 급제했으며, 1806년에 중시 문과에 을과로 급제했다. 훗날 趙大妃의 측근이 된다.

021 「夏日適過徐友(憲輔)居仍被雨邀北鄰尹戚兄(致赫)語闌邃及林泉卜居 之樂朝起書此」오언율시[下平聲八庚]. 1809년(순조 9, 기사) 27세, 弘文館 副修撰이던 여름에 徐憲輔(1775~1815)의 거처에 가서 戚兄 尹致赫(1773~? 본관 해평, 자 士瞻)을 불러 함께 어울리며 지은 시. 서헌보는 1801년(순조 1, 신유) 식년시에서 진사가 되고 1814년(순조 14, 갑술) 문과 식년시에서 장원하지만 조몰하고 만다. 윤치혁은 1798 년(정조 22, 무오) 식년시에서 생원이 되었다.

022 「聖上御極之九載·夏旱孔酷·八薦圭璧·澤未洽邃·親禱雩壇·靈雨雰 霑·恭將蕪辭·聊識鄙忱·雖未能揄揚萬一·而備載其時事實·兼附頌 禱之辭·用前百四十九韻」오언고시 149운 258구[下平聲七陽: 暘· 光·洋·長·防·篁·皇·昌·嘗·康·倉·良·囊·剛·菖·臧·鶬·蝗·穰· 秧·娘·當·箱·糠·庾·粮·梁·藏·坊·常·陽·湯·螗·祥·張·颺·眶· 颺·鰭·芳·楊·薔·床·漿·滄·橋·綱·痒·强·秧·塘·漳·煬·魴·艎· 徨·昂·償·妨·荒·惶·量·相·遑·傷·廊·方·章·隍·郎·璋·煌·茫· 滂·忘·彰·將·彭·裝·傍·障·筐·琅·香·蒼·詳·亢·揚·行·裳·鏘· 頏·棠·薑·簹·忙·潢·泱·汪·央·粧·商·狂·疆·肓·鋩·莊·鴦·螀· 卬·艎·鐺·蹡·房·黃·羊·梁·場·墻·觴·榔·糖·繮·饕·腸·鐺·姜· 緗·洋·王·翔·襄·謗·樟·庠·霜·匡·唐·堂·蹌·簧·璜·桑·凉·鳳 [*凰]·湘·倡·岡·闓]. 27세 되던 1809년(순조 9, 기사) 弘文館 副修 撰가 된 이후, 여름의 기우제 후에 비가 내리자 기쁨을 적은 시.

023 「游西江」육언절구[入聲十一陌: 白·適]. 1809년(순조 9, 기사) 弘文 館 副修撰으로서 서강에 노닐며 지은 시.

024 「己巳秋以關西京試官路過松京吹笛橋」칠언절구[下平聲二蕭(首句入 韻)] 1809년(순조 9, 기사) 가을 弘文館 副修撰으로서 關西京試官으 로서 나가 송경 취적교에서 지은 시.

025「練光亭次按使竹石徐太史(榮輔)韻」칠언율시[下平聲十一尤, 首句入
韻)] 27세 되던 1809년(순조 9, 기사) 가을, 弘文館 副修撰으로서
關西京試官으로서 나가 평양 연광정에서 평안도 관찰사 徐榮輔의
시에 차운함.

026「玉署直中賦示朴待敎(綺壽)約會崔國寶(璜)宅」오언 18구[去聲九泰:
盖·奈·帶·外·檜·大·壎·會·繪·寂·籟·沛·澮·旆·賴·害·膾·
靄]. 1809년(순조 9, 기사) 가을, 弘文館 副修撰으로 있으면서 待敎
朴綺壽와 崔璜(자 國寶, 1783~1874) 집에 노닐기로 약속한 시.

027「簡曺學士愼庵(鳳振)」오언고시 16구[上聲十七篠]. 1809년(순조 9,
기사) 가을, 學士 愼庵 曹鳳振에게 부친 시.

028「陪家大人作成都之行登巫峯命韻」오언고시 20구[去聲七遇] 1810년
(순조 10, 경오) 10월, 부친의 평안도 永柔縣 任所로 가서 부친을 모
시고 成都(成川) 巫峯에 올라 지은 시.

029「玲瓏閣」칠언절구[下平聲八庚, 首句入韻]. 1810년(순조 10, 경오)
10월, 부친의 평안도 永柔縣 任所로 가서 부친을 모시고 成都(成川)
으로 가서 玲瓏閣에서 지은 시.

030「仙樓夜咏」칠언율시[下平聲二蕭, 首句入韻]. 1810년(순조 10, 경오)
10월, 부친의 평안도 永柔縣 任所로 가서 부친을 모시고 成都(成川)으
로 가서 降仙樓에서 지은 시.

031「黃鶴樓」칠언율시[下平聲十一尤, 首句入韻]. 1810년(순조 10, 경오)
10월, 부친의 평안도 永柔縣 任所로 가서 부친을 모시고 成都(成川)
으로 가서 黃鶴樓에서 지은 시.

032「舟下六六洞每過一洞縣吏報其名輒寫一絶」오언절구 36수

032-1「廣寒洞」 032-2「砥柱洞」 032-3「靈鷲洞」

032-4「玉女洞」 032-5「翠雲洞」 032-6「浮來洞」

032-7「笙鶴洞」 032-8「掛練洞」 032-9「留阮洞」

032-10「無底洞」 032-11「浣紗洞」 032-12「斜界洞」

032-13「來蘇洞」 032-14「金鼇洞」 032-15「瑤臺洞」

032-16「集靈洞」 032-17「玉鏡洞」 032-18「華蓋洞」

032-19「赤城洞」 032-20「玉欄洞」 032-21「石鍾洞」

032-22「回巴洞」 032-23「靈隱洞」 032-24「尋眞洞」

032-25「諸佛洞」 032-26「矗矗洞」 032-27「月磯洞」

032-28「千眼洞」 032-29「噴雪洞」 032-30「錦帶洞」

032-31「牧丹洞」 032-32「雙獅洞」 032-33「巢龜洞」

032-34「落鴈洞」 032-35「解纜洞」 032-36「藏舟洞」

　　문성강이 평안도 강동군의 삼등(三登)과 황해도 수안군의 수안(遂安)을 지나면서 이룬 36곳의 승경인 '삼십육동천'을 노래한 시. 1810년 (순조 10, 경오) 10월, 부친의 평안도 永柔縣 任所로 가서 부친을 모시고 成都(成川)으로 가서 지었다.

033「暮行」오언율시[下平聲五歌]. 1810년(순조 10, 경오) 10월, 부친의 평안도 永柔縣 任所로 가서 부친을 모시고 成都(成川)으로 가서 지었다.

034「觀漁」오언절구[下平聲十一尤]. 1810년(순조 10, 경오) 10월, 부친의 평안도 永柔縣 任所로 가서 부친을 모시고 成都(成川)으로 가서 지었다.

035「雪曉次東坡書壁韻」칠언율시[下平聲十四鹽, 首句入韻]. 1810년(순조 10, 경오) 10월, 부친의 평안도 永柔縣 任所로 가서 부친을 모시고 成都(成川)으로 가서 지은 시.

036「爲趁正朝賀班入京數日聞嘉山土賊之變又聞家大人以肅川兼官領軍赴安州急發到高陽店口呼」1811년 12월 洪景來 평안농민운동이 일어나 1812년(순조 12, 壬申) 정월에 부친 鄭東晩(자 友古, 1753~1822)이 肅川府使를 겸하여 安州로 군사를 이끌고 가게 되자 경기도 高陽에서 이별하며 즉흥적으로 지은 시. 홍경래 농민운동은 1812년 4월에 진압된다.

037 「壬申十一月元良受冊余以問禮官啣命赴灣府是行也節使之赴燕奏請使
之歸國先後齊會亦一時之罕遇也聚散離合之際語多傷懷亦嫌陳腐而
萍水歡會終不可無迹以咏物體爲詩令漢叟申緯曰燭景博(李光文)曰拈
坡韻善之拈以示之稚敎(沈象奎)曰非癡眉姿池乎」칠언율시[上平聲四
支, 首句入韻]. 30세 되던 1812년(순조 12, 임신) 侍講院 弼善이 되고
11월에 問禮官으로 용만에 가서 귀국하는 奏請使 일생을 만나 詩令에
따라 지은 咏物體詩. 申緯, 李光文(자 景博), 沈象奎(자 稚敎)와 함께
했다.

038 「以太僕正懷刺謁提擧楓皐金太史(祖淳)于玉壺之居公盛說壺居之勝仍
命題初到玉壺諾而未克酬也追錄爲詩分押命題四字爲韻」칠언고시[居
(수구)·如·盧·閭·裾·初/帽·掃·號·好·到/俗(환운수구)·足·錄·
綠·曲·玉/呼(환운수구)·娛·虞·途·輸·壺] 1813년(순조 13, 계유)
31세, 규장각 직각 겸 교서관 교리로서『弘齋全書』를 교정했다. 이해
司僕寺 正이 된 후 楓皐 金祖淳의 玉壺居(玉壺山房)을 찾아갔을 때,
김조순이 옥호산방의 승경을 말하면서「初到玉壺」시를 지어보라고
했으나 응수하지 못하고, 훗날 그 네 글자를 운자로 나누어 사용하여
시를 추록했다.

039 「次李供奉紫極宮感秋韻和楓皐先生求正」오언배율 16구. 1813년(순
조 13, 계유) 49세의 楓皐 金祖淳이 49세의 李白이 지은「紫極宮感
秋」즉「尋陽紫極宮感秋作」에 차운한 오언배율을 金履喬에게 부치
자, 荳溪 朴宗薰 등이 화운했는데, 정원용 역시 차운했다.

040 「疊前韻志懷」오언 16구. 1813년(순조 13, 계유) 49세의 金祖淳이 49
세의 李白이 지은「紫極宮感秋」즉「尋陽紫極宮感秋作」에 차운한 오
언배율에 차운하고, 다시 지은 시.

041 「惠慶宮挽詞」칠언율시 4수[제1수 下平聲一先, 제2수 上平聲十一眞,
제3수 下平聲七陽, 제4수 上平聲四支]. 1815년(순조 15, 을해) 혜경궁
의 서거 때 지은 시. 혜경궁은 1762년 사도세자가 죽은 뒤 惠嬪에 추서
되었다가 1776년 아들 정조가 즉위하자 궁호가 惠慶으로 올랐다. 고

종 때 獻敬王后로 추존되고 대한제국 때 懿皇后로 다시 추존되었다.

042 「和朴荳溪」 오언고시 24구[去聲十二震]. 1815년(순조 15, 을해) 荳溪 朴宗薰의 시에 和韻함.

043 「次卯君韻」 칠언율시[上平聲十二文]. 1815년(순조 15, 을해) 아우 鄭憲容의 시에 次韻함.

044 「從弟幼之(始容)進士唱名之日奉一律識喜」 칠언율시[上平聲十一眞]. 1814년(순조 14, 갑술) 從弟 鄭始容(자 幼之)의 진사(성균진사 즉 생원) 창명일에 지은 시. 정시용은 鄭東勉의 아들로, 1814년 갑술 식년시에 생원으로 합격했다.

045 「丙子春作順興府覲親之行宿廣州楸舍」 칠언율시[下平聲一先]. 34세 되던 1816년(순조 16, 병자) 2월 江華 外閣에 가서 惠慶宮의 敎命冊印을 받들고 온 후 4월에 順興(경상북도 영주시 순흥면) 임소로 부친을 뵈러 갈 때 지은 시.

046 「到興州竹溪松樓皆玆州勝也」 칠언율시[上平聲二冬]. 1816년(순조 16, 병자) 4월에 順興(경상북도 영주시 순흥면) 임소로 부친을 뵈러 가서 지은 시.

047 「三樹亭拈韻亭先祖結城公所居」 오언율시[上平聲九佳]. 1816년(순조 16, 병자) 4월에 順興(경상북도 영주시 순흥면) 임소로 부친을 뵈러 가서 지은 시.

048 「浣潭書院夜宿賦示同宗院我先祖結城公直學公文翼公享所旁祖修撰公應敎公梅塢公石門公從享焉」 오언고시 22구[下平聲七陽]. 34세 되던 1816년(순조 16, 병자) 4월에 順興(경상북도 영주시 순흥면) 임소로 부친을 뵈러 가서 지은 시.

049 「慶州兄山江乘舟獵魚書贈李府尹(德鉉)」 칠언율시[上平聲四支(首句入韻)]. 34세 되던 1816년(순조 16, 병자) 4월, 順興(경상북도 영주시 순흥면) 임소로 부친을 뵈러 갔다가 경주에 들러, 경주부윤 李德鉉(1763~?)과 함께 형산강에서 뱃놀이를 하며 지은 시. 이덕현은 1821년에 동래 부사가 된다.

050 「宿東萊梵魚寺」 오언율시[下平聲十蒸]. 34세 되던 1816년(순조 16, 병자) 4월, 順興(경상북도 영주시 순흥면) 임소로 부친을 뵈러 갔다 가 동래 범어사에 들러 지은 시.

051 「入東萊府夜雨拈韻與從弟幼之地主曹畬庵季氏蕉齋(龍振)共賦」 칠언 율시[下平聲七陽(首句入韻)]. 34세 되던 1816년(순조 16, 병자) 4월, 부친을 順興(현 경상북도 영주시 순흥면) 임소에서 뵙고, 동래로 가 서 鄭始容(자 幼之), 동래 부사 畬庵 曹鳳振의 아우 蕉齋 趙龍振과 함께 지은 시.

052 「沒雲臺呼韻共賦」 칠언율시[上平聲一東(首句入韻)] 34세 되던 1816 년(순조 16, 병자) 4월, 부친을 順興(현 경상북도 영주시 순흥면) 임 소에서 뵙고, 동래로 가서 沒雲臺에서 지은 시.

053 「留萊州七日居處鋪設飲食綺羅遊玩之勝俱不可不錄效艶詞體作八絶以 應蕉齋諄囑」 칠언율시 8수[首句入韻]. 34세 되던 1816년(순조 16, 병 자) 4월, 부친을 順興 임소에서 뵈온 이후, 萊州에서 7일간 노닌 일을 기록한 시.

054 「密陽嶺南樓敬次林塘公韻」 칠언율시 2수[제1수 下平聲八庚(首句入 韻) 제2수 上平聲八齊(首句入韻)] 34세 되던 1816년(순조 16, 병자) 4월, 부친을 順興 임소에서 뵈온 이후 密陽 嶺南樓에서 林塘 鄭惟吉 의 시에 차운함.

055 「島潭」 칠언절구[上平聲六魚(首句入韻)] 34세 되던 1816년(순조 16, 병자) 4월, 부친을 順興 임소에서 뵈온 이후 서울로 돌아오며 단양 도담에 이르러 지은 시.

056 「二樂樓」 칠언절구[上平聲七虞(首句入韻)] 1816년(순조 16, 병자) 4 월, 부친을 順興 임소에서 뵈온 이후 서울로 돌아오며 단양 이요루에 서 지은 시.

057 「江行雜詠五絶」 오언절구 23수.
　　　제1수 上聲一董(動·總) 제2수 上聲二腫(勇·重) 제3수 下平聲九青 (汀·經) 제4수 上聲四紙(水·史) 제5수 上聲五尾(尾·亹) 제6수 上聲

六語(去·嶼) 제7수 上聲十二吻(隱·吻) 제8수 上聲十三阮(遁·損) 제
9수 上聲十四旱(坦·笲) 제10수 上聲十五潸(剗·限) 제11수 去聲十七
霰/上聲十六銑(薦·典) 제12수 上聲十七篠(鳥·表) 제13수 上聲十九
皓(草·好) 제14수 上聲二十哿(火·我) 제15수 上聲二十一馬(馬·寡)
제16수 上聲二十二養(獎·想) 제17수 上聲二十三梗(井·艋) 제18수
上聲二十四迥/上聲二十三梗(艇·冷) 제19수 上聲二十五有(右·九) 제
20수 上聲二十六寢(錦·品) 제21수 上聲二十七感(攬·感) 제22수 上
聲二十八琰(檢·儉) 제23수 上聲二十九豏(檻·範) 1816년(순조 16,
병자) 4월, 부친을 順興 임소로 가서 뵈온 이후 돌아오다가 단양에서
부근에서 배를 타고 경강으로 향하면서 지은 시.

058 「又雜詠五古二十七首紀江行」 오언고시 27수. 1816년(순조 16, 병자)
34세. 4월, 順興 임소로 부친을 뵈온 이후 돌아오다가 단양 부근에
서 배를 타고 경강으로 향하면서 지은 시. 「江行雜詠五絶」 23수에
이어 지었다.

059 「二十四峯歌」 초사체[首句入韻, 上平聲二冬/上平聲三江: 重·峰·蓉·
江·淙·松·龍·冬·慷·封·胸·從·瑢·鏞·震·窓·缸·降·蹤·釭·
嚨·容·逢·鍾] 1816년(순조 16, 병자) 4월, 順興 임소로 부친을 뵈
온 이후 돌아오다가 단양에서 부근에서 배를 타고 경강으로 향하면
서 지은 시.

060 「淸心樓次地主呂內翰(東植)韻」 칠언율시[上平聲四支(首句入韻)]. 34
세 되던 1816년(순조 16, 병자) 4월, 順興 임소로 부친을 뵈온 이후
돌아오다가 단양에서 부근에서 배를 타고 경강으로 향하면서 여주
청심루에서 呂東植(1774~1829) 시에 차운하여 지은 시.

061 「中國葉東卿(志詵)宅子午泉詩應李尙書(肇源)索題蓋泉以子午兩時流
出故名尙書赴燕時有求東人詩文相贈之約云」 칠언율시[上平聲十灰(首
句入韻)]. 1816년(순조 16, 병자) 冬至正使로 청나라에 다녀온 李肇源
(1758~1832)의 요구로 中國 葉志詵(자 東卿)宅 子午泉을 소재로 지
은 시.

062 「戲步權彛齋(敦仁)賭棊詩韻」(唐官職志: 翰林員中有棊待詔, 以饒棊
手入選) 칠언율시[上平聲四支(首句入韻)] 1816년(순조 16, 병자) 彛
齋 權敦仁의 '賭棊' 시에 차운함.

063 「宗姪(基一)之吳畫師珣六疊屛畫戲題」 칠언절구 6수[首句入韻] 1816
년(순조 16, 병자) 鄭基一(1787~1842)의 육첩 병화에 쓴 시. 정기일
의 할아버지는 鄭東愚, 아버지는 첨정 鄭文容으로, 그는 1826년(순
조 26) 별시문과에 장원으로 급제한 후 벼슬이 대사헌에 이르렀다.

064 「贈上使洪判書(義臣)赴燕」 칠언율시[下平聲八庚(首句入韻)].1819년
(순조 19, 기묘) 洪義臣이 동지사 겸 사은사 正使로 떠날 때 준 증시.

065 「在寧邊府陪按使斗室沈公象奎宿留仙觀泛舟沸流次東坡遊京山五古韻」
오언 16구. 1820년(순조 20, 기묘) 가을, 영변 부사에 재직할 때 평안
도 관찰사 斗室 沈象奎(1766~1838)를 모시고 留仙觀 앞에서 沸流를
띄우고 蘇東坡의 「遊京山五古」에 차운했다. 이때 「留仙觀賦」도 지었
다. 정원용은 1819년 12월 6일 영변 부사에 임명되어 1822년 6월 2일
좌승지로 승진하기까지 2년 6개월 동안 영변에 있었다.

066 「六六洞拈東坡集七絶韻」 칠언절구 10수. 東坡詩에 차운하여, 문성
강이 평안도 강동군 三登과 황해도 수안군 遂安을 지나면서 이룬 36
곳의 승경인 '삼십육동천'을 노래한 시. 1819년 12월 6일부터 1821년
6월 2일까지 영변 부사로 있을 때 지었다.

067 「簡殷山使君朴梧墅(永元)」 칠언율시[上平聲十一眞(首句入韻)] 은산
(평안남도 순천) 현감으로 있는 梧墅 朴永元에게 부친 시. 1819년 12
월 6일부터 1821년 6월 2일까지 영변 부사로 있을 때 지었다.

068 「季秋爲支勑往宣川倚劍亭月夜逢斗室巡相拈謝玄暉宣城五古韻共賦」
오언고시 12구 2수. 제1수, 제2수 去聲七遇. 1820년(순조 20, 기묘)
9월, 영변 부사로 있을 때 선천 의검정에서 斗室 沈象奎(1766~1838)
를 만나 謝靈運의 시 운으로 지은 시.

069 「以山蔬木杖獻思潁南相公公轍生朝效六一集歌行體幷呈」 칠언고시 가
행체[上平聲六魚:蔬·茹·裾·車·魚·疎·徐·餘·噓·舒·虛·如·歟].

歐陽脩의 가행체를 본받아 지어 思潁南公轍에게 보낸 시.

070 「黃橋李莊館侍郎(龍秀)按察黃海道時故人在藥山黃堂贈六種黃物以寓
　　蕲祝進德修業之意演成五古以供千里一笑」오언고시 14수[下平聲七
　　陽: 璋·陽·疆·凰·荒·堂·黃·剛·光·章·方·香·腸·忘] 1820년(순
　　조 20, 기묘) 말, 영변 부사로 재임 중 藥山 黃堂(부사의 집무처)에
　　있으면서 黃橋(황해도 개성부 午正門 밖에 있는 다리)에 거처하는
　　莊館 李龍秀(1776~1838)에게 六種 黃物을 보내며 함께 보낸 시.

071 「賦香山圖呈楓皐太史」칠언고시 장편 46구[上平聲七虞(首句入韻):
　　區(수구)·圖·摹·塗·都·贔·珠·孤·徒·虞·跌·呼·鋪·俱·壺·隅·
　　癯·湖·衢·愚·鬚·腴·蘇·乎] 香山圖를 노래하여 楓皐 金祖淳에게
　　바친 시. 1820년(순조 20, 기묘) 말부터 1821년(순조 21, 신사)까지
　　사이에 영변 부사로 있으면서 지은 시.

072 「次楓皐太史病枕寄作」칠언율시[上平聲六魚(首句入韻)] 楓皐 金祖
　　淳에게 바친 시. 1820년(순조 20, 기묘) 말부터 1821년(순조 21, 신
　　사)까지 사이에 영변 부사로 있으면서 지은 시.

073 「昔謁楓皐公于玉壺誦傳驪州路中詩曰婆娑城下江光好趂揖山前土脈肥
　　早識吾鄕如此樂被誰牽住不能歸余心識之未嘗忘近聞來次鄕舍遂其
　　夙願敬呈七言長篇」칠언고시 장편 44구[上平聲五微(首句不入韻): 肥·
　　歸·稀·巍·磯·徽·輝·緋·威·幾·闈·磯·非·旂·微·頎·璣·菲·扉·
　　圍·衣·祈] 칠언고시[居(수구)·如·廬·閭·裾·初/帽·掃·號·好·到/
　　俗(환운수구)·足·錄·綠·曲·玉/呼(환운수구)·娛·虞·途·輪·壺]
　　45세 되던 1827년(순조 27, 정해) 3월 강원도 관찰사가 되어 부임지로
　　향하다가 여주에서, 1813년(순조 13, 계유) 司僕寺 正이 된 후 楓皐
　　金祖淳의 玉壺居(玉壺山房)를 찾아갔던 일을 회상하며 지은 시.

074 「寄內」오언고시 장편 37운 74구[上聲二十五有: 婦·久·厚·咎·走·
　　綏·受·口·右·牖·部·蔀·酉·忸·有·酒·斗·九·苟·後·守·誘·甌·
　　狃·耦·友·取·否·壽·柳·畝·負·臼·垢·叟·首·朽] 45세 되던 1827
　　년(순조 27, 정해) 3월 강원도 관찰사가 되어 원주 감영에 부임하여

아내에게 부친 시.

075 「五月二十日夜苦熱不能眠使兒子拈韻代草成三十韻寄內兼致所囑之意」
오언고시 장편 30운 60구[下平聲七陽: 庄·陽·房·裳·桑·床·場·疆·
章·裝·方·良·鄕·傍·坊·張·腸·長·詳·箱·光·藏·傷·緗·堂·芳·
香·常·量·妨] 45세 되던 1827년(순조 27, 정해) 3월 강원도 관찰사
로 부임한 후 5월 20일 무더운 밤에 원주 감영에서 아내에게 부치기
위해 지은 시.

076 「蓬萊歌」 칠언고시 장편 20운 40구[下平聲十一尤: 州·洲·浮·鉤·流·
頭·幽·愁·遊·舟·樓·稠·儔·眸·**篌**·籌·收·秋·求·侯] 45세 되던
1827년(순조 27, 정해) 3월 강원도 관찰사로 부임한 후 5월 말 원주
감영에서 지은 시.

077 「與江陵李知府鎭華夜筵共賦」 오언율시[下平聲十一尤] 강릉 부사 李
鎭華가 개최한 연회에서 지은 시. 45세 되던 1827년(순조 27, 정해)
3월 강원도 관찰사로 부임한 후 5월 말 지은 시.

078 「家弟以卽鹿之行上雉嶽十日虛還示山行詩一軸遂次軸末七古韻示之」
칠언고시 15운 30구[下平聲八庚: 程·纓·傾·平·京·橫·輕·鳴·生·
聲·驚·情·誠·精·行] 45세 되던 1827년(순조 27, 정해) 3월 강원
도 관찰사로 부임한 후, 5월 말 원주 감영에서 아우 鄭憲容에게 보여
준 시.

079 「閏五月小晦與從弟景執(允容)約做各體詩余坐觀風閣景執坐採藥塢使
傍人片紙書韻字互唱酬命紅妓傳筒日出而始燭上而止余得七古十首
五古十六首七律十五律十七絶二十四五絶二十九合九十九首句爲八
百三十景執比余減三首意其不欲多上余也兩軵工拙雖不同而其醉
墨亂字豪吟逸句往往天機呈露有可以想其卽席之風流韻事遂惜其棄
各粧以藏之(各體錄第一篇)」. 6수 선록. 제1수 칠언고시 14구[入聲六
月/入聲七曷(首句入韻): 月(수구)·兀·髮·笏·窟·樾·渤·渴] 제2수
오언고시 12구[入聲一屋: 畜·櫝·祿·服·逐·卜] 제3수 칠언율시[下平
聲七陽(首句入韻): 塘(수구)·光·墻·棠·床] 제4수 오언율시[上平聲

二冬: 松·溶·濃·春] 제5수 칠언절구[下平聲十一尤(首句入韻): 樓·
舟·洲] 제6수 오언절구[上平聲三江: 江·牎]. 1827년(순조 27, 정해)
윤5월 28일(임신)의 소회(小晦, 그믐 하루 전), 강원도 원주 감영에서
從弟 鄭允容(자 景執)과 함께 지은 시.

080 「楓皐太史追寄贐章七言長篇五十六韻瑰字傑句眞仕宦之勝跡傳世之希
  寶也謹次其韻郵呈」 칠언고시 56운 102구[入聲六月 / 入聲九屑(수구입
  운): 月(수구)·日·罰·渤·猝·鉞·闕·筏·卒·粵·垈·帥·惚·㘪·訥·
  蝎·蹶·歇·扢·咄·骨·矹·矽·笏·謁·襪·皵·伐·艴·尳·垺·醛·鶻·
  汩·咄·惛·沒·窟·橛·刖·浡·窣·忽·杌·發·堨·突·捽·軏·粐·閥·
  髮·碣·揭·竭·兀·勃] 1827년(순조 27, 정해) 6월 강원도 원주 감영
  에서 楓皐 金祖淳에게 부친 시.

081 「月夜坐池閣有懷沈斗室相公時在伊川謫所念到數十年來離合聚散之
  無常不能無感于中潦草代書馳呈」 칠언고시(수구입운) 30운 60구[去
  聲七遇(首句入韻): 注(수구)·遇·騖·步·顧·駐·故·炷·布·屢·護·慕·
  圃·暮·數·戍·務·吐·霧·賦·注·赴·寓·喻·路·固·懼·悟·具·晤·
  露]. 1827년(순조 27, 정해) 6월 혹은 7월 강원도 원주 감영에서 斗室
  沈象奎(1766~1838)를 추억하며 지은 시.

082 「七月七夕愁雨悄坐適披見廬陵集有寄內詩以斑斑林間鳩起興爲首句有
  曰子能甘藜藿我易解簪紱蓋歐陽公守鎭陽之日以携手共歸之意問於
  內子也蓋出處進退之間衣食不能無累故古人亦不得不謀諸婦歟詩中
  盛言世路之可畏衆怒之可怵而末以藜藿之能甘聊卜簪紱之可解此是
  公位未高年未老之時而其憂畏保身之計發於性情者如此今余才器遠
  不及古人而宦名日益盛見此詩安得無感動今心哉仍次其韻寄內子」 오
  언고시 44운 88구[入聲十三職(彴자 통압): 匹·失·日·律·實·室·佚·
  一·扶·颭·沒·嫉·瑟·忽·姪·溢·物·逸·咄·畢·櫛·疾·膝·觺·鬱·
  吉·述·乞·卹·慄·弼·秩·筆·乙·劼·鎭·喞·質·密·怵·必·紱·出·
  蓽] 1827년(순조 27, 정해) 7월 7일 강원도 원주 감영에서 歐陽脩
  시에 차운하여 아내에게 보낸 시.

083 「奉和灣尹徐篠齋(淇修)贐贈及追寄韻馳呈」 칠언율시 2수[제1수 上平
聲十四寒(首句入韻), 제2수 下平聲七陽(首句入韻)] 1827년(순조 27,
정해) 7월 혹은 강원도 원주 감영에서 義州府尹 篠齋 徐淇修(1771~
1834)의 시에 화운하여 부친 시. 『순조실록』에 따르면 1827년(순조
27) 윤5월 8일(임자) 代點하여 서기수를 의주 부윤으로 삼았다. 서기
수는 1830년(순조 30) 3월 16일(갑진) 성균관 대사성이 된다.

084 「春川昭陽亭次板上韻」 칠언율시[下平聲十一尤(首句入韻)]. 46세 되던
1827년(순조 27, 정해) 강원도 관찰사로 있을 때 춘천에서 지은 시.

085 「洪川夢梅閣夜宿地主韓侯(璵)上京留詩壁上」 칠언율시[上平聲十灰(首
句入韻)] 46세 되던 1827년(순조 27, 정해) 겨울, 강원도 관찰사로
있을 때 홍천 夢梅閣에서 지은 시.

086 「正月十七夜月色甚明登秋月臺憶諸弟」 칠언율시[下平聲八庚(首句入
韻)] 47세 되던 1828년(순조 28, 무자) 정월 17일 강원도 원주 추월
대(강원도 원주시 남산 봉우리. 李敏求가 붙인 이름)에서 지은 시.

087 「贈雲石趙直學(寅永)敬岡榮省之行」 칠언율시[上平聲五微(首句入韻)]
雲石 趙寅永(1782~1850)에게 부친 시.

088 「與雲石共登鳳凰山」 오언고시 12구[去聲十七霰]. 雲石 趙寅永과 함
께 삼척 봉황산에 올라 지은 시. 봉황산은 삼척부 治所 내에 있으며,
산 위에 鳳凰臺가 있다.

089 「己丑秋赴會寧官登鐵嶺」 오언율시[下平聲十一尤]. 47세 되던 1829
년(순조 29, 기축) 8월 會寧 府使에 차임되고, 이후 철령에 이르러
지은 시.

090 「摩天嶺歌」 장단구 30운 60구[天·然·焉·牵·旋·顚·前·圓·船·巓·
甎·千·玄·泉·涎·連·烟·年·羶·先·權·鋋·宣·田·錢·淵·專·肩·
緣·賢] 47세 되던 1829년(순조 29, 기축) 8, 會寧 府使에 차임되고,
이후 마천령을 넘으며 지은 시.

091 「夜燈閒坐偶吟示景執」 칠언율시[下平聲七陽, 首句入韻] 47세 되던
1829년(순조 29, 기축) 8월 會寧 府使에 차임되고, 이후 도임하여

從弟 鄭允容(자 景執)에게 보인 시.

092 「十二憶詞」 칠언절구 12수. 懷人詩(憶弟, 憶子, 憶諸妹, 憶妻, 憶女, 憶子婦, 憶婿, 憶姪女, 憶外孫, 憶甥姪, 憶從弟, 憶季從弟) 47세 되던 1829년(순조 29, 기축) 8월 會寧 府使에 차임되고, 이후 도임하여 지은 시.

093 「偶吟」 칠언율시[下平聲一先, 首句入韻] 47세 되던 1829년(순조 29, 기축) 8월 會寧 府使에 차임되고, 이후 도임하여 지은 시.

094 「寒夜枕上」 칠언율시[去聲四寘, 首句入韻] 47세 되던 1829년(순조 29, 기축) 8월 會寧 府使에 차임되고, 이후 도임하여 지은 시.

095 「家人每要示北方山川風俗衣服飮食之制長夜無眠漫成百五十五韻寄之」 오언고시 155운. 47세 되던 1829년(순조 29, 기축) 8월 會寧 府使에 차임되고, 도임하여 지은 아내에게 부친 시.

096 「偶題」 칠언율시[下平聲八庚, 首句入韻] 47세 되던 1829년(순조 29, 기축) 8월 會寧 府使에 차임되고, 도임하여 지은 시.

097 「夜燈適閱杜少陵夔州歌十絶漫吟步韻」 칠언절구 10수. 47세 되던 1829년(순조 29, 기축) 8월 會寧 府使에 차임되고, 도임하여 杜甫의 夔州歌 十絶에 차운한 시.

098 「我國興王之跡肇於北方故比之岐豐臣於是行躬履目覩每過一山一水靡不詳審不啻若按圖而考史也頌先烈之宏達感王業之艱難遂贊美詠嘆記聞錄見衍爲岐豐歌謠八十五韻寄示家人」 칠언고시 85운. 47세 되던 1829년(순조 29, 기축) 8월 會寧 府使에 차임되고, 도임하여 북방 함흥의 이왕가 유적지를 하나하나 고증하여 아내에게 부친 시.

099 「滌愁軒夜坐」 칠언율시[下平聲八庚, 首句入韻] 47세 되던 1829년(순조 29, 기축) 8월 會寧 府使에 차임되고, 회령에 도임하여 滌愁軒에서 지은 시.

100 「贈內」 칠언절구 10수. 47세 되던 1829년(순조 29, 기축) 8월 會寧 府使에 차임되고, 회령에 도임하여 아내에게 부친 시.

101 「生朝寄示弟兒」 칠언율시[上平聲七虞(首句入韻)] 1829년(순조 29,

기축) 8월 會寧 府使에 차임되고, 48세 되던 1830년(순조 30, 경인)
2월 8일의 生朝에 회령에서 아우들에게 부친 시.

102 「六鎭紀績」 오언고시 74운 156구[入聲九屑/入聲四質: 圠·截·吉·七·
鞊·末·達·骨·獗·竊·伐·傑·穴·屹·實·失·諡·血·髮·越·一·勿·
列·遏·律·閱·物·蘖·鑴·弼·迄·設·鐵·闌·別·垧·濶·茀·割·咄·
沒·闕·說·漆·熁·發·洌·窟·折·驚·烈·碣·出·闉·纈·苫·結·逸·
豀·佛·密·櫛·撤·傑·轍·滅·惚·拔·八·軼·汨·術·突·悉] 1829년
(순조 29, 기축) 8월 會寧 府使에 차임되고, 48세 되던 1830년(순조
30, 경인) 2월에 六鎭의 사적을 차례로 기록한 시.

103 「田叟問答」 오언고시 61운 122구[涘·里·事·位·美·耳·紫·視·似·
愚·殊·鳧·趍·安·嘆·清·生·肌·隨·怡·時·牛·由·邱·愁·不·邊·
焉·悔·罪·當·常·量·詳·乎·無·如·餘·孜·爲·裾·書·文·云·聞·
羣·辭·斯·身·人·親·倫·宜·而·施·私·誰·之·其·知·詩] 1829년
(순조 29, 기축) 8월 會寧 府使에 차임되고, 48세 되던 1830년(순조
30, 경인) 2월에 지은 시.

104 「燈夕觀劍舞」 칠언율시[上平聲一東, 首句入韻] 1829년(순조 29, 기
축) 8월 會寧 府使에 차임되고, 48세 되던 1830년(순조 30, 경인)
정월 대보름에 검무를 보고 2월에 지은 시.

105 「觀德堂望見村家打麥口吟十絶」 오언절구 10수. 1829년(순조 29, 기
축) 8월 會寧 府使에 차임되고, 48세 되던 1830년(순조 30, 경인)
회령 관덕당에서 보리타작 광경을 보고 지은 시.

106 「滌愁軒戲押愁字吟一絶句仍思居是軒者四時晝夜風雨雪月無非可愁演
爲十絶」 칠언절구 10수. 1829년(순조 29, 기축) 8월 會寧 府使에 차임
되고, 48세 되던 1830년(순조 30, 경인) 회령 滌愁軒에서 지은 시.

107 「南漢玉泉亭次斗室五古韻」 오언고시 18운 36수[斷·諫·幻·訕·辦·
貫·玩·看·伴·間·半·歎·鴈·喚·宦·患·飯·贊]. 1829년(순조 29,
기축) 8월 會寧 府使에 차임되었다가 48세 되던 1830년(순조 30, 경
인) 9월에 資憲大夫에 오르고, 備局 堂上, 知經筵, 대사헌이 되었다.

이해 9월 이후에 남한산성을 방문해 옥천정에 올라, 斗室 沈象奎 (1766~1838)의 대나무 시에 차운한 시. 옥천정은 광주 유수의 임소였 던 남한산성 행궁 내의 관설(官設) 정자 터인데, 심상규가 1816년(순 조 16) 광주 유수가 되어 이듬해까지 경영했다.

108 「辛卯冬以年貢上使出都宿高陽」 칠언율시[下平聲八庚, 首句入韻] 49 세 되던 1831년(순조 31, 신묘) 홍문관 제학으로 있다가 10월에 冬至兼 謝恩正使로서 燕京으로 향하면서 경기도 고양에서 지은 시. 정원용은 1831년 10월 16일 한성을 출발하여 12월에 북경에 도착했고, 1832년 3월 27일 한양으로 되돌아왔다. 副使는 金弘根(1788~1842), 書狀官 은 李鼎在(1788~?)였으며, 정원용의 아들 鄭基世(號豁谷, 1814~1884) 도 동행했다. 정원용 부자는 청나라에 있는 동안 20여 명과 교제했는 데, 帥方蔚에게 서신을 왕래하기도 했다.

109 「庚子外王考孝簡公以冬至副使赴燕時伯胤翼憲公以義州府尹迎親駕孝 簡公作一律識之翼憲公又次其韻聯揭邊州人士尙今稱爲美事其後翼憲 公又以副使經義州又次當日韻付揭戊子內兄參判又以副使和韻付揭三 世副使亦仕宦家稀有之事也今余猥膺年貢上使之卿來留是州敬讀詩板 旣切念舊之感又有繼蹟之幸謹次原韻刻付於下」 칠언율시[下平聲十一 尤, 首句入韻] 49세 되던 1831년(순조 31, 신묘) 10월에 冬至正使로서 燕京으로 향하면서 의주에서 지은 시.

110 「夜宿溫井野幕屬副价金春山(弘根)求和」 오언율시[下平聲一先] 49세 되던 1831년(순조 31, 신묘) 10월에 冬至正使로서 燕京으로 향하던 도중 溫井에서 野宿하면서 부사 金弘根의 시에 화운했다.

111 「到柵門洪淵泉尙書薨周謝恩竣還殊鄉傾蓋喜可知也用內閣聯句韻奉贈 求和」 오언고시 30운 60구[耐·輩·荣·晦·隊·昧·檗·岱·穢·珮·內· 誨·愛·退·再·戴·背·載·塞·代·在·每·礙·乂·慨·對·逮·黛·態· 悔]. 49세 되던 1831년(순조 31, 신묘) 10월에 冬至正使로서 燕京으로 향하던 도중 柵門에서 지은 시. 사은사의 임무를 마치고 귀환하는 洪奭 周에게, 「內閣聯句」 운으로 지어서 화운을 청했다.

112 「瀋陽」 칠언율시[下平聲七陽(首句入韻)] 49세 되던 1831년(순조 31,
　　신묘) 10월에 冬至正使로서 燕京으로 향하던 도중 瀋陽에서 지은 시.

113 「姜女廟」 칠언절구 5수. 49세 되던 1831년(순조 31, 신묘) 10월에 冬
　　至正使로서 燕京으로 향하던 도중 姜女廟에서 지은 시.

114 「山海關」 칠언율시[下平聲八庚(首句入韻)] 1831년(순조 31, 신묘) 10
　　월에 冬至正使로서 燕京으로 향하던 도중 山海關에서 지은 시.

115 「康熙年間陽坡先祖奉使過永平逢魏伯子談話伯子有贈詩今過其地追感
　　故事仍次其韻」 오언율시 2수. 1831년(순조 31, 신묘) 10월에 冬至正使
　　로서 燕京으로 향하던 도중 永平에서 지은 시.

116 「金鰲玉蝀橋」 칠언율시[下平聲十一尤(首句入韻)] 오언율시 2수. 1831
　　년(순조 31, 신묘) 10월에 冬至正使로서 燕京으로 향하여, 12월 북경에
　　이르러 金鰲玉蝀橋에서 지은 시.

117 「圓明園燈戲」 칠언절구 5수. 1831년(순조 31, 신묘) 10월에 冬至正使
　　로서 燕京으로 향하여, 12월 북경에 이르러 圓明園에서 燈戲를 보고
　　지은 시.

118 「十七橋望西山」 칠언절구 5수. 1831년(순조 31, 신묘) 10월 冬至正使
　　로서 燕京으로 향하여, 12월 북경에 이르러 十七橋에서 지은 시.

119 「文丞相祠」 칠언율시[下平聲十一尤(首句入韻)] 1831년(순조 31, 신
　　묘) 10월 冬至正使로서 燕京으로 향하여, 12월 북경에 이르고, 그 후
　　文丞相에서 지은 시.

120 「岳武穆祠」 칠언율시[上平聲五微(首句入韻)] 1831년(순조 31, 신묘)
　　10월 冬至正使로서 燕京으로 향하여, 12월 북경에 이르고, 그후 岳武
　　穆祠에서 지은 시.

121 「盧溝橋望太行山」 칠언율시[上平聲十五刪, 首句入韻] 1831년(순조
　　31, 신묘) 10월 冬至正使로서 燕京으로 향하여, 12월 북경에 이르고,
　　그후 盧溝橋에서 지은 시.

122 「笙陔蔣翰林(立鏞)少卿丹林(祥墀)子也父子以詩筆幷名赴約有題」 칠
　　언율시[上平聲十一眞(首句入韻)] 1831년(순조 31, 신묘) 10월 冬至

正使로서 燕京으로 향하여, 12월 북경에 이르고, 중국인 翰林 笙陔
蔣立鏞과 아들 少卿 丹林 蔣祥墀와 만나기로 약속한 것을 확인하여
지어 보낸 시.

123「和海帆卓少卿(秉恬)蜻蚓螯詩韻」 칠언고시 24구[환운: 南(수구)·探·
耽/爪(환운수구)·飽·泖/塵(환운수구)·春·人/雅·也·把/豪(환운수
구)·搔·螯/口(환운수구)·酒·走] 1831년(순조 31, 신묘) 10월 冬至正
使로서 燕京으로 향하여, 12월 북경에 이르고, 海帆 卓秉恬과 蜻蚓螯
의 시에 차운함.

124「施生(麟)爲其大人督鎭求詩」 칠언율시[上平聲一東(首句入韻)] 1831
년(순조 31, 신묘) 10월 冬至正使로서 燕京으로 향하여, 12월 북경에
이르고, 중국인 施麟의 요구에 응해 그 부친 督鎭을 위해 지은 시.

125「江沛東(淹和)宅會海帆共賦」 오언 12구. 1831년(순조 31, 신묘) 10월
冬至正使로서 燕京으로 향하여, 12월 북경에 이르고, 沛東 江淹和 집
에서 海帆 卓秉恬과 만나서 지은 시.

126「樊昆吾(封)李秀才(宗湘)同住吉祥寺造訪贈詩」 칠언율시[下平聲八庚,
首句入韻] 1831년(순조 31, 신묘) 10월 冬至正使로서 燕京으로 향하
여, 12월 북경에 이르고, 길상사에 거주하는 樊封과 李宗湘를 방문하
여 지은 시.

127「海帆與其弟筍山(秉愔)其子鶴溪(橒)約會見筍山作畫鶴溪作書仍賦詩
代筆談」 칠언절구 2수. 1831년(순조 31, 신묘) 10월 冬至正使로서 燕
京으로 향하여, 12월 북경에 이르고, 海帆 卓秉恬, 그 아우 筍山 卓
秉愔, 그 아들 鶴溪 卓橒과 만나서 필담을 대신하여 지은 시.

128「翁立本(樹棠)去年隨勅東來余以館伴相見於雪樓今訪余於玉河臨別贈
一詩志緣」 칠언율시[下平聲一先(首句入韻)] 10월 冬至正使로서 燕京
으로 향하여, 12월 북경에 이르고, 이듬해 옥하관에서 翁樹棠(자 立本)
을 만나 준 시.

129「延恩陳登之叩余姓號年庚官職走筆答之」 칠언절구[下平聲七陽(首句
入韻)] 1831년(순조 31, 신묘) 10월 冬至正使로서 燕京으로 향하여,

12월 북경에 이르고, 이듬해 북경 紫金城 延恩門에서 陳登之에게 필
담 대신 준 시.

130「登之連賦索和書示」칠언절구[[下平聲十一尤(首句入韻)] 1831년(순
조 31, 신묘) 10월 冬至正使로서 燕京으로 향하여, 12월 북경에 이르
고, 이듬해 북경 紫金城 延恩門에서 陳登之에게 준 시.

131「登之臨別書懷示之又和」칠언절구[上平聲四支(首句入韻)] 1831년(순
조 31, 신묘) 10월 冬至正使로서 燕京으로 향하여, 12월 북경에 이르
고, 이듬해 북경 紫金城 延恩門에서 陳登之의 시에 화운함.

132「馮少渠(震東)滁州人文學盛名行誼甚高以孝廉薦上京候選少渠思在滁
時山中吟詩之趣作畫一帖朝廷名士本州士人競題詩文名曰空山吟趣圖
因程主事(德麟)來訪余贈其所作詩集續孝經一冊仍請題一詩於帖中坐
次率爾書贈」초사체, 장단구 24운[上聲四紙: 裏·以·履·矣·美·理·
水·紫·藥·巳·几·起·紙·蠆·始·爾·士·里·似·耳·恥·視·是·涘].
1831년(순조 31, 신묘) 10월 冬至正使로서 燕京으로 향하여, 12월 북
경에 이르고, 이듬해 馮震東(少渠)에게 준 시.

133「出玉河館次前韻」칠언율시[上平聲十五刪(首句入韻)] 1832년(순조
32, 임진) 2월 冬至正使의 일을 마치고 옥하관을 나오며 지은 시.

134「漁陽橋」칠언고시 23운 46구[首句入韻: 何(수구)·歌·和·柯·波·
羅·渦·酡·傞·過·靴·坡·膰·譁·鑼·戈·峨·俄·那·番·摩·跎·多·
哦] 1832년(순조 32, 임진) 2월 冬至正使의 일을 마치고 옥하관을
나와 어양교에서 지은 시.

135「通州」칠언율시[下平聲七陽(首句入韻)] 1832년(순조 32, 임진) 2월
冬至正使의 일을 마치고 옥하관을 나와 통주에서 지은 시.

136「江南船」칠언율시[上平聲十灰(首句入韻)] 1832년(순조 32, 임진) 2
월 冬至正使의 일을 마치고 옥하관을 나와 통주 부근에서 지은 시.

137「淸節祠」칠언율시 2수. 1832년(순조 32, 임진) 2월 冬至正使의 일
을 마치고 옥하관을 나와 통주 부근 청절사에서 지은 시.

138「宿紅花店朝登澄海樓是日生朝也副使勸酒醉成一詩」칠언율시[下平聲

十一尤(首句入韻)] 1832년(순조 32, 임진) 2월 18일 生朝에, 冬至正使
의 일을 마치고 돌아오다가 紅花店 澄海樓에 올라 지은 시.

139 「三義廟」 칠언율시[上平聲五微(首句入韻)] 1832년(순조 32, 임진) 2
월 冬至正使의 일을 마치고 돌아오다가 罩羅山 아래 三義廟(漢昭烈
帝, 關羽, 張飛를 모신 사당)에서 지은 시.

140 「廣寧寧遠伯牌樓」 칠언율시[上平聲十四寒(首句入韻)] 1832년(순조
32, 임진) 2월 冬至正使의 일을 마치고 돌아오다가 錦州 廣寧의 寧
遠伯牌樓(祖大壽牌樓)에서 지은 시.

141 「遼東途中書古蹟示同行」 칠언고시 22운 44구[去聲十卦: 界(수구)·
淇·介·价·芥·敗·戒·差·邁·砦·壞·懠·怪·拜·掛·詿·懈·解·隘·
喟·快·屆·畫] 1832년(순조 32, 임진) 2월 冬至正使의 일을 마치고
돌아오다가 遼東에서 지은 시.

142 「海居洪都尉(顯周)借見余留燕館時士人所贈詩文書畫盛加夸詡次少陵
草堂三十韻寄示聊此和呈」 칠언고시 30운 60구. 1832년(순조 32,
임진) 3월 冬至正使의 일을 마치고 복명한 후 海居都尉 洪顯周의
「次少陵草堂三十韻」에 차운한 시.

143 「又次海居五古韻(幷小序)」 오언고시 10운 20구. 1832년(순조 32, 임
진) 3월 冬至正使의 일을 마치고 복명한 후 海居都尉 洪顯周의 오언
고시에 차운한 시.

144 「次篠齋喜雨十韻」 칠언고시 10운 20구. 1832년(순조 32, 임진) 3월
冬至正使의 일을 마치고 복명한 후 篠齋 徐淇修의 「喜雨」에 차운.

145 「與趙心菴待教(斗淳)同差享役見齋壁有南園露葵朝折西舍黃粱夜春十
二字共賦選八首」 12수[南園露葵朝折·西舍黃粱夜春 十二字 이용 작
시, 南園露葵折西舍黃 8자만 選] 제1수 칠언절구, 제2수 오언율시,
제3수 오언고시 12구, 제4수 오언고시 20구, 제5구 오언율시, 제6구
칠언고시 34구, 제7구 칠언고시 30구, 제8구 오언고시 52구. 1832년
(순조 32, 임진) 3월 冬至正使의 일을 마치고 복명한 후 同知成均館事
가 되어 待教인 心菴 趙斗淳과 함께 享役에 차정되어 지은 시.

146 「贈上使徐卯翁尙書(耕輔)」 칠언율시[上平聲七虞(首句入韻)] 1832년
(순조 32, 임진) 말 卯翁 徐耕輔가 冬至兼謝恩使 正使로서 연경에 가
게 되자 준 시.

147 「效彝齋送余北使時詩體贐北關按節之行」 4언 14구 7수. 1832년(순조
32, 임진) 10월 25일(정묘) 彝齋 權敦仁이 함경도 관찰사에 임명되어
이후 부임하게 되자 1829년(순조 29) 8월 會寧 府使에 차임되었을
때 權敦仁이 지어준 시의 형식으로 권돈인에게 준 시.

148 「贈四從弟承旨稚世(知容)生朝」 칠언율시[下平聲一先, 首句入韻] 1832
년(순조 32, 임진) 겨울 鄭知容의 生朝에 준 시.

149 「過南城登玉泉亭」 칠언율시[上平聲一東, 首句入韻] 1832년(순조 32,
임진) 겨울 남한산성 옥천정에 올라 지은 시. 옥천정은 斗室 沈象奎가
1816년(순조 16) 광주 유수가 되어 이듬해까지 광주 유수의 임소였던
남한산성 행궁 내에 마련한 官設 정자이다.

150 「僕之使燕也彝齋侍郎贐十五絶句据實註解以備典故彝齋先有是行故爲
之指南也今彝齋按節出北關僕亦於往年宦遊經過偶先穉輒次前韻呈
上非報也願學焉」 칠언절구 15수. 1832년(순조 32, 임진) 10월 25일
(정묘) 彝齋 權敦仁이 함경도 관찰사에 임명되고 이후 임지로 향하자,
1831년(순조 31, 신묘) 10월 정원용이 동지정사로서 연경으로 갈 때
권돈인이 지어주었던 시 형식을 이용하여 지은 증시.

151 「余之赴燕也曺尙書儀卿次余之在會寧時所贈五十韻贐行今儀卿以冬至
上使入燕又步其韻奉寄灣上」 오언고시 50운. 1832년(순조 32, 임진)
曺鳳振(자 儀卿)이 冬至上使로 연경으로 향하자, 1829년(순조 29) 8월
會寧 府使에 차임되었을 때 조봉진이 준 시에 차운하여 용만(의주)로
부친 시.

152 「赴箕營過瑞興道中夕風吹地上積雪皆作波濤雲霧之狀儘是奇景也率占
五古奉贈地主金使君永錫」 오언 12구. 51세 되던 1833년(순조 33, 계
사) 11월에 평안도 관찰사로 부임하면서 황해도 瑞興에서 서흥 부사
金永錫에게 준 시.

153 「正朝口占」 오언율시[下平聲一先] 52세 되던 1834년(순조 34, 갑오)
　　정월 초하루에 평양에서 지은 시.

154 「微雨中與金庶尹(應根)上多景樓」 칠언율시[上平聲一東(首句入韻)] 52
　　세 되던 1834년(순조 34, 갑오) 봄, 평양 서윤 金應根과 함께 평양
　　揚命浦의 다경루에 올라 지은 시.

155 「與上使曺耆菴尙書副使塔西朴侍郎(來謙)同會浮碧樓余子基世耆菴姪
　　錫興隨坐共賦」 오언 16구[上聲六語]. 52세 되던 1834년(순조 34, 갑
　　오) 봄, 평안도 관찰사로 있으면서, 1833년 동지사로 나갔다가 귀환하
　　는 耆菴 曺鳳振, 副使 塔西 朴來謙과 함께, 장남 鄭基世, 조봉진의
　　조카 曺錫興를 데리고 부벽루에서 연회하면서 지은 시.

156 「重陽前日海西伯稚世賢從巡到黃崗寄書敍思仍以一律代書答之」 칠언
　　율시[下平聲七陽(首句入韻)] 52세 되던 1834년(순조 34, 갑오) 9월
　　8일, 평안도 관찰사로 있으면서, 海西伯으로 있는 조카 鄭稚世가 黃崗
　　에 이르러 서찰을 보내오자 보낸 답시.

157 「先君子庚午莅永柔縣歲荒賙賑嘉山土賊之亂以肅川兼官領軍赴安營邑
　　人至今思之二十五年之後小子按節巡過桐鄉陳迹風樹增感謹作一律志
　　懷」 칠언율시[上平聲六魚, 首句入韻] 52세 되던 1834년(순조 34, 갑
　　오) 9월 평안도 관찰사로 나가 있을 때 지은 시.

158 「奉和彛齋北伯寄示韻」 칠언율시[上平聲十灰, 首句入韻] 52세 되던
　　1834년(순조 34, 갑오) 9월 평안도 관찰사로 나가 있을 때 함경도
　　관찰사 彛齋 權敦仁의 시에 차운한 시.

159 「成都伯李令(嘉愚)安陵牧洪令(彦謨)俱余同庚書要元宵遊約」 칠언율
　　시[下平聲二蕭, 首句入韻] 1835년(헌종 1, 을미) 정월, 평안도 관찰
　　사로 있을 때 成都(成川)府使 李嘉愚와 安陵牧使 洪彦謨가 정월 보
　　름에 만나자는 서신을 보내오자 답하여 지은 시.

160 「二月八日爲迎祠宇出往栽松院寫懷贈內」 칠언고시 20운 40구[上聲
　　七麌, 首句不入韻: 婦·受·綏·壽·右·走·有·久·斗·厚·部·柳·後·
　　首·牖·取·負·友·臼·叟] 1835년(헌종 1, 을미) 평안도 관찰사로 있

으면서, 2월 8일 祠宇를 맞이하러 재송원에 나가 아내를 그리워하여 적어 보낸 시.

161 「贈女」 오언고시 20운 40구[上平聲四支:慈·辭·淇·隨·褵·兒·私·湄·萁·期·歧·斯·貽·爲·詩·規·儀·疑·基·資] 1835년(헌종 1, 을미) 평안도 관찰사로 있으면서, 2월 8일 祠宇를 맞이하러 재송원에 나가 아내와 딸을 그리워하여 딸에게 적어 보낸 시.

162 「純祖大王挽詞」 칠언율시 11수. 1834년(순조 34, 갑오) 11월 13일에 45세의 나이로 순조가 타계하고, 1835년(헌종 1, 을미) 발인하자 지은 시.

163 「追和楓皐斗室金竹里(履喬)三太史香山詩韻同藏山中之上院庵(附跋)」(「附三太史原韻」) 장단구 장편 22운 44수[上聲二十二養(首句入韻): 丈(수구)·掌·象·怳·帑·爽·長·養·想·賞·上·往·泱·仰·奬·廣·惆·强·髣·瀁·兩·響·魉] 56세 되던 1838년(헌종 4, 무술) 중춘, 예조 판서로서 永興 濬源殿에서 太祖御眞 봉안 의식을 거행하러 가다가 상원암에 있는 楓皐 斗室 沈象奎(1766~1838)와 竹里 金履喬(1764~1832)의 시에 차운하고 발문을 붙인 시.

164 「往年余過金尙書蘭淳宅約贈閣梅一本其後尙書自海上贈詩云指梅爲約曾三載集句成詩又一春詩札屢來而尙不踐約今又步韻督債」 칠언율시[上平聲十一眞(首句入韻)] 1838년(헌종 4, 무술) 金蘭淳(1781~1851)에게 부친 시.

165 「賀淮陽太守金周默回甲」 칠언율시[下平聲八庚(首句入韻)] 56세 되던 1838년(헌종 4, 무술) 중춘, 예조 판서로서 永興 濬源殿에서 太祖御眞 봉안 의식을 거행하러 가다가 회양 태수 金周默의 회갑을 축하한 시.

166 「戊戌仲春以禮判陪太祖御眞詣永興濬源殿次雲石太史韻」 칠언율시[上平聲四支, 首句入韻]. 1838년(헌종 4, 무술) 중춘, 예조 판서로서 永興 濬源殿에 太祖御眞을 봉안하러 갔다가 雲石 趙寅永의 시에 차운.

167 「濬源殿行奉安儀復用前韻敬題」 칠언율시[上平聲四支, 首句入韻] 56

세 되던 1838년(헌종 4, 무술) 중춘, 예조 판서로서 永興 濬源殿에서
太祖御眞 봉안 의식을 거행하고 앞서 雲石 趙寅永의 시에 차운한 운
자를 이용하여 다시 지은 시.

168 「瑤洛池舊釣磯」 칠언율시[上平聲四支, 首句入韻] 56세 되던 1838년
(헌종 4, 무술) 중춘, 예조 판서로서 永興 濬源殿에서 太祖御眞 봉안
의식을 거행하고 瑤洛池에 노닐면서 지은 시.

169 「用律詩韻分作絶句紀事」 칠언절구 11수[上平聲四支(首句入韻)] 56
세 되던 1838년(헌종 4, 무술) 중춘, 예조 판서로서 永興 濬源殿에서
太祖御眞 봉안 의식을 거행하고 지은 시.

170 「徐梅園承宣(箕淳)以承旨同爲陪往道中賦贈」 칠언율시[上平聲四支,
首句入韻] 56세 되던 1838년(헌종 4, 무술) 중춘, 예조 판서로서 永
興 濬源殿에서 太祖御眞 봉안 의식을 거행하러 오갈 때 함께 했던
承宣 梅園 徐箕淳에게 준 시.

171 「謁聖陪班次雲石太史韻」 칠언율시[下平聲四豪(首句入韻)]. 1838년
(헌종 4, 무술) 예조 판서로서 성균관 대성묘에서 謁聖禮에 참여하고
雲石 趙寅永의 시에 차운함.

172 「與翠微申太史(在植)作顯陵修改之行微雨路上吟寄雲石詞丈」 칠언율
시[下平聲一先(首句入韻)]. 1838년(헌종 4, 무술) 申在植(자 仲立,
호 翠微)과 함께 현릉 수개의 일을 하다가 시를 지어 雲石 趙寅永에
게 부친 시. 신재식과는 1810년부터 교분이 깊었다. (1810년에 「練光
亭逢申學士仲立甫按試歸路夜與聯枕賦贈」를 지었다.)

173 「閏四月晦日行實錄洗草於遮日巖宣醞後雲石呼文字楓石徐提學有榘呼
聞字翠微呼雲字余呼群字與參宴諸人各成五律」 오언율시[上平聲十二
文, 呼羣字(雲石 趙寅永은 呼文字, 徐有榘는 呼聞字, 신재식(申在植,
자 仲立, 호 翠微)은 呼雲字, 정원용은 呼群字)]. 1838년(헌종 4, 무술)
윤4월 『순조실록』 세초연에서 지은 시.

174 「特除藥房提調連飭不膺投畀南陽」 칠언율시[下平聲八庚(首句入韻)]
1839년(헌종 2, 병신) 尹光顔의 아들 尹敬圭가 齋郞에 擬差된 일로

泮儒의 捲堂이 있자 陳疏自引한 일로 2월 24일(경인) 掌令 李魯確의
탄핵 상소가 있자 始興 丙舍에 머물렀는데, 內醫院提調에 배수되었
으나 不膺하다가, 南陽에 投畀되었을 때 지은 시. 浹旬에 賜環된 후
에도 丙舍에 머물렀다.

175 「蒙宥還始興楸舍」 칠언율시[上平聲五微(首句入韻)] 1839년(헌종 2,
병신) 尹光顔의 아들 尹敬圭가 齋郎에 擬差된 일로 泮儒의 捲堂이
있자 陳疏自引한 일로 2월 24일(경인) 掌令 李魯確의 탄핵 상소가
있자 始興 丙舍에 머물렀는데, 內醫院提調에 배수되었으나 不膺하다
가, 南陽에 投畀되었다가 浹旬에 賜環된 후 丙舍에 머물며 지은 시.

176 「庚子夏在咸營青營朴節度(潤榮)送東井水詩以謝之」 오언 24구[入聲
四質] 1840년(헌종 6, 경자) 3월 함경도 관찰사가 되어 여름날 함흥
감영에 있으면서, 북청의 절도사 朴潤榮이 東井水를 보내오자 감사
의 뜻으로 지어 보낸 시.

177 「菊秋三日巡城堞」 칠언율시[上平聲十五刪, 首句入韻] 1840년(헌종
6, 경자) 3월 함경도 관찰사가 되어, 9월 3일 巡城 때 지은 시.

178 「九日發南陵奉審之行宿定平」 칠언율시[下平聲六麻, 首句入韻] 1840
년(헌종 6, 경자) 3월 함경도 관찰사가 되어, 9월 9일 南陵 奉審의
행차를 떠나 定平에 묵으면서 지은 시.

179 「內堂新粧小屛戲書一詩復申還鄉之約」 칠언율시[上平聲四支, 首句入
韻]. 1840년(헌종 6, 경자) 3월 함경도 관찰사가 되어, 9월에 아내로
부터 新粧小屛을 받고 부친 시.

180 「辛丑正月三日上雲石閣下六十壽啓夜枕思舊時朋儔皆已衰老流光電掣
人事雲移餘生無多會合難期慨歎之餘呼草謹呈一以奉勉揆業一以自述
窮懷」 自述. 칠언고시 24운 48구 장편[上平聲十一眞(首句不入韻): 春·
人·旬·輪·塵·身·旻·隣·民·綸·倫·臣·神·辰·津·薪·濱·虋·巡·
眞·因·親·伸·均]. 59세 되던 1841년(헌종 7, 신축) 정월 3일 雲石
趙寅永 六十壽를 축하하며 보낸 시.

181 「春詞」 칠언율시[下平聲十一尤(首句入韻)] 1841년(헌종 7, 신축) 정

월에 지은 시. 정원용은 1월에 도총관, 4월에 우의정이 된다.

182 「閏春日約朴梧墅尚書趙參判容和尹承旨正鎭會福泉菴」 오언율시[上平聲九佳] 1841년(헌종 7, 신축) 윤3월에 梧墅 朴永元, 趙容和, 尹正鎭과 함께 福泉菴에서 만나자는 뜻을 전한 시.

183 「賀姪婿李(裕元)簪花榮到」 칠언율시[下平聲八庚, 首句入韻] 1841년(헌종 7) 조카사위 李裕元이 정시문과 급제하자 축하하여 지은 시.

184 「領敦寧石厓趙公(萬永)遊金剛山有中秋夜吟寄季氏雲石相國之作要余和韻」 칠언율시 3수[제1수 上平聲四支(首句入韻), 제2수 上平聲十五刪(首句入韻), 제3수 下平聲一先(首句入韻)]. 1841년(헌종 7) 石厓 趙萬永이 금강산 유람 중의 중추절 밤 아우 雲石 趙寅永에게 지어 부친 시에 차운한 시.

185 「謁戚叔李桐漁相公(相璜)北郊溪屋敬次原韻」 칠언율시[下平聲六麻(首句入韻)] 1841년(헌종 7, 신축) 戚叔 桐漁 李相璜의 北郊溪屋을 방문하여 이상황의 시에 차운함.

186 「季夏日與石厓雲石彝齋金淵泉尚書(履陽)諸公會墨溪老人亭分韻得清字」 오언 14운 28구[得清字, 下平聲八庚] 1842년(헌종 8, 임인) 6월에 石厓 趙萬永, 雲石 趙寅永, 彝齋 權敦仁, 淵泉 金履陽과 함께 墨溪老人亭에서 分韻. 정원용은 1841년에 우의정이 되었다.

187 「孝顯王后輓詞」 칠언절구 8수. 1843년(헌종 9, 계묘) 8월 憲宗妃 安東金氏(金祖根女)가 夭折하여 9월에 孝顯王后誌文製述官으로 預差되어 11월에 만사를 제작.

188 「重建廣州倉里墓舍作詩付樓壁」 오언고시 장편 22운 44구[上平聲十三元: 元·尊·原·言·暾·藩·呑·溫·昏·根·繁·門·軒·存·垣·痕·村·喧·源·諼·敦·孫] 1844년(헌종 10, 갑진) 廣州倉里墓舍를 중건하고 지은 시.

189 「以嘉禮正使納采納徵告期冊妃時以紅袍幞頭也字犀帶進參道上吟成余以壬戌嘉禮時慶科人己卯嘉禮又以禮房承旨加資末句及之」 칠언율시[上平聲五微, 首句入韻]. 1844년(헌종 10, 갑진) 憲宗繼妃 孝定王后

洪氏(洪在龍女, 1831~1904) 嘉禮. 정원용은 嘉禮正使로서 敎命文製
述官의 직임을 맡게 되었다. 이에 대해 헌종은 그의 공을 치하하는
의미로 말을 하사했는데, 경사스러운 날에 직임을 맡게 된 것도 무한
한 영광인데 상을 받는 것은 분에 지나치다는 이유로 하사해 준 말을
도로 거두어 줄 것을 청했다(「辭嘉禮正使敎命文製述官錫馬箚」『經山
集』권6).

190 「次彛齋領相解職歸樊里韻」오언율시[上平聲五微] 1844년(헌종 10,
갑진) 彛齋 權敦仁의 시에 차운함.

191 「雲石相公書壽序八幅屛牋可寶也昔蔡君謨書集古錄序廬陵子以惠山泉
爲潤筆君謨大笑以爲太淸而不俗今僕山居樓前有藥泉敬奉一壺未敢知
雲石相公亦愛其淸乎詩以證之」칠언절구 7수. 1844년(헌종 10, 갑진)
雲石趙寅永이 보내주었던 壽序八幅屛牋에 대한 답례로 지은 시.

192 「乙巳秋成川就養之路與家弟從弟(老容)聯行謁老叔母于延安府從弟始
容任所」칠언율시[上平聲十灰(首句入韻)]. 63세 되던 1845년(헌종 11,
을사) 9월, 장남 鄭基世의 成川 任所로 가면서 종제 鄭老容(자 景聊,
1798~1865, 鄭東逸 아들, 鄭允容 아우)의 延安 임소로 노숙모를 알현
하러 가서 지은 시.

193 「贈姪婿書狀之行」칠언절구 5수. 1845년(헌종 11, 을사) 장남 鄭基世
의 成川 任所에 있으면서 동지사 서장관 姪婿 李裕元(1814~1888)을
전송하기 위해 지은 贈詩.

194 「景執書問消遣之法詩以答之」칠언율시[上平聲四支(首句入韻)]. 1846
년(헌종 11, 을사) 장남 鄭基世의 成川 任所에 있으면서 從弟 鄭允容
(자 景執)에게 답한 시.

195 「適得箕城酒腰浦魚甚思景執分味代書」오언율시[上平聲六魚] 1845년
(헌종 11, 을사) 장남 鄭基世의 成川 任所에 있으면서 從弟 鄭允容(자
景執)을 생각하면서 지은 시.

196 「降仙樓聽琴歌拈韻」칠언율시[下平聲一先(首句入韻)] 1845년(헌종
11, 을사) 장남 鄭基世의 成川 任所에 있으면서 降仙樓에서 지은 시.

197 「贈別梧墅上使」 칠언율시[上平聲四支(首句入韻)] 1846년(헌종 12, 병
오) 장남 鄭基世의 成川 任所에 있으면서 進賀兼謝恩使로 나가는 梧
墅 朴永元(1791~1854)을 증별한 시.

198 「柳判尹(和源)輓」 오언고시 12운 24구[上平聲一東] 1846년(헌종 12,
병오) 柳和源(본관 진주, 1762~1846)을 위해 지은 만사. 유화원은
1841년(헌종 7)에 연로자에 대한 대우로 한성 판윤에 올랐다.

199 「綏陵遷奉輓詞」 칠언절구 13수. 1846년(헌종 12, 병오) 윤5월 綏陵
을 楊州 龍馬峯 아래 癸坐 언덕에 遷奉할 때 지은 만사. [뒤에 1855
(철종 6, 을묘) 翼宗綏陵을 다시 천봉한다.]

200 「自山亭還次兒輩雙檜亭賞花韻」 칠언율시[上平聲十五刪(首句入韻)].
1846년(헌종 12, 병오) 山亭에서 돌아와 지은 시.

201 「廣州楸舍和心菴留相韻」 오언율시 2수 同韻(下平聲七陽) 1847년(헌
종 13, 정미) 廣州楸舍에서 광주 유수 心庵 趙斗淳(1796~1870)의 시
에 차운함.

202 「洪文穆公(羲俊)延諡誥之筵謹次其先尙書耳溪公諡席李及健相公韻」 칠
언율시[下平聲一先] 1847년(헌종 13, 정미), 洪羲俊(1761~1846)의
延諡筵을 기념하여 故 耳溪 洪良浩의 시에 차운해서 부친 시.

203 「聞範孫順經紅疹以唐硯筆墨及扇賞之賦示一律」 칠언율시[上平聲四支
(首句入韻)]. 1847년(헌종 13, 정미) 範孫이 紅疹을 겪고 나자 축하하
여 지은 시.

204 「賀梧墅右相回甲用贈北伯時韻」 칠언율시 2수 同韻[上平聲四支, 首
句入韻] 1851년(철종 2, 신해) 梧墅 朴永元(1791~1854) 회갑에 준 시.

205 「癸酉臘謁楓皋太史于玉壺之居命賦七古仍賜和章尙寶莊之哲嗣荷屋端
揆左根重修竹亭邀諸僚會飮謹次原韻」 칠언고시 환운 20운 40구(換
韻首句入韻. 居(수구)·如·廬·閭·裾·初/帽·掃·號·好·到/俗(환운
수구)·足·錄·綠·曲·玉 / 呼(환운수구)·娛·虞·途·輪·壺) 1852년
(철종 3, 임자) 71세 때, 荷屋 金左根(1797~1869)이 竹亭을 重修하고
楓皋太史의 癸酉 玉壺宴을 열자 옛일을 회상하여 지은 시. [1813년(순

조 13, 계유)에 지은 038「以太僕正懷刺謁提擧楓皐金太史(祖淳)于玉
壺之居公盛說壺居之勝仍命題初到玉壺諾而未克酬也追錄爲詩分押
命題四字爲韻」의 운자.]

206 「竹坡徐尙書(俊輔)年八十三筋力康健留約每月一會花樹亭贈以絶句申
之」칠언절구 4수. 1852년(철종 3, 임자), 83세인 徐俊輔(1770~1856)
의 花樹亭에 보낸 증시.

207 「憲宗大王輓詞」칠언절구 15수. 1852년(철종 3, 임자) 憲宗의 景陵
개장 때 지은 시.[헌종은 1849년(헌종 15, 기유) 67세 6월에 昇遐하
고 10월 28일 구리시 景陵에 안장되었다.]

208 「洗草宴恭賦五律」오언율시[下平聲一先]. 1852(철종 3, 임자) 7월 27
일『철종실록』세초연 때 지은 시. 헌종이 죽은 지 6개월 뒤인 1849년
(철종 1) 11월 15일에『헌종경문위무명인철효대왕실록(憲宗經文緯武
明仁哲孝大王實錄)』편찬을 시작하여 1851년 8월에 완성하고, 9월에
인쇄하여 각 사고(史庫)에 봉안했으며, 1852년 7월 27일에 세초했다.

209 「重陽日登南麓」오언율시[下平聲六麻] 1852년(철종 3, 임자) 9월 9
일 지은 시.

210 「癸丑夏就養沁營行養老宴次席上韻」칠언율시[上平聲十一眞(首句入
韻)]. 1853년(철종 4, 계축) 71세 여름, 장남 鄭基世의 江華 임소로
가서 就養할 때 지은 시.

211 「自沁營乘舟到白川郡郡仲兒任所也人謂榮耀我竊兢懼夜枕口唫贈兒以
寓勉勖之意」칠언율시[下平聲一先(首句入韻)] 1853년(철종 4, 계축)
71세 때, 장남 鄭基世의 江華 임소에서 就養하는 중, 沁營에서 배를
타고 둘째 아들이 군수로 있는 白川郡에 이르러 지은 시.

212 「留宿東閣三日明將還矣賦五古五十韻又示仲兒」오언고시 50운. 1853
년(철종 4, 계축) 71세 때, 장남 鄭基世의 江華 임소에서 就養하는 중,
沁營에서 배를 타고 둘째 아들이 군수로 있는 白川郡에 가서 3일간
東閣에서 머물다가 떠나려 하면서 둘째 아들에게 준 시.

213 「金游觀相國(興根)一葉亭邀吟」칠언율시[下平聲八庚(首句入韻)] 1853

년(철종 4, 계축) 71세 때 游觀 金興根(1796~1870)의 一葉亭에서 지은 시.

214 「甲寅夏就養完營登勝金亭」 칠언율시[下平聲七陽(首句入韻)]. 1854년(철종 5, 갑인) 5월부터 10월 사이, 장남 鄭基世의 全州 任所에서 就養할 때 지은 시.

215 「和石淙徐尙書(有薰)韻」 칠언율시[下平聲十二侵(首句入韻)] 1854년(철종 5, 갑인) 5월부터 10월 사이, 장남 鄭基世의 全州 任所에서 就養할 때, 石淙 徐有薰(1795~1862)의 시에 화운.

216 「燕申堂次板上韻」 칠언절구[下平聲十四鹽(首句入韻)] 1854년(철종 5, 갑인) 5월부터 10월 사이, 장남 鄭基世의 全州 任所에서 就養할 때, 전주감영 燕申堂의 현판시에 차운.

217 「碧堂歸路上梧木臺」 칠언율시[下平聲一先(首句入韻)] 1854년(철종 5, 갑인) 5월부터 10월 사이, 장남 鄭基世의 全州 任所에서 就養할 때, 碧堂을 돌아보고 오다가 지은 시.

218 「梧墅閣老病餘寄詩句語中感恩思報丹忱耿然莊誦欽佩非惟唱酬之可喜也輒此和呈」 칠언율시 2수 동운[上平聲四支(首句入韻)] 1854년(철종 5, 갑인) 5월부터 10월 사이, 장남 鄭基世의 全州 任所에서 就養할 때 梧墅 朴永元(1791~1854)에게 보낸 시.

219 「金山寺歸路與仲兒歷金溝衙軒書示」 칠언율시[上平聲十三元(首句入韻)] 1854년(철종 5, 갑인) 5월부터 10월 사이, 장남 鄭基世의 全州 任所에서 就養할 때, 금산사를 들러보고 차남 鄭基年과 함께 金溝 관아에서 지은 시.

220 「遊邊山歷宿金堤郡」 오언율시[上平聲十一眞] 1854년(철종 5, 갑인) 1854년(철종 5, 갑인) 5월부터 10월 사이, 장남 鄭基世의 全州 任所에서 就養할 때, 변산에 노닐고 김제에서 묵으면서 지은 시.

221 「扶安西林亭」 오언율시[下平聲九靑] 1854년(철종 5, 갑인) 5월부터 10월 사이, 장남 鄭基世의 全州 任所에서 就養할 때, 전주를 거쳐 부안에 이르러 西林亭에서 지은 시.

222 「禹金巖」 칠언율시[下平聲十二侵] 1854년(철종 5, 갑인) 5월부터 10
월 사이, 장남 鄭基世의 全州 任所에서 就養할 때, 전북 부안 禹金巖
에서 지은 시.

223 「前年受養於完藩今夏又就養於瑞興銜常有過分兢畏之意內從李令台卿
寄詩獎耀太過讀之尤增懼惕輒此奉和台卿見此詩庶諒此畏愼之心云
爾」 칠언율시[上平聲四支] 1855년(철종 6, 을묘) 73. 4월, 차자 鄭基
季의 瑞興 임소에서 就養하다가 5월에 서울로 돌아오기 이전.

224 「松京北山諸洞」 칠언율시[上平聲十一眞, 首句入韻] 1855년(철종 6,
을묘) 4월, 차자 鄭基季의 瑞興 임소로 가서 거처하다가 5월에 서울
로 돌아오기 이전 송경에서 지은 시.

225 「花潭」 오언율시[上平聲十灰] 73세 되던 1855년(철종 6, 을묘) 4월,
차자 鄭基季의 瑞興 임소로 가서 거처하다가 5월에 서울로 돌아오기
이전 송경의 화담에 들러 지은 시.

226 「滿月臺」 칠언율시[上平聲一東, 首句入韻] 73세 되던 1855년(철종
6, 을묘) 4월, 차자 鄭基季의 瑞興 임소로 가서 거처하다가 5월에
서울로 돌아오기 이전 송경의 만월대에 들러 지은 시.

227 「贈安山鄭侍郞(德和)」 칠언율시[上平聲十一眞, 首句入韻] 鄭德和(본
관 草溪 1789~1856)에게 보낸 시.

228 「綏陵遷奉輓詞」 칠언율시 3수. 73세 되던 1855(철종 6, 을묘) 2월
綏陵遷奉 때 지은 시.

229 「徽慶園遷奉輓詞」 1855(철종 6, 을묘) 9월, 正祖後宮이며 純祖母인
綏嬪 朴氏의 陵 徽慶園(現 楊州郡 榛接面 富坪里)의 改葬이 있을 때
지은 만사.[徽慶園遷奉은 1855년(철종 6) 9~10월에 1차로 이루어지
고, 그 후 2차로 1863년 4~5월에 이루어졌다.]

230 「仁陵遷奉輓詞」 칠언절구 8수. 1856년(철종 7, 병진) 1월 서용되어
영중추부사가 된 이후, 純祖의 仁陵을 交河 옛 치소에서 獻陵 右岡
으로 천릉할 때 지은 시.

231 「流霞亭賡進御製韻幷小識」 오언절구[下平聲八庚]. 1856년(철종 7,

병진) 맹하 중순에 流霞亭에서 御製韻에 賡進한 시.

232 「心菴詩體調峭峯非拙者可跂望也五古尤爲秀拔雨中閒坐衍疊前韻奉呈
匀鑒有以敎之」 오언고시 9운 18구[下平聲十一尤: 舟·儔·樓·流·羞·
州·悠·頭·愁] 1856년(철종 7, 병진) 趙斗淳(1796~1870)의 詩體를
모방하여 지은 시.

233 「純元王后輓詞」 오언율시 7수. 순조의 비, 헌종의 조모인 純元王后
(1789~1857)가 1857년(철종 8, 정사) 9월 21일(음력 8월 4일) 타계
한 이후 장례 때 지은 시.

234 「次彛齋答壺下朴相公晦壽詩贈賞花之期」 칠언율시[上平聲四支(首句
入韻)] 1857년(철종 8, 정사) 彛齋 權敦仁이 朴晦壽(본관 반남, 1786~
1861) 시에 답한 시에 다시 차운함.

235 「李內兄箕鉉七十六歲作新春詩要余和之欣然走筆爲博一粲」 칠언율
시[上平聲十一眞(首句入韻)] 1857년(철종 8, 정사) 內兄 李箕鉉의 76
세 新春詩에 和韻함.

236 「奉和荷屋相公生辰韻(幷小序)」 칠언율시[下平聲八庚(首句入韻)] 1857
년(철종 8, 정사) 臘四(12월 4일) 荷屋 金左根(1797~1869)의 生朝에
김좌근 시에 차운하여 부친 시.

237 「閣僚前後所被恩榮集有歷代學士院盛事又次前韻」 칠언율시[下平聲
十一尤(首句入韻): 遊(수구)·流·秋·幽·浮]. 1857년(철종 8, 정사)
작. (前韻은 미수록)

238 「又疊遊字韻志懷」 칠언율시 2수[下平聲十一尤(首句入韻)]. 1857년
(철종 8, 정사), 앞의 「閣僚前後所被恩榮集有歷代學士院盛事又次前
韻」에 이어 두 수를 더 지음.

239 「游觀相公園亭會荷屋心菴兩相公共賦」 오언율시[下平聲九靑]. 1857
년(철종 8, 정사), 游觀 金興根(1796~1870)의 園亭에서 荷屋 金左根
(1797~1869), 心庵 趙斗淳(1796~1870)과 함께 지은 시.

240 「疊前冬韻謝趙秋潭侍郎(徽林)贈梅」 칠언고시 12운 24구[上平聲七
虞(首句未入韻): 株·娛·無·躕·隅·朱·孤·愚·敷·膚·壺·圖] 1857

년(철종 8, 정사), 秋潭 趙徽林(趙秉徽, 1808~1874)에게 답한 시.
(前韻은 미수록)

241 「始興路中見農民築室時余有家舍修葺之役漫吟示家兒」 오언고시 20
운 40구[下平聲十一尤: 儔·諏·收·鍭·邱·牛·疇·優·愁·求·鳩·樓·
鉤·休·籌·修·周·由·酬·留] 1857년(철종 8, 정사) 3월에 부인 김
씨가 몰하여 5월에 시흥의 선영 곁에 임시로 묻고, 1858년(철종 9,
무오) 2월에 부인의 묘를 完襄할 때 지은 시.

242 「庚申孟夏就養于季兒洪川縣衙抵倉隅津乘舟下奉安館宿楊根郡路上雜
吟五古」 오언 4운 고시 3수[제1수 上平聲四支: 籬·隨·枝·涯·제2수
下平聲一先 : 縣·眄·倦·饌·제3수 入聲十三職: 息·食·拭·色] 78세
되던 1860년(철종 11, 경신) 1월 영중추부사가 된 이후, 맹하에 季子
鄭基命의 洪川 임소로 就養하러 가면서 지은 시.

243 「晝坐閒唫」 칠언율시[下平聲七陽(首句入韻)]. 78세 되던 1860년(철
종 11, 경신) 1월 영중추부사가 된 이후, 맹하에 季子 鄭基命의 洪川
임소로 就養하러 가서 지은 시.

244 「暮春雨中邀壺山荷屋心菴三相公賞花小隱草堂賦詩題壁」 오언고시 8
운 16구[上平聲十灰]. 1860년(철종 11, 경신), 壺山 朴晦壽(1786~
1861), 荷屋 金左根(1797~1869), 心庵 趙斗淳(1796~1870)과 함께
小隱草堂에서 지은 시.

245 「謹步心菴相公賞花小隱草堂七律韻以資塵覽并題壁上」 칠언율시[下
平聲六麻, 수구입운] 1860년(철종 11, 경신) 78세, 心庵 趙斗淳(1796~
1870)의 賞花小隱草堂詩에 和韻.

246 「余老病居窮巷孰肯惠然惟秋潭尚書時時送名花可謝也余近欲退居鄉廬
又此寫意」 칠언고시 12운 24구[上平聲七虞(首句未入韻): 株·娛·無·
蹰·隅·朱·孤·愚·敷·膚·壺·圖] 1860년(철종 11, 경신) 78세, 秋潭
趙徽林(趙秉徽, 1808~1874)의 후의에 답한 시.

247 「平生喜誦膂力方剛經營四方之詩今秋潭尚書以熱河上使作漠北之行誠
豪壯可羨疊前韻送行」 칠언고시 12운 24구[上平聲七虞(首句未入韻)]:

株·娛·無·嚘·隅·朱·孤·愚·敷·膚·壺·圖] 1860년(철종 11, 경신),
秋潭 趙徽林(趙秉徽)를 위한 송별시. 「謹步心菴相公賞花小隱草堂七
律韻以資塵覽幷題壁上」의 운자를 사용.

248 「辛酉夏獅孫尹滋祿上庠唱名之日書贈便面志喜」 칠언절구 3수. 79세
되던 1861년(철종 12, 신유) 맹하에 외손 尹滋祿의 진사 합격을 축하
한 시.

249 「仁陵改莎之役進去奉審宿齋室長兒以禮判同來夜坐志感」 칠언율시[上
平聲十一眞(首句入韻)] 1861년(철종 12, 신유) 仁陵 改莎를 奉審하고
지은 시.

250 「五月十五日純元王后誕辰而聖上以是年壬戌舟梁舊紀也遣大臣行酌獻
禮臣陪香將事而還恭述感懷」 칠언율시[上平聲十一眞(首句入韻)] 80
세 되던 1862년(철종 13, 임술) 5월 15일 純元王后誕辰에 지은 시.

251 「七月旣望與兩老弟有之翼之往尹孫滋憓玄湖亭子泛舟同遊兒孫諸姪俱
來會集東坡赤壁賦字戲作七古」 칠언고시 환운 17운 34구[下平聲七陽
/下平聲八庚(首句及換韻首句入韻):長(수구)·檣·章·方·光·蒼·藏·
滄·將·郞·茫·/淸(환운수구)·頃·聲·盈·明·旌·橫·生] 80세 되던
1862년(철종 13, 임술) 7월 16일, 외손 尹滋憓의 玄湖亭에서 뱃놀이하
고 지은 시.

252 「榮奠社堂里先塋」 칠언율시[下平聲二蕭(首句入韻)] 80세 되던 1862
년(철종 13, 임술) 5월 元軸回榜宴을 하사받고 8월 선영에 榮奠하고
지은 시.

253 「季秋見雪下思東坡岐陽九月雪蕭條歲暮懷詩口唅」 칠언율시[上平聲
九佳(首句入韻)] 1862년(철종 13, 임술) 9월에 눈이 내리는 것을 보
고 동파시에 차운한 시.

254 「陽月居始興丙舍復授中書申尙書(錫禧)奉諭來臨雪屋靑燈呼酒話舊儘
奇會也蘭契夙敦犀襟盍照賦一律請和」 칠언율시[下平聲一先, 首句入
韻] 1862년(철종 13, 임술) 10월, 始興 丙舍에 있을 때 申錫禧(1808~
1873)가 領議政 復拜의 勅諭를 받들고 오자 지은 시.

255 「盆梅遲發」 칠언율시[上平聲四支, 首句入韻] 1862년(철종 13, 임술)
　　11월, 분매에 대해 지은 시.

256 「寄副使朴錦舲侍郎永輔」 칠언율시[上平聲四支, 首句入韻] 1862년
　　(철종 13, 임술) 11월, 錦舲 朴永輔(1808~1872)가 동지사 부사로 청
　　나라로 향하자 보낸 贈詩.

257 「癸亥元朝」 칠언율시[上平聲七虞, 首句入韻] 1863년(철종 14, 계해)
　　81세 정월에 지은 시.

258 「徽慶園遷奉輓詞」 칠언율시 2수[제1수 上平聲十一眞(首句入韻) 제2
　　수 上平聲四支(首句入韻)] 1863년 4~5월, 正祖 後宮이자 純祖母인
　　綏嬪 朴氏의 陵인 徽慶園(現 楊州郡 榛接面 富坪里)의 改葬 때 지은
　　시(첫 번째 개장은 1855년(哲宗 6) 9~10월).

259 「解相職口吟」 칠언율시[下平聲八庚(首句入韻)] 81세 되던 1863년(철
　　종 14, 계해) 9월, 영의정직을 그만두고 영중추부사가 되고 지은 시.

260 「李相公(憲球)輓」 81세 되던 1863년(철종 14, 계해), 李憲球(1784~
　　1863)를 위해 지은 만시. 『한국민족문화대백과사전』에 몰년이 1858
　　년이라 되어 있으나 착오가 있는 듯하다.

261 「與孫兒輩來住旺里楸廬朝夕省展之餘作二律揭壁」 오언율시 2수[제1
　　수 下平聲八庚, 제2수 下平聲七陽] 81세 되던 1863년(철종 14, 계해)
　　9월, 영의정 직을 그만두고 영중추부사가 되고서 旺里 楸廬에 거처하
　　면서 지은 시.

262 「哲宗大王輓詞」 칠언절구 16수. 1863년(철종 14, 계해) 12월, 哲宗이
　　昇遐한 후 지은 시. 정원용은 院相이 되었다.

263 「甲子秋就養于季兒華判任所住華封別館」 칠언율시[上平聲十一眞(首
　　句入韻)] 82세 되던 1864년(고종 1, 갑자) 8월, 季子 鄭基命의 華城
　　임소로 가서 거처하다.

264 「由華虹門步上譙樓遠望口吟」 오언율시[下平聲十二侵]. 1864년(고종
　　1, 갑자) 8월, 季子 鄭基命의 華城 임소로 就養가서, 華虹門에서부터
　　譙樓까지 걸으면서 지은 시.

265 「華祝軒行養老禮」 칠언절구 3수. 1864년(고종 1, 갑자) 8월, 季子 鄭基命의 華城 임소로 就養가서, 華祝軒에서 養老禮를 행할 때 지은 시.

266 「默孫小成率往始興楸下行榮奠夜見兒輩賦詩仍次其韻」 칠언율시[上平聲二冬(首句入韻)] 1864년(고종 1, 갑자)에 默孫이 소과에 합격하자 始興 선영으로 가서 榮奠하고 지은 시.

267 「廣陵倉里歸路歷廣湖洪芍玉尙書(鍾應)亭和板上韻」 칠언율시[上平聲六魚(首句入韻)] 1864년(고종 1, 갑자) 8월 季子 鄭基命의 華城 임소로 갔다가, 이후 돌아오면서 廣陵倉里에서 지은 시.

268 「答李通川(喬榮)」 오언율시[下平聲七陽(首句入韻)]. 82세 되던 1864년(고종 1, 갑자), 李喬榮에게 답한 시.

269 「春夜」 칠언율시[下平聲一先(首句入韻)]. 83세 되던 1865년(고종 2, 을축) 봄에 지은 시. (이해 6월, 차자 鄭基季을 곡한다.)

270 「作旺里行途上次心庵相公江居韻」 칠언율시[下平聲六麻(首句入韻)] 83세 되던 1865년(고종 2, 을축), 旺里로 가다가 心庵 趙斗淳의 「江居」 시에 차운.

271 「許判書(棨)輓」 오언율시[下平聲十四鹽] 84세 되던 1866년(고종 3, 병인), 許棨(1798~1866)를 애도한 만시.

272 「陽月十九卯君判書之生朝也余自鄕廬上京把酒相歡詩以識之」 칠언고시 20운 40구[下平聲八庚(首句入韻): 生(수구)·兄·成·鳴·英·卿·榮·羹·行·驚·誠·聲·京·亨·珩·盈·淸·嬰·庚·迎·平] 84세 되던 1866년(고종 3, 병인) 10월 19일, 상경하여 아우 鄭憲容(1795~1879)의 生朝에 참여하고 지은 시. 정헌용은 李裕元의 장인이다.

(3) 연구(聯句)

273 「夏夜與從弟有之景執同柳戚景瞻(魯洙)李聖爲(鐸遠)賦」(聯句) 五言 4人 36聯句(下平聲十五咸). 여름, 從弟 鄭始容(자 有之, 1786~?, 鄭東勉 아들), 鄭允容(자 景執, 1795~1865, 鄭東逸 아들), 柳魯洙(자 景

瞻, 1765~?), 李鐸遠(자 聖爲, 1777~?)와 함께 聯句.

274 「北海趙令元卿鍾永訪永柔書室令小奚拈韻輪筆聯句」五言 2人 42聯
句(去聲二十九豔). 永柔(현 평안남도 평원) 書室에 있을 때 趙鍾永(자
元卿, 1771~1829, 1810년 안주목사가 됨)과 함께 聯句. 순조 10 1810
년(순조 10, 경오) 28세, 7월 12일 홍문관 수찬으로 근무하고 있을
때 아버지 정동만이 8월 15일에 영유현령으로 임명되자 10월 5일부터
'부모의 병'을 이유로 휴가를 얻어 영유현에 가서 아버지를 모셨다.
10월 5일 밤에 수찬에 낙점되었다. 영유현 동헌의 서실인 四宜堂에
머물며 聯句한 것이다. (정원용은 1811년(순조 11, 신미) 6월 掌令이
된 후 8월에 영유로 부친을 다시 찾아뵈웠다.)

275 「九月二十二日頒眞殿餕果蘋婆感飫懷核之餘斗室竹里小華李丹皐鶴秀
諸僚聯句」오언 5인 30聯句[上平聲一東]. 斗室 斗室 沈象奎(1766~
1838), 竹里 金履喬(1764~1832), 小華 李光文(1778~1838), 丹皐 李
鶴秀(1780~1859)와의 聯句.

276 「載寧衙中與群弟有之景執翼之聯句」오언 4인 97聯句[上聲十六銑]
從弟 鄭始容(자 有之, 1786~?, 鄭東勉 아들), 從弟 鄭允容(자 景執,
1795~1865, 鄭東逸 아들), 鄭憲容(자 翼之, 1795~1879, 정원용 아
우)과의 聯句. 정원용이 시작하고, 마지막에 "曰我兄及弟, 勉勉令德
顯"으로 끝맺었다. 1814년(순조 14, 갑술) 32세, 사헌부 집의가 되고
4월에 載寧 임소로 부친을 찾아뵙다.

277 「會寧衙軒與從弟景執幕賓尹用如洪明汝圍棊聯句」오언 4인 60聯句
[入聲十六葉]. 從弟 鄭允容(자 景執), 幕賓 尹用如 洪明汝와의 圍棊를
이용한 聯句. 이 연구는 1829년 9월부터 1830년 8월 사이에 지었다.
1829년(순조 29, 기축) 47세로 규장각 직제학이 되었으나, 8월에 北
道에 水災가 있자 會寧 府使에 차임되었다. 1830년(순조 30, 경인)
9월 資憲大夫에 오르고, 備局 堂上, 知經筵, 대사헌이 된다.

278 「過咸營與翠微按使屬韻聯句」오언 2인 29聯句. 1829년(순조 29, 기
축) 함경도 감영에서 당시 함경도 관찰사이던 申在植(자 仲立, 호 翠

微)과 함께 작성한 연구. 마지막은 신재식이 "再續文園躅, 異鄕留盛跡"으로 마무리를 지었다. (정원용은 1819년에 「練光亭逢申學士仲立甫按試歸路夜與聯枕賦贈」을 지은 일이 있다.)

279 「閣中餞上行人淵泉尙書與徐直閣原泉萬淳金待敎石陵英淳李待敎構堂肯愚金直閣石世鼎集聯句」 오언 5인 25聯句[去聲十一隊] 1829년에 제작한 연구이다. 淵泉 金履陽(1755~1845, 초명 金履永)이 사신으로 나가게 되자, 直閣 原泉 徐萬淳, 待敎 石陵 金英淳, 待敎 構堂 李肯愚, 直閣 石世 金鼎集과 함께 연구를 제작. 정원용이 두 번째이다. 『순조실록』 순조 29년 기축(1829) 1월 2일(정유)에 보면, 이날 閣圈을 했는데, 待敎 六點을 받은 이는 金炳韶·金鼎集·趙秉憲·徐戴淳·金大根이었다. 代點(東宮의 落點)하여 鄭元容·徐憙淳을 규장각 직제학으로, 金鼎集을 대교로 삼았다.

280 「歲夕箕城與阿世阿秊鬮韻聯句」 오언 3인 21聯句[上聲十七篠]. 1845년(헌종 11, 을사) 9월, 장남 鄭基世의 成川 任所로 가서 거처하다가, 이듬해 2월 성천에서 돌아와 關西의 事情을 아뢰게 된다. 이 연구는 1845년 세모에 鄭基世, 鄭基年과 함께 지었다.

281 「箕城乙密臺與弟兒輩聯句」. 오언 6인 25聯句[上聲十四旱]. 從弟 鄭允容(자 景執), 아우 鄭憲容(자 翼之), 종제 鄭老容(자 景聃, 鄭允容 아우), 장남 鄭基世, 차남 鄭基年, 삼남 鄭基命 등이 함께 한 연구이다. 1845년(헌종 11, 을사) 9월, 장남 鄭基世의 成川 任所로 가서 취양했는데, 이듬해 2월 귀경하기 이전에 평양 을밀대에서 제작한 듯하다.

『경산일록』을 통해 본 생활인 정원용

1. 머리말

경산(經山) 정원용(鄭元容, 1783~1873)은 소론 경화사족 출신의 관료문인이다. 정원용은 순조 2년(1802) 순조의 가례를 축하하기 위해 치른 정시에 문과에서 을과 2등으로 급제하여 약관의 나이에 관직에 나선 후 죽은 해인 고종 10년(1873)까지 70여 년간 관직에 있었다. 순조 때 청직을 두루 거쳤고 청나라에 사신으로 다녀왔으며, 1814년 당상관에 올랐고 1827년 비변사 당상이 되어 권력의 핵심부에 진입하였다.[1] 헌종 때 예조판서, 이조판서, 우의정, 좌의정을 거쳐 1848년 영의정에 올랐다. 1849년 헌종이 죽은 후 강화도에 가서 철종을 봉영하는 직임을 맡았으며, 이후 기로소(耆老所)에 들어가 원로대신으로서의 예우를 받으며 지냈다. 1862년 삼정의 문란으로 인한 민란이 일어나자 삼정이정청(三政

---

1) 김해인, 「勢道政治期 관료 鄭元容(1783-1873)의 정치 활동」, 건국대 석사학위논문, 2015, 16쪽.

釐正廳)의 총재관으로 다시 정계의 전면에 나섰다. 1863년 철종이 죽고 고종이 즉위하기까지 국정을 총괄하기도 하였다. 명문가 출신으로 태어나 일찍 과거에 급제하였으며 행정적인 능력을 지닌 뛰어난 관료로 평가받았다.

그는 일찍부터 문장 능력을 인정받았다. 순조 때 이미 『일성록(日省錄)』 편찬에 참여하였을 뿐 아니라 고종 때 『철종실록(哲宗實錄)』 편찬을 주관하였다. 관료로서의 문장 외에도 개인적인 시와 문 역시 당대에 높은 평가를 받았다. 김조순(金祖淳, 1765~1832)은 그의 중국 사행시를 "淸古"하다고 품평하였고 남공철(南公轍, 1760~1840)은 그에게 묘문을 부탁하기도 하였다.[2]

그의 삶은 그의 저술에도 고스란히 남아있다. 손자 정범조(鄭範朝, 1833~1897)가 간행한 『경산집(經山集)』 외에 13종의 저술이 전한다.[3] 기존연구에서 이를 문집류, 공문류, 유서류, 일기류로 나누었는데, 일기류에 해당되는 것은 『曬史東征日記』, 『燕槎錄』, 『經山日錄』이다. 『曬史東征日記』는 1808년 순조의 명을 받은 정원용이 오대산 사고에 실록을 포쇄하기 위해 다녀오면서 기록한 것이고, 『燕槎錄』은 1831년과 1832년에 걸쳐 동지겸사은사(冬至兼謝恩使)로 다녀오면서 기록한 일기이다. 『쇄사동정일기』는 공무를 띠고 다녀왔으나 오대산과 금강산 유람을 기록하였으므로 일종의 산수유기라 할 수 있고 『연사록』은 중국 사행을 다녀오면서 기록한 일기이므로 연행록에 해당된다. 이들이 특정한 시기의 일기

---

2) 권은지, 「經山 鄭元容의 文學論 고찰」, 『동양고전연구』 72, 동양고전학회, 2018, 67~96쪽.

3) 허경진, 「13종 저술을 통해본 관인 정원용의 기록태도」, 『동방학지』 146, 연세대 국학연구원, 2009, 89~121쪽.

인 데 반해 『經山日錄』은 평생에 걸쳐 기록한 정원용의 일기이다.

『經山日錄』은 우리나라뿐 아니라 세계에서도 찾아보기 힘들 정도로 긴 일기이다. 정원용의 90년간의 생애가 다 들어있기 때문이다. 가주서(假注書)에 추천된 1803년부터 본격적인 기록이 시작되었겠지만 태어난 날부터 기록해 넣어 충실하게 만들었다. 만년에 저자가 검토하고 서리를 시켜 정사(淨寫)하였으므로[4] 매우 정리된 기록이라고 할 수 있다. 이 일기는 저자 정원용이 스스로의 정체성을 조정의 관료에 두고 있음을 보여준다. 거의 모든 내용이 조정에서의 활동에 치우쳐 있기 때문이다. 따라서 부제인 "經山從宦日記"라는 명칭이 더 부합한다고 할 수 있다.

그러나 관료의 삶을 보여주는 가운데 정원용 개인의 면모를 보여주는 기록이 섞여 있다. 개인의 삶은 한 가지 면으로 국한시킬 수 없고 관료라 하더라도 공문서가 아닌 이상 개인적인 일상도 내비칠 수밖에 없기 때문이다. 더욱이 관료로서의 삶은 서울에서 이루어졌으나 광명은 생활인으로서의 정원용과 관련이 깊다. 따라서 본고에서는 『경산일록』의 기록을 따라 정원용의 발자취를 따라가 보고자 한다.

2. 한양을 중심으로 생활하는 경화사족

정원용은 1783년 2월 18일 한양 도성 남쪽에 있는 회현방(會賢坊) 본가에서 태어났다. 회현방은 현재 서울 회현동 일대이다. 1785년에 첫째 누이가, 1789년에 둘째 누이가, 1795년에 아우 정헌용(鄭憲容, 1795~1879)이 태어났다. 정원용의 어린 시절 아버지 정동만(鄭東晩, 1753~1822)

---

4) 허경진, 「經山日錄」 해제, 『연세대 중앙도서관 고서해제 I』, 평민사, 2004.

은 공부하는 유생의 신분이었다. 여섯 살 어린 나이에 마마를 앓자 아버지가 직접 약 처방을 하였던 것을 보면[5] 늘 부친 곁에서 지냈던 것으로 보인다.

정원용은 15세에 김계락(金啓洛, 1753~1815)의 딸과 혼례를 치렀다. 7월 18일 백동(栢洞), 즉 현재의 혜화동에서 혼례를 치렀다고 하였는데,[6] 이곳에 처가가 있었던 것으로 보인다. 외가는 삼호(三湖), 즉 현재 마포(麻浦) 근처에 있었다. 1802년 과거에 급제하였을 때 처가에 들려 인사한 다음날 외가에 감사드리러 간 일이 기록되어 있다.[7] 정원용의 유년 시절 생활은 이렇게 한양 도성을 중심으로 이루어졌다.

벼슬을 시작하기 전 젊은 시절 정원용은 집안 어른을 따라서 공부하였다. 1801년 계부를 따라 노강서원(鷺江書院)에 머물면서 공부하였다는 기록이 있다.[8] 계부는 곧 막내 숙부인 정동일(鄭東逸, 1766~1820)을 가리킨다. 그는 세자의 강관에 제수될 정도로 학문적인 인정을 받고 있었던 인물이다.

일기에 보이는 또 한 명의 인물은 외삼촌 이재학(李在學, 1745~1806)이다. 1798년 이재학의 임소인 경기감영에 다녀온 기록이 보인다.[9] 정원용

---

5) 鄭元容, 『經山日錄』 1책, 1788년. "秋經痘疹, 膿時甚重. 如安載運諸醫俱命, 藥以仁蔘. 醫官李行訥, 卽世交也, 來住家中. 其言曰, 此兒氣稟非陽氣, 不足似因熱未膿, 試牛黃二分重和乳飮之, 必有效. 家親依其言, 以牛黃一分重用之, 夜得穩睡, 而善膿如期差完. 始作句曰, 杏木乙坐鳴."

6) 鄭元容, 『經山日錄』 1책, 1797년 7월. "十八日, 行婚禮於栢洞, 卽金判書華鎭孫女, 參判啓洛之女也."

7) 鄭元容, 『經山日錄』 1책, 1802년 11월. "初五日, 謝恩, 往三湖外家李判書宅."

8) 鄭元容, 『經山日錄』 1책, 1801년. "夏, 隨季父, 往住鷺江書院, 做工. 又與姨兄鄭孝源, 往書院, 朝做義一首, 晝做詩二首."

9) 鄭元容, 『經山日錄』 1책, 1798년 4월. "往住伯舅畿營, 任所之觀風閣. 課往姨兄鄭孝

은 이재학의 묘지(墓誌)에 어릴 때부터 문하에 드나들면 가깝게 지냈던 정을 기술한 바 있다.[10] 이재학은 순조가 즉위한 후 벽파의 공격을 받아 유배되었다가 적소에서 죽었다. 1805년 가주서(假注書)에 낙점된 정원용이 현탈(懸頉)을 하였는데, 이유를 묻는 순조에게 승지가 "實故"가 있다고 들었다고 대답하는 장면을 찾아볼 수 있다.[11] 정확히 밝히고 있지는 않으나 이재학의 상을 당한 일 때문이었던 것으로 보인다.

이때 함께 노닐었던 인물로 정효원(鄭孝源, 1777~?)과 최황(崔璜, 1783~1853)이 있다. 정효원은 이모부 정하영(鄭夏榮, 1751~?)의 맏아들로, 이종사촌간이 된다. 최황은 정원용이 그의 墓誌銘에 안 지 60년이 된다고 썼을 정도로[12] 오랜 친구였다. 최황은 정동호(鄭東祜)의 사위로, 정동호는 정원용의 족친이 된다. 노강서원은 노량진에, 경기 감영은 돈의문(敦義門) 밖에 있었다. 정원용은 주로 한양 도성을 거의 벗어나지 않은 채 친인척 내의 학연을 지니고 십 대를 보냈던 것으로 보인다.

한양 도성을 벗어난 기록은 제사나 장사를 지내기 위해 선영을 찾아뵐 때이다. 1789년 조부인 정계순(鄭啓淳, 1729~1789)이 초산(楚山)의 임소에서 죽었다. 이해 8월 광주 북문 사창리에 새로 산소를 정하였고, 근처에 있는 향교가 산송을 일으켜 한참 후에야 안장할 수 있었다고 한다.[13] 1805년 기록에는 숙모를 수원의 유곡 선영에 모셨다고[14] 하였

源家, 做詩, 又與崔璜同硯."

10) 鄭元容, 『經山集』 권17 「伯舅禮曹判書翼獻李公墓誌銘」. "元容公妹子也, 幼少時遊公門久, 公狀貌起居言笑之可思慕者, 尙瞭然如見, 至行治德美, 固不可得以狀也."

11) 鄭元容, 『經山日錄』 1책, 1805년 7월. "初九日, 首擬假注書蒙點, 懸頉不進. 承旨入侍時, 上敎曰, 此注書何爲懸頉乎. 承旨奏以聞有實故云矣."

12) 鄭元容, 『經山集』 권16 「敦寧府都正崔公璜墓碣銘」. "此敦寧府都正崔公璜字國輔之藏也. 其友經山子呼其字而書石而銘之曰, 余知國輔六十年, 非余銘子, 孰子之銘?"

다. 본래 집안의 선영은 수원 송동면 유곡에 있었는데, 조부가 돌아가
시면서 새로이 산소를 정하였던 것이다. 1793년 돌아가신 조모 역시
광주에 합장하였다. 정원용은 매년 8월 15일이면 광주 산소를 찾아 제
사를 지냈다.

1802년 정원용은 과거에 급제하였다. 이해 10월 순조가 가례를 올렸
으므로 이를 축하하기 위한 정시(庭試)였다. 이 시기 정원용의 집안은
한창 홍역을 앓았다. 남동생과 막내 여동생이 9월에 홍역을 앓았고 10
월에는 작은 아버지인 정동면(鄭東勉)에 이어 아버지까지 앓게 되었다.
이 때문에 과거에 응시하지 않으려 하였으나 아버지의 권유로 참여하
였다.[15]

과거에 급제한 후 가주서(假注書)로 차출되어 출퇴근하였고 삭시사
(朔試射)와 삭서(朔書)에 참여하였다. 국가 전례에 차출되어 의례를 담
당하는 등 수습 기간을 거쳐 1807년 9월 검열(檢閱)에 제수되어 사은숙
배를 하였다. 이에 따라 왕의 능 행차에 시종하는 경우가 많았다. 특히
정조의 능인 건릉과 사도세자의 묘가 있는 현륭원은 순조가 자주 행차
하던 곳으로, 시흥 행궁에서 점심을 먹고 화성에서 묵곤 하였다.

한양에서 태어난 정원용은 약관의 나이에 과거에 급제하고 실직을
맡기 전까지 한양과 한양 주변에서 생활하는 전형적인 경화사족의 활

---

13) 鄭元容, 『經山日錄』 1책, 1789년 8월. "新占山所, 於廣州北門外司倉里, 卽土人安億
仲家後, 而地師徐儀鳳所占也. 校儒, 以校宮近望, 起訟, 久而後安."

14) 鄭元容, 『經山日錄』 1책, 1805년 9월 "二十日, 季叔母引行, 自山淸衙來, 抵水原柳谷
先塋之下. 季父上來."

15) 鄭元容, 『經山日錄』 1책, 1805년 10월. "二十一日, 設嘉禮庭試初試, 合四慶也. 以親
病時難離, 不欲觀光, 因親敎, 當日往赴一所, 以表呈券. 表題, 周隱者謝, 諭以皎皎白
駒, 以表其潔白之意. 以引表出草, 而坐李丈義民接中. 適有洞友之書手在傍者, 要書早
呈而還."

동 범위를 보여준다.

3. 관료의 공적 여행을 통한 지방의 경험

정원용이 처음 한양을 떠난 여행은 공무와 관련된 것이었다. 1808년 3월 26일 정원용은 이조판서 입시에 참여하여 왕에게 다음과 같이 아뢴다.

"을축년(1805) 겨울 대제학 이만수가 경연에서 '선조(先朝)의 묘지와 행장 가운데 한 장을 고치는데, 외사고(外史庫)가 이미 봉안되었으니 두 곳에서 포쇄할 때를 기다렸다가 고쳐야 한다'고 아뢰었으니 지금 당연히 받들고 가야 합니다. 일의 사정이 실록과 다르지 않으니, 군병을 가려 뽑는 일은 크게 해야 할 것 같습니다."[16]

앞서 정조의 지장(誌狀)을 고친 일이 있었는데 봉안할 실록을 함부로 꺼낼 수가 없어서 포쇄(暴曬)할 때를 기다렸던 것인데, 정원용이 사관으로 있었기 때문에 오대산 서고의 포쇄 때에 맞추어 입시해 아뢰었던 것이다. 임금의 윤허를 얻어 정원용이 파견되었다. 그는 4월 7일 지장을 봉안한 채여(彩輿)를 배종하여 한양을 떠났다.

평구(平丘), 양근(楊根), 지평(砥平), 원주(原州), 주천(酒泉), 대화(大和)를 거쳐 12일 월정사에 도착하였다. 13일 서고를 살피고, 14일과 15일

16) 鄭元容, 『經山日錄』 1책, 1808년 3월. "二十六日, 參吏曹判書入侍. 臣奏曰, 乙丑冬, 因大提學臣李晩秀筵奏, 先朝誌狀中一張改張, 外史庫已奉安二處, 待曝晒時, 改張矣, 今當奉往事體, 與實錄無異, 至於調發軍兵, 則似張大矣."

포쇄를 행한 후 지장을 봉안하였다. 그리고 16일 떠나 강릉에서 묵었다. 공무를 마치고 대관령을 넘어 강릉으로 향했던 것이다.

17일 경포대를 구경한 정원용은 18일 낙산사에서 묵는다. 이곳에 머물며 의상대, 오색천 등을 관광한 후 22일 간성을 거쳐 26일 고성에 도착하였다. 구룡폭포, 해금강, 은선대, 마하연, 만폭동, 명경대 등을 거쳐 5월 2일 입궐하여 복명하였다.

본래 오대산을 향할 때는 원주를 거쳐 갔으나 돌아올 때는 대관령을 넘어 금강산을 돌아 포천을 통과했던 것이다. 이때 지은 시인 「曬史五臺山之行到月精寺次朴府使宗正韻」을 비롯한 13수의 시가 『경산집』에 실려 있다. 시는 대부분 사고의 점검을 마친 후 강릉 및 금강산에서 지은 시이다. 경포대와 금강산이 명승지였으므로 일부로 귀로를 돌아서 관광을 하였던 것으로 보인다. 5월 2일 일기에 정원용은 다음과 같이 밝히고 있다.

> 2일, 누원(50리)에서 점심을 먹고 이어 서울(30리)에 이르러 입궐하여 복명하였다. 하번이 중간에 퇴근하는 때를 만나 상번으로 들어갔다. 내가 이번에 여행한 날은 25일, 길은 1,880리였다. 산과 바다, 폭포와 호수, 사관(寺觀)의 뛰어난 경치를 정말 멋지게 유람하였다.[17]

공무 때문에 떠난 여행이기는 하였으나 여로에서 본 승경에 대한 찬탄 역시 감추지 않는다. 또한 여행 도중 지인들을 만나기도 하였다. 평창 수령으로 있던 서유창(徐有昌)은 첫째 누이의 시아버지였고, 강릉 수

---

17) 鄭元容, 『經山日錄』 1책, 1808년 5월. "初二日, 樓院五十里中火, 仍抵京三十里, 入闕復命. 値下番徑出之時, 仍就上番. 余於是行, 日爲二十五, 路爲一千八百八十里. 山海瀑湖寺觀之勝, 誠壯遊也."

령인 박종정(朴宗正)은 지방관으로 나간 조정의 선배 관료였다. 돌아오
는 길에 아버지를 따라 임소에 나가 있는 친구 사위를 만나기도 하였
다. 여행이 쉽지 않고 지방과의 연락이 어려웠던 시기 공무는 지인들을
만날 수 있는 중요한 계기가 되었던 것으로 보인다.

　이듬해 평양으로의 여행 또한 비슷한 형태를 띤다. 1809년 평안도
경시관으로 차출된 정원용은 9월 16일 한양을 출발하였다. 경시관은
중앙에서 향시(鄕試)에 파견하는 감시관(監試官)이다. 장단, 송도, 금천
을 거치면서 지방관으로 나와 있는 친척과 옛 동료를 만난 정원용은
22일 평양에 도착하여 연광정에서 묵는다. 24일 영유(永柔)의 과장에
도착하여 시권을 채점하는 등 공무를 수행하고 29일 합격방을 발표한
후 30일 장계를 올린다.

　공무를 마친 정원용은 10월 1일 안주를 향했다. 안주 목사 이면구(李
勉求)가 사돈어른이었는데, 출산한 둘째 누이가 이곳에 있었기 때문이
었다. 또한 이면구는 어린 시절 스승이기도 하였다. 변려문으로 이름을
떨친 이면구를 찾아가 공부하였다는 기록이 행장에 보인다.[18]

　4일 안주를 떠난 정원용은 11일 함종(咸從)에 도착하여 동당시(東堂
試)를 감독하였는데, 안주에서 함종에 오는 동안 묘향산을 유람한다.
평양을 거쳐 돌아오는 동안 함께 공부했던 옛 친구와 세교가 있는 지인
이나 친척 어른을 만나면서 돌아와, 11월 3일 입궐하여 복명한다.

　공무 때문에 떠난 여행은 사적인 교분을 나누고 유람을 하는 일과
자연스럽게 결합되었다. 특히 정원용과 같은 젊은 관원에게는 단순한

---

18) 鄭元容, 『經山集』 附錄 권1, 「朝鮮國大匡輔國崇祿大夫議政府領議政兼領經筵弘文館
　　藝文館春秋館觀象監事原任奎章閣提學文忠鄭公行狀」, "南霞李公勉求以駢儷名于世, 公
　　就學焉, 至二日李公見公所作, 歎曰天才也."

유람에 그치는 것이 아니라 지방의 풍속과 사정을 살필 수 있는 귀중한
기회가 되었다.

　　바닷가를 따라서 많은 여인들이 벌거벗은 몸으로 미역을 캐고 전복을 따
　　는 것이 자주 보였으므로 자탄하며 말했다.
　　"백성들의 생업이 어려워 먹을 것을 구하느라 생명을 가볍게 여기며 버리
　　는 것이 이와 같은데, 백성들을 기르고 다스리는 직임에 있는 자가 백성을
　　수탈하는 것은 유독 무슨 마음인가?"[19]

　위는 동해변을 따라 본 풍경을 기술한 것이다. 목숨을 걸고 물에 들
어가 해초와 전복을 채취하는 여인들을 보며 지방관의 도리를 떠올리
는 정원용의 모습을 엿볼 수 있다. 이러한 경험은 이후 영변 부사, 함경
도 관찰사 등을 역임하게 되는 정원용에게 백성의 풍속을 이해하는 바
탕이 되었다고 할 수 있다.

4. 근행(覲行)과 관직의 조화를 고민하는 아들

　1810년 28세의 정원용은 수찬(修撰), 헌납(獻納), 교리(校理) 등 청직
(淸職)을 차근차근 밟아나가고 있었다. 개인적으로는 마마로 둘째 딸을
잃는 슬픈 일을 겪었다. 장인 김계락(金啓洛)이 조정에 함께 있었기 때
문에 경연에서 피혐을 해야 하는 경우가 종종 있었으나 소대와 주강에

---

19) 鄭元容, 『經山日錄』1책, 1808년 4월. "十八日, 祥雲三十里秣馬, 洛山寺三十里宿所.
　　襄陽府使權行彦來見, 入寺門有梨花亭, 觀日月出云. 遶海邊, 往往見衆女裸體, 採藿摘鰒.
　　仍自嘆曰, 民生之艱業謀食, 輕生捨命, 如此, 居字牧之任者, 從以侵漁者, 抑獨何心哉."

성실히 입시하였다. 그런 그에게 처음으로 부모와 헤어져야 하는 일이 일어났다. 아버지 정동만이 영유 현령에 제수된 것이었다. 대간에서 자격을 심사하는 서경(署經)까지 면제해 준 특별한 예우였다.[20]

휴가를 청한 정원용은 10월 6일 가족들과 함께 영유를 향해 출발하여, 15일 관아에 도착하였다. 그리고 체직을 청하여 11월 3일 윤허를 받았고, 계속 영유에서 머물렀다. 강서에 와있는 벗 최황 형제와 노닐기도 하고 평양성의 도회에 참석하기도 하였으며, 부친을 뫼시고 대동강과 성도에서 뱃놀이를 즐기기도 하였다.

그러나 이듬해 1811년 4월 결국 임금의 부름을 받은 정원용은 다시 도성으로 돌아와 5월 부교리에 제수된 것에 사은숙배하였다. 6월에는 정5품 지평에 특별히 제수되어 다시 조정에 입직과 출직을 반복하는 관료의 생활로 돌아갔다. 그러나 결국 8월 15일 광주 묘소에 다녀온 다음날 영유로 근행을 떠났다.

12월 임금의 부름을 받은 정원용은 도성에 돌아왔으나 다시 체직을 윤허 받고 영유로 다시 떠났다. 홍경래의 난 때문에 아버지의 안위에 더 마음이 급하였다. 다행히 무사하였고, 영유에 계속 머물렀다.

1812년 4월 응교에 제수되어 사은숙배하였고 10월에는 문례관에 임명되어 의주로 출발하였다. 11월 14일 중국의 칙사를 만나 의주(儀注)를 전한 정원용은 영유로 들러 12월에 도성으로 돌아왔다. 1월 장인의 회갑연에 참석한 후 아버지의 병환 때문에 휴가를 청하는 문장을 조정에 올린다. 잇달아 위패(違牌)를 한 정원용은 결국 휴가를 받아 영유로 돌

---

20) 鄭元容, 『經山日錄』1책, 1810년 8월. "十五日, 參次對入侍. 是日政, 家親首擬永柔縣令, 蒙點, 感祝祝. 請署經之啓, 有兩司除署經之命, 異數也."

아갔다. 그리고 이듬해 4월에 부친의 회갑에 맞추어 온 가족이 도성으로 돌아왔다.

정동만이 영유 현령으로 부임해 있는 동안 정원용은 계속 사임을 청하면서 영유로 돌아가려 하였고, 실제로 영유에서 지낸 기간이 한양에서 지낸 기간보다 더 길다. 그러나 이 이후로는 더 이상 도성을 떠나기 어려웠다. 그 이유는 다음 기록에서 찾아볼 수 있다.

> **11일** 수강재에서 소대와 야대 및 책자를 들고 한 입시에 참석하였다. 스무 번째가 된다. 『성학집요』를 들고 입시할 때 옥당이 먼저 물러났다. 내가 앞으로 나아가자 상께서 말씀하셨다.
> "아뢸 일이라도 있는가?"
> 내가 아뢰었다.
> "국사를 근심하고 임금을 사랑하는 정성을 가지고 아뢰려는 것입니다. 엎드려 보건대 근일 경전을 강하는 신하들이 물러나 문을 나서기도 전에 전하의 목소리가 곧바로 높아지셔 강관이 줄지어 합문에 나아오고 궁전 뜰의 검장이 소리를 내며 전하는 말씀을 자연히 아뢰어 여러 사람이 마음을 졸이며 서두릅니다. 오늘 만사는 오직 탕제를 잇달아 올려 옥체를 빨리 회복시키는 데 달려 있습니다. 그러나 온종일 납시어 끼니 때를 놓치시고 한랭한 곳이라 철에 따른 몸조섭하는 방법을 그르치고 계십니다. 엎드려 바라옵건대, 전궁(殿宮)에서 근심의 마음뿐임을 잘 헤아리셔 끼니를 드시고 움직이시는 데 반드시 때에 맞추어하시옵소서. 내일은 자전의 보갑이 다시 돌아오니 전하의 하늘이 낸 효성과 부모님 섬길 날이 적음을 안타까워하는 정성으로 납시어 전문을 올리시고 안에서 술잔을 따라 올리실 것이니 아마 불러서 만나실 겨를이 없을 것입니다. 비록 내일 이후라도 한랭한 전각에 납시지 마십시오."[21]

---

21) 鄭元容, 『經山日錄』 2책, 1813년 12월. "十二日, 參召對夜對, 及持冊子入侍, 于壽康

이 시기 정원용은 매번 탕제를 들고 입시하는 데 참석하였다. 또 소
대와 경연에도 지속적으로 참여하였다. 순조의 건강이 좋지 않아서 조
정에서는 근심이 컸으나 순조가 건강을 돌보지 않았던 것으로 보인다.
따라서 혜경궁의 팔순 생일에 앞서 정원용이 위와 같이 건강에 유의할
것을 아뢰었던 것이다.

한편으로 주자소에 입직하면서 정조의『홍재전서(弘齋全書)』와 사도
세자의 문집의 편집과 인쇄에 여념이 없었다. 9월 6일 재령 군수로 승
진한 정동만이 도성으로 돌아왔다. 8일이 부인의 회갑이었기 때문이었
다. 그러나 정원용은 모친 회갑 다음날에도 주자소에 나아갔다. 10월에
는 하루도 쉬지 못하고 30일 연달아 출근하였다. 16일 병을 핑계로 결
근하고 재령으로 출발하는 가족을 겨우 배웅했을 뿐이었다.

3월 22일 명정전에 문집을 봉안하면서 기나긴 일을 마치게 되었다.
일을 마친 공으로 직각(直閣)이었던 정원용은 표피를 상으로 받았다. 임
금의 안부를 여쭌 후 휴가를 받아 4월 3일 재령을 향해 출발하였다.
한 달의 휴가 후 돌아온 정원용은 9월 다시 재령으로 근행을 떠났다.

1816년 4월 정동만은 순흥에 부임하게 되었다. 이때 정원용은 아버
지를 따라 관소에 내려가 두 달 남짓 보낸다. 가는 길에 예천 용궁에
있는 선산을 살피고 마산에 있는 선조 정광필의 유적을 살폈다. 경주,
양산, 동래, 밀양, 영천 등 남쪽 지방을 살피고 6월에 도성으로 돌아왔

齋, 爲二十次. 持聖學輯要入侍時, 玉堂先退. 臣進前, 上曰, 有何可奏之事乎. 臣曰, 抱
憂愛之忱矣. 伏覩近日, 筵臣之退, 未及出門, 而御座之天語稍高, 講官之列, 齊詣閤門,
而殿庭之檢杖, 有聲傳說自播, 群情焦迫. 今日萬事, 惟在湯劑, 連爲進御, 玉體逈臻康
復, 而鎭日臨御常膳違時, 寒冷之小節失方. 伏願, 體殿宮惟憂之念, 常膳起居, 必以
時焉. 明日慈殿寶甲重回, 以殿下出天之孝, 愛日之誠, 臨殿進箋, 自內設酌, 恐無暇及,
於召接之事. 而雖明日以後, 勿御寒冷之殿宇焉."

다. 돌아와서 승지에 제수되었다.

정원용은 세월이 흐를수록 조정에서의 책무는 가중되었고 이전처럼
쉽게 근행을 떠날 수 없는 처지가 되었다. 1818년 3월에야 진주 목사로
부임해 있는 아버지에게 갈 수 있었다. 천안, 공주, 노성, 은진, 전주,
남원, 운봉, 함양, 산청을 거쳐 진주목에 도착하였다.

정원용은 중앙의 관료였으나 평안도 영유, 황해도 재령, 경상도 순
흥, 경상도 진주의 지방관으로 부임하였던 아버지를 찾아뵙기를 반복
하는 동안 이미 많은 지역을 가볼 수 있었다. 특히 순흥에 부임했을 때
는 그의 본관인 동래를 방문하였고 마산에 있는 문중 서원인 완담서원
을 찾기도 하였다. 아버지를 찾아뵙는 근행에서 이루어진 것이었으나
정동만에게도 선조를 찾아뵙는 근행의 길이었다.

부모를 곁에서 모시지 못하는 정원용에게 가장 큰 소원이 무엇이었
는지 다음 기록에서 찾아볼 수 있다.

6일 문익공의 제사를 지냈다. 사당이 지난 달 족형 관수 씨 집에서 우리
집으로 옮겨 봉안되었다. 아버지께서 제사를 주관하셨다. 이날 이조판서 이
존수가 인사를 하여 영변 부사[22]에 첫째 후보로 올라 낙점되었다고 말로
알려왔다. 양친을 봉양하면서 한 성을 맡는 소원을 이룰 수 있게 되어 매우
기뻤다.[23]

22) 평안도에는 정3품 대도호부사를 영변에 1명 두었고, 종3품 도호부사를 강계, 성천
등지에 14명 두었다.
23) 鄭元容, 『經山日錄』 2책, 1819년 12월. "初六日, 行文翼公祀事. 祠宇前月, 自族兄觀
綏氏家, 移奉于余家, 而家親主祀. 是日, 吏判李存秀口傳, 政首擬寧邊府使, 蒙點. 兩親
榮養, 得遂專城之願, 感祝萬萬."

위는 1819년 12월 6일의 일기이다. 이날 정원용에게 두 가지 중요한 일이 일어났다. 하나는 조상인 정광필(鄭光弼, 1462~1538)의 사당이 회현방의 정원용 집으로 옮겨져 아버지가 문익공 정광필의 제사를 주관한 일이다. 정원용의 선조는 정태화의 3남 재악(載岳), 재악의 6남 임선(任先)으로 이어졌으며 할아버지 정계순은 2남이었다. 파시조의 제사를 받들게 되었다는 것은 집안의 적통이 되었음을 의미하는 것이었다.

또 하나의 일은 정원용이 영변 부사에 낙점된 일이다. 지방관으로 내려간다는 것은 부모님을 곁에서 모실 수 있음을 의미하는 것이자, 한 고을을 온전히 다스림으로써 관료로서의 능력을 시험해 볼 수 있는 기회를 얻었음을 의미하는 것이었다. 정원용은 곧바로 가족들을 인솔하고 영변으로 부임하였다.

영변 부사로 있는 동안 생일을 맞이한 정원용은 다음과 같은 기록을 남겼다.

> **18일** 맑음. 생일이었다. 양친을 뫼시고 아우 및 종제와 함께 지내게 되어 3년 동안 봉양한 것을 기뻐하며 천은에 감사하였다. 양로(養老)의 의리를 받들기 위해 읍과 마을의 남녀 가운데 70세 이상 된 92명을 모았다. 남자 노인은 동헌에 앉히고, 여자 노인은 내헌에 앉혔으며, 나란히 음식 한 상에 각각 요화산자와 약과를 차렸다. 배가 부르자 모든 노인이 노친을 향해 축수하였다.[24]

영변에서 생일을 맞이한 정원용은 70세 이상의 남녀 노인을 모두 동

---

24) 鄭元容, 『經山日錄』 3책, 1822년 2월. "十八日, 晴. 生朝也. 陪兩親, 與弟及從弟同過, 歡喜, 三年致養, 感祝天恩. 爲推養老之義, 聚邑村男女, 七十以上九十二人. 男老坐東軒, 女老坐內軒, 並饌一床, 各排蓼花散子·藥果. 旣飽諸老, 向老親祝壽."

헌으로 초대하여 접대한다. 자신의 생일을 축하하기보다는 칠순인 아버지를 축수하려는 아들의 효성에서 비롯된 것이었다. 대접을 받은 노인들이 정동만에게 축수하는 것이야말로 아버지에게 보답하는 최고의 선물이었을 것이다. 이틀 후 정원용 형제는 다시 한 번 면내 70세 이상 노인들을 모두 모아 대접하는 행사를 열고 부친을 축수하였다.

지방관으로 지낸 3년은 곧 아들로서의 정원용이 효행을 온전히 실천할 수 있는 시기였던 것이다.

5. 영택을 찾는 후손으로서의 정원용

1822년 정원용은 영변 부사의 임기를 마치고 도성으로 돌아왔다. 앞서 가족들이 먼저 서울로 올라갔고 신임부사와 교귀(交龜)를 한 정원용은 7월에 도착했다. 도착하자마자 도승지에 배수되었으나 조정에 나갈 수가 없었다. 부친이 한 달 넘게 심한 황달[疸症]을 앓고 있었기 때문이었다. 결국 8월 11일 정동만이 졸하였다.

> **14일** 성복하였다. 그 후 운산의 지관 이진, 호서의 지관 김준과 먼저 광주에 가서 국내(局內)를 살핀 후, 또 경기도 안의 운운하는 모든 곳을 살폈다. 새로 양주 마산에 땅을 정하였다. 바로 삼종조 연안공(延安公)이 이장한 옛터이다. 일을 시작한 후 무주에 사는 이시현이 그의 선산이 언덕 너머에 있다 하여 쟁송(爭訟)을 금하여도 그치지 않아, 임시방편으로 가매장한다고 간청하였다.[25]

25) 鄭元容, 『經山日錄』 3책, 1822년 8월. "十四日, 成服. 其後, 與雲山地師李振·湖西地
師金浚, 先往廣州局內, 看審後, 又看畿內云云諸處, 新占於楊洲馬山地, 卽三從祖延安

이 시기의 기록을 보면 장사를 지내는 일이 녹록치 않았음을 알 수
있다. 앞서 조부 정계순의 산소를 광주에 정하였고 후에 조모 역시 합
장하였다. 1820년 1월 막내 숙부인 정동일이 갑자기 죽은 후 화성에 장
사를 지냈으나 이듬해 12월 이장하였다. 일기의 기록에 의거하면 이 때
이장한 장소가 광주 의곡(義谷)인 것으로 추정된다. 따라서 정원용은 우
선 광주에 아버지의 묏자리를 찾았다가 광주가 여의치 않아 광주에서
가까운 양주 마산(馬山)에 터를 정한 듯하다. 그러나 선산이 붙은 이시
현과 쟁송이 시작되었으므로 이곳은 임시방편으로 정한 묘 터가 될 수
밖에 없었다.

정원용은 삼년상을 입고 양주 산소를 오가며 여막살이를 하였다. 1824
년 8월 대상을 지냈다. 그런데 이해 10월 모친상을 입게 되었다. 문제는
묏자리였다.

양주 산소는 산송이 있던 곳으로 가매장을 칭탁하고 우선 부친의 산소
를 정한 곳이었다. 대상을 치르면서 상석과 석물을 배설하였는데, 10월
에 상대가 이 석물을 옮겨버린 것이었다. 산송이 끊이지 않았으므로 이
곳에 어머니를 모시기에는 불편하였다.

2일 성복하였다. 산지로 마산에 새로 정한 곳이 끝내 마음에 들지 않았고
이 씨 집에서 잇달아 말을 내었으므로, 영구히 장사지낼 만한 곳을 다시 구
하였다. 시흥 남면 아왕리(일명 사야)의 주봉 아래 이경무 대장 집에서 이장
한 옛터가 있는데, 판서 박종훈이 돈 천삼백을 주고 사두었다는 말을 들었
다. 지관을 데리고 가서 살펴보았다. 처음 볼 때는 눈 속에 광활하여 묘혈을
정할 수 없어서 다시 다른 곳을 구하였으나, 구하지 못하고 또 지관을 데리

公, 遷襄舊基也. 始役後, 茂朱居李時鉉, 以渠先山之在越麓, 爭禁不已, 以權厝懇請."

고 가서 보았다. 산지기 김홍대의 집에 묵으면서 또 자세히 살핀 후 갑좌경향(甲坐庚向)의 언덕을 정하였다. 12월 26일을 마산에서 이장하여 합부(合祔)하고 또 옛 무덤을 깨뜨리는 날로 잡았다.[26]

위는 시흥에 산소를 정하게 된 경위를 보여준다. 정원용은 광주를 떠나 시흥으로 눈을 돌렸는데, 바로 박종훈(朴宗薰, 1773~1841)이 소유한 장지가 있었기 때문이다. 박종훈은 정원용과 함께『홍재전서』교감에 참여했던 인물로, 정원용이 후에 그를 위해 신도비문을 쓸 정도로 교분이 있던 사이였다. 지관을 데리고 시흥으로 간 정원용은 며칠간 공을 들여 정성스럽게 묘 터를 정하였던 것으로 보인다.

어머니의 상을 치르던 중 정원용은 시흥 산소 아래쪽에 집을 짓기 시작하였다. 1826년 6월 집이 완성되었다.

12일 길제(吉祭)를 지냈다. 나는 부모께서 늦게 낳으시어 길러주시는 은혜를 홀로 입었다. 아버지의 상이 끝나자 거듭 어머니의 상을 만나 갑자기 믿고 의지하던 분을 잃어 마침내 돌보아주는 이가 없고 의지할 데가 없는 사람이 되었으니, 하늘과 땅 사이가 아득하여 어디에 이르겠는가? 임오년(1822) 8월 초상부터 병술년(1826) 10월 대상까지 그 사이 아침저녁으로 곡을 하고 아침저녁으로 상식하여 한 번도 거른 적이 없었다. 오직 산지를 구하러 가거나 성묘할 때에만 참여할 수 없었을 뿐이다. 아무리 더운 달에도 한 번도 제사옷을 벗은 적이 없으며 조문하러 온 사람은 귀천 없이 모두 직접 받았다. 6년

---

26) 鄭元容,『經山日錄』3책, 1824년 11월. "初二日, 成服. 山地馬山新占處, 終不治意, 且李家連有說, 更求永久之地. 聞始興南面阿旺里一名沙野周峯下, 有李大將敬懋家, 緬遷舊基, 而朴判書宗薰, 以錢千三百買値. 率地官往審. 初看則雪中廣闊, 未得定穴, 更求他處而不得, 則又與地師往見. 宿於山直金弘大家, 又詳審後, 以甲坐庚向之原爲定. 襄擇以十二月二十六日, 以馬山遷奉合祔, 又爲破舊墳擇日."

동안 내외가 비록 만나기는 했지만, 안방에는 낮에도 들어간 적이 없었다. 매달 초하루 한 번씩 산소에 가서 곡을 하고 알현하였으며, 한 달에 두 번씩 가기도 하여 빠뜨린 적이 없었다. 이 약한 몸으로 한 번도 병에 걸려 빠뜨린 적이 없으니, 이것은 사람의 힘으로 반드시 할 수 있는 일이 아니지 않겠는가? 갑신년(1824) 대상을 치른 다음 달 황해도관찰사의 직임이 이조판서 박종훈의 손에서 정해지려 할 때 나를 의중에 두고 있다고 내종형인 승지 이규현이 와서 말하였으나, 어머니께서 얼마 후 돌아가시어 애통하였다. 이것이 탈상한 후 곧 전라도 관찰사에 배수되었으나 세 번 소를 올려 반드시 체직되려고 하여 이에 까닭이니, 1년 동안 묘 아래 살면서 돌보고 의지하고자 29일에 아내와 아이들을 이끌고 왕리에 가서 거주하였다.[27]

　위를 보면 정원용이 왜 시흥 아왕리에 집을 지었는지 짐작해 볼 수 있다. 정원용의 부친상이 끝날 무렵 조정에서는 황해도 관찰사를 제수할 논의가 있었다. 앞서 산지를 넘겨준 바 있는 박종훈이 이조판서로 있으면서 정원용을 염두에 두고 있었다. 그러나 곧 어머니가 돌아가시게 되어 다시 상을 입게 되었다. 그런데 어머니의 상이 끝나고 나서 곧 전라도 관찰사에 낙점되었다. 정원용은 어머니 탈상 직후 곧바로 관찰사로 나서는 것이 편안치 않게 느껴졌던 것으로 보인다. 아버지 탈상 후와 형평을 맞추어 벼슬을 사양하고 1년 더 시묘살이를 하기로 결정하

27) 鄭元容, 『經山日錄』 3책, 1826년 12월. "十二日, 行吉事. 余以父母晚育, 偏蒙劬勞之恩. 前喪甫闋, 荐遭後喪, 奄失怙恃, 而遂爲孤露鮮民之生, 穹壤茫茫, 下所遞及. 自壬午八月初喪, 至丙戌十月大祥, 其間朝夕哭, 朝夕上食, 未嘗一番闕參. 惟求山之行, 省墓之時, 不得參焉. 雖暑月, 未嘗一脫祭服, 弔者無貴賤, 皆親受. 六年之內, 內外雖相見, 而內房則雖晝未嘗入. 每朔一往山所哭謁, 或一月再往, 而無曠闕之時. 以此弱質, 亦未有一番疾病曠廢之時, 此則非人力可必者也. 甲申禫月, 海伯將出, 於吏判朴宗薰之手, 而以余爲意, 內兄李承旨奎鉉來語, 於慈主未久而遭艱, 此爲慟恨. 此所以闋制後, 卽拜完伯, 而三疏必遞, 乃已者也, 欲爲一年居墓下瞻依, 二十九日, 率內子及兒輩, 來居旺里."

였던 것이다. 탈상에 앞서 집을 짓고 가족을 데리고 와서 아왕리에 거
주하게 된 것이다.

실록을 살펴보면 1827년 1월 정원용은 전라도 관찰사를 누차 사양하
였다. 그러나 2월 대사간에 제수되어 차대에 임하였다. 시흥에 내려간
지 두 달 만에 다시 서울에 올라온 것이다.

이 두 달 사이에 달라진 것은 왕세자가 대리청정을 하게 된 것이었
다. 정원용은 이 일에 대해 "群情慶忭"이라고 표현하고 있는데, 왕세자
를 보필하려는 마음에서 다시 조정에 나선 것으로 짐작된다.

정원용이 1827년 강원도 관찰사로 부임한 시를 보면 이 시흥의 집에
대해 어떻게 생각하였는지 엿볼 수 있다.

그대와 해로하자 약속을 하고	與子偕老約
아왕리에 새로운 집을 지었네	旺里開新庄
한 해 가고 이어서 봄이 찾아와	過歲仍逢春
봄 햇살이 점점 따뜻했겠지	春日漸載陽
담박하게 소반상을 차리고	澹泊具盤桌
정결하게 마루방을 치우리	精潔掃軒房
나는 누워 책을 읽고 있으면	我臥看書卷
그대 앉아 치마저고리 꿰매겠지	君坐縫衣裳
붓과 벼루 펼쳐 아들 가르치고	教兒開筆研
종놈에게 가래나무 뽕나무 심게 했으리	課僕種梓桑
샘물 길어 달인 차를 마시고	汲泉煮茗飲
해 높이 뜨도록 넓은 평상에 잠을 잤으리	日高眠匡床
욕되지 않으니 이에 만족해	不辱斯足矣
번화한 곳 어찌 부러워했으랴	豈羨芬華場[28]

위는 30운으로 지은 시 가운데 첫머리이다. 5월 여름날 더위에 잠을
이루지 못하고 시를 지어 아내에게 보낸 것이다. 당시 아내는 한양의
회현방 본가에 있었으나 정원용은 아왕리의 새로 지은 집을 서두에 꺼
낸다. 시흥의 집은 따뜻한 봄날 깨끗한 방에서 담백한 밥상을 받고, 바
느질하는 아내 옆에 누어 책을 읽고, 아이에게 글을 가르치면서 선조의
산소를 돌보는 삶을 보내기 위해 지었던 것이다. 결국 임금의 명에 따
라 번잡한 곳에 나와 있는 처지이기는 하나 본래 그는 조상의 무덤을
지키며 한가로운 삶을 즐기기 위해 시흥에 집을 지었던 것이다.

이는 만년에 회현방 본가에 지은 화수루(花樹樓)와 비교하면 더 쉽게
이해된다.

> "… 내 종형제들이 모두 이 방 사람이네. 그러므로 한 구역 작은 집을 지어
> 심상하게 모임을 갖고자 한 것이라네. 화수라고 한 것은 위씨 집안의 고사
> 에서 따서 지은 이름이지. 그 뜻이 꽃과 나무에 잊지 않은 것을 자네는 어찌
> 의심하는가?"
> 내가 일어나 감사하며 말하였다.
> "제가 우둔하여 공께서 이처럼 종족을 돈독히 하시는 줄을 몰랐습니다."[29]

위는 함께 노닐었던 인물 가운데 한 사람인 조인영(趙寅永, 1782~1850)
이 쓴 「花樹樓記」의 일부이다. 63세 되던 해 화수루를 짓고 종족들과
모임을 갖기 시작했고, 70세 되던 해에는 기로회(耆老會)를 이곳에서 열

---

28) 鄭元容, 『經山集』 권2 「五月二十日夜 苦熱不能眠 使兒子拈韻代草 成三十韻寄內 兼致
所囑之意」.

29) 趙寅永, 『雲石遺稿』 권10 「火樹樓記」. "… 我輩從兄弟, 皆此坊人, 故欲以一區小築,
作尋常會, 而花樹也者, 韋家故事也, 倣以名焉, 其意不在花樹也, 子何疑焉. 余起謝曰,
鄙人愚鹵, 實不知我公敦宗族若是也."

기도 하였다. 꽃과 나무라는 이름을 붙였으니 화려한 것을 좇으려는 것이 아니냐는 질문에 정원용이 위와 같이 대답하였다. "花樹"는 꽃과 나무를 의미하는 것이 아니라 위씨 집안의 고사에서 왔다는 것이다. 이 고사는 당나라 시인 잠삼(岑參)의 시 「韋員外花樹歌」에서 유래한다. 이 시에는 "그대 집안 형제들 당할 수 없으니 열경, 어사, 상서랑들이네. 조정에서 돌아오면 꽃 아래 항상 손님이 모이니 꽃이 옥 항아리 덮어 봄술 냄새 향기롭네.[君家兄弟不可當 列卿御使尙書郞 朝回花底恒會客 花撲玉缸春酒香]"라고 읊은 구절이 나온다. 조정의 벼슬에 올라있는 여러 형제들이 꽃나무 아래 모여 즐기는 모습을 노래한 것이다. 정원용은 이 시에 묘사한 것처럼 정씨 집안의 형제들이 함께 모이는 자리를 마련하기 위해 화수루를 지었다고 말한 것이다.

화수루는 곧 한양의 공간이다. 정씨 가문의 친척들이 모이고 집안과 세교가 있는 지인들이 모이는 곳이다. 친가는 말할 것 없고 외가, 처가의 친인척과 자손들이 조정에서 벼슬을 하고 있는 정원용에게 화수루는 공적 생활의 연장선상에 있는 곳이라 할 수 있다. 이에 비해 바느질하는 아내 옆에서 누워 서책을 뒤적이는 시흥 집의 이미지와는 완연한 개인의 일상이라 할 수 있다. 조정의 원로이자 집안의 어른이라는 중책이 현실이기는 하지만 그의 개인적인 지향이 있었던 곳은 바로 시흥 산소 아래 새로 지은 집인 것이다.

오랜 세월 관직에 있었던 정원용은 시흥으로 돌아가 살 수 있는 날이 없었다. 자손들이 승진하여 분황(焚黃)을 하거나 성묘를 위해 잠시 산소를 찾아 들렀다. 그런데 1839년 정원용이 잠시 시흥에 물러나 있게 된 일이 있었다.

영전을 거듭한 정원용은 이조판서에 올랐다. 당시 참봉에 결원이 생겨 정원용은 윤경규(尹敬圭)를 혜릉 참봉에 임명하였다. 이 때문에 성균 관 유생들이 당류(黨類)를 비호한다고 권당(捲堂)을 일으킨 것이다. 윤 경규의 아버지인 윤광안(尹光顏, 1757~1815)은 송시열을 배향한 운곡사 원(雲谷書院)을 헐고 영정을 철거한 일로 탄핵당한 일이 있었으므로, 성 균관 유생들이 이를 트집 잡은 것으로 보인다. 이에 곧바로 정원용은 사직 상소를 올렸다. 며칠 후 다시 대간 이노확이 정원용을 유배를 보 내라는 상소를 올렸다. 그러나 헌종은 정원용을 감싸는 비답을 내렸 다.[30] 오히려 대간을 꾸짖는 내용이었다.

감읍하였다고 표현하는 정원용은 다음날 그대로 시흥을 향해 출발하 였다. 사직상소가 실제임을 증명하려고 했던 것으로 보인다. 그리고 그 대로 머물며 돌아가지 않았다. 5월 예조판서에 낙점을 받았음을 알려 왔으나 역시 응하지 않았다. 벼슬이 내렸는데도 계속 숙배를 하지 않으 므로 6월에 남양으로 유배를 가게 되었다.

> **16일** 서, 이 두 사위, 조카 홍헌범, 참판 이돈영, 교리 박승휘, 무관 정보 원, 정두원, 김종채가 나왔다. 조반 후 안산군까지 20리를 갔다. 군수 정문 승이 밥을 대접하고 만나러 나왔다. 의금부도사 이조영 역시 만나러 왔다. 둘째 아이 기년, 막내아이 기명이가 친척 치문, 하인 벽이, 노비 대용, 수명 과 50리를 가서 남양 읍내에 도착해 거소를 정했다. 거소는 장교 백태진 집 내실이다. 방이 한 칸 반이고 마루는 두 칸이다. 기와를 얹고 벽지를 발 라 쓸만했다. 수령 최한익이 음식을 보내고 만나러 왔다. 배소에 도착해 장 계를 보내는 편에 집에 편지를 부쳤다. 구포를 지날 때 승지 조학년과 그의

---

30) 鄭元容, 『經山日錄』 6책, 1839년 2월. "二十四日, 曉出南門外. 聞臺疏批旨. 爾言近 於誅心, 前史判何至是耶. 朝廷倚毗嚞用之人, 論節太過, 極爲非矣. 爾則遞差. 批旨特 賜俯燭, 感泣感泣."

아들이 만나러 나왔다. 길가에서 정담을 나누고 잠깐만에 떠났다. 경기도 관찰사가 장교를 보내 집을 꾸며주었다. 편지를 보내 답장했다. 경기도 관찰사는 친구 홍학연이다.[31]

위 일기를 보면 오히려 왕이 배려를 해 준 것으로 보인다. 남양은 화성 근처에 있었으므로 물러나 있던 시흥에서 멀지 않았고 화성의 선산과는 지척이었다. 해당 지역의 가장 높은 관원이라 할 수 있는 경기도 관찰사가 가까운 벗이기도 하였다. 왕명을 받들지 않은 것에 대한 형식적인 벌일 뿐 언제든지 조정으로 돌아올 수 있는 곳에 보낸 것이다. 그만큼 헌종의 신임이 깊어 멀리 보내지 않으려 했던 듯하다.

유배된 상태에서 정원용은 한성 판윤에 낙점되었는데, 왕은 오히려 탕척하고 서용하라는 명을 내린다. 이에도 사은하지 않자 다시 함경도 관찰사에 낙점하였다. 순원왕후 김씨가 섭정하고 있었으므로 대비까지 나섰다.

  9일 승정원에서 아뢰었다.
  "판윤 정○○가 누차 칙교를 내렸어도 끝내 숙배하러 나오지 않으니 사리가 진실로 지극히 편안치 못한 데 있습니다. 추고함이 어떠하겠습니까?"
  전교하셨다.
  "윤허하노라. 계판 앞에 데려다가 문계하여 들이라."

---

31) 鄭元容, 『經山日錄』 6책, 1839년 6월. "十六日, 徐·李兩甥, 姪洪憲範·李參判敦榮· 朴校理承輝, 鄭弁輔源·斗源, 金宗采, 出來. 早飯后, 往安山郡二十里. 郡守鄭文升, 饋飯出見. 府郎李肇永亦來見. 仲兒基年·季兒基命, 與族人致文·傔人碧伊·奴大用·壽命, 行五十里, 抵南陽邑內定居. 停所於白校台鑛家內舍. 房爲一間半, 軒爲二間. 緝瓦塗紙, 可以堪遣. 主守崔漢翼, 饋飯來見. 到配狀啓便, 付家書. 過鷗浦時, 趙承旨鶴年, 與其子出見. 於路傍班荊雲行. 畿伯送校飭定家舍. 有書答之. 畿伯洪友學淵也."

그래서 승정원에 나아갔다. 전교하셨다.

"판윤 문계는 그만두어라. 숙배 명단을 받들어 들이라."

사은숙배 하지 않고 나왔다. 정원에서 아뢰었다.

"판윤 정○○의 문계를 그만두고 숙배 명단을 들이라는 일의 명을 내리자 숙배 명단을 바칠 수 없는 사정이 있다고 하면서 곧장 나갔습니다. 사리가 매우 편안치 못하니 종중추고함이 어떻겠습니까?"

대왕대비전에서 전교하셨다.

"조정에 이 한 사람이 없으면 참으로 역시 낭패이나, 스스로 평소 고집하는 것이 깊고 견고하고 지키는 바를 변치 않겠다고 하는구나. 앞뒤로 엄히 신칙하고 지극히 신경을 쓰고 헤아린 것이 모두 헛된 글로 끝나고 말았다. 오게 할 방법이 없다면 자기 뜻대로 하게 할 뿐이다. 한성 판윤의 체직을 허락하노라."

하교하신 말씀이 매우 송구스러워 우선 서울 집에 머물러서 감히 즉시 시골을 찾아가지 못했다. 그리고 수표교의 합하와 연동의 합하 역시 하향하지 말라고 권하셨다. 본분에 맞게 감히 하향하지 못하는 것이 절조를 지키는 것에 가까울 것이다.[32]

위 일기를 보면 정원용의 위상이 조정에서 어떠하였는지 알 수 있다. 순원왕후는 정원용이 없으면 조정이 낭패라고 걱정한다. 사은숙배하지 않은 죄로 추고하려 하다가도 헌종은 곧 철회하였다. 어떻게든 정원용

---

32) 鄭元容, 『經山日錄』 6책, 1839년 8월. "初九日, 政院啓曰. 判尹鄭○○, 屢度飭敎之下, 終不出肅, 事體所在, 誠極未安. 推考何如. 傳曰, 允. 招致啓版前問啓以入. 仍卽詣院中. 傳曰. 判尹問啓置之. 肅單捧入. 不爲肅謝, 而直爲出來. 政院啓曰. 判尹鄭○○問啓置之, 肅單捧入事命下, 而謂有情勢不呈肅單, 直爲出去. 事體所在, 萬萬未安, 從重推考何如. 大王大妃殿傳曰. 朝廷之上, 無此一人, 誠亦狼貝, 而自以爲素執深堅, 所守不變. 使前後敦飭極費思量者, 都歸於虛文. 無可致之道, 則使之任行其志而已. 漢城判尹許遞. 辭敎萬萬悚蹙, 姑留京第, 不敢遽卽尋鄕. 且水閤·蓮閤, 亦以勿爲下鄕爲勸. 蓋以分義之不敢下鄕者, 爲近於傲抗也."

이 조정으로 돌아오길 바라기 때문이었다. 끝내 응하지 않자 순원왕후
는 정원용을 포기하고 시골로는 내려가지 말라고 전교를 내린다. 그제
서야 정원용은 서울에서 머물기 시작한다.

시흥으로 내려가지는 못하고 조정 일에서는 떠나려 했던 정원용은
지방관의 길을 택했던 것으로 보인다. 이듬해 4월 그는 함경도 관찰사
에 제수되자 곧바로 사은숙배하고 도성을 떠났다.

시흥의 집은 정원용이 언제나 정계를 은퇴하고 돌아갈 곳을 의미하
였다. 그러나 시흥은 한양에서 너무 가까웠기 때문에 곧바로 다시 불려
나갈 수 있는 곳이기도 하였다. 그는 철종 때 79세의 나이로 영의정에
제수될 정도로 평생 벼슬길에서 놓여날 수 없었다. 전주, 성천, 서흥,
홍주 등 아들들의 지방 임소에 나아가 거처할 수밖에 없었던 사정이
여기에 있었던 것이 아닌가 한다.

대신 시흥은 그의 사후에 기거할 곳으로 준비되었다. 1855년 시흥에
잠시 와있으면서 묘역을 정돈하였다.

> 지사인 진사 남정두가 왔다. 그와 더불어 국내를 돌아보았는데, 그가 너무
> 도 좋은 곳이라고 찬탄하면서 지금부터 30년 뒤에 문운(門運)이 창성할 것이
> 요, 대개 지금부터 30년이니, 새로 정하는 것이라면 60년이 될 것이요, 따라
> 서 8, 90년간의 운수의 시작됨이 이제부터 그 창성함으로 이어질 것이라고
> 하였다. 비록 절대적으로 믿을 만한 것은 되지 않았지만 듣기엔 좋았다.[33]

당시 불러온 지관에게 묘역을 살펴보게 하였는데, 위와 같은 평가를

---

33) 鄭元容, 『經山日錄』12책, 1855년 12월 24일. "地師南進士正斗來. 與之同覽局內,
盛加贊美, 謂自今三十年後, 門運通昌, 盖今三十年, 則自新占爲六十年, 而八九十年運
之始也, 自是連通云. 雖未準信, 而聞亦可喜."

내놓았다. 정원용에게 흡족한 대답이었던 것으로 보인다.

1857년 1월 정원용은 혼례를 올린 지 60년이 되어 아내와 회근례를 행하였다. 임금이 궁궐로 자손들까지 불러 어제를 내리고 술을 하사하였다. 이렇게 오랜 세월 해로해온 아내가 3월에 갑자기 사나흘 병을 앓다가 죽어버렸다. 그의 아내 묘 터 역시 시흥에 잡았다. 이때 매우 신중하게 터를 골랐는데, 이는 곧 자신의 묘 터를 잡는 일이기도 하였다.

> **7일** 일찍이 맏아들과 셋째 아들, 그리고 지관(地官) 박경수, 유윤회, 남정두와 함께 시흥 산소에 갔다. 정언 김산동도 지술(地術)을 안다고 하여 같이 가자고 하였다. 오정에 산 아래에 이르렀다. 여러 사람들의 의론이 모두 왼쪽 산 갑좌원(甲坐原)이 길하다고 하였으나 연운이 맞지 않으니 내년을 기다려야 할 것이라고 하였다. 또 오른쪽 산 을좌원(乙坐原)을 잡아서 임시로 안장하는 것으로 결정하고 장사할 날은 전에 정한 대로 5월 10일로 하였으며, 시역(始役)은 올 19일로 정하고 저녁에 돌아왔다.[34]

위를 보면 시흥 아왕리 내에 정하는 것이었는데도 지관들을 이끌고 가서 어느 쪽이 좋은지 의견을 들어보는 모습을 볼 수 있다. 연운이 좋은 내년까지 기다리기 위해 우선은 임시로 날짜를 잡아 하관하기로 하였다.

그가 자유롭게 시흥을 오갈 수 있게 된 것은 81세가 되고 나서였다. 1863년 8월 철종에게 아뢴 조목 가운데 시흥의 선산을 편한 대로 왕래하겠다는 것이 포함되어 있었다.[35]

---

34) 鄭元容, 『經山日錄』 12책, 1857년 4월. "初七日, 早與長哀三哀, 及地官朴京壽·劉允恢·南正斗作始楸行. 金正言羽東, 亦知地術云, 要同行. 午初抵山下. 諸人之論, 俱以左岡甲坐原爲吉, 而年運不合, 將待明年云. 又占右岡乙坐原, 以權厝爲定, 襄擇依前定, 以五月十日, 始役今十九日爲定, 夕還."

27일 흐렸다가 혹 맑아지기도 하였다. 앞들에 나무 5, 6백여 그루를 심었
다. 아왕리 마을 사람들 중 나무를 캐어다 심고 가꾼 18명에게 각각 술과
약과와 포(脯)와 감을 대접한 후에 모두에게 2전씩 지급하였다. 영래(領來)
한 두 사람에게는 부채 두 자루를 지급하였다. 오른쪽 산기슭 밖에는 소나
무를 심었고 또 상수리나무를 심었다. 둘째아이와 막내아이가 와서 묵었다.
녹사 박유련이 와서 묵었다.[36]

1864년에는 시흥에 사랑채를 완성하였다. 위를 보면 묘역을 조성하
는 과정을 볼 수 있다. 봄이 되자 아왕리 사람들을 써서 나무 수백 그루
를 심어 산림을 조성하였다. 이 과정에서 자연히 정원용은 자주 시흥을
찾았고 며칠씩 머물기도 하였다.

1867년 일기를 보면 손자가 공부를 위해 아왕리에 머물렀다는 기록
을 찾아볼 수 있는데,[37] 이처럼 독서처로 활용되기도 하였다.

비록 정원용 자신은 은퇴하여 생활하는 공간으로 쓰지는 못하였으나
부친의 영택 옆에 자신의 자리를 마련하고, 후손에게는 조상 옆에서 생
활할 수 있는 공간을 마련해 준 것이라 할 수 있다.

---

35) 鄭元容, 『經山日錄』 15책, 1863년 8월. "初五日, 次對初爲懸病, 有依例來會之敎. 藥房
問安, 承不必入侍之批. 次對時, 秦園所植木事, 長湍不虞革罷事, 安營築城穀二千石劃
給事, 西平君祀孫初仕事, 評事勿爲北巡事, 贈職時相職, 勿自該曹請贈事, 柳厚祚加資
事, 洪祐吉·李宜翼·金輔鉉備堂還差事. 又奏始興親山, 從便往來事, 又奏兵判家緦禮
時, 從便來往事, 詣藥院議定, 香砂君子湯製入, 大王大妃殿, 進御加味君子湯製入."
36) 鄭元容, 『經山日錄』 15책, 1863년 2월. "二十七日, 陰或晴. 前坪種樹五六百株. 阿旺
里民人等, 採樹培植十八人, 各饋酒藥果脯柿後, 每各給二戔. 領來二人給扇二柄, 右麓
外種松木, 又種橡實. 仲兒季兒來宿. 錄事朴有鍊來宿."
37) 鄭元容, 『經山日錄』 16책, 1863년 12월. "初一日, 曾善爲讀工, 與箕城洪生, 往留
旺里."

6. 맺음말

『경산일록』은 90년에 걸친 한 개인의 일생을 기록한 일기이다. 저자가 20세에 과거에 급제하여 벼슬에 나선 후 죽을 때까지 조정에 있었던 인물이기 때문에『경산일록』대부분의 내용은 벼슬살이와 관련된 것이다. 그러나 그 사이에 보이는 정원용의 개인적인 삶을 살펴보았다.

정원용이 태어난 회현방은 동래 정씨의 세거지로 알려져 있다. 현재까지 그의 11대조인 정광필 집 앞에 있었다는 전설이 어린 은행나무가 남아 있다. 이러한 환경은 정원용의 태생이 어떠한지 알려 준다. 소론의 당색을 지니기는 하였으나 12명의 정승이 배출된다는 전설이 내려오는 명문가 자제로 태어난 것이다. 또한 일찍 조정에 나아가 평생 능력을 인정받으며 살아왔다. 장수를 누렸고 자식까지 영달하였다. 영의정 홍순묵(洪淳穆)과 고종의 문답을 보면 그의 삶이 어떻게 평가되었는지 알 수 있다.

영의정 홍순목이 아뢰었다.
"우리 왕조에서 90세를 장수한 대신 세 사람 가운데에서 이 대신의 복과 정력이 가장 완전합니다."
상께서 말씀하셨다.
"90세의 대신으로서 그 기력이 아직도 왕성하고 그 복록이 또한 완전하게 갖춰진 것으로는 마땅히 세 사람 중에서 가장 으뜸이 될 것이다."
또 하교하셨다.
"곽자의(郭子儀)와 비교하면 어떠한가?"
영의정이 아뢰었다.
"곽자의는 오히려 어려움을 겪은 바가 있었지만 이 대신은 조정에 선 지 70여 년 동안 평온하고 태평함을 누린 것이 지나칠 정도입니다."

상께서 말씀하셨다.

"곽 공이 과연 이 대신처럼 평생을 평안하게 살았던 것에는 미치지 못하는구나."[38]

위는 1872년 조정에서 있었던 일을 전해 듣고 기록한 일기이다. 이해는 정원용이 90세가 되는 해였다. 홍순목은 조선시대를 통틀어 가장 복록이 완전했던 인물로 정원용을 꼽았다. 곽자의는 당나라 때 장군으로, 4대에 걸쳐 조정에서 왕을 섬겼고 두 번이나 재상 자리에 올랐으며 손녀는 황후가 되었다. 이러한 곽자의에 비교해도 정원용의 삶은 손색이 없을 정도라는 것이다. 게다가 공을 세우느라 전장을 떠돌던 곽자의에 비해 정원용은 오히려 평탄한 삶을 살았으므로 더 낫다고 할 수 있다.

정원용이 이를 기록한 이유도 수긍하는 점이 있었기 때문일 것이다. 스스로도 "極貴且富"라고 평가한 적이 있었다. 그런데 그와 노닐었던 조인영(趙寅永)은 그를 검약하기가 이 시대의 으뜸[儉約冠一時]이라고 하였다.[39] 이는 정원용의 공적인 지향과 사적인 지향이 다른 것을 암시하는 말이 아닌가 한다. 그가 만약 부귀함을 추구하였다면 만족하지 못했을 것이고 다른 이의 평가에 수긍하지도 않았을 것이기 때문이다.

본래 그는 경화사족으로서 화려한 한양의 생활에 익숙한 출신이다. 게다가 아버지의 임소를 따라 전국 각지를 다녀 보았다. 그러나 그가

38) 鄭元容,『經山日錄』16책, 1872년 11월. "二十五日, 孫兒都令又參講筵, 上俯問臣近狀, 感惶萬萬. 上曰, 國朝以大臣, 享此大耋爲三人乎. 領相洪淳穆曰, 國朝九耋大臣三人中, 此大臣福力最完矣. 上曰, 九耋大臣, 氣力尙康旺, 福祿又完備, 當爲三人之最矣. 又教曰, 比諸郭子儀何如. 領相曰, 郭子儀猶有所備經艱險, 此大臣立朝七十餘年, 穩享昇平壽爲過之矣. 上曰, 郭令公果不及, 於此大臣之平生安穩矣."
39) 趙寅永,『雲石遺稿』권10「火樹樓記」.

선택한 곳은 시흥 남면의 아왕리였다. 아버지의 묘 터를 잡기 위한 것
이었으나 부모상을 치르면서 산소 아래 집을 짓고 은거할 계획을 세웠
다. 그의 능력과 다른 이들의 기대가 서울에서의 공적인 생활을 지속하
도록 하였으나, 개인으로서의 생활은 시흥이 정원용에 더 적합한 것이
아니었나 한다.

『연사록』을 통해본 외교관 정원용

천금매

1. 머리말

鄭元容(1783~1873)은 조선 후기 좌의정, 중추부판사, 영의정 등을 역임한 문신이다. 그는 정치가로서 성공했을 뿐만 아니라 외교관으로서, 문인으로서도 성공하였다. 정원용은 자는 善之, 호는 經山, 시호는 文忠이며 본관은 동래이다. 순조 2년(1802) 문과에 급제한 후로 홍문관·사간원·승정원을 비롯한 권력의 핵심과 청직에서 오랫동안 근무했으며 여러 차례 지방 관직으로도 나아가 치적을 이루었다. 1831년 동지상사가 되어 청나라 연경에 다녀왔으며 예조판서를 거쳐 1848년 영의정이 되었다. 1863년 철종이 죽자 81세의 나이에 원상이 되어 고종이 즉위하기까지 정사를 맡아보았으며 노령의 나이에도 누차 영의정을 지내면서 국정을 관장하는 대신으로 활약하였다. 또한 정원용은 헌종의 비문, 태조와 철종, 고종, 신정황후의 옥책문 제술관으로도 임명될 정도로 문장에도 뛰어났다. 그는 평생 수많은 저술을 남겼는데 그중 1831년에 동지사행의 정사가 되어 청나라에 다녀온 과정을 기록한 연행록인 『연사록』 2책이

중요한 문헌자료로 남아있다.[1]

『연사록』은 정원용이 1831년 6월 동지상사에 임명된 내용부터 시작하여 1832년 3월 27일 입궐 숙배까지 연행의 왕복 과정을 일기와 시, 척독 등 형식으로 자세하게 기록하였다. 총 2책으로써 1책은 일기이고 일기 뒤에는 「書狀官聞見事件」과 「首譯聞見事件」이 부록되어 있고, 또 청조 문사들에게 보낸 척독 26편이 수록되어 있다. 제2책은 연행의 노정에서 지은 한시 총 246제 342수를 수록하였다. 그중 연경에 머물며 지은 시가 122수이다. 『연사록』은 정원용이 동지상사로서 청나라에 다녀오면서 지은 연행록으로 그의 연행 과정과 외교활동을 살펴볼 수 있고 조청 문화 교류도 확인할 수 있는 좋은 자료이다.

정원용이 연경에서 교류한 인물은 帥方蔚, 程德麟, 馮震東, 朱善旂, 蔣祥墀, 劉喜海, 李璋煜, 韓韻海, 王筠, 卓秉恬, 黃樂之, 施麟, 蔣立鏞, 李宗淮, 樊封, 阮福, 梁中靖, 翁立本, 韓錦, 陳延恩, 顧蒓 등 21명이다. 정원용의 아들 정기세도 이들 청조 문사들과 교류하였으며 특히 帥方蔚과는 귀국 후에도 계속 척독 왕래를 하였다. 수방울이 편집한 『左海交遊錄』에도 그가 정원용·정기세 부자와 귀국 후에도 주고받은 척독이 수록되어 있다.

학계에는 지금까지 정원용에 관한 연구는 그리 많지 않으며 그의 연행에 관한 연구는 더욱 드물다.[2] 이에 본고는 『연사록』을 통해 정원용

---

1) 허경진, 『정원용 관련 저술 해제집』, 보고사, 2009, 62~67쪽. 연세대학교에 『經山日錄』·『燕槎錄』을 비롯한 정원용의 많은 저술과 그의 아들 鄭基世, 손자 鄭範朝의 저술도 함께 소장되어 있다. 정원용의 생애에 관한 더욱 자세한 내용은 위의 책 62~67쪽 참고하기 바란다.

2) 정원용에 관한 연구는 학위논문으로 김해인, 「勢道政治期 관료 鄭元容(1783-1873)의 정치 활동」, 건국대학교 대학원 석사논문, 2015; 단편 연구논문으로는 김종진, 「鄭元容

의 연행과 외교활동, 문화교류 등을 조명하고자 한다.

2. 정원용의 동지 사행과 외교 활동

정원용은 동지정사로 청나라에 사행 가기 전부터 이미 외교관으로서 청나라와 교섭한 경력이 풍부했다. 그는 1829년 8월에 회령 부사에 임명되어 수재피해를 정돈하며 1년 4개월간 회령에 있었는데 그 사이 중국과 무역하던 회령개시도 주관하였다. 회령개시는 인조 이후에 조선과 청나라 간에 이루어지던 무역이며 해마다 한두 차례씩 행해졌다. 정원용은 1829년 12월에 회령개시에 온 청나라 차관들을 접대하였고 중국과의 무역 외교를 처리했다. 당시 烏喇[3]의 次將과 영고탑 나장과 차사, 통관, 오두방 및 하인들을 모두 계산하여 사람이 381명, 말이 1449필이나 왔다. 정례대로라면 사람이 333명, 말이 632필인데 이보다 훨씬 초과된 숫자였다. 정원용은 오라와 영고의 인마에게 급료를 주고, 관소 안으로 가서 그들을 접견하고 음식을 대접하였다. 청나라 차사의 하마연도 베풀고 그믐날에는 청나라의 상인들의 우두머리와 사신들에게 각기 인삼, 청심환, 초간선을 주었다. 그들도 역시 떡, 찻잔, 가위, 담뱃대로 사례하였다. 그리고 공염과 쟁기로 小靑布를 바꾸고 말시장에서 소와 말을

의 『燕槎錄(詩)』 小考」, 『한국어문학연구』 42, 2004; 허경진·천금매, 「『燕槎錄』을 통해본 鄭元容과 淸朝 文士들의 문화교류」, 『동북아문화연구』 19, 2009; 최영화, 《北行隨錄》을 통해 본 鄭元容의 북방 인식」, 『동아인문학』 31, 2015; 김우정, 「經山 鄭元容의 남성성」, 『한국고전여성문학연구』 34, 2017; 권은지, 「經山 鄭元容의 文學論 고찰」, 『東洋古典研究』 72, 2018 등이 있다.

3) 명나라 때 호륜국에 소속되어 있던 취락의 이름. 청 태조에게 멸망되어 그 땅에 오라 총관을 두었다.

바꾸는 무역을 하였다.[4] 정원용이 회령 부사로 있는 기간 지은 글을 모은 책『경산북정록』에는 그가 회령개시를 주관하던 시기에 쓴 글「烏驪說」이 있다. 청나라 상인들과 사고팔던 말만 해도 천여 마리가 넘었기에 명마에 관한 글을 쓴 것이다. 정원용은 회녕 개시를 통해 중국 관원과 통관들을 알게 되었는데 당시의 상통관 安泰, 부통관 那彦布은 훗날 정원용이 동지정사로 청나라 연경에 갔을 적에 조선사신단을 마중 나온 통관이 되어 동악묘에서 다시 만났다.

정원용은 청나라의 칙사를 접대하는 임무도 여러 번 수행하였다. 일찍이 1820년 중국의 가경황제가 승하하고 도광황제가 등극하였을 때에 상칙사 散秩大臣 瑞齡, 부칙사 내각학사 松福이 조선에 파견되어 왔는데 당시 영변 부사로 있던 정원용은 칙사를 접대하라는 명을 받들었다. 그는 정주 迎勅官이 되어 정주에서 칙서를 맞이하는 예를 두 번이나 행하였다. 한번은 가경황제의 부고를 알리는 칙서 때문에 관소에 들어가 천담복을 입고 예를 행하였고 한번은 도광황제가 등극했다는 칙서 때문에 흑단령으로 갈아입고 예를 행하였다. 칙사를 영접하여 인사하는 見官禮도 행하였다.[5] 그리고 칙사가 돌아가는 길에 또 정주에서 음식을 준비하여 대접하였다. 두 칙사가 조선의 음식을 맛보고 싶다고 하여 정주

---

4)『經山日錄』1829년 12월 15일부터 30일, 1830년 1월1일부터 8일까지. "二十一日, 寧古塔將差到館. 五房頭·家丁·人馬畢到, 計數則人丁三百八十一人, 馬一千四百四十九疋. 烏嗽寧古人馬付料例, 三百三十三名, 而未滿其數, 馬匹付料例, 六百三十二匹, 而馬加其例. 二十四日, 往館中接見, 將差·次將·博氏, 饋饌."; "二十六日, 行淸差下馬宴. 二十七日, 給公鹽, 以八百五十石, 換小靑布. 每石一疋, 疋長爲三四尺. 二十八日, 給犁具二千六百介. 每五介三升一疋."; "三十日, …… 頭戶, 五房, 各以人蔘, 淸心丸, 草簡扇贈給. 彼亦以餴餙, 茶盞, 剪刀, 烟器爲謝.""(庚寅正月)初四日, 馬市, 牛七百八十五疋, 馬四百十六疋, 互換. 初五日, 牛七百六十四疋, 馬五百十六疋, 互換."
5)『經山日錄』1820년 10월 28일

수령과 상의하여 밥과 반찬을 조선 사행을 대접하는 규정대로 하였더니
두 칙사가 매우 기뻐하였다. 음식을 하인에게도 나누어주었다. 또 통관
이 그의 방에 있는 벼루갑을 보고 좋다고 하며 팔라고 하자 그냥 선물로
주었다. 이에 통관이 香片茶 한 갑, 코담배 한 통으로 사례하였다. 十簡
二筋草로 통관 및 하인 무리에게 사례하였다.[6] 정원용은 칙사 접대를
잘 했을 뿐만 아니라 아랫사람들에게도 인심이 후하였다.

이해 11월 8일에는 동지사의 表咨 査對官이 되어 안주에 가서 상사
이희갑, 부사 윤행직, 서장관 이항을 만나 표자를 살피고 확인하는 임
무를 완성하기도 했다.

연행 가기 직전인 1831년 5월에는 관반사가 되어 왕세손 책봉으로
조선에 온 청나라 칙사를 접대하는 임무를 수행하였다. 순조 30년(1830)
5월 왕세자 효명세자가 갑자기 훙거하자 원손을 왕세손에 책봉하였고
이에 세손 책봉을 반포하는 청나라 칙사가 오게 되었다.[7] 정원용은 1831
년 4월에 관반사에 임명되었고 칙사를 맞이하는 의식의 연습과 인정전
관소의 차례 의식 연습에도 참석하였다. 5월 1일에 모화관에 가서 칙사
를 맞이하였고 인정전에 들어가 차례를 행하였다. 그가 관반이 될 수
있었던 것은 그만큼 문장을 잘 지었고 외교의 능력이 있었기 때문이다.
그는 당시 청나라 칙사들과 잘 응대하였고 상칙사의 수행원 翁立本(자
樹棠)이 글을 아는 선비라서 필담으로 교유하기도 하였다. 훗날 정원용
이 연경에 갔을 때에 옹립본과 다시 만나 교유하였고, 정월 초이튿날의

---

6) 『經山日錄』 1820년 11월 25일
7) 『經山集』 附錄 卷二, 「朝鮮國大匡輔國崇祿大夫, 議政府領議政, 兼領經筵, 弘文館,
   藝文館, 春秋館, 觀象監事, 原任奎章閣提學, 文忠鄭公行狀」, "庚寅五月王世子薨逝
   …… 差王世孫冊封勅舘伴使."

세초연에서 당시 조선에 왔던 칙사 文輝가 건청궁의 시위 패검으로 있으면서 정원용을 보고 웃으며 손을 흔들며 인사하였다. 또 상칙사로 왔었던 문정 경민이 오품관을 보내 음식 4첩을 대접하였다.[8] 이렇게 정원용은 연경에 가기 전에 이미 외교의 경력을 쌓았고 인맥도 쌓았던 것이다.

정원용은 1831년 6월에 冬至兼謝恩正使에 임명되었고 10월 2일에 판중추부사에 제수되었으며 10월 11일 송별회에 참석하였고 10월 16일에 임금께 하직인사를 하고 한양을 떠났다. 당시 그의 나이 48세 때이다. 사행단의 부사는 金弘根(1788~1842)이고 서장관은 李鼎在(1788~?)이다. 그리고 그해 진사시에 합격한 아들 鄭基世(1814~1884)가 수행원으로 따라갔다. 사행단은 10월 16일 출발하여 그해 12월 18일에 연경에 도착하였고, 이듬해 2월 9일에 연경을 출발하여 3월 27일에 한양에 돌아와 입궐 숙배하였다. 이번 연행의 왕복 과정은 모두 『연사록』에 자세히 기록되어 있고, 또 그의 일기 『經山日錄』에도 이 시기의 일들이 간략하게 기록되어 있다. 정원용은 북경에 머무는 동안 사행의 임무를 성실하게 수행하였고, 또한 청조 문사들과도 활발한 문화교류를 진행하였다.

정원용은 중국의 지리와 역사에 관심을 갖고 연행 노정과 북경에서 명승고적을 찾아다니며 구경하고 그 모습과 지리, 얽힌 역사들을 자세히 기록하였다. 예를 들면 봉황성을 지나면서는 봉황산에 있는 고성의 옛터를 찾아가 보았다. 이는 당태종이 고구려의 안시성을 정벌할 때의 거처이다. 정원용은 당태종이 안시성을 공격하던 역사를 기록하고 또한 그 행정 연혁에 대해서도 자세히 적어놓았다. 처음에는 고구려에 속했는데 후에 발해의 동경 용원부가 되고 요나라 때는 開州, 금나라는

---

8) 『연사록』 1831년 1월 2일, 1월 7일

석성현, 원나라는 동녕로라 하였다. 그리고 명나라 成化 17년에 조선 사신단이 귀국하는 길에 봉황산 아래에서 강도를 만났다고 하여 옛 길 남쪽에 새로운 성을 쌓은 것이 지금의 봉황성이라고 한다.

심양을 지나면서는 심양이 동남으로 압록강까지 오백칠십 리, 동북으로 회객탑까지 이천여 리, 서쪽으로 산해관까지 팔백여 리, 북쪽으로 영고탑까지 일천삼백여리가 된다고 지리 상황을 기록하고 심양성의 견고함과 청나라 기업의 땅으로서 남아있는 궁궐과 유적, 명나라 숭덕황제의 소령, 순치황제가 출가해 있던 숭덕원당사 등 고적에 대해서 기록하였다.

산해관에 이르러서는 "천하제일관"이라 쓴 건륭황제의 옥필과 웅장한 모습, 산해관의 지리와 오삼계 등 관련된 역사를 기록하였고, 통주성에 이르러서는 해운, 조운의 성황을 기록하기도 하였다. 일기에서 기록할 뿐만 아니라 여정의 각 곳을 한시로 읊기도 하였다.

연경에 도착해서는 영대, 보화전, 장광각, 오룡정, 원명원, 대종사, 택학, 백운관, 천녕사, 코끼리우리, 호랑이우리, 노구교 등등을 구경하고 그 현재 모습과 역사 이야기를 기록하였다.

정원용은 청나라의 모습을 유심히 보고 기록하였을 뿐만 아니라 동지정사로서 국서를 바치는 일, 황제의 연회에 참석하는 일 등 여러 공식적인 외교행사에도 참석하여 사행의 임무를 충실하게 수행하였다.

사행단 일행은 1831년 12월 18일에 동악묘에 도착하여 잠시 쉬었다. 이때 청나라 통관들이 맞이하러 왔는데 대부분 정원용이 관반사로 있을 때나 회령개시 때에 안면이 있던 사람들이었다. 정원용과 부사, 서장관은 동악묘에서 도포를 갈아입고 말을 타고 표자문을 가지고 경성으로 향했다. 조양문을 통해 입성하여 옥하관에 이르러서는 관복을 갖춰 입고 예부에 나아갔다. 예부시랑 滿桂齡이 그들을 맞이하였다. 정사, 부사,

서장관 및 역관들이 함께 대청으로 들어가서 삼배구고례(三拜九叩禮, 세 번 절하고 아홉 차례 머리를 땅에 닿게 하는 예)를 행하고 표자문을 봉안하고 또 단배삼고례를 행한 후에 옥하관 관소로 돌아갔다.

23일에는 새벽에 서화문 밖에 나아가 황제의 행차를 맞이하였다. 황제가 작은 황색 옥교를 타고 왔는데 예부시랑이 무릎을 꿇고 황제에게 조선사신이 공손히 맞이하러 나왔다고 고하자 옥교안에서 자세히 살피고 "국왕은 평안한가"고 물었다. 그리고는 뒤를 따라 곤명지에 도착해서 황명에 따라 말이 끄는 눈썰매를 탔고, 瀛臺에 나아가 잔치상을 대접받고 씨름, 격검, 마상재, 잡희 등을 구경하였다. 26일에는 예부의 통지를 받고 홍려시에 가서 정월 아침의 하례 의식을 연습하였다. 29일에는 새벽에 천안문을 통해 오문에 나아가 황제의 어가가 태묘에 가는 것을 공손히 맞이하고 돌아갈 때에 다시 공손히 배웅하였다.

30일 그믐날에는 역시 새벽 날이 밝기도 전에 장안문을 통해 보화전에 이르러 황제가 베푸는 연회에 참석하였다. 이날 묘시 3각에 황제가 어좌에 오르자 음악이 연주되었고 예부 제독이 인도하여 계단을 올라 어탑 옆에 이르렀다. 황제가 侍臣에게 술잔을 건네주어 정원용에게 술을 하사하였다. 정원용은 공손히 받아 마시고 술잔을 시신에게 돌려주고 황제의 얼굴을 우러러 보았다. 황제도 그를 오랫동안 주시하였다가 아무 말이 없었다. 자리에 돌아가서는 잔칫상을 받고 잡희를 구경하였다. 이날 외국 사신들도 참석하였는데 섬라국 사신 4명과 남장국[9] 사신 두 명이 왔다. 이날의 성황을 정원용은 일기뿐만 아니라 한시로도

---

9) 南掌國: 雲南 변경 밖에 있었던 土司. 지금의 베트남 서쪽, 태국의 북동쪽에 있었는데, 明淸 때에 內附하였다가 뒤에는 섬라에 예속되었다. 老撾라고도 한다.

지어서 기록하였다.

천자가 보화전에 임어하여	天子臨御保和殿
그믐날 잔치를 친히 베푸시니	除夕親賜廷臣宴
중당에는 공작우와 붉은 담비가죽 입은 고관	中堂雀羽紫貂裘
금투구와 붉은 털실옷 입은 패륵	貝勒錦兜紅絨線
부마와 왕공 귀공자	駙馬貴戚王公子
산호와 보석이 아름다운 광채 발하네.	珊瑚寶石光鮮絢
철관을 쓴 섬라국 사자는 큰 배 타고 오고	鐵冠暹羅駕艅航
붉은 모자 쓴 남장국은 여러 역참을 거처 왔네.	彤帽南掌重驛傳
회자의 포도 광동의 귤	回子葡萄廣東橙
옥그릇엔 끊임없이 내주의 음식 내오고	玉椀絡續內廚膳
임금님 손수 금탑에서 술잔을 하사하며	御手賜盂金榻上
순황제 때부터 두터운 은혜 내렸다 하네.	云自純皇示優眷

정원용은 그 다음 날 행사에 감기 기운이 있는 병든 몸으로 참석하였기에 숙소에 돌아간 후에 곧 심해져서 며칠 동안 고생했다. 이미 며칠 전부터 유행 감기가 퍼져 관사의 사람들이 모두 고통스러워했다. 그리하여 정원용은 이튿날 정월 초하루의 하례 의식에 나아가지 못하고 부사가 참석하였다. 아들 정기세가 하례식에 참가하여 돌아와서 그 성황을 전해주었다.

하지만 정원용은 병든 몸으로 정월 초이튿날의 세초연에는 억지로 참석하였다. 새벽에 자광각에 나아가 황제의 어가가 오자 길 옆에 꿇어앉아 공손히 맞이하였다. 자광각 뜰에 들어가서는 예부 제독의 인도하에 정사와 부사가 계단을 올라 어탑 옆에 이르렀다. 황제가 그믐날 보화전에서처럼 직접 술을 하사하였다. 황제를 우러러 보니 황제 역시 오랫동안 주시하였다. 자리에 돌아가서는 잡희를 구경하였다.

이후에도 여러 차례 황제를 맞이하는 행렬이든가 황제가 베푸는 연회에 참석하였다. 정월 보름날 황제가 원명원에서 연회를 베풀고 사신들을 초대하였다. 정원용과 사신은 14일에 예부의 통지를 받고 출발하여 원명원으로 갔다. 15일 점심에 정대광명전에 들어가 연회에 참석하였으며 황제가 또 친히 술을 하사하였다. 이날 황제가 초사흗날 원명원에 행차할 적에 지은 칠언율시 한수를 놓고 삼사신에 명하여 화운시를 지어 올리게 하였다. 이에 정원용은 다음과 같이 시를 지어 올렸다.

황제의 입춘일 원명원 행차 칠언율시의 운에 화답하여 바침[賡進皇帝立春日幸圓明園七律韻]

봄철에 정령을 반포하니 덕이 새롭게 빛나고	靑陽布令德輝新
옥을 잡고 빈번히 연회에 배석하네.	執玉頻陪讌飮辰
밝고 화청한 기운으로 천자의 의장대 맞이하고	淑氣舒迎千仗影
아름다운 봄빛 속엔 천자 속거의 먼지가 떠었네.	韶光浮護屬車塵
하늘의 은택 먼저 만물을 소생시키고	均天惠澤先蘇物
온 땅에 어진 소문 오래 전하네.	薄海仁聲久入人
붉은 섬돌에서 관대한 조서 선포하니	丹陛催宣寬大詔
만백성이 화봉삼축으로 임금에게 보답하네.	兆民華祝答重宸

이날은 원명원에 하룻밤을 묵고 이튿날 원명원 내의 경치를 구경하고 옥하관 관사로 돌아갔다. 그리고 19일 다시 예부의 통지를 받고 원명원으로 가서 황제를 알현하였다. 예부상서 기영이 인도하여 어탑 앞으로 가서 조선 사신이 귀국하는 인사를 올린다고 고하자 황제가 "돌아가서 국왕에게 평안하다고 고하라"고 근신을 통해 말을 전했다. 머리를

땅에 닿게 인사하고 나서 자리로 돌아와 잔칫상을 받고 잡극과 불꽃놀이를 구경하고 돌아갔다.

이와 같이 정원용은 북경에 있는 동안 여러 차례 청나라의 외교 행사에 참석하며 사신으로서의 사명을 다하고 외교관으로서의 임무를 성실하게 수행하였다. 마침내 무사히 사행임무를 마치고 2월 9일 옥하관을 떠나서 귀국길에 올랐다.

3. 정원용의 대외 문화교류

정원용은 정치가이며 문인이었기에 문장에도 능하였다. 그가 연행을 갔던 19세기 중기는 이미 많은 조선 사신들이 연경에서 청나라 문사들과 문학교류, 개인교류를 진행하여 서로의 명성이 자자하던 시기였다. 정원용 역시 청나라 문사들과의 문화교류에 적극 참여하였으며 그의 문학적 재능으로 청조 문사들의 감탄과 흠모를 자아냈으며 조선의 위상을 한층 더 높였다.

3.1. 시문 창수와 시첩 제작

시문의 창수는 조선과 청조 문사들의 만남에서 빼놓을 수 없는 문학교류의 수단이었다. 정원용은 많은 청조 문사들과 교유하면서 자주 시를 주고받았는데, 특히 卓秉恬·陳延恩 두 사람과 많은 수창이 있었고 그들의 아들, 동생, 친구 등 주변 인물들과도 함께 詩會를 가졌다.

卓秉恬(1782~1855, 號 海帆)[10]은 우선 정원용의 아들 정기세가 정월 초하루의 하례식에 참가했다가 알게 되었고 며칠 뒤에 또 그의 집을

찾아가서 교유했으며 돌아올 때에 『吳中唱酬錄』 4권, 『問梅詩社抄』 1
권, 詩章 1권을 얻어 왔다. 이에 정원용이 편지를 보내어 아들을 통해
탁병염이 책을 읽기를 좋아함을 알게 되었고 『吳中唱酬錄』을 통해 문장
이 매우 훌륭함을 살펴보았으니 한번 만나보기를 바란다고 하였다.[11]
그러자 탁병염이 시를 지어 회답하였고 정원용 역시 화운시를 지어 보내
면서 교분을 맺었다.[12]

　며칠 뒤 정원용은 아들 정기세를 데리고 탁병염의 집을 방문하였다.
탁병염은 반갑게 맞아주며 먼저 시 한 수를 증정하였다. 그리고 옛날
정원용의 선조 陽坡公 鄭太和(1602~1673, 號 陽坡)[13]가 중국의 魏伯子[14]
를 만나 교유했던 고사를 꺼내면서 "그대의 조상 양파상공은 명성이 강
서 위백자에게 맞먹는데 각하께서는 양파공을 이었다고 들었습니다. 저

10) 卓秉恬: 1782~1855. 字 靜遠, 號 海帆, 四川華陽(今成都)人. 嘉慶 7年(1802) 進士이
　　고 禦史·鴻臚寺少卿·順天府丞·兵部·戶部·吏部尙書·協辦大學士 등을 역임하였다.
　　太子太保에 추증되고 諡號는 文端이다. 詩文을 잘하였으며 특히 書法이 정묘하였다.
11) 『燕槎錄(尺牘)』, 「與卓少卿秉恬書」: "兒子自襯德儀, 慕悅特深. 聞執事喜讀書, 且閱
　　吳中唱酬, 足以竊文章之盛. 此僕所以願一識莉者也. 選暇另圖一造. 不備."
12) 『燕槎錄(詩)』, 「海帆卓少卿秉恬盛有詩名, 適遇於朝班, 還後海帆寄詩, 聊此和送」; 附
　　原韻: "墨光煥發筆情酬, 未見先蒙書一函, 年歲科名與公似, 文章經濟益余歟. 重逢恰好
　　薰香對, 小坐眞宜煮茗談, 況喜雛鴿生羽翼[周溪公子], 搏風萬里正圖南[僕忝長公一歲,
　　皆以壬戌成進士, 故三句及之]."
13) 鄭太和: 1602~1673. 본관 東萊, 字 囿春, 號 陽坡, 初諡 翼憲, 改諡 忠翼. 인조 6년
　　(1628) 別試文科 병과에 급제, 1637년 소현세자를 瀋陽에 陪從하고 돌아왔으며 1644년
　　이조참판 겸 接伴使가 되고, 1648년 형조판서로 전임된 뒤 이듬해 우의정을 거쳐 좌의정
　　때 謝恩使로 청나라에 다녀온 뒤 영의정이 되었다. 1659년 효종이 죽자 院相이 되어
　　국정을 처리하고 현종 3년(1662) 進賀兼陳奏使로 청나라에 다녀왔다. 『陽坡遺稿』·『陽坡
　　年紀』가 있다.
14) 魏伯子: 이름은 魏際瑞(1620~1677), 原名은 祥, 字 善伯, 號 伯子, 江西 寧都人.
　　淸 順治때의 貢生이며 古文辭를 좋아하였으며 經濟로 나라를 다스려야 하며 교육을
　　발전시키고 인재를 양성해야 할 것을 주장했다. 저서에 『魏伯子文集』·『讀書法』이 있다.

는 위백자에게 미치지 못합니다."고 말하였다.[15] 이에 정원용이 어떻게
陽坡公을 아는지 물으니 스승 紀昀(1724~1805, 字 曉嵐)을 통해서 들었다
고 하였다. 정원용은 탁병염이 자기 선조의 이름을 알고 있는 뜻밖의
사실에 놀랍고도 기뻐서 양파공과 위백자의 만남을 더 자세히 이야기하
였다. 양파공은 전후 네 번이나 청나라에 사신으로 다녀왔는데 위백자와
永平에서 만났을 때에 위백자가 시를 지어 주며 조선을 예의지국이요
군자의 나라라고 칭찬하였다. 위백자는 또 자신의 친필 시문 원고를 모
두 양파공에게 주었는데 아직도 정원용의 가문에서 소중하게 보관하고
있었다.[16] 정원용과 탁병염은 선조의 교유, 스승의 인맥 등을 통해 사이
가 부쩍 가까워졌다.

그들은 탁병염의 『吳中唱酬錄』속의 운을 사용하여 시를 창수하기
도 蝄蛣螯[방게]를 놓고 시를 짓기도 하였다. 『吳中唱酬錄』은 탁병염
이 吳中[소주 지역]에서 친구들과 헤어질 때 수창한 시를 기록해놓은
것인데 정기세가 얻어서 정원용이 이미 읽어보았던 것이다. 정원용과
탁병염은 이날 총 6수의 시를 창수하였다.[17] 헤어질 무렵 탁병염이 붓,
부채, 그림, 차, 향 등을 선물로 주자 정원용은 차고 있던 佩刀를 풀어
주며 옛날 양파공이 위백자에게 칼을 선물했던 고사를 반복했다. 이처
럼 그들은 선배들의 조청 문학교류의 전통을 이으며 시문 창수를 통해

---

15) 『燕槎錄(日記)』 1832년 1월 18일, "海帆曰, 令祖陽坡公僕亦聞名, 伯子爲江西名人,
　　宜其投契之厚也. 閣下此時繼陽坡而起, 僕則不逮伯子也."

16) 『燕槎錄(日記)』 1832년 1월 18일, "昔僕先祖陽坡相公使行時, 逢魏伯子於永平, 伯子
　　贈詩云: 彝倫殷子弟 禮讓漢衣冠 東方君子國 洵與百蠻殊. 仍贈手寫詩文全稿, 尙珍藏
　　僕家."

17) 『燕槎錄(詩)』에 이날 창수시 6수가 기록되어 있다. 「又和海帆韻」, 「附原韻」, 「海帆以舊
　　作吳門留別韻請次韻書此以贈」, 附原韻「吳門買舟北上留別諸君子」, 「海帆屬咏蝄蛣螯
　　一首請次逯書贈」, 「附原韻」.

친분을 쌓았다.

탁병염은 이후에도 여러 번 정원용을 찾아와서 교류하였다. 그의 아우 卓秉愔(號 筍山), 아들 卓澐(號 鶴溪)를 데리고 오기도 하고, 동료 太僕寺卿 梁中靖(字 與亭), 吏部主事 黃樂之(號 愛廬)와 함께 찾아오기도 하였는데 매번 시문 창수가 있었다. 그의 동생 탁병음은 그림을 잘 그렸고 아들 탁운은 글씨를 잘 써서, 정원용이 시를 지어 칭찬하기도 하였다.[18]

하루는 탁병염이 그의 아우, 아들 및 황약지와 함께 찾아와서 정원용이 정기세를 데리고 나가서 江沛東의 가게에서 만났다. 黃樂之는 도광 2년(1822) 진사이며 그림을 잘 그렸다. 그는 탁병염을 통해 정원용의 명성을 듣고 흠모하여 찾아왔던 것이다. 이렇게 한중 문사 여섯 사람이 한자리에 모여서 필담을 하고 시회를 열었다. 그들은 '甸' 자를 운으로 뽑아 각각 오언고시 한수씩 지었는데 정원용을 시작으로 탁병염, 황약지, 탁병음, 탁운, 정기세가 차례로 화운시를 지었다. 이렇게 해서 총 6수를 얻었는데 즉석에서 첩을 만들어 이 시들을 옮겨 쓰고 그림을 잘 그리는 황약지와 탁병음이 첩의 표지에 그림을 그려서 아름다운 詩帖을 제작하였다.[19] 한중 문사 여럿이 모여 시회를 갖고 즉석에서 시첩을 만들어 공유하는 것은 보기 드문 현상이었다. 정원용은 시를 잘 지어 청조 문사들의 호평을 받았다. 이날 황약지가 정원용에게 시를 구했고 집주인 江沛東도 자기 아버지를 위해 시를 구하니 모두 즉석에서 지어

---

18) 『燕槎錄(詩)』 「鶴溪卓樗海帆子也, 善書. 其叔筍山秉愔, 善畵. 相與來訪且贈詩, 遂和」, 「附原韻」.

19) 『燕槎錄(日記)』 1832년 1월 27일, "拈甸字韻, 各賦五言古詩六句, 作帖書之, 愛廬及 筍山善畵, 仍畵於帖面."
   『燕槎錄(詩)』 「江沛東淹和宅會海帆筍山黃主事愛廬共賦」, 同題(海帆・愛廬・筍山・鶴溪・基世)

주었다.[20] 정원용의 시적 재능을 충분히 짐작할 수 있는 장면이다. 이로 인해 정원용의 명성은 중국에서 더욱 높아지게 되었다.

　정원용이 청조 문사들과 시회를 가지고 시첩까지 만들어 공유하는 교류는 한 번으로 끝난 것이 아니라 자주 있었다. 정원용은 陳延恩(字 登之) 및 그의 자제들과도 시문 창수의 형식으로 교류하였다. 진연은은 연경의 문사들과 교류하는 정원용의 명성을 듣고 여러 번 편지를 보내어 흠모의 마음을 전하면서 만나기를 요청하였다. 이에 1월 29일에 정원용은 아들 정기세와 함께 진연은의 집으로 방문하였다. 마침 그의 동생 陳三恩(字 錫之), 아들 陳受(字 伯俊) 및 그 밖의 손님들이 와 있어 여럿이 한자리에 모여서 교류하였다.

　진연은은 정원용을 반갑게 맞아 말을 한마디도 하기 전에 우선 시세 수를 지어 보이면서 나이, 관직 등을 물었다. 이에 정원용 역시 시로 화답하였다.[21] 진연은이 또 조선의 洪敬謨·洪錫謨와도 교유가 있는 사이라서 시로 안부를 묻자 정원용은 시로 답하고 진연은의 동생과 아들이 淸秀하고 貴氣가 있어 보인다고 시를 지어 칭찬하였다. 정원용이 일어나 가려는 것을 진연은이 만류하자 시를 지어 그 성의에 고맙다고 전하고, 진연은이 오랜 친구마냥 친절하고 정성스럽게 대하니 또 시를 지어 기쁨과 감사의 마음을 전했다.[22] 진연은도 시로 화답하였는데 홍경모 형제에

---

20) 『燕槎錄(日記)』 "江沛東雲南人施麟, 爲其父督鎭求詩, 書示事蹟, 遂作一律贈之.", 『燕槎錄(詩)』 「愛廬黃樂之求詩用帖中韻應之」, 「施生麟爲其老親督鎭求詩, 其父名聯科, 籍三秦, 宦蹟多在楚南, 辛亥世入覲, 奉召五次, 賜孔雀翎, 苗塞之戰, 經百餘戰, 又賑飢民, 今官督鎭, 年七十, 遍求朝廷公卿詩文, 因來求, 故書贈」.

21) 『燕槎錄(詩)』 「承詢姓號年庚官職走筆答之」, 「登之又書示鄕里潦草」.

22) 『燕槎錄(詩)』 「延恩陳登之屢書邀余 … 名曰席間急就帖」 3수, 「承詢姓號年庚官職走筆答之」, 「登之又書示鄕里潦草」, 「登之與洪冠巖敬謨陶厓錫謨相好聞近狀故詩以答之」, 「與僚使約會白雲觀請起被登之挽留書示」, 「陸菊人來會共飮投壺抽書書示」 2수, 「登之連賦

대한 그리운 마음을 읊고, 어린 동생과 아들을 대신하여 답례하였다.
홍씨 형제가 전에 선물한 韓石峯·李圓嶠의 墨蹟을 꺼내서 정원용과 감
상하며 시를 창수하고, 정원용이 白雲觀으로 가려는 것을 만류하며 맛있
는 음식과 술로 대접하겠다는 시를 지었다.[23] 이날 그들은 시로 필담을
대신하여 각각 14수의 시를 읊었다.

　정원용과 진연은은 시문 창수를 통해 서로의 마음을 나누면서 하루
사이에 친밀한 교분을 쌓았다. 해가 저물어 정원용이 돌아가려고 하자
진연은은 이별을 아쉬워하며 정원용과 매일 만나고 싶은 마음을 시로
읊어 전별하였다.

> 이제 겨우 만났는데 곧 이별하다니　　　　纔得相逢則相離
> 넋을 잃고 지내다 보니 벌써 황혼 때라네.　　消魂已是黯然時
> 어떡하면 매일 진번의 걸상을 내려놓고서　　何當日下陳蕃榻
> 하루 생각하면 한 번 볼 수 있을런지요.[24]　一日相思一見之

陳蕃榻는 賢士를 대접하는 의자인데, 後漢 陳蕃이 태수로 있으면서
다른 빈객은 일체 사절하고 徐稺가 올 때에만 특별히 의자를 내려놓았
다가 그가 가면 다시 올려놓았다. 진연은은 정원용을 徐稺에 비유하고

---

23) 『燕槎錄(詩)』(附原韻) 「朝鮮使者鄭善之尙書携哲嗣聖九進士見訪賦此紀事」 2수, 「承
　　詢鄕里年庚官職走筆奉告」 2수, 「使者居國時已耳賤名今承枉顧賦詩訂交和韻以答」, 「使
　　者又賦五律一章和韻畲之」, 「把酒暢談並見二子重貽七律依韻和之」, 「旣令弱弟弱子出見
　　使者各寵以詩和韻奉謝」 2수, 「使者擬作白雲觀之遊作詩將辭去句中有逃禪之意和韻款
　　留以阻其行」, 「使者盛言洪冠巖陶厓昆季相思之殷達之於詩和韻酬之」, 「出冠巖陶厓寄贈
　　韓石峰李圓嶠墨蹟相賞和使者韻」, 「使者將作別歸玉河行舘詩以致意用和原韻」.
24) 『燕槎錄(詩)』 「使者將登車矣瀕行率賦恨然於懷」.

索和書示」, 「見登之李氏淸秀可愛書示」, 「見登之賢嗣相有貴氣書示」, 「登之款洽如舊知
又書示五律」.

陳蕃이 현자를 대접하는 것처럼 자신도 그렇게 정원용을 대접하고 싶
다는 뜻을 전하였다. 또 매일 그리워하고 매일 만날 수 있었으면 좋겠
다는 마음을 표현하였다. 이에 정원용은 비록 이별의 아쉬움이 있지만
이미 천애지기가 되었으니 영원히 서로를 기억하자고 화답하였다.

말수레 느리게 하며 이별을 아쉬워하지만	依遲車馬惜分離
청풍 일고 밝은 달 뜨는 때라 어찌할 수 없네.	可奈淸風朗月時
하늘 끝의 지기는 진실로 우리들이니	天涯知己眞吾輩
마땅히 등지와 선지를 기억해야 하리.[25]	須記登之與善之

이튿날 진연은 詩帖을 만들어서 전날 자신이 지은 시 15수를 깨끗
하게 필사해서 정원용에게 보내왔다. 이에 정원용도 첩을 만들어 자신
의 시들을 옮겨 쓰고 『席間急就帖』이라 이름을 붙여서 답례하였다.[26]
이처럼 그들은 시로 마음껏 회포를 읊고 또 시첩을 만들어 소중하게
간직하며 두터운 우정을 쌓아갔다. 『燕槎錄(詩)』에 이들의 창화시가 무
려 28수가 수록되어 있고 『經山集』에도 당시 정원용이 지은 시 세 수가
수록되어 있다.
　정원용과 탁병염·진연은 등이 시를 창수하고 그것을 시첩으로 만들
어서 간직한 사실은 한중 문학교류에서 특기할 만한 일이다. 이후 한중
문사 여럿이 한자리에 모여서 시문을 창수하고 시첩이나 그림으로 기
록을 남기는 양상은 李尙迪을 비롯한 조선 문사들과 청조 문사들의 교

---

25) 『燕槎錄(詩)』「登之臨別書懷示之又和」.
26) 『燕槎錄(詩)』「延恩陳登之屢書邀余, 往白雲觀之路, 與兒子往訪焉. 登之歡迎, 未接
　　一語, 書示三首詩代筆談, 漫草答之, 仍以詩相問答至十五首, 翌日登之以一帖書其詩送
　　之, 余亦書一帖送之, 名曰席間急就帖」.

류에서 전승되었다.[27)]

3.2. 서화 감상과 서발문 쓰기

정원용이 서울에서 떠날 무렵 金祖淳(1765~1832)이 연경에 가면 서법이 뛰어난 蔣立鏞(號 筓陔)[28)]이란 사람을 한번 만나보라고 권장하였다. 이에 연경에 도착한 정원용은 먼저 장입용에게 편지를 보내어 방문하고 싶다는 의사를 전하였다.[29)] 그리고 정월 초4일 朝班에서 우연히 蔣立鏞의 부친인 蔣祥墀(1761~1840, 號 丹林)를 알게 되었다. 장입용은 당대에 이름난 서예가였고 장상지도 문장과 서법에 뛰어난 학자였다.

이틀 뒤에 정원용은 아들 정기세를 데리고 장입용의 집으로 찾아갔다. 장입용은 정원용 부자를 반갑게 맞아주었고 필담을 나누며 서화 예술에 대해 교류하였다. 정원용이 김조순에게서 장입용이 서예를 잘 하는 명사라고 들었다고 하자 장입용은 김조순의 인물과 학술에 대해 문의하고 문장과 글씨를 보고 싶다고 하였다. 정원용은 마침 金祖淳이 친필로 쓴 『香山詩軸』을 갖고 갔기에 보여주었다. 장입용은 이를 감상하고 나서 "시와 글씨가 모두 청아하고 고풍스러우며 세속에서 벗어났습니다. 뛰어나고 훌륭한 작품입니다. 마땅히 보배로 여기면서 감상하

---

27) 이춘희(2006), 앞의 논문.

28) 蔣立鏞: 1786~1847. 字 序東, 號 芝山·笙陔, 嘉慶16년(1811)의 進士이며 殿試에서 一甲第一名으로 狀元이 되었다. 翰林院修撰·國史館纂修을 거쳐 翰林院學士·朝考閱卷 大臣·內閣學士 등을 역임하였다. 서예를 잘 하였다. 저서에 『香案集』이 있다.

29) 『燕槎錄』「與蔣春坊立鏞書」, "伏惟臘寒台體保重, 僕在東國時, 聞執事盛名久矣, 每有一識之願, 今幸執玉入京師, 拭靑有期矣. 僕心之繾綣於執事雖如此, 而執事何以知其然也. 竊擬一造屛下, 瞻雅儀, 領緖論, 而餞近之交, 公幹連絆, 當於正初委進, 能不爲闇者所阻乎. 先伸起居. 不備."

고 오래도록 후세에 전해야 합니다."라고 높이 평가하면서 자신에게 남
겨주기를 청하였다.[30] 정원용은 원래 이것을 妙香山의 上元庵[31]에 보
관해두려고 하였으나 淸으로 오는 길에 미처 들리지 못하고 연경까지
가지고 왔다고 하였다.[32] 그러자 장입용은 이러한 보배를 산 속에 묻어
두기는 너무 아까우니 자신이 중국에 널리 전하여 많은 사람들이 감상
하도록 하겠다며 자기에게 줄 것을 간청하였다. 정원용은 마침내 그것
을 장입용에게 선물하였다.

이후 정원용과 장입용은 자주 교류하였다. 정원용은 조선의 풍속에
따라 정월대보름에 장입용에게 명절 饌飯 한 통을 보내고 칠언율시 두
수를 지어서 화운을 청하였다. 장입용은 답장을 보내어 또 만날 것을
약속하며 정원용이 보낸 시가 마침 그가 십 년 전에 교분을 맺은 조선
의 趙鍾永(1771~1829)에게 써준 시의 운과 똑같으니 또한 기이한 인연
이라고 하면서 전에 지은 시를 베껴서 보냈다.[33]

『연사록』에는 청조의 문사들이 정원용의 명성을 전해 듣고 적극적으
로 찾아와 교분을 맺고 시문을 구하는 경우도 많이 나타난다. 劉喜海·

---

30) 『燕槎錄(日記)』 1832년 1월 6일, "持以相示, 則大驚, 賞曰: 詩與書俱淸古出塵, 可謂
傑特之作, 當寶玩久傳, 盍留贈? 余曰: 欲携藏名山中古寺以傳後. 笙陔曰: 此寶當傳之
中州大處, 何必山寺. 遂懇請不已, 余贈之而還."

31) 上元庵은 평안북도 향산군 향암리 묘향산(妙香山)에 있는 절인데 고려시대에 창건되
었다. 묘향산 普賢寺의 산내 암자로 국보 41호로 지정된 대표적 문화유산이다. 예로부
터 묘향산의 으뜸가는 암자라고 하여 香山第一庵으로 불렸는데 이유는 묘향산에서도
가장 경관이 빼어난 곳에 자리하고 있기 때문이다. '上元庵'이라는 현판은 김정희의 작
품이다.

32) 『燕槎錄(日記)』 1832년 1월 6일, "生陔曰: 文與筆可得見乎? 余適携香山詩親書者一
軸, 欲付香山僧, 藏上元庵者也, 過安州時, 未及傳致, 仍藏篋中隨來."

33) 『燕槎錄(詩)』, 「又次蔣笙陔見贈韻」 뒤의 附原韻, 「前贈趙尙書之作, 用眞歌二韻, 今
先生見贈二律, 適符前韻, 相距且十年, 不謀而合, 亦奇緣也, 因書舊句以博一粲」.

李璋煜·馮震東·朱善旅·李宗瀣·陳延恩 등은 정원용의 명성을 듣고 먼저 찾아와 교유를 청하였고 程德麟, 阮福, 朱爲弼, 蔣祥墀 등과 같은 조정의 높은 관직에 있는 관료 학자들도 황제를 알현하는 朝班에서 먼저 조선 사신인 정원용에게 말을 걸어와 교분을 맺는 경우도 있었다. 정원용이 연경에 머무는 동안 그의 명성은 벌써 청조 문사들에게 자자하게 퍼져 정원용과 교유하기 위해 찾아오는 사람들이 많았다. 그들은 정원용에게 자신의 서첩·화첩에 序·跋文을 써줄 것을 구하고 시와 楹聯을 구하고 서적과 귀중한 문물 등을 선물하기도 하였다. 정원용도 적극적으로 이들과 활발한 문화교류를 진행하였다.

　당시 工部主事를 지내던 程德麟은 궁궐의 조방에서 먼저 조선 사신에게 인사를 하고 다음날 숙소로 정원용을 찾아와 문안인사를 드렸다. 이후 자주 찾아왔고 그의 고향 친구 馮震東도 소개하였다. 풍진동은 정덕린을 통해 정원용의 인품과 학문을 전해 듣고 흠모하여 먼저 자신의 저술『續孝經』과『少渠詩集』을 보내주고 또 그림『空山吟趣圖』2책을 보내어 제시를 써줄 것을 부탁하였다.[34] 풍진동은 滁州 사람이며 孝廉에 천거되어 知縣 候選으로 북경에 와 있었다. 저주는 바로 구양수의 「취옹정기」에서 "저주의 둘레는 모두 산이다(環滁皆山也)"라고 말한 그곳이다. 풍진동은 저주에서 노닐던 곳을 그림으로 그려서 화첩을 만들고 여러 명공들의 시문을 구하였다. 그 후 정덕린과 풍진동이 숙소 밖으로 찾아왔기에 정원용은 아들 정기세를 데리고 만나러 나갔고 그 자리에서 정기세더러 미리 지어두었던 그림의 제시 장편의 장단구를 직접 써서 풍진동에게 주도록 하였다. 이를 받은 풍진동은 감탄을 마지않았고 보배

---

34)『燕槎錄(日記)』1832년 1월 28일 일기.

롭게 여겼다. 정원용이 귀국할 무렵 풍진동은 정원용 제시의 운을 사용
하여 오언고시를 지어서 전별하였고 정원용 또한 화운시를 지어서 답례
하였다. 이렇게 그들은『空山吟趣圖』그림을 놓고 시를 주고받으며 문
학적 교류를 진행하였다.

청조 문사 朱善旂는 그의 부친 朱爲弼을 통해 조선 사신에 대한 이야기
를 듣고 경모하여 사신의 숙소로 찾아왔다. 정월 초하루 아침 황제에게
하례하는 조반에서 주위필이 정기세를 보고 재기를 중하게 여겼고 먼저
말을 건넸다. 주위필은 당시 太常寺卿을 맡고 있었으며 조선의 김정희와
척독을 통한 시문, 서화의 교류가 있었기에 조선 사신에게 우호적으로
다가갔던 것이다. 주선기는 자주 정원용을 찾아와서 필담을 하고 시문
증답이 있었는데 자신이 쓴『臨蘇小楷帖』에 발문을 써주기를 부탁하였
다. 이에 정원용은 서첩의 발문을 써주었다. 그러자 주선기는 감사의 뜻
으로『百壽圖』,『無量壽佛圖』,『富貴長春圖』등 그림 세 축을 선물하며
당시 50세가 된 정원용의 장수를 기원하였다. 이후 정기세도 주선기의
집을 방문하여 주위필, 주선기 부자와 교류하였고 당대의 이름난 학자
顧蒓과도 교분을 맺었다. 주선기는 紫陽夫子 朱熹의 방계 후예이기도
한지라 紫陽이 쓴 石刻 楹帖을 정원용에게 선물하고 또『雲麾碑』탁본과
그 뒤에 부각한 주위필의「朱椒堂記跋」을 선물하여 주기도 하였다.『雲
麾碑』는『雲麾將軍李思訓碑』라고도 하는데 전칭은『唐故雲麾將軍右武
衛大將軍贈秦州都督彭國公諡曰昭公李府神道碑並序』이다. 이것은 당
나라의 유명한 서예가 李邕[35]이 직접 짓고 행서로 쓴 비문이다. 내용은

35) 李邕: 字는 泰和이고 당나라 때의 廣陵江都(揚州) 사람이며 北海太守을 지낸 적이
    있어 "李北海"이라고도 불린다. 행서 비문의 대가이며 왕희지의 서법을 배웠고 자신의
    새로운 필법을 창조하였다. 세상에 전하는 대표작으로는 〈端州石室記〉, 〈麓山寺碑〉,

당나라 서화가이자 右武衛大將軍을 지낸 적이 있는 李思訓의 평생 사적
을 쓴 신도비이다. 이 비문은 이옹의 대표적 서예작품의 하나로서 필치가
淸勁하고 성당의 풍채가 있어 역대 서예가들의 높은 평가를 받아왔다.
송 탁본이 전하고 있으며 매우 가치가 있는 금석문이다.

　江西 臨川 출신의 수재 李宗濂와 그의 스승 樊封도 정원용을 찾아와
교유하였는데 이종연은 寧遠伯 李成梁의 후손인데 이성량의 장자 李如
松(1549~1598)은 임진왜란 때에 征東提督이 되어 동생 李如梅와 李如栢
과 함께 조선을 지원하여 평양전쟁에서 일본을 크게 격파하여 공을 세웠
던 인물이다. 조선에서는 그 은혜를 기억하고 평양에 武烈祠를 세워
제사를 지내고 있었다. 이종연은 바로 李如梅의 직계 후손이며 그의
가문은 당시에도 성대하여 강서 지방에서는 명망이 높다고 하였다. 이종
연은 자주 정원용을 찾아와 여러 가지 이야기를 나누었다. 한번은 자신
이 일곱 살 때에 쓴 큰 "壽" 자를 석각하여 탁본하고 족자로 장황해서
정원용에게 주었고 또 자신이 직접 쓴『玄祕塔書』에 정원용의 題跋을
구하였다. 정원용이 발문을 지어 주자 이종연은 그 발문을 다른 종이에
옮겨 써서 서첩을 만들어 다시 정원용에게 주었다. 이에 정원용은 둘째
아들이 이종연과 동갑이니(당시 16살) 귀국해서 이 서첩을 둘째에게 주겠
다고 하였다. 이는 이종연의 선조 이여송으로부터 이종연, 정원용에서
그의 아들에게로 이어지는 한중 간의 우호 교류를 잘 보여주고 있는
대목이다.

　이종연은 또 집에서 소장하고 있던 褚遂良[36]의 石刻 2종, 覃溪 翁方

綱(1733~1818)이 81세 때에 옥벼루에 석각한 「蘭亭序」의 縮本, 자기 아버지가 절강의 匠人을 구해 특별히 제작한 붓 등 진귀한 물건들을 정원용에게 주었다. 唐나라 때의 서예가 褚遂良의 石刻 작품은 매우 귀중한 물건인데 집에 소장했던 것을 정원용에게 주었다는 것은 그만큼 정원용에 대한 친분이 두터웠다는 것을 알 수 있다.

청조 문사들은 정원용의 시문과 글씨를 비롯해 조선의 문물을 좋아하고 얻어 간직하기를 원했다. 이종연이 정원용에게 영첩을 써주기를 구하고 나서 또 도장을 찍어주기를 청하면서 "우리 지역에서는 귀국의 詞翰을 가장 귀중하게 여기는데 도장이 없으면 영광의 표지를 삼을 수 없습니다."고 하였다.[37] 이처럼 조선 문사의 시문과 글씨는 이미 중국에 알려져 높은 평가를 받고 있었으며 하나라도 소장하고 있는 것을 영광으로 생각할 만큼 귀하게 여겼던 것이다.

청조 문사들의 이러한 적극적인 교유 모습은 18세기 및 19세기 초 조선 문사들이 일방적으로 청조 학자들에게 자신의 시문집을 소개하여 품평과 서문을 구하던 양상과는 사뭇 다른 현상이라고 할 수 있다. 정원용에게는 자신의 문집이나 조선의 문학을 애써 알리려고 했던 모습은 보이지 않았다. 정원용은 애초부터 자신의 시문집을 준비해 가지도 않았으며 북경에 체류하는 동안에도 청조 문사들에게 품평과 서문을

---

36) 褚遂良(596~658, 字 登善)은 당나라 사람으로서 河南郡公에 봉해져서 "褚河南"이라 불렀다. 그는 眞書를 잘하였으며 王義之·虞世南·歐陽詢의 서체를 배워 서예가 뛰어났다. 그의 대표적 碑刻 작품에는 『伊闕佛龕碑』·『孟法師碑』·『房玄齡碑』·『雁塔聖敎序』·『同州聖敎序』 등이 있으며 세상에 전하는 墨跡으로는 『枯樹賦』·『倪寬贊』·『大字陰符經』·『小字陰符經』·『草書陰符經』 등이 있다.

37) 『燕槎錄(日記)』 1832년 2월 2일 일기, "又以前日余之楹帖請圖章曰, 弊省最重貴邦詞翰, 若非圖章, 不足誌榮."

구하는 노력은 하지 않았다. 풍진동이 조선의 시문을 구할 때에도 가지
고 온 것이 없고 자신과 아들 정기세가 연행 도중에 쓴 시편이 있긴
하지만 초서로 난잡하게 써서 보여드릴 수 없다고 거절하기도 하였
다.[38] 정원용은 청조 문사들과 대등한 입장에서 교류를 진행하며 당당
한 모습과 수준 높은 시문으로 조선의 위상을 높였다.

3.3. 청조 고증학자들과의 만남과 척독교류

정원용은 청조의 금석학자, 서예가, 경학자 등 유명 인사들과도 만나
교유하였다. 19세기는 청조 고증학이 난숙한 경지에 도달한 시기인데
1831년에 연행을 간 정원용은 劉喜海, 李璋煜, 韓韻海, 王筠, 阮福 등
고증학 관련 학자들을 만나면서 이 시기 청조 학계에서 주류적인 위치
를 차지하며 조선 학계에까지 영향을 미친 청조 고증학의 발달한 상황
을 직접 접할 수 있었다.

당시 戶部郎中을 지내던 劉喜海(號 燕庭), 刑部主事 李璋煜(號 月汀),
擧人 韓韻海, 文字學者 王筠(號 菉友) 등은 조선에서도 이미 잘 알려진
인물들이다. 그들은 金魯敬·金正喜·金命喜 父子 및 李尙迪·洪良厚·
洪奭周 등 조선 문사들과 교유가 있었다.[39] 그들은 조선의 문인 학자와
문학에 대해 깊은 관심을 갖고 있었다. 이들 네 사람은 서로 친구 사이
로서 조선 사신이 왔다는 소식에 주동적으로 사신의 숙소로 정원용을

---

38) 『燕槎錄』「答馮少渠震東書」, "東人詩文, 今行無携者, 拙稿與兒子所作, 雖有如干紙,
然皆亂草, 無以呈覽, 此亦可恨, 若暇則豈不精騰請敎耶, 明朝將發, 言不盡懷."

39) 藤塚鄰, 앞의 책, 363~405쪽, 제14장 劉燕庭과 阮堂; 329~362쪽, 제13장 李月汀·
登守之와 阮堂; 허경진·천금매, 「洪大容 집안에서 편집한 『燕杭詩牘』」, 『열상고전문
학』 27집, 열상고전문학회, 2008, 247~298쪽.

찾아왔다.

정원용은 그들과 숙소 근처의 廣寧人蔘局에서 만나 필담을 나누었다. 필담을 나누기 시작하자 이들 청조문사들은 1831년 여름에 謝恩使 正使로 연경에 왔던 洪奭周(字 成伯)를 통해서 정원용의 품행과 학문이 훌륭하다는 말을 전해 듣고 흠모하여 먼저 찾아왔다고 하였다.[40] 정원용이 연경에 가기도 전에 그의 이름이 벌써 청조 학자들에게 알려졌던 것이다. 물론 정원용도 조선에서부터 이미 그들의 이름을 익히 들어 알고 있었다. 19세기 조청 문인의 교류가 선행 사행자들의 교유를 통해 그 인맥이 후행자에게로 이어지는 조청 교류의 확대와 전파를 확인할 수 있는 대목이다.

劉喜海는 금석 학자답게 필담에서 여전히 조선의 금석문을 구하면서 자신이 조선의 벗 趙寅永의 도움으로 『海東金石苑』의 편찬을 완성했다고 알려주었다.[41] 그리고 정원용에게 石刻詩 한 권을 선물하였다. 그 책은 쉽사리 남에게 주지 않는데 정원용이 학문이 깊고 훌륭하기 때문에 특별히 선물하는 것이라고 하였다.

정원용은 劉喜海의 從祖父인 文淸公 劉墉(1720~1804, 號 石庵)의 글씨 진본을 구해 볼 수 있을지 청하였다.[42] 劉墉은 건륭황제 때의 名臣이며 대학자이자 서예가였다. 劉墉의 서예가 워낙 유명해서 가짜가 많

40) 『燕槎錄(日記)』 1832년 1월 5일, "余出見, 則書示曰: 去冬洪成伯尙書述知先生品學淵深, 欽仰已久, 今得瞻光儀, 不勝幸慰."

41) 『燕槎錄(日記)』 1832년 1월 5일, "丙子歲, 與趙雲石(寅永)相會契好, 每有書札往來, 必有金石文字之贈, 以僕有金石癖也. 此次有東碑携來者否? 多藏東碑, 已集成海東金石苑."

42) 『燕槎錄(日記)』 1832년 1월 5일, "余向燕庭曰, 足下於文淸公石庵爲從孫云, 文淸筆法有名, 可得一眞本乎?"

앗으므로 정원용은 그의 손자 劉喜海에게 진본이 있을 것이라 생각했기 때문에 요청해보았다. 劉喜海는 집에 남은 것이 많지 않아 나중에 『淸愛堂帖』拓本을 주겠다고 약속하였다.

정원용은 젊은 경학자 阮福과도 교분을 맺었다. 阮福은 경학자 阮元 (1764~1849, 號 雲臺)의 아들이며 당시 32세이고 戶部郎中를 지내고 있었다. 1832년 1월 12일, 황제가 천단에 祈穀祭를 지내러 가는 것을 배웅하고 戶部朝房에 앉아 있는데 阮福이 먼저 와서 통성명을 하였다.

阮福은 김정희의 안부를 물으면서 자기 아버지와 교유가 있다고 말하였다. 일찍이 1809년에 김정희가 입연하여 阮元과 교분을 맺고 그의 아들 阮福과도 편지의 왕래, 글과 서적의 증답이 빈번하게 이루어졌던 것이다. 阮福은 이미 조선 문사들과 교유가 있었기에 조선에 대해 우호적이고 친밀한 감정을 갖고 있었으며 사신으로 온 정원용에게 먼저 접근할 수 있었다. 정원용 또한 阮元, 阮福 등 청조 학계를 대표하는 학자들에 대해 들어 알고 있었다.

정원용은 阮元의 문집을 구하였더니 阮福은 집에 남은 것이 많지 않고 阮元이 새로 간행한 『皇淸經解』가 있는데 1400권이나 되는 방대한 권질로 되어 있어 드릴 수가 없다고 하였다. 이 방대한 저술의 간행에 阮福 역시 서적의 출입을 총괄하고 판각을 감독하는 등 여러 작업을 맡아하였다.[43] 그는 지난해에 李尙迪이 『皇淸經解』 한 부를 가져다가 김정희에게 주었다고 알려주었다.[44] 청조 서적의 유입 경로를 확인할

43) 陳東輝, 「阮元與『皇淸經解』」, 『故宮博物院院刊』 第96期, 2001, 84~87쪽.
44) 『燕槎錄(日記)』, "福曰: 文集雖梓成, 奈京中存無多部, 家君有新刻皇淸經解, 可知見否? 惜卷數太多, 且京中無存本, 難以奉貽. 昨李藕船[譯官尙迪]曾帶一部交與秋史, 駕旋時可就見也."

수 있는 대목이다.

정원용과 완복은 그 후 이종연의 집에서 다시 한번 만나서 필담을 나누었다. 阮福은 정원용에게 자기의 저술『孝經義疏補』10권, 그리고 阮元의 문집『硏經集』1부, 장인 許周生의 문집『止水亭集』1부를 선물하였다. 정원용은 阮福에게 척독을 보내어 조선에 돌아가서 이 책들을 읽으면서 학문을 구하면 스승이 되고도 남음이 있을 것이라며 감사한 마음을 전했다.[45]

이외에도 정원용은 청조 문사들과 교류하며 그들의 문집이나 저술, 청조의 서적들을 많이 선물 받았다. 또한 청조 고증학자들과 만남과 그들이 준 서적을 통해 청조 학자들의 학술을 접하고 청조 학단의 상황을 파악할 수 있게 되었다.

정원용은 연경에 있는 동안 청조 문사들과 직접 만나 필담과 시문 창수를 교류를 진행했을 뿐만 아니라 척독을 주고받으며 만나지 못하는 날의 교류를 계속하였다. 『연사록』에는 정원용이 청조 문사 15명에게 보낸 척독 26편이 있다. 양국 문사들은 편지로 흠모의 마음을 전하고 만날 것을 기약하는 날짜를 정하고, 그리움을 표현하였으며 편지와 함께 시문과 선물을 주고받기도 하였다.

청조 문사 韓韻海에 보낸 편지에서 정원용은 벗에 대한 그리움과 만나서 술과 시로 즐겁게 지낼 것을 갈망하는 심정을 토로하였다.

새벽에 영반에 나갔다가 물러나 식사했습니다. 창밖에 바람소리가 요란하니 객지의 시름을 절제하기 어렵습니다. 오직 시문하는 친구들과 함께 술잔을

---

45)『燕槎錄』「與阮郎中書」, "山房霧晤, 治庸依恍, 行期隔日, 無有再會, 含情耿耿. 篋中儲向惠三種書, 歸而求之有餘師矣. 數事菲薄, 寔由情惘, 莞收是企. 惟祝省體增禧, 不備."

잡고 시를 읊조릴 것을 생각하지만 이 일도 참으로 쉽지 않으니 다만 답답하고 우울한 생각만 더할 뿐입니다. 보내주신 편지는 비록 위로가 되었으나 만나지 못해 참으로 안타깝습니다. 정월 대보름 후에 시간을 내서 한 번 만나 이 인연을 함께 했으면 좋겠습니다. 다시 축원하며 다 갖추지 못합니다.[46)]

고향을 떠나 이국 만 리에 온 나그네의 시름을 금할 길 없어 오직 연경의 벗들과 시를 읊으며 달래볼까 했지만 역시 만나보기가 쉽지 않음을 탄식하였다. 그리고 정월 대보름이 지난 후에 시간을 내서 만날 것을 약속하였다.

정원용·정기세 부자는 연경에서 帥方蔚(1790~?, 號 石村)과 교류가 많았는데 그와 주고받은 척독도 많았다. 수방울은 당시에 翰林編修로 있었는데 조선의 홍양후, 김영작, 홍경모, 홍현주 등 많은 문사들과 교유가 있었다.[47)] 그러므로 연경에 도착하자마자 정기세는 가장 먼저 수방에게 편지를 보내어 만남을 요청하였고 바로 찾아갔다. 정원용도 먼저 편지를 써서 흠모의 마음을 전하며 만나기를 요청하였다.

조선 사람들은 경사에 들어오는 것을 장쾌한 유람으로 여깁니다. 비단 황제가 사는 도성을 구경할 수 있을 뿐만 아니라 마음속으로 당세의 위인과 통달한 선비를 만나서 서론을 얻고 막힌 마음을 확 트이게 할 수 있을까 해서입니다. 집사의 아름다운 포부와 재주, 넓고 깊은 지식이 일찍이 연원

46)『燕槎錄』「答韓韻海書」, "曉赴迎班退食, 窓外風聲撩亂, 羈愁難裁, 惟思與詞朋騷友, 對樽咏哦, 而此事良亦未易, 秪增鬱陶. 承書雖慰, 失晤良悵, 燈節後, 選暇相示, 偕此晤緣, 更祝, 不備."
47) 董文渙,『韓客詩存』, 359~400쪽에 수록된 帥方蔚 編,『左海交遊錄』에 이들 조선 문사들과 주고받은 시문, 편지가 수록되어 있다. 정원용·정기세와 주고받은 편지 6통, 화답시 6수가 수록되어 있다.

이 있음을 알았으며 간절히 빨리 찾아가서 이야기를 나누고 싶었으나 요즘 공무 때문에 문밖으로 나갈 수가 없어 다만 슬픔만 더 할 뿐입니다. 아들과 약속이 있다고 들었습니다. 내일 만약 옥하관 근처로 왕림해주신다면 조용한 방에서 맞이하여 편안하게 담소를 나누는 것이 곧 저의 소원이지만 어찌 감히 바라겠습니까. 가까운데 찾아뵙지 못하고 왕림해주시도록 하니 매우 송구합니다. 모두 헤아려주시기를 바라며 회신을 주기를 바랍니다. 다 갖추지 못합니다.[48]

정원용은 편지에서 자신은 공무로 바빠 문밖에 나갈 수 없으니 수방울이 왕림해줄 것을 간곡히 청했다. 정원용의 편지를 받은 수방울은 과연 12월 27일에 사신의 숙소로 찾아왔다. 이날 만남에서 그들은 조선과 청조의 풍속, 과거제도, 문인들의 평가 등 여러 가지에 관해 필담을 나누었다.

이후에도 그들은 여러 번 만나서 교유하였는데 정원용이 귀국할 즈음에 서로 시와 편지를 주고받으며 다시 만나고 싶은 마음을 전했지만 바쁜 공무일정 때문에 끝내 뜻을 이루지 못하고 아쉬운 마음으로 귀국길에 올랐다. 하지만 귀국 후 그들은 여전히 척독을 주고받으며 소식을 전하였다. 정기세가 귀국한 그해 10월에 연경으로 가는 조선사신 편에 수방울에게 편지를 보내어 안부를 전했고 수방울은 회신을 보내주며 道義之交를 맺었다고 하였다. 그 후 수방울은 정원용이 귀국한 지 3년이 지난 1834년 4월 18일에도 정원용에게 편지를 써서 보냈다. 정원용

48) 『燕槎錄』, 「與帥翰林方蔚書」, "東國人以入京師爲壯遊, 非但皇居帝里之獲睹也, 竊以庶遇當世之偉人徹儒, 得承緒論, 俾豁茅塞也. 旣知執事蘊抱之美, 淹博之識, 夙有淵源, 切擬亟籧談話, 而近因公幹不得出門外, 徒齋耿苑而已. 聞與兒子有成言矣. 明日若蒙駕臨玉館近處, 拜會靜室, 從容笑語, 則適我願夕, 何敢望也. 蹟近坐屈, 甚增悚仄, 統希亮會, 幸賜回晉. 不備."

과 만났을 때에 그의 풍채가 좋았다고 칭찬하며 이별한 지 3년이 지났
으나 그리움은 더욱 짙어간다고 하였다. 또 정원용이 평안도 관찰사가
되었다는 소식을 전해 듣고 그 지역에 禮義의 교화를 베풀고 正學을
발전시킬 것을 바란다고 권면하는 말도 하였다.[49]

정원용은 청조 문사들로부터 학계의 최고 학자로 뽑히는 顧蒓과 王
引之를 사모하여 사귀고 싶었으나 인연이 없어서 만나지는 못하고 편
지로만 마음을 전하였다.[50] 고순에게 보낸 편지에서는 "경사는 천하의
문장이 모이는 곳입니다. 연경에 들어온 후 늘 선생의 높은 덕을 만나
보려고 하였으나 아직 이루지 못했습니다."라고 간절한 심정을 토로하
였다. 다행히 고순은 정원용의 아들 정기세와 교분이 있었다. 정기세가
주선기의 집에 방문했을 때에 마침 고순도 함께 있어 시문의 교류가
있었다. 그러나 왕인지와는 만날 수 있는 계기가 없어 자천하며 교유를
청하는 편지를 쓰기는 했지만 끝내 보내지는 않았다.[51]

---

49) 董文渙, 『韓客詩存』, 386쪽. 「與朝鮮鄭經山尙書書」, "經山尙書足下, 往歲足下奉貢
入都, 獲相邂逅, 觀其言論風采, 自四牡馳驅之選也. 分袂無幾, 忽已三年, 每誦東山之
詩, 以增不見之感. 道里悠遠, 睽異日深, 晤對未緜, 音塵多阻, 離索之嘆, 古今所同, 此
惟暝食勝常, 起居康吉, 聞頃離禁近, 觀察平安."

50) 『燕槎錄』, 「與顧蒓書」 "京師天下文章之所聚, 進京之後, 夙願在一識先生長德而未諧
焉. 因沛東荷賜薛文淸集, 先賢言行所載也. 認由勉誨之意, 甚厚契也. 敢不知感, 玆奉
只尺之書, 替致謝語耳. 惟冀尊體對序獲, 數種藥丸, 庸寓嚮往之忱, 莞收是冀. 不備."

51) 『燕槎錄』, 「與王尙書引之書(擬傳而不果送)」, 편지에서 조선의 예과 풍속, 문화, 관리
제도, 문학, 역대 한중 양국의 문화교류를 진행한 인물 등을 열거하며 사모하는 마음을
전하고 문집이라도 얻어 보기를 바란다고 하였다. 또 평생의 소원인데 만나볼 수 없으
니 한마디 말도 없이 그냥 돌아간다면 끝내 마음에 걸리므로 이렇게 편지를 쓰니 놀라지
말기를 바란다고 하였다.

3.4. 청나라 문화에 대한 관심과 탐문

정원용은 청조 문물의 구경이나 경치의 유람도 하면서 청나라의 실정을 살펴보았을 뿐만 아니라 청조 문사들의 만남에서 여러 가지 문물 제도, 학자 학술, 문화 풍습 등을 탐문하고 확인하였다. 정원용이 연경에서 교류한 청조 문사들은 금석, 경학, 서화, 시문 등 분야의 명망 있는 학자들도 있고 조정의 높은 관직에 있는 관료도 있고 아직 출사하지 않은 거인들도 있었다. 정원용은 특히 이들에게 청조의 최고 학자와 학술수준에 대해 다방면으로 문의하였다.

그는 수방울과 만날 때에 "청조 재상 중에 문학으로 이름을 날린 인물은 누구입니까?"라고 물어보았다. 이에 수방울은 당시 재상 曹振鏞, 尚書 王引之·湯金釗·潘世恩 등이라고 알려주었다. 정원용은 또 완원의 문장이 좋다고 들었는데 과연 그러한가 하고 물었다. 이에 그렇다고 대답하며 지금은 운남과 귀주의 총독으로 있다고 알려주었다.

정원용은 주선기를 만났을 적에 완원과 왕인지의 문장이 최고인가고 물었다. 이에 주선기는 왕인지의 『經義述聞』은 학문의 뿌리가 있고, 완원의 『硏經堂文集』과 『琅環仙館』 및 여러 시문 잡저는 모두 전현을 초월한다고 대답하였다. 그리고 고순의 서화가 훌륭하다고 알려주었다. 정원용은 또 탁병염에게 완원과 왕인지의 문장이 어떠한가 물었다. 탁병염은 그들의 문장과 경술이 모두 뛰어나며 그들과 동년인 고순도 문장이 훌륭하다고 알려주었다.[52] 또 옹립본을 만났을 때에는 그가 이미 들었던 청조 학자 왕인지, 탕금쇠, 고순, 완원, 장상서 등에 대해

---

52) 『燕槎錄(日記)』 1832년 1월 18일, "又曰: 曉嵐之文, 覃溪之書, 俱可傳. 近日阮王文章何如? 海帆曰: 文章經術之士, 頗不乏人, 而雲臺諸公尤著, 同年顧南雅純文字皆佳."

묻고 확인하였다.[53]

그후 阮福과 만났을 때에는 阮元의 제자가 몇 사람이나 되고 학문이
어떠한지를 물었다. 阮福은 부친의 제자로 姚文田, 程國仁, 吳鼐 및
禮部尙書 王引之, 兵部尙書 湯金釗, 倉場總督 史致儼, 太常卿 朱爲弼,
毛式郇, 總憲 白鎔, 楚督 膚坤, 江蘇巡撫 程祖洛 등이 있다고 알려주었
다. 이들은 모두 당대에 고위 관직에 있거나 쟁쟁한 학자들이었다. 특히
王引之(1766~1834, 字 伯申, 號 曼卿)는 청의 이름난 훈고학자 王念孫의
아들로서 역시 훈고학에 조예가 깊은 학자였다. 湯金釗(1773~1856)은
경학자이며 서예에도 조예가 깊었다. 정원용은 또 여러 사람들 중에 누
구의 글씨가 가장 좋은지를 물어보니 鐘鼎文과 草書는 王引之가 최고라
고 알려주었다. 그리고 王引之의 아버지 王念孫(1744~1832)은 현재 나
이 80세인데도 학문에 부지런하여 종일 손에서 책을 놓지 않으며 저술
『廣疋疏證』[54]을 남겼다고 알려주었다.

정원용은 청조 학자들에 대한 반복되는 질문을 통해 당대 학자들의 수준
을 확인하는 한편 청조 학계의 동향도 파악하였다. 청조 문사들이 공동으
로 뽑은 당대 최고 학자로는 阮元, 王引之, 顧蓴 등 인물이었다. 수방울이
알려준 당대 재상 가운데 문학으로 이름난 학자들인 曹振鏞·王引之·湯金
釗·潘世恩·黃鉞·朱爲弼 등도 완원의 제자들이었다. 정원용은 청조 문
사들의 증언을 통해 중국 道光 연간 청조 학계에 거대한 영향력을 미친

---

53) 『燕槎錄(日記)』 1832년 1월 23일, "余曰: '王湯諸人文字誰優?' 福曰: '鐘草以王爲最.'
余曰: '王伯申之父亦有名?' 福曰: '號懷祖, 名念孫, 歲八十餘, 終日孜孜不倦, 手不釋
卷, 有廣疋疏證.' 余曰: '顧南雅何如?' 福曰: '詩賦畵三藝最精, 經史非其所長.' 余曰:
'卓海帆何如?' 福曰: '是詩人.' 余曰: '蔣笙陔何如?' 福曰: '詩騈體.'"

54) 王念孫의 저술에는 『廣雅疏證』이 있고 錢大昭의 저술에 『廣疋疏義』가 있는데 두 책
을 헷갈려서 잘못 쓴 것 같다.

완원의 지위를 확인할 수 있으며 당시 官界와 學界를 주도하던 학문의 경향도 파악할 수 있었다. 완원은 후학 양성에 심혈을 기울였는데 浙江巡撫로 있을 때에는 杭州에 "詁經精舍"를 세우고 兩廣總督으로 있을 때에 광동에다 "學海堂書院"을 창건하여 수많은 인재들을 양성하여 학계의 泰斗로 추앙되었다. 그는 일찍이 조선의 박제가, 유득공, 김정희, 이상적과도 교유가 있었으며 조선 학계의 발전에도 큰 영향을 미쳤다.[55] 앞에서 언급했던 王引之와 그의 아버지 王念孫도 청조 학계에서 유명한 경학자이다. 顧蒓은 詩賦畵에 모두 뛰어난 학자였다. 정원용과 교분을 맺은 蔣祥墀, 朱爲弼 역시 청조 학계에서 인정받은 학자들이었다.

4. 맺음말

정원용은 1831년 10월 동지사행의 정사가 되어 아들 정기세를 데리고 연경에 다녀왔으며 연행록인 『연사록』을 남겨놓았다. 『연사록』은 일기, 척독, 시 등 장르별로 묶어놓아 보기 편리하게 구성되었다. 이를 통해 정원용의 연행과정과 대외 교류를 살펴볼 수 있었다.

정원용은 동지상사로서 사행의 정치 외교적 임무를 훌륭하게 완성하였을 뿐만 아니라 청조 문사들과의 교류를 통해 조선과 청조간의 문화 교류도 추진하였다.

---

55) 陳東輝, 「阮元在中朝關系史上的若幹事跡考述」, 『湖南大學學報』, Vol.20, No.2, 2006, 43~46쪽; 藤塚鄰, 앞의 책, 122~135쪽. 이외에도 국내의 김정희 연구논저에서도 阮元의 영향을 지적하고 있다. 정혜린, 「김정희의 청대 한송절충론 수용 연구」, 『한국문화』 31집, 서울대학교 규장각 한국학연구원(한국문화), 2003, 199~228쪽; 고재욱, 「김정희의 실학사상과 청대 고증학」, 『태동고전연구』 제10집, 한림대학교 태동고전연구소, 1993, 737~748쪽 등.

정원용은 연행의 노정을 일기와 한시로 기록하고 중요한 지점들의 모습과 지리 상황, 깃든 역사 등을 기록해놓았다. 연경에 도착해서는 청조의 예부에 조선의 표자문을 올리고 황제를 알현하며 황제가 초청하는 연희의 자리에 참석하는 등 외교 활동을 성실하게 수행하였으며 무사히 사행 임무를 마치고 귀국하였다.

그는 또 연경에 있는 동안 많은 청조 문사들과 만나서 시문 창수를 하고 서화 감상을 하고 서발문을 써주는 등 적극적인 문화교류를 전개하였다. 그는 또 청조 학자들의 학술과 문장에 대해 탐문하고 확인하면서 청조 문사들이 자국의 당대 학자들을 어떻게 평가하고 있는지에 대해서도 파악하였다. 유희해, 완복 등 청조의 고증학자과의 교유를 통해『海東金石苑』,『皇淸經解』등 고증학 저서들의 출판과 학계 동향을 신속히 접할 수 있었고 그들의 저술이 조선에 유입되는 경로를 알게 되었다.

또한『연사록』을 보면 정원용과 청조 문사들의 교류는 한 가지 특징을 나타내는데 바로 혈연이나 학연으로 맺어진 집단적인 만남과 교류의 형태를 띠고 있다는 점이다. 정원용과 정기세 부자가 장상서와 장입용 부자, 주위필과 주선기 부자, 탁병염과 아우 탁병음, 아들 탁운, 정연은과 그의 동생 및 아들, 이종연과 스승 번봉 등과의 교류가 바로 이러한 양상을 갖고 있다. 이는 조청 문화교류가 이런 인맥을 통해 확대되어 가고 이어져가고 있음을 보여준다.

정원용은 연경에 가기 전부터 이미 청조 문사들에게 알려졌고 그를 흠모하여 찾아오는 청조 문사들이 많았으며 그에게 시문, 서예를 구하는 자도 많았다. 정원용은 당당한 모습으로 그들과 교유하며 수준 높은 시문으로 청조 문사들의 감탄과 인정을 받았으며 조선의 위상을 높이고 조선의 문화를 전파하는 데에 공헌을 하였다.

조선 후기 '惟輕'의 전통과 정원용의 寬刑論

김호

1. 정조의 교화(教化) 중심 법치(法治)

정조에게 법은 통치의 중요한 수단이었다. 『심리록(審理錄)』전편을
통해 풍속의 교정과 교화를 향한 정조의 의지는 매우 뚜렷하다. 정조는
당대의 풍속을 강하게 비판했다. 아무 일도 벌어지지 않는 것을 다행으로
여기는 세태야말로 정조가 가장 큰 병통으로 여긴 풍속의 쇠락이었다.[1]

당대 풍속을 교정하려고 그토록 애를 썼건만 정조는 모두가 허사라
고 탄식했다. "지금은 公卿學士로부터 布衣의 신분이나 하인배에 이르
기까지 사용하는 물건이나 행동거지가 완전히 똑같다. 단지 불행하다
는 말을 듣지 않으려고 함께 무리 지어 끼리끼리 모여서 농지거리하는
것을 미담으로 여기고 예의염치가 없는 것을 고상하다고 여긴다."[2]는

---

1) 『日得錄』18〈訓語〉5 "苟幸無事 是今人大病痛"

2) 『日得錄』12〈人物〉2 "古人規模 人各不同 降帷而讀書者有之 風流跌宕者有之 廉且
介者有之 奢麗而華侈者亦有之 今也則不然 自公卿學士 至韋布興胥 凡百器服行止 純然若
一 不作不幸人之言 羣居類會 詼謔爲美譚 放棄爲雅致 予每勤提飭 亦不食效 良可駭也"

것이다. 대부분의 사람들이 모나지 않는 처신을 삶의 기준으로 택하고 있으니, 한마디로 생사를 돌보지 않고 소신대로 앞장서는 사람은 구경할 수조차 없었다.[3] 이에 정조는 대부분의 사람들이 그저 두려워 벌벌 떨기나 하고 한 발짝도 나가지 못하면서도, 겉모습은 요란하게 꾸며서는 구차하게 요행을 바란다고 비판했다. 이런 사람들이 수백 명이 있다 한들 국가에 조금도 이득이 될 리 만무했다.[4]

정조는 적어도 사대부들은 그렇게 행동해서는 안 된다고 강조했다. 조정에 선 관료들 그리고 관직에 나아갈 준비를 하는 자라면 명예를 알고 기개가 넘쳐야 했다.[5] 그러나 당시에는 이와 반대였다. 사들은 항상 좋은 수레와 고관대작의 지위에만 관심을 기울일 뿐이었다. 지나치게 비루하여 취할 바가 전연 없는 인간들뿐이었다.[6]

과거에는 조정에 나오지 않고 향촌에 거하는 산림들 사이에 기개가 넘치는 사람들이 있었다. 이들은 퇴폐한 풍속에 경종을 울리는 사표의 역할을 했다. 그러나 정조대는 그렇지 않았다. "인심이 날로 구차해지고 世道가 날로 어지러워지며, 조정의 모양이 날로 낮아지고 비속한 습관이 날로 고질이 되니 모두 세상에 나아가기를 꺼려하고 물러나기를 쉽게 하는 선비가 없는 데에서 연유한다. 옛날에는 사대부로 관직이 없

---

3) 『日得錄』 18 〈訓語〉 5 "今人固不如古之人 而亦無非士大夫也 然出言或恐有稜 處己或恐有方 務在圓轉 打成一俗 以此取容 以此竊祿 言論風裁 尙矣無論 立朝幾年 初無一言 一事之可稱 予不知其人他日行狀與諡狀 將何所記也"

4) 『日得錄』 13 〈人物〉 3 "今世未嘗見不恤生死 勇往直前底人 大抵是畏首畏尾 跋前疐後 粉飾塗抹 苟冀倖免者 雖有似此百輩 何益於國"

5) 『日得錄』 17 〈訓語〉 4 "士大夫當崇名節 不計利害 若只畏首畏尾 畢竟做得甚事"

6) 『日得錄』 17 〈訓語〉 4 "士當於立朝之初 先礪名節 必以嶺海犴牢爲期 然後樹立有可觀 今人所志 專在於軒駟金貂 所以委靡卑瑣 碌碌無足取"

는 사람은 모두 시골에 있었으니, 비록 선조(先朝) 때 군신 간의 성대한 만남을 가지고 말을 하더라도, 일대의 유명한 재상들은 대부분 벼슬을 좋아하지 않은 사람들이었다. 그들이 퇴폐한 풍속을 격앙(激昂)시키고 나약한 사람을 일으켜 세워서 국가에 크게 도움을 준 것이 어찌 아침저녁으로 좌우에서 분주하게 일하고 공경하는 신하만 못하겠는가."[7] 이처럼 조정에서 일하는 관리들 못지않게 지방의 사림들이 보여준 기개는 정성은 국가의 풍속을 크게 일으키는 데 일조하고 있었다.

  안타깝게도 정조가 파악한 당시의 풍속은 조정의 관료로부터 아래 상천(常賤)에 이르기까지 단지 몸을 사리는 부류들 뿐 이었다. 이에 정조는 구차하기보다는 차라리 열혈의 용기를 권장하겠노라고 희망했다. 그런 용기가 있다면 정조 스스로 보호하고 칭찬하겠다는 것이다. 당시 조정의 신하들은 이와는 반대로만 행동했다. 정조는 "어그러지고 격렬함이 참으로 시중의 도리는 아니지만, 요즘 세상에 사대부의 습속과 기풍이 날로 쇠퇴하여 그저 엿보기만을 능사로 여기고, 이익을 향해 달려 나가면서 손해를 피하는 것을 묘책으로 여기어 온 세상이 그러하니 과연 어떻게 되겠는가? 만일 어떤 이가 利害와 禍福을 생각지 않고, 차라리 격렬할지언정 구차하지 않는 자가 있다면, 나는 끊임없이 그를 장려할 것이다. 그런데 아직 그런 사람을 만나지 못했을 뿐이다."라고 한탄했다.[8]

---

7) 『日得錄』17 〈訓語〉4 "人心之日渝 世道之日淯 朝象之日卑 俗習之日痼 皆由於世無難 進易退之士也 古則士大夫無官者 皆在鄉外 雖以先朝盛際言之 一代名卿 多是不樂仕宦 之人 其所以激頹風立懦夫 大神益於國家者 何渠不若夙夜左右趨走爲恭之臣哉 辭爵祿 與蹈白刃等 雖不可人人責之 而亦在朝廷培養之如何耳"

8) 『日得錄』17 〈訓語〉4 "筵臣有以言論不可乖激爲言 敎曰 是何言也 乖激誠非中行之道 而今世士大夫俗習風氣 日就委靡 以窺覘爲能事 以趨避爲妙計 擧世滔滔 果成何許爻象 有一人能不顧利害禍福 寧激無渝者 予將獎勸之不暇 但未見其人耳"

정조는 괴팍하다는 비판을 받을지언정 차라리 구차하지 않기를 바랐
다. 朴文秀처럼 熱血과 정성으로 가득한 인물이 없다고 아쉬워했다.[9]
지금은 그저 겉모양만 꾸미고 가슴에는 한 점의 열혈이 없다. 사대부라
면 모름지기 만 리의 먼 귀양길을 평지 보듯 하는 기운이 있어야 볼만
한 사람이었다.[10]

조금 과격하더라도 용기 있는 사람 이른바 '狂者'에 대한 정조의 편
애는 그의 성격과도 무관하지 않았다. 정조는 스스로 太陽證이 있다고
밝히면서 주자는 결점으로 보았지만 태양증이야말로 英雄의 사업을 수
행할 수 있는 토대라고 보았다.[11] 구차하기보다는 기개 있는 행동, 조
심스럽기보다는 과감한 결단을 좋아했던 정조는 성격대로 남을 믿었고
한번 사귀면 곧 자신의 속마음을 모두 털어놓았다고 말했다.[12]

정조는 세상이 명예와 의리를 중시하여 이에 반하는 모습을 보면 불
같이 화를 낼 줄 아는 열혈과 義俠들이 가득하기를 바랐다. 그러나 작
금의 세상은 술을 마셔도 쩨쩨하게 마시는 풍습이 유행할 정도로 비루
했다.[13] 화를 낼만한 일에 불같이 화를 내고 용기를 낼 때에 용기를 내
야 하는데, 풍속이 쇠퇴하여 그저 원만하거나 유약하기만 하다는 것이

---

9) 『日得錄』12〈人物〉2 "靈城君朴文秀 眞滿腔熱血 乙卯以前 日拜關王廟 祈祝邦慶 卽
此誠意 今世豈易得乎"
10) 『日得錄』13〈人物〉3 "今人滔滔是粉飾汨董樣子 肚裏都無一點熱血 士大夫須把瓊雷
萬里看作平地 然後方有可觀"
11) 『日得錄』18〈訓語〉5 "朱子嘗以自家有太陽證 倒是病痛處爲說 然人有太陽證 然後方
能做得英雄事業"
12) 『日得錄』18〈訓語〉5 "予有信人如己之癖 一與之交 便自傾倒無蘊 故往往反生弊端
然旣曰相好云爾 則何可不推赤心也"
13) 『日得錄』18〈訓語〉5 "不飮酒 亦是時體中一端 蓋縱之則實近於狂藥 而節之則有助於
和氣 且微醺半醉 眞態可見 古來名碩 多有以酒名者 近來則醒醒成習 此亦可見世變也"

다. "전전긍긍하며 앞뒤로 두려워하면서 연약하게 모 없는 행동을 어질다."고 칭송하는 수준이었다.[14]

정조는 의협과 호걸 등 狂者들의 기개를 칭찬함으로써, 염치를 북돋고 예의를 확산시키고자 했다. 아울러 도덕교화의 결과 신분에 무관하게 호협의 인재들이 길러졌다는 증거를 바랐다. 정조는 "인재는 때때로 신분과 무관하게 나오니, 기이한 꽃이나 신기한 풀이 시골구석의 더러운 도랑에 피는 것과 같다."고 말했다.[15] 정조는 자신의 통치가 사대부와 상천을 가리지 않고 의로운 일에 힘껏 나설 이들을 길러내는 데 목적이 있다고 보았다. "예나 지금이나 인재는 오직 위에 있는 사람이 어떻게 인도하느냐에 달려 있을 뿐이었다."[16]

풍속 교화를 위해 법을 조금 구부리는 일은 큰 문제가 아니었다.[17] 정조는 『審理錄』에서 義憤의 사례들을 감형하곤 했다. 잘 알려진 전남 장흥의 신여척이 그러했고, 강진의 은애가 감형되었다. 정조는 그간 군자의 삶과는 거리가 멀다고 여겨졌던 '小民'들에게서 명예로운 삶의 의지를 보고자 했다.

다산 정약용은 30대 중반의 나이에 곡산부사로 취임했다. 그리고 부임 전 천여 명의 민중들을 이끈 민란의 주모자 이계심을 맞닥뜨렸다. 이계심은 죽음을 불사하고 명예를 위해 당당히 나선 狂者였다. 당시 다산은 이계심의 용기를 칭송했는데, 그 바탕에는 정조의 그림자가 드리워져 있었다.[18]

---

14) 『日得錄』 13 〈人物〉3 "國俗以畏首畏尾 軟懦沒稜角爲賢"
15) 『日得錄』 12 〈人物〉2 "人或不係世類 如奇花異草多生於猥巷穢溝"
16) 『日得錄』 12 〈人物〉2 "人才無古今 惟在在上者導率之如何耳"
17) 『日得錄』 7 〈政事〉2 "在上者施措 專是順物情"

이상에서와 같이 정조는 소민들에게 윤리적인 삶에 대한 의지를 권
장했다. 『審理錄』을 관통하는 '인륜[도리]의 강조'와 '법보다 교화의 중
요함'에 대한 정조의 강조는 그의 소민들에 대한 기대감을 보여준다.
그만큼 '小民의 군자화'는 성리학 군주 정조의 핵심적인 정치철학이었
다. 소민들에게 〈狂者의 용기〉를 요구하는 일은 최선은 아니지만 차선
으로 충분했다.[19]

그러나 소민들의 명예욕[善을 향하는 嗜好 속의 욕망]은 성리학 사회의
이념에 순응하는 동시에 위선의 부조리에 저항하는 양날의 칼이 되기
도 했다. 이 점을 우려한 이가 있었다. 다산 정약용은 교화를 강조한
정조의 본의가 마치 살인을 저지른 범죄자들을 무조건 용서하거나 감
형하는 寬容과 거리가 멀다고 강조했다. 그는 정조가 신하들로부터 가
장 듣기 싫어하는 말도 '임금께서 사람 살리는 일을 좋아 하신다'는 칭
찬이었다고 주장했다. 정조의 살옥 감형 사례는 『審理錄』을 잠시 일별
하기만 해도 쉽게 알 수 있을 정도인데, 정작 정조 본인은 유경(惟輕)을
가장 거북해했다는 것이다.

> "내가 살리기를 좋아해서가 아니라 법률상으로 마땅히 그렇게 해야 하기
> 때문이었다. 또 내가 옥사를 신원할 때마다 朝臣들은 문득 好生之德을 강조
> 하는데, 조신들은 내가 그 말을 듣기 좋아하리라고 여길지 모르지만 나는
> 그 말보다 더 듣기 싫은 말이 없었다. 대체로 착한 것을 좋아하고 악한 것을
> 싫어하는 것은 의리[義]와 지혜[智]이다. 큰 죄악이 있어 반드시 죽여야 할
> 사람을 보고서도 그를 끝없이 살리려고만 한다면 이는 사덕(四德; 인·의·

---

18) 『다산시문집』 권16 〈自撰墓誌銘〉 참조.
19) 조선 후기 명예론에 관해서는 김호, 「연암 박지원의 刑政論–주자학 교화론의 更新」
『법사학연구』 54, 한국법사학회, 2016 참조.

예·지)에서 두 가지(의·지)를 빠뜨린 것이다. 그런데 어떻게 덕이 되겠는가. 나는 대체로 한 사람이라도 죄 없는 자를 죽이는 일은 하지 않으려고 했던 것이지, 내가 살리기만을 좋아하는 사람은 아니다. 조신들이 몇 해를 두고 나를 섬겼으면서도 나의 뜻을 모르고 나를 보고 살리기를 좋아한다고들 하니 내가 듣기 싫어하는 말이다."[20]

정약용은 정조의 審理를 감형과 용서로 착각하지 말라고 강조했다. 정조는 처벌받아 마땅한 자를 처벌했을 뿐이요, 단 한 사람의 억울한 희생자도 생기지 않도록 심리했을 따름이라는 것이다.

『흠흠신서』에서 다산은 정조의 심리 일반을 칭송하면서도 시중을 넘는 관용과 도덕교화에 대해서는 비판의 강도를 늦추지 않았다. 다산은 기본적으로 정조의 인명 중시의 審理에 동의하고 형벌보다 교화에 근거한 정치를 인정하면서도 재량의 한계를 넘어선 지나친 도덕주의를 문제 삼았다.[21]

다산이 정조의 審理를 寬刑과 惟輕의 관점에서만 바라보아서는 안 된다고 누누이 강조한 이유는 분명했다. 정조의 법치를 '寬刑의 관점'에서 이해하려는 논점들 때문이었다. 19세기 전반 소론계 경화사족이자 관료였던 정원용(1783~1873)이 대표적인 사례이다. 그의 『袖香編』과 『惟輕錄』은 정조의 법치를 好生之德의 관형과 惟輕으로 칭송했다.[22]

---

20) 『與猶堂全書』 文集 권14 〈跋祥刑攷艸本〉
21) 김호, 「조선 후기 綱常의 강조와 다산 정약용의 情·理·法: 『흠흠신서』에 나타난 법과 도덕의 긴장」, 『다산학』 20, 2012; 김호, 『정약용, 조선의 정의를 말하다』(책문), 2013 참조.
22) 필자는 1971년의 同文社 영인본과 2018년 번역본을 참고했다(신익철 외역, 『袖香編』, 한국학중앙연구원, 2018); 『袖香編』에 대해서는 송호빈, 「袖香編 새 해제: 著作 배경 고증 및 저작 의식에 대한 재해석」, 『고전과 해석』 4, 2008 참조.

2. 『수향편』과 정원용의 정조 이해

정원용의 형정론은 가능한 '寬容'에 기초한 惟輕이었다.[23] 정원용은 『수향편(袖香編)』에서 정조의 『일득록(日得錄)』을 인용하면서 정조의 전통을 이어받고자 했다. 『일득록』에는 형정 운용에 관한 정조의 많은 언설들이 수록되어 있는데, 내용은 법을 엄격하게 지켜야 한다는 구절부터 정상을 참작하여 가볍게 처벌해야 한다는 데 이르기까지 다양하다. 흥미롭게도 정조의 형정론 가운데 정원용은 대부분 '好生之德'과 '傅輕'을 강조한 부분들을 초록했다.

> 정조께서 말씀하시기를 "살인자를 사형에 처하는 것은 죽은 자의 목숨을 갚기 위함이다. 중죄를 가볍게 처벌하거나 輕罪를 무겁게 처벌한다면 똑같이 공평함을 잃은 처사이다. 매번 各道의 獄案을 보면 태반이 우연히 벌어진 범죄이고, 반드시 사형에 처하여 목숨을 되갚아줄만한 옥사는 없었다. 국법이 지극히 엄중하므로 바록 '가볍게 처벌하여 살려주는 조치[傅輕]'를 쉽사리 행할 수 없지만, 간혹 한 가닥의 살려줄 길이 있어서 다시 심의를 충분히 해야 할 경우 나도 모르게 기쁜 마음이 든다. 대개 자비롭게 만물을 살리고자 함이 곧 마음의 본체여서 그러한 것이다."라고 했다.[24]

---

23) 정원용에 대한 기왕의 연구 동향은 허경진, 『정원용 관련 저술 해제집』, 보고사, 2009; 허경진, 「연세대학교 소장 고서의 문헌적 가치: 13종 저술을 통해본 관인 정원용의 기록 태도」, 『동방학지』 146, 2009; 허경진·천금매, 「『燕槎錄』을 통해본 鄭元容과 淸朝 文士들의 문화교류」, 『동북아문화연구』 19, 2009 참조. 최근 관료생활과 문학론에 대한 연구들이 활발하다. 김해인, 「勢道政治期 관료 鄭元容(1783-1873)의 정치 활동」, 건국대학교석사논문, 2015; 권은지, 「經山 鄭元容의 文學論 고찰」, 『東洋古典研究』 10, 2018 참조.

24) 『袖香編』〈重囚傅輕之規〉"正宗曰殺人者死 所以償死之命 失出失入 均是失平 而每看諸道獄案 太半是邂逅之類 未必有眞箇可償之獄 三尺至重 雖不得容易傅輕 或有一線生路 可議審克 則予不覺欣然于中 蓋藹然生物 卽心之本體而然也" 동일한 내용이 『日得

　정원용은 『일득록』 가운데 공정한 법집행으로 악을 징벌해야 한다는 언설보다 정조가 '傅輕'에 비중을 두어 형정을 운영한 듯 보이는 구절을 주로 인용했다. 한마디로 정조께서는 조금이라도 살려낼 방도가 있으면 호생지덕을 발휘하여 죄수를 減刑했다는 것이다.

　정원용은 『일득록』의 구절 가운데 자신의 뜻에 맞추어 구절을 취사선택했을 뿐 아니라 구절 전체 가운데 일부를 斷章取義하기도 했다. 가령 〈齋日判案〉이 그러하다.[25] 정원용이 인용한 구절은 정조의 하교 전문이 아닌 앞부분 일부만이다. 정조는 "齋日에 公事를 처리하지 않고 단지 서울과 지방의 獄案 판하하는 것을 매해의 상례로 삼았다. 한 건의 옥안을 판결할 때마다 筵席의 촛불을 여러 번 바꾸어 밝히면서 조심하고 조심하여 한 글자 한 구절 사이에 신중을 기하지 않은 적이 없었는데 살리려는 마음이 늘 죽음으로 보상토록하려는 뜻을 이겼다."는 내용이다.

　그런데 정원용이 인용한 구절 뒤에는 위의 내용과는 사뭇 다른 정조의 입장이 실려 있다. 확실히 인용된 앞 구절만 읽으면 정조가 사형보다는 살려려는 마음이 큰 好生之德의 소유자임을 잘 보여준다. 그러나 뒤에서 정조는 호생지덕이 중요하지만 사죄에 처해야 할 자를 살려주려는 마음이 앞서 감형을 일삼거나 사면해서는 안 된다고 강조했다. 결론적으로 정조는 살려려는 마음이 무조건 죽이려는 마음보다 우선한다면 그것 역시 天理의 공평함은 아니라고 주장했다. 법은 공평이 핵심이

___

錄』10〈政事〉5에 수록되어 있다.

25)『袖香編』〈齋日判案〉"正宗教曰 予於齋日 不酬接公事 只判下京外獄案 歲以爲常 每決一案 筵燭屢跋 未嘗不兢兢致愼於一字一句之間 而求生之心 常勝於償死之意 旣而思之 此亦非天理之公也 帝宥 皐陶曰殺 卽蘇軾設言也 法者天下平也 曰宥曰殺 只當得其平而已 豈有帝皐陶之異哉"

므로 사면을 하든 사죄에 처하든 오직 '공평'하게 집행되어야만 한다는
것이다. 사면하거나 감형할 자를 죽여서도 안 되지만, 반대로 죽여 마
땅한 범인을 살려준다면 역시 공평하지 못한 법집행이라는 것이 결론
이다.[26] 그런데 정원용은 결론의 핵심적인 내용을 삭제한 채 『袖香編』
을 인용했다. 결국 공평한 법집행을 강조한 정조의 주장은 빼놓고, 호
생지덕을 앞세운 정조의 취지만을 斷章하여 정조의 본의와 다르게 取
義한 것이다. 정원용의 입맛에 따라 『袖香編』의 정조는 傅輕이나 惟輕
등 호생지덕의 측면이 부각되었다.

후세에 본받아야 할 정조의 형정 운영은 확실했다. '윤리를 돈독히
하여 차라리 법을 지키지 않았다는 비난을 감내하는 것'이다. 정원용은
『일득록』을 인용하여 정조가 살옥안을 여러 차례 검토한 결과 수년이
지나도 관련자들의 이름을 잊지 않았다고 강조하면서,[27] 이는 정조의
암기력이 좋아서가 아니라 정성을 다하는 마음 때문이라고 보았다.

> "정조께서 전후로 정상을 참작하여 특별 사면한 경우가 많았는데, 윤리를
> 돈독히 하고 의리를 베풀고 풍속을 격려하여 교화를 이루는 정사를 하고자
> 하여 차라리 법을 지키지 않았다는 비난을 감수했다. 御製 가운데 『審理錄』
> 26책이 있으니, 『서경』에 호생지덕이 민심에 스며든다는 말이 정조 선왕을
> 두고 하는 말이다. 마땅히 후세에 본받아야 할 바이다."[28]

---

26) 『日得錄』10 〈政事〉5 "旣而思之 此亦非天理之公也 帝曰宥 皐陶曰殺 卽蘇軾設言也
   法者天下平也 曰宥曰殺 只當得其平而已 豈有帝皐陶之異哉"
27) 『日得錄』7 〈政事〉2 "予之所審愼 莫如殺獄 故凡於獄案 一再披閱 雖數年前事 輒不忘
   干連姓名 非有記性而然也 誠之所到故也"
28) 『袖香編』〈庚戌審理之盛德〉"予於獄案 干連姓名 亦不忘遺 非予有記性也 誠之所到
   也 前後參情 特宥者爲多 而於敦倫獎義勵俗扶敎之政 寧失不經 御製集中有審理錄二十
   六冊 於戲誠哉 書曰好生之德 洽于民心 其我先王之謂歟 宜爲後代之所鑑法也"

정원용은 법을 구부렸다는 혐의를 받더라도 풍속교화를 강조했던 정조의 뜻을 후대의 왕들이 본받아야 한다고 주장했다.

교화는 인륜을 아는 常賤들의 증가를 통해 증명되었다. 정조는 형제 사이나 남매간의 우애가 뛰어난 경우, 법을 굽히더라도 정상을 참작하여 용서한 경우가 많았다.[29] 사형수 가운데 남매가 서로 범인이라며 죽겠다고 하면 감형한 것으로, 교화의 결과 常賤들조차 인륜에 익숙하면 법으로 다스릴 필요가 없었다. '교화를 우선할 뿐 형벌은 필요 없다'는 정조의 생각이야말로 순조와 익종이 본받아야할 통치론이었다.[30]

지방관을 역임하고 형조에서 일했던 정원용이 이해한 정조의 遺法은 〈도덕교화를 위해서라면 법을 조금 굽히는 것[屈法]이 큰 문제는 아니다〉였다. 남매간의 우애는 물론 남편에 대한 부인의 節義 또한 중요했다. 五倫의 가치를 알고 실천하는 이들은 참작 감형해야 마땅했다.

3. 『심리록』 판부와 윤리의 중요성

주지하는 대로 『심리록(審理錄)』은 정조의 심리 결과인 판부들을 수록한 책이다. 정원용은 이 가운데 일부를 인용하여 정조의 심리와 법치의 핵심이 무엇인지 설명했다. 한마디로 '교화'의 중요성이다.

① 먼저 『袖香編』〈朴丁乞獄案判批〉를 살펴보자.[31] 정조 11년(1787),

---

29) 『日得錄』9〈政事〉4 "死囚中有娚妹爭死者 敎曰 常賤之中 能識此箇倫義 此敎化下孚之機也 其於刑法何有哉 立命酌配"

30) 『袖香編』〈重囚酌配之典〉正宗敎曰 死囚中有娚妹爭死者 常賤之中 能識此箇倫義 此敎化下孚之機也 其於刑法何有哉 立命酌配"

31) 『袖香編』〈朴丁乞獄案判批〉참조.

경상도 안동의 백성 박정걸은 소 한 마리를 놓고 권덕만과 다투다가 그를 때려 죽였다. 그런데 박정걸의 처 김 씨는 남편이 감옥에 잡혀가자 이를 슬퍼하며 물에 투신했다. 당시 옥안을 살피던 정조는 판부에서, "緹縈이 글을 올려 太倉令인 아버지가 형벌을 면했고, 吉翂이 대신 갇혀서 原鄕令인 아버지가 죽음을 면하였으니,[32] 부자와 부부는 모두 三綱에 속한다. 이제 박정걸의 아내 김 여인의 일은 앞에 언급한 전례와 마찬가지로 하늘이 준 떳떳한 彝倫에서 나온 것이다. 더구나 물에 몸을 던지면서 후회가 없었으니 도리어 제영이나 길분보다 더 뛰어나다고 할 것이다. 박정걸의 죄는 만 번 죽일 만하나 김 여인처럼 훌륭한 열녀가 그의 아내가 되었으니, 三尺의 법을 삼강과 비교해 볼 때 무엇이 가볍고 무엇이 무거운가. 어찌 차마 열녀의 남편에게 법에 따라 償命토록 하여 김 여인의 곧고 의로운 혼백으로 하여금 九泉에서 방황하면서 눈물을 흘리게 할 수 있겠는가? 제영과 길분은 딸과 아들로서 그들의 아비를 죽음으로부터 벗어나게 했는데, 불쌍한 저 김 여인은 유독 아내로서 그 남편의 장차 죽을 목숨을 살릴 수가 없겠는가. 대저 三尺의 법이 비록 가볍지 않다고 해도 삼강은 더욱 더 막중하다."고 강조했다.[33]

정조는 법을 굽혀서라도 인륜의 무게를 드러내야 한다고 보았다. 중국의 효자, 효녀에 버금가는 사례가 조선에서도 나타났다. 물론 부자지간의 효는 아니었지만 부부지간의 도리였다. 당시 일부 논자들은 김 여

---

32) 정조의 판부에서 인용된 중국의 고사는 효녀와 효자의 이야기다. 제영은 漢文帝 시절 효녀이다. 태창의 관리자였던 淳于公이 형벌을 받게 되자, 딸이 관비가 되어 부친의 죄를 대신하겠다고 나섰다. 한문제는 감동하여 아버지의 처형을 사면했다[『史記』 권105 〈扁鵲倉公列傳〉]. 길분 역시 아버지의 죗값을 대신하여 아버지의 목숨을 구한 효자였다[『梁書』 卷47 〈吉翂列傳〉].
33) 『審理錄』 권17 〈慶尙道安東府朴丁乞獄〉 참조.

인의 貞烈이 실로 늠름하지만 이로써 남편을 용서할 수 없다고 주장했다. 그러나 정조는 한 사람의 죽음에 한 사람의 죽음으로 갚는 것이 원칙이라며 김 여인이 남편을 대신해서 죽었으니 충분하다고 보았다. 그리고 윤리의 중요함을 강조했다. "박정걸을 살려주어 김 여인의 의열을 표창하는 일이 크게 법을 어긴다고 생각지 않는다." 박정걸의 감형 배경에 '도덕교화'에 대한 정조의 의지가 깔려있음은 분명했다.

인륜과 교화의 중요성을 박정걸 개인이 깨닫는데 그칠 일이 아니었다. 정조는 김 씨 집안에 세금 면제 등 은전을 베풀어 먼 지방의 백성들로 하여금 보고 배우도록 했다. 뿐만 아니라 자신의 판결을 민간에 선포하여 모든 사람들이 인륜이 三尺의 법보다 더 중요하다는 사실을 알리도록 했다.[34] 마침내 정조 14년(1790) 6월 24일 후일 순조가 된 아기씨의 탄생을 축하하는 대사면을 감행한 정조는 박정걸을 포함하여 1,154인을 석방했다.[35]

정원용이 『審理錄』의 천여 개에 달하는 판부 중 박정걸 옥안을 인용할만한 이유는 충분했다. 당시 사회를 유지하기 위해서 법보다 인륜의 교화가 중요하다고 생각한 것이다. 1828년 경상도 하동에서 살옥 사건이 벌어졌다. "하동 백성 박한두가 사람을 죽였다. 그 아내 여 씨가 남편을 대신하여 죽기를 바라고 음독자살하였다. 형조는 박정걸의 옥사에 내린 정조의 傅生의 판부를 아뢰었다. 당시 翼宗[순조의 아들]이 대

---

34)『審理錄』권17 〈慶尚道安東府朴丁乞獄〉"活丁乞表金女之烈 不至太枉法 丁乞身加刑 一次 減死定配 令道伯捉致營庭 親執擧行 而發配時以此判付 詳細曉諭 金女綽楔固無所 惜 而旣活其夫 旌執大焉 先施給復之典 俾聳遐土瞻聆 仍令地方官 將此處分辭意 宣布 民間 咸知三綱重於三尺"
35)『日省錄』정조 14년(1790) 6월 24일.

리청정 중이었는데, 최종적으로 선왕[정조]의 처분은 만세의 법이다. 박한두를 정배하고 여 씨에게 급복하라."고 판부했다.[36] 정원용은 박정걸을 감형하여 윤리를 강조한 정조의 의지가 자연스럽게 후대로 이어지고 있다고 보았다.

1813년 6월 강원도 原州 백성 서해성이 아버지를 대신하여 거짓으로 살인을 자복한 후 수감된 일이 있었다. 아버지가 죽고 난 후에 사건의 실상이 밝혀졌고 죄수들은 서해성의 효성을 칭송했다.[37] 당시 순조는 서해성을 석방하며 '아버지 대신 자복하여 한 번 말한 것을 바꾸지 않았으니 참된 효성이 風敎를 이루기에 충분하다.'고 칭송한 바 있다.[38]

풍교의 중요성은 더 이상 강조할 필요가 없었다. 남편을 위해 목숨을 바친 부인들을 표창하고 부모 대신 죗값을 치른 효자들을 석방함으로써, 정조와 순조는 법보다 삼강의 오륜이 중요함을 몸소 실천했다.

정원용은 순조를 대리하던 익종 역시 선왕들의 뜻을 잘 이어받았다고 생각했다. 물론 하동의 박한두를 사죄에 처해야 한다는 주장이 있었다. 실인이 분명한데다 증거가 구비되었으며 초검 및 복검의 공초가 일치하면 법대로 사죄에 처할 뿐이었다. 박한두의 처 여 씨가 음독자살하여 남편 대신 죽었다고 하여, 살인자의 죄가 덜어질 수 없다는 논리였다.

그런데 익종은 박정걸을 사면했던 정조의 판부를 인용했다. 박정걸

---

36) 『袖香編』 〈朴丁乞獄案判批〉

37) 『承政院日記』 순조 13년(1813) 6월 3일 "刑曹啓目粘連, 江原道原州牧殺獄罪人徐海成獄事段, 替當父事, 自稱正犯, 輿論所謂代父趨死, 政是實際語也 哀此海成, 多年滯獄, 傳聞父喪, 屢擬自刻, 哀動傍囚, 孝可以掩惡, 情可以屈法, 合有參恕, 上裁, 何如? 判付啓, 此獄段, 設使渠有所犯, 原其情則憤父受辱, 而況替父自服, 一辭不變者, 其誠孝足樹風聲 依回啓施行爲良如敎"

38) 『國朝寶鑑』 권79 純祖朝4 순조 13년(1813)

을 살려 김녀의 의열을 표창해도 지나치게 법을 굽혔다[枉法]고 할 수 없다는 내용이었다.

판부하기를, "박한두의 옥사는 결안했으므로 律文을 다시 고려할 수는 없을 것이다. 하지만 처가 자결하여 남편을 대신하였으니 실로 대단한 일이다. 형조의 논의[獻議]에서 정조의 丁未年 판부를 인용했으니, 위대하도다 대성인의 처분이요, 權道로서 時中을 얻으면서도 원칙[經]을 잃지 않았으니 만세의 모범이 될 만하다. 이번 呂女의 죽음이 이와 흡사하여 차이가 없으니, 법을 본받는 도리에 있어 어찌 따르지 않겠는가. 박한두는 감사정배하고 처 여 씨에게 復戶를 내려서 정려를 대신토록 하라."[39)]

윤리의 중함을 가르치기 위해 법을 조금 굽힌 일은 경에 어긋나지 않은 '時中의 權'이었다. 정조와 순조 그리고 익종으로 이어지는 조선 후기의 형정론을 정원용은 〈인륜을 중시한 情理의 참작〉으로 파악했다. '법의 도덕화 현상'은 더욱 심해졌다.

남편을 위해 자살한 아내는 물론 남편을 위해 살인한 아내의 경우도 있었다. 정원용은 『審理錄』에서 충청도 결성[현 홍성군 결성면]의 황 씨 여인 사건을 인용했다.[40)] 정조 10년(1786) 12월 황녀의 딸이 석유일의 아내의 꼬임으로 나쁜 길로 빠지자 황녀의 남편이 이 문제를 두고 다투게 되었다. 당시 고판쇠라는 자가 석유일의 아내 편에서 황녀의 남편에게

---

39) 『承政院日記』 순조 28년 12월 29일 "判付達, 朴漢斗獄事案, 旣斷矣 律無可原 而其妻之自裁, 冀代其夫者, 誠甚卓絶 曹讞所引先朝丁未判付, 大哉, 大聖人處分, 權以得中不失爲經, 可以爲法於萬世者 今此呂女之死, 適與其時事, 恰似無差, 則其在鑑法之道, 豈不適用 朴漢斗段, 減死定配, 其妻呂女段, 亦爲給復用代棹楔, 一如丁未故事, 可也"
40) 『袖香編』 〈結城黃女獄案判批〉

대들자, 황녀가 고판쇠의 오른팔을 물어뜯었고 후유증으로 7일을 앓던 고판쇠가 사망하게 되었다. 당시 충청감사는 "이빨로 물어뜯어 팔이 부어오른 증세가 명백하고 돼지와 머리털을 베어 보상하려 했으니 정범을 면하기 어렵습니다. 다만 '아비를 보호하다가 살인한 율'을 비추어 조율할 만합니다."라고 보고했다. 형조는 이에 반대하여 엄연한 살인사건에 대해 자식이 아버지를 보호하다 살인한 조문을 조율할 수 없다고 비판했다. 형조의 계사 등 사건 관련 내용이 『日省錄』에 자세하다.

> 형조에서 아뢰기를, "결성현 황조이의 옥사는 屍帳 중에 뒤통수와 목덜미에 자줏빛이 있고 약간 단단하며 어깨와 팔목의 여러 부위에 잇자국과 군데군데 살이 떨어져 나가고 짓무른 자국 등이 있다고 하였으니, 이는 입에 물렸을 때 나타나는 현상이라고 한 법조문과 일치될 뿐만이 아니라 '내가 과연 약간 깨물었다.'는 진술 또한 황녀가 스스로 말했고 風憲들이 입증하였으니 옥사를 성립시켜 사죄에 처함은 단연코 그만둘 수 없습니다. 이제 도신의 계사를 보면, 도신과 推官이 모두 자식이 아비를 보호하기 위한 경우와 미치광이의 소행에 관한 율문을 인용하여 참작하여 용서해야 한다는 견해를 보였습니다만, 이는 그렇지 않습니다. 법전에 실려 있는 것은 부자간의 경우에 대해서만 논했을 뿐이고 부부 사이에 대해서는 언급하지 않았습니다. 게다가 一律[사죄]에 해당하는 중대한 옥안은 원래 유사한 사례에 대한 율문을 引律하는 규례가 없으니, 법을 수호하는 사람으로서 원용할 수 있는 조문이 아닙니다. 그리고 황 여인의 공초를 보면 말이 횡설수설하지 않았는데도 接神을 했다는 핑계를 대고 망녕되이 범한 것으로 몰아갔습니다. 이를 요망하고 간사하다고 한다면 모르지만 미치광이의 소행으로 擬律하는 것은 너무나 이치에 어긋납니다."[41]

---

41) 『日省錄』 정조 14년(1790) 5월 12일(임진)

형조는 사죄에 처할 황녀에게 자식이 부모를 구하려다 살인한 조문을 인용한 충청감사를 비판하고 엄형을 요청했다.

최종 판결에서 정조는 사형에 처할 수 없다고 결론지었다. 정조는 두 가지 이유를 들어 감형의 근거로 삼았다. 첫째, 자식이 아비를 보호하고 아내가 지아비를 보호함은 같은 이치라는 것이다. 둘째, 범인 황녀는 병자였고 그녀가 보호하려던 남편 역시 장님이었다는 사실이다. 정조는 환자였던 황 씨가 장님이었던 남편을 구하다가 벌인 행위를 두고 是非를 따지기 어렵다고 주장했다. 아내가 장님인 남편을 구하는 데 법률이나 행동의 得宜를 따질 겨를이 없었다는 것이다.[42)]

정조가 황녀를 방면한 근거는 남편에 대한 절의도 중요했지만, 병자였던 황녀가 장님인 남편을 구하려다 상대를 물어뜯게 된 정황을 참작한 면도 있었다. 그런데 정원용은 『審理錄』의 판부를 인용하면서, 황녀가 환자이거나 남편이 장님이었다는 사정[情]을 참작한 측면은 삭제하고 남편에 대한 아내의 도리[理]만을 강조했다.

정조 14년(1790)에 결성의 황녀가 사람을 물어 죽였다. 정조의 판부에 "자식이 아비를 보호하는 것이나 아내가 남편을 보호하는 일은 같다. 아내가 남편을 구원하면서 어느 겨를에 법률의 타당성 여부를 따지겠는가? 본도의 계사에서 정상을 참작[參情]해야 한다고 한 견해는 모두 일리가 있다. 황 여인을 道伯으로 하여금 즉시 풀어 주도록 판결한다. 전에도 이처럼 유배된 죄수가 도리어 配所에서 해를 끼칠 것을 염려하여 당사자의 집에 그대

---

42) 『審理錄』권14 〈忠淸道結城縣黃召史獄〉 "判 子衛父妻爲夫一也 況渠是病人 渠夫是盲者 以病人救盲者 難責擧措之得宜 又況以妻救夫 何暇論法律當否乎 本道參情之論 儘有意見 黃女令道伯卽爲決放 而在前如許酌配之罪囚 爲念反貽害於配所 仍於渠家保授 其例旣多 依此爲之事分付"

로 두고 保授에게 맡기도록 했다. 이러한 전례가 많이 있으므로 이에 따라 거행하라."[43]

정조와 마찬가지로 정원용도 사람을 죽인 황 씨를 사형에 처하는 대신 자식으로서 부모를 구하려다 사람을 죽인 경우는 감형해야 한다고 보았다. 인륜의 도리를 아는 경우에는 이를 참작하여 감형하지 않을 수 없다는 주장이다. 그런데 정원용은 정조가 참작했던 두 번째 근거 즉 환자였던 아내와 장님이었던 남편의 사정[情]을 빼놓았던 것이다. 사실 정조는 장님이었던 남편을 구하려는 마음에 여러 가지 상황을 고려하지 않았을 가능성과 함께 환자였던 아내가 '깨물었다'는 것으로 보아 상처가 그리 과중하지 않았을 만한 정황까지를 고려했다. 그럼에도 정원용은 '정황을 참작'하기보다 도리의 차원을 강조하는 데 머물렀다.

정조와 정원용의 이러한 차이는 의미하는 바가 상당히 크다고 하겠다. 정조의 減刑 조치는 사건의 정황[情]과 윤리적 측면[理]을 섬세하게 저울질한 고려였다면, 정원용은 도덕적 측면[理]만을 지나치게 참작했다고 할 것이다.

19세기에 이르러 屈法–減刑이나 嚴刑 모두를 포함하여–의 근거가 남편에 대한 烈節처럼 〈인륜도덕의 강화〉로 기울어지면서 심각한 사회적 문제가 발생할 가능성도 높아지고 있었다. '禮敎가 사람을 죽이는 일'이 점차 현실이 되어가고 있었다.[44]

---

43) 『袖香編』〈結城黃女獄案判批〉"敎曰結城黃召史 則子衛父妻爲夫一也 以妻救夫 何暇論法律當否乎 本道參情之論 儘有意見 黃女決放 在前如許酌之罪囚 爲念反貽害於配所 仍於渠家保授 其例旣多 依此爲之"

44) 다산은 『흠흠신서』에서 정조의 도리에 대한 강조는 정황에 대한 숙고 끝에 이루어졌다고 누누이 강조했다. 정원용처럼 정조가 지나치게 의리나 도덕적 측면만을 참작하여

정원용의 인륜에 대한 강조는 첩을 살해한 남편의 감형 사례로 이어
졌다. 정조 13년(1789) 1월 충청도 석성에서 常漢 田京得이 첩 오 씨를
구타 살해했다. 첩 오 씨가 제사지낼 고기를 훔쳐 먹자, 격분한 전경득
이 오 씨를 구타하여 3일 만에 사망한 사건이었다.

당시 충청감사는 남편이 첩을 구타 살해한 경우는 杖配刑에 처하면
된다고 간단하게 보고했다.[45] 형조 역시 "한 차례 손과 발로 때리고 뜰
아래로 오 씨를 끌어낸 일을 전경득이 이미 자백했지만, 사정을 살펴보
면 지극히 흉참한 것은 없었습니다. (중략) 실인이 명백하지 않은데다
실정과 자취를 보면 故殺이 아닙니다. 해를 넘기도록 감옥에 가둔 채
30차례나 刑訊하였으니 이것으로 어느 정도 징계가 되었습니다. 근래
남편이 처를 구타 살해한 사건을 대부분 가벼운 쪽으로 처벌하였으니
大聖人께서 정황과 자취를 참작하고 저승과 이승을 구분하는 聖意에서
특별히 나온 것입니다. 감히 법을 수호한다고 자처하면서 사형을 요청하
지는 못하겠습니다."라는 減刑 의견을 제출했다.[46] 사건의 실정을 파악
해보면 극악한 정황이나 고살의 흔적을 발견할 수 없고, 실인 역시 분명
치 않은 疑獄이라는 주장이었다.

정조는 1790년 5월 최종 판부에서 전경득을 사죄에 처하는 대신 杖을
치고 유배를 보내도록 했다. 정조는 당시 남편이 妻를 죽인 경우, 사정
[情]과 도리[理]에 비추어 보아 〈극악한 경우(악의적인 故殺)〉가 아니라면

판결한 것으로 오해해서는 안 된다는 것이 다산의 기본 입장이다.

45) 『審理錄』 권21 〈忠淸道石城縣田京得獄〉 참조.

46) 『日省錄』 정조 14년 경술(1790) 5월 12일 "一次打踢曳 出庭下之事 京得雖已自服 論
其情節 別無至兇極慘之可言 (중략) 而實因旣不明的 情跡亦非故殺 則經年滯獄 三十次
刑訊 猶可謂一分懲礪 近於夫殺妻之獄 多從輕典者 特出於大聖人酌量情跡 分折幽明之
聖 意臣不敢自處守法仰請償命 請上裁"

참작 감형한 사례를 減輕의 근거로 삼았다.

그러나 정조는 판부에서 〈常漢의 경우 妻와 妾을 구분하지 않는다〉면서 이를 확인하지 않은 채 '(오 씨를) 뒤에 얻었으니 첩'이라고 서술하고 '첩을 구타 살해한 경우 杖配刑'이라고 引律한 충청감사의 범범한 보고서를 문제 삼았다. 정조는 지방관들의 소홀한 살옥 처리를 정확하게 비판했다. 살옥의 체모가 매우 엄중하므로 관련 조문을 엄밀하게 참조하라는 의미였다. 충청 감사를 엄중히 추고했음은 물론이다.[47]

그러나 정원용은 이상 정조의 판부 가운데 법률을 엄밀하게 참조하라는 내용은 삭제하고 '남편이 妻를 죽인 경우, 극악한 경우를 제외하면 참작·용서하여 杖配했다'는 구절만을 축약했다. 세밀한 살옥 심리와 엄격한 율문 적용을 강조했던 정조의 목소리는 사라진 채 처를 죽인 남편을 감형하도록 한 결과만이 남게 되었다. 정원용은 극악한 경우가 아니면 용서할 수 있다는 〈惟輕〉을 정조의 유산으로 정리했다.[48]

『袖香編』에는 정조가 칭송해마지 않았던 신여척 옥사 사건의 판부도 인용되어 있다. 정조는 우애 없는 형제를 구타 살해한 신여척을 列傳에 올릴만한 義俠이라고 평가했다. 장흥의 신여척은 이웃의 형제가 곡식 몇 말을 가지고 다투자 형제의 도리가 없다면서 격분하여 이들을 구타했다. 정조는 "절대 故殺이 아니었지만 그렇다고 죄를 가볍게 할 만한

47) 『日省錄』정조 14년 경술(1790) 5월 12일(임진) "石城田京得則夫殺妻之獄 除非情理 之絶惡 多付參恕之科 至於此獄 尤有異焉 道伯亦言非妻似妾 則杖配之律 果有所據 而 常漢旣無妻妾之分 則今以後獲之妻 直加以妾名 解之曰後者爲妾 又斷之曰大典毆妾至 死者杖配云者 道伯事難免率易 殺獄體段 至爲嚴重 用律旁照 不可臆斷 而以妻爲妾 仍 用毆妾之律 層節屢轉後弊 所關厥漢杖配 道伯推考"
48) 『袖香編』〈石城民獄案判批〉"正宗時 石城民致打其妻致死 判敎 夫殺妻之獄 除非情 理之絶惡 多有參恕之科 仍命杖配"

단서도 없으니, 형조가 다시 논의하라."고 하면서도, 최종적으로는 다음과 같은 비답을 내렸다.

"항간에 이런 말이 있다. 종로거리 연초 가게에서 야사와 패설을 듣다가 영웅이 뜻을 이루지 못한 대목에 이르자 눈을 부릅뜨고 입에 거품을 물면서 풀 베던 낫을 들고 앞에 달려들어 책 읽는 사람을 쳐 그 자리에서 죽게 했다고 한다. 세상에는 이따금 이처럼 맹랑한 죽음도 있으니 매우 우스운 일이다. 주도퇴(朱桃椎: 당나라의 은사)와 양각애(羊角哀: 초나라의 열사)같은 자들이 고금을 통하여 몇 사람이나 되겠는가. 여척은 바로 주도퇴와 양각애 같은 무리이다. 형제끼리 싸우는 옆집 놈을 목격하고 불덩이 같은 義憤이 끓어올라 지난날 은혜를 입은 일도 없고 오늘날 원한이 있는 것도 아니건만 별안간 벌컥 화가 나는 김에 싸우는 와중에 뛰어들어 상투꼭지를 거머쥐고 발로 차면서 이르기를 '동기간에 싸우는 것은 윤리의 변괴이다. 네 집을 헐고 우리 마을에서 쫓아내겠다.'고 한 것이다. 곁에서 보던 사람이 '네가 무슨 상관이냐.'고 책망하였지만, 그는 곧 '내가 의로운 일을 하는데 그가 도리어 성냈고 그가 발로 차기에 나도 발로 찼다.'고 답했다. 오호라, 신여척은 죽음도 두려워하지 않았다. 법을 맡은 관리도 아니면서 우애 없는 자를 다스렸다는 말은 신여척을 두고 한 것이 아니겠는가. 수많은 사죄인을 처리하였으나 이 가운데 기개가 높고 녹록하지 않은 자를 신여척에게서 보았다. 신여척이란 이름이 과연 까닭이 있었으니, 신여척을 방면하라."[49]

---

49) 『袖香編』〈申汝倜獄案判批〉"正宗庚戌 長興人申汝倜 見隣人兄弟相鬪 憤踢致死道案 上教曰 決知非用意於故殺 亦無可以執以從輕之端 令秋曹論理回啓 曹以遠難議輕爲奏 判批 鬪墻之變 風化所關 以比隣之義 起血氣之忿 趑往力救 猶不是理外之事 次次層激 反溺死律 此獄必欲拔例而致意 仍下有旨于道臣曰 諺有之 鍾街烟肆 聽小史稗說 至英雄 失意處 裂眦噴沫 提折草劍 直前擊讀的人 立斃之 大抵往往有孟浪死 可笑殺 而朱桃椎羊 角哀者流 古今幾輩 汝倜者 朱羊之徒也 目攝鬪墻潑漢斗 湧百丈業火 往日無恩 今日無怨 瞥然虩然之間 趂入滾鬪場中 捉髻而踢曰 同氣之鬪 倫常之變 毁爾廬 迸吾里 旁之觀責汝 何干 則曰吾義彼反怒 彼踢吾亦踢 噫 汝倜死也休怕 非士師而治不悌之罪者 非汝踢之謂

정조는 이웃 형제의 다툼을 응징한 신여척을 석방하면서 사죄 대신
에 그의 기개를 칭송했다. 그의 이름이 虛名이 아니라는 말까지 덧붙였
다. 신여척은 한자로 '汝'와 '倜'이라고 쓰니 '네가 대범하구나'라는 의
미였다. 여척은 이름 그대로 기개 있는 일을 행한 義俠이었다. 정조는
不義와 부도덕에 공분한 살인자를 방면했다.[50] 義行이 발단이 개인의
편협한 분노가 아닌 義憤에서 비롯되었다면 다행이지만, 늘 그러하듯
이 의분과 도를 넘은 폭력 사이의 경계는 머리터럭 하나 차이였다.

그럼에도 정원용은 당시 조선 사회에 신여척과 같은 義憤이 필요하
다고 보았다. 정조의 도덕교화에 공감한 정원용에게 인륜의 강화를 위
한 屈法은 큰 문제가 아니었다.

4. 『유경록』의 관형(寬刑)

정원용의 『유경록(惟輕錄)』은 자신이 지방의 감사나 형조의 관리로
재직하면서 남긴 題辭 모음집이다. 간단하게 요약된 제사만으로 정원용
의 형정론을 온전히 이해하기 어렵다. 하지만 앞서 언급한 대로 정원용
에게 중요한 것은 선왕이 남긴 遺訓이었다. 한마디로 도덕교화와 이에
기초한 寬容이었다. 정원용은 인륜을 강조한 정조의 정신이 잘 계승되어
순조와 翼宗(1827년 순조의 명으로 대리청정을 했다)으로 면면히 전수되었
다고 칭송했다.

哉 錄死囚 凡千若百 其倜儻不磏磏 於汝倜見之 有以哉 汝倜之名 不虛得也 汝倜放"
50) 조선 후기 義殺의 문제에 대해서는 김호, 「義殺의 조건과 한계」, 『역사와 현실』 84,
한국역사연구회, 2012 참조.

정원용 본인 역시 그러한 취지에 철저함을 자부했다. 『惟輕錄』에서 몇 가지 사례를 확인해 보도록 하자. 순조 27년(1827) 강원감사 정원용의 관할지 이천에서 살인사건이 벌어졌다. 이천 백성 李完大 형제는 자신의 아버지가 남에게 술주정과 욕지거리를 당하자 함께 상대를 발로 차고 쓰러뜨려 살해했다. 그런데 형제는 서로 본인이 首犯이라면서 처벌받기를 원했다. 正犯을 결정하기 어려웠던 것이다.

> 丁亥年(1827) 6월, 내가 강원도 관찰사로 심리의 명을 받았다. 당시 이천 백성 이완대의 형제가 어떤 술 취한 자가 아버지를 때리고 욕하자, 형제가 함께 그 자를 구타 살해했다. 형제가 서로 수범이라고 주장하여 죄의 경중을 나눌 수 없었다. 당시 옥안이 정리되어 小朝[왕세자의 대리청정]에게 올라갔는데, 익종의 판부가 다음과 같았다. "하나의 獄事에 수범이 둘이 있음은 본래 옥사의 체모가 아니다. 형제가 다투어 죽겠다고 하니 윤리의 돈독함과 행실의 지극함을 알겠다. 이완대 형제는 특별히 사형을 감하여 형제를 같은 곳에 유배해서 서로 따르고 의지할 수 있도록 하라."[51]

이어 정원용은 정조의 법치가 익종에게 그대로 이어지고 있다고 감동했다.

> 하교의 말씀에는 好生之德과 倫常을 돈독히 하는 뜻이 넘쳐나 감동하기에 충분하다. 『書經』에 '효도와 형제간의 우애가 정치에 드러났다.[惟孝友于兄弟 施于有政]'고 했으니, 오호라 우리 임금께서 이러한 덕을 시행한 것

---

51) 당시 판부는 『承政院日記』 1827년 6월 28일 "李完大段, 一獄兩犯, 本非獄體, 兄弟之爭先自首, 視死如歸者, 可見其篤倫至行, 李完大兄弟, 特施減死之律, 而兄弟同配一處, 以爲相隨相依之地爲良如敎"에 수록되어 있다.

이다. 이후 나는 정조의 『審理錄』을 들추어보다 계축년(1792)에 나주의 이
봉운 형제의 구타사건을 보았다. 관찰사가 옥안을 올려 형조에서 재조사를
청하자 정조는 다음과 같은 판부를 내렸다. "형제가 서로 죽겠다고 다투니
인륜이 민멸되지 않았음을 볼 수 있고, 한 옥사에 범인이 두 명일 경우 의옥
으로 보아 가벼운 쪽을 따른 경우가 많았다. 하물며 推官도 '용서할 만하다'
하고, 道伯도 '판결하기 어렵다'고 하니, 지금 비록 경의 말에 따라 재조사
를 한다해도 형제간에 정범을 구별하기 어려운 것은 이전과 같을 것이다.
어찌 꼭 죽이고 살리는 것을 엄히 나누어 판단할 문제이겠는가. 법과 인륜
사이에는 본디 서로 참작하고 경중을 따질 단서가 있으니 이봉운을 감사정
배하라.'고 했다. 이를 통해 <u>의종의 옥사를 불쌍히 여기는 어진 마음이 바로
정조의 마음과 부합함을 알 수 있었다.</u>[52]

일찍이 정조는 이천의 이완대 형제건과 유사한 나주의 이봉운 형제
를 모두 살려준 적이 있었다. 정조는 판결에서 형제간에 먼저 죽겠다면
서 우애를 보인 경우라면, 법을 적용할때 이러한 인륜의 도리를 참작해
야 마땅하다고 보았다. 이봉운 형제가 사죄를 면하고 유배된 것은 당연
했다. 이와 반대로 형제가 서로 범행을 미룬다면 도리어 둘 다 엄형될
가능성이 높았다. 법의 정확한 집행보다는 도덕적 감정에 따른 鹿皮 법
률이 될 가능성이 높았다.[53]

사실, 이봉운 사건은 나주 토호였던 이들 형제가 동네의 김작은콩[金

---

52) 『袖香編』〈伊川民李完大獄案判批〉 "上判批云 兄弟之爭死 可見秉彝之不泯 一獄兩犯
多從疑輕 況推官曰可恕 道伯曰難決 今雖依卿言 更令行査 惟其正犯之難別於伯仲 必當
依舊 是豈曰殺曰宥之義乎 於是乎三尺與五倫 自有參互輕重之端 鳳運減死定配 觀此則
翼宗恤獄之仁心 同符聖祖矣"

53) 19세기 중엽 刑吏를 지냈던 성주의 도한기는 당대의 사법 풍경을 지나치게 가볍거나
지나치게 무거운 처벌이 난무한다고 비판한 바 있다.

者斥太]이 함부로 조카의 이름을 부른다며 구타하여 3일 만에 죽게 한 사건이었다. 당시 전라감사는 무리지어 구타했으니 悖戾한 토호의 풍습이라고 비판했다. 형조는 정황–형제가 서로 범인이라고 주장한–이 비록 가상하지만 법을 굽힐 수 없으니 만약 살려 준다면 실로 훗날의 폐단이 될 것이라며 엄형을 주장했다.

　물론 정조는 형제의 우애를 강조하여 감사정배한 후 그것도 모자라 형제를 한 곳으로 유배하여 서로 돌보도록 조처했다. 법을 조금 굽히더라도 인륜을 부지하겠다는 취지는 인륜을 고려한 정조의 法治를 잘 보여준다. 정원용은 이러한 정조의 흠휼 정신이 익종으로 이어졌다고 칭송했다. 교화에 치중하면서 寬刑을 베푸는 것이야말로 善政의 증거였다. 정원용이 선왕 정조의 뜻으로 파악한 '惟輕'의 정신이었다.

　현존하는 정원용의 『惟輕錄』은 두 가지다. 첫째, 그가 형조판서로 재직 중이던 순조 31년(1831) 4월부터 순조 32년(1832) 9월까지 판결한 전국의 살옥 사건 題辭를 수집한 책이다. 모두 31건의 살인 사건이 수록되어 있는데, 앞에서 언급한 罪疑惟輕의 원칙, 즉 '오직 가볍게 처벌한다'는 정신이 이 책을 관통하고 있다.[54]

---

54)　1) 南部姜道興推擠李順培致死 (壬辰9월獄成), 2) 西部金祿伊勒殺文淑亥(壬辰9월獄成), 3) 善山林元伊捽擲毆殺柳元得(庚寅4월獄成), 4) 尙州金學俊踢殺李林文(癸未9월獄成), 5) 尙州李周廷打殺李卜德(庚寅정월獄成), 6) 密陽李秉賢毆殺其妻朴召史(丙戌10월獄成), 7) 肅川朱同踢殺鄭龍宅(乙丑6월獄成), 8) 价川朴成甲壓殺其妻吉召史(庚辰10월獄成), 9) 德川朴景涉踢殺其妻趙召史(庚寅3월獄成), 10) 中和柳淂燁踢殺金走阿(丁亥8월獄成), 11) 中和金之鍊踢殺李䕫同(辛卯4월獄成), 12) 高陽金大春踢殺金聖根(庚寅12월獄成), 13) 楊根李小元打殺金萬北(辛卯정월獄成), 14) 廣州崔昌仁踢殺高巖回(壬申8월獄成), 15) 廣州金順大刺殺韓召史(辛卯8월獄成), 16) 天安李源慶捽踢殺金光顯(丁亥6월獄成), 17) 松禾車允玉踢殺林成業(己巳12월獄成), 18) 白川金丁賢踢殺鄭右乭(甲申9월獄成), 19) 海州崔靑金踢殺金汗光(癸未6월獄成), 20) 黃岡朴尙儉踢殺張芴竹(己丑3월獄成), 21) 黃岡趙仁變趙裕變兄弟刀刺李仁乾(壬辰7월獄成), 22) 茂山兪仁

둘째, 정원용이 순조 33년(1833, 癸巳), 순조 34년(1834, 甲午), 순조 35년(1835, 乙未) 3년에 걸쳐 평안감사로 재직하면서 처리한 평안도의 살옥 심리 및 題辭 모음이다.[55)]

이들『惟輕錄』에는 정원용의 형정론이 유경의 寬刑이었음이 잘 드러나 있다. 사건들을 몇 가지로 분류해보면, 첫째, 가장 두드러진 유경의 대상은 疑獄 사건들이었다. 정원용은 '죄의유경'에 근거하여 사죄를 상명하는 대신 次律인 감사정배로 減刑했다.

〈南部姜道興推擠李順培致死〉는 순조 32년(1832) 한양 남부에 사는 강도흥과 이순배가 馬世 문제로 다투다가 강도흥이 이순배를 살해한 사건이다. 1832년 당해에 사건이 해결되지 않고 판결이 지연되어 1835년에서 이르러 의옥으로 마감되었다.[56)] 강도흥은 杖 일백 이후 함경도로 流三千里 되었다.[57)] 실인이 확실하지 않고 증언들도 충분치 않다는 것이 이유였다.

유경의 정신은 〈善山林元伊捽擲殺柳元得〉 건에도 그대로 이어졌다.

世打殺安汝江(己卯정월獄成), 23) 安邊白宗元觸殺全明祿(己丑6월獄成), 24) 洪原金宗得踢殺金尙水(庚申6월獄成), 25) 定平韓智德打殺其妻張召史(辛巳3월獄成), 26) 甲山沈光進築殺玄尙敏(戊子12월獄成), 27) 羅州申卜孫以煙竹戱殺林三福(辛卯3월獄成), 28) 潭陽朴太仲以煙竹戱殺李仁興(辛卯6월獄成), 29) 全州徐業孫踢殺李以石(辛卯11월獄成), 30) 金提張先希踢殺朴召史(辛卯5월獄成), 31) 羅州梁乃春打殺金連破回(辛卯12월獄成)

55) 모두 5권으로 연세대학교 도서관에 소장 중이다. 권1~3은 주로 檢驗을 동반한 사건 조사의 檢題이며, 권4~5는 검시하지 않고 訊問만으로 이루어진 조사 보고의 査題를 기록하였다. 한편 서울대학교 규장각에는『惟輕錄』권4의 일부만 기록된 零本이 소장되어 있다(규장각 도서번호: 古 5125-21)

56)『承政院日記』헌종 1년(1835) 윤6월 25일(계미) "又啓目粘連, 京囚姜道興獄事, 實因旣不明的, 詞證又未俱備, 似此眚災之獄, 合有參恕之道, 而獄體至重, 上裁, 何如? 判付啓, 依回啓施行"

57)『承政院日記』헌종 1년(1835) 윤 6월 26일(갑신)

1830년 선산의 임원이와 유원득이 葬地 문제로 다투다가 임원이가 유원득을 구타 살해한 사건이었다. 당시 초검에서는 상흔을 발견할 수 없었고, 복검에서도 분쟁의 원인을 확실히 알 수 없다고 보고했다. 이에 형조는 구타살해가 아닌 우연히 병환과 겹치면서 죽게 된 건으로 임원이를 사형에 처할 수 없다는 의견을 내었다. 이후 임원이는 감사정배되었다.[58] 본 사건의 경우에도 의옥을 사죄에 처하지 않는다는 원칙을 적용했다.

〈全州徐業孫踢殺李以石〉 건은 洞任 서업손이 還穀 문제로 이이석과 다투다가 구타 살해한 경우였다. 1832년 형조의 계목을 보면, 시친의 진술이 믿기 어려운데다 사건이 오래되어 정확한 사정을 알 수 없으므로 償命하지 않고 次律에 처하도록 요청했다.[59]

〈天安李源慶捽踢殺金光顯〉 사건의 경우 當捧錢 채납 문제로 싸우던 중 이원경이 김광현을 구타 살해한 것이다. 사건이 발생했던 1828년 순조의 판부를 보면, 많은 사람들이 호강 이원경의 구타를 증언했고, 설사 고의로 죽이려던 것은 아니지만 용서할 수 없다고 판단했다.[60] 그러나 이후 1832년 정원용의 형조 재직시의 형조 계목에는 이원경이 머리를 잡고 발로 찼다는 증언과 비상을 먹고 자살했다는 공초 가운데 〈확증할 만한 내용이 없다〉고 보고했다. 의옥으로 판단했던 것이다.[61]

---

58)『承政院日記』순조 32년(1832) 9월 2일(을사) "粘連善山林元伊獄事, 初檢曰, 初無痕跡, 覆檢曰, 難執喝起, 蓋當場受傷, 可驗不重, 適會患病, 不是無理, 施以次律, 何如? 判付啓, 依回啓施行爲良如敎"

59)『承政院日記』순조 32년(1832) 9월 5일 "又啓目, 粘連全州徐業孫獄事, 毆踢眞贓, 苦招難信, 心坎痕損, 執因是的, 而當初起鬧, 咎先由彼, 年久絶援, 法或可原, 施以次律, 何如? 判付啓依允"

60)『承政院日記』순조 28년 12월 29일 "判付達, 以若豪右武斷之習, 有此捽踢戕傷之擧者, 衆口有證, 斷案莫逃, 則雖不必豫蓄殺心而豈可以此原恕, 雖有此自鳴冤狀, 而豈可以此容貸? 依曹讞嚴訊取服爲良如敎"

한편, 〈金提張先希踢殺朴召史〉 사건의 경우 장선희가 전답에 물을
대는 문제로 朴 召史와 다투다가 구타하여 죽인 일이다. 1832년의 형조
계목을 보면 刑推를 계속할 것에 대해서만 언급했다.[62] 정원용이 형조에
재직시 사건이 완료되지 않았던 것으로 보인다. 본 사건은 10년이 지난
1842년에도 결국 3명의 현장 목격자들의 증언이 서로 달라 의옥으로
처분되었다.[63]

둘째, 過失致死의 경우, 유경의 원칙을 적용했다.

〈羅州申卜孫以煙竹戱殺林三福〉 사건의 경우 술집 주인 申卜孫이
외상값을 갚지 않는 林三福의 코 부위를 煙竹으로 찔러 살해한 일이었
다. 형조의 계목을 보면, 원한을 품고 벌어진 사건이 아닌데다 코는 급
소가 아닌데, 우연하게도 연죽이 콧구멍을 찔러 사단이 벌어졌다고 보
았다. 사건 후에 신복손이 구료에 힘을 기울였다는 사실로 보아 사건을
은폐하려던 생각도 없었다고 보았다. 결국 과실로 보아 가볍게 차율에
처했다.[64]

〈洪原金宗得踢殺金尙水〉 사건은 김종득이 다른 사람과 싸우는 데
이를 말리던 김상수를 도리어 구타 살해한 일이다. 사건은 수십 년 전
에 발생했고, 김종득은 나이가 70이 넘은데다 당초 싸움의 발단이 우연

---

61) 『承政院日記』 순조 32년(1832) 9월 2일 "又啓目, 粘連天安李源慶獄事, 捽踢已具,
   諸招服砥, 終無明證, 依前訊推, 何如? 判付啓依允"

62) 『承政院日記』 순조 32년(1832) 9월 5일

63) 『承政院日記』 헌종 8년(1842) 8월 5일 "又啓目粘連, 金提張先希獄事, 看證三人, 俱
   是當場目擊者, 而共看之中, 三說各自矛盾, 始也情節之當覈, 獄雖已成, 終焉訊推之屢
   行, 疑猶未析, 到今年久, 合有參酌, 上裁, 何如? 判付啓依回啓施行爲良如敎"

64) 『承政院日記』 순조 32년(1832) 9월 11일 "又啓目, 粘連羅州申卜孫獄事, 分錢非蓄怨
   之物, 傷鼻非必死之症, 而衝笠之竹, 誤觸鼻孔, 驚劫救療, 自歉身數, 情豈有隱? 心實
   靡他, 斷以戕害則涉重, 論以過失則失輕, 施以次律, 何如? 判付啓, 依允"

히 벌어진[邂逅] 데 가깝다고 판단하여 차율에 부쳐 정배했다.[65]

셋째, 처첩의 살해를 감형한 경우이다. 〈定平韓智德打殺其妻張召史〉 사건은 한지덕이 李光哲과 싸우다가 冠巾을 잃어버리자 화가 났는데, 부인 張 召史가 빨리 망건을 찾아오지 않는다며 몽둥이로 구타 살해한 일이다. 종로에서 뺨을 맞고 한강에서 분풀이를 한 전형적인 사건이었 다. 당시 형조는 30년 부부의 삶이 하루아침에 죽음으로 끝났지만 사정 을 감안해보면 뜻밖의 과실[邂逅]에 불과하므로 참작하여 차율에 처분하 자고 요청했다.[66]

〈价川朴成甲壓殺其妻吉召史〉 사건의 경우, 박성갑이 중병을 앓았던 부인 吉 召史를 살해한 일이었다. 무언가 속설을 믿고 부인을 치료하던 중 죽게 한 사건으로, 순조는 여러 대신들의 의견을 물었다. 영의정 남공 철은 천으로 된 주머니가 애초에 흉기가 될 만한 물건이 아니었다고 주장했다. 형조는 엄형으로 풍속을 교정해야 한다면서도 미신에 빠져 저지른 행동임을 고려해야 한다고 말했다. 결론적으로 박성갑은 감사정 배되었다.[67]

다음 〈德川朴景涉踢殺其妻趙召史〉 건은 박경섭이 처 趙 召史의 바

---

65) 『承政院日記』 순조 32년(1832) 9월 11일 "又啓目, 粘連洪原金宗得獄事, 年紀則已爲 七十三歲, 囚推則旣過三十餘年, 當初起鬧, 跡近邂逅, 年久絶援, 法或原貸, 施以次律, 何如? 判付啓依允"

66) 『承政院日記』 순조 32년(1832) 9월 11일 "又啓目, 粘連定平韓智德獄事, 以三十載同 室之誼, 因一朝移乙之忿, 下手固不分其緊歇, 用心決不存於戕害, 跡異過失, 情涉邂逅, 施以次律, 何如? 判付啓依允"

67) 『承政院日記』 순조 32년 9월 11일 "刑曹啓目, 粘連, 价川朴成甲獄事, 謹依判付, 問 議于大臣, 則領議政南公轍以爲, 紬帒瓠蔓, 元非行兇之器, 當初實因, 未免臆斷, 而曹 讞之不欲傅生, 雖出勵俗, 兇身之惑信俗說, 無怪其言, 特施次律, 固合疏鬱之政云矣 臣 曹之當初議讞, 實出懲惡, 而聖敎特軫於疑輕, 揆奏請傳於原貸, 到今從輕, 亦合欽恤之 義, 上裁, 何如? 判付啓, 依大臣議, 施以次律爲良如敎"

느질 솜씨가 나쁘다며 꾸짖다가 구타하여 죽인 일이다. 당시 형조의 啓目을 통해 정원용의 생각을 살필 수 있다. 선왕께서 내린 판부를 보면 남편이 처를 죽인 경우 정리가 패려하지 않다면 법대로 償命한 적이 없다는 것이다. 정원용은 조 씨 부인을 구타 살해한 박경섭을 정상참작하여 次律로 처벌하도록 요청했다.[68]

마지막으로 倫常의 강조를 위한 감형 사례들이다.

〈高陽金大春踢殺金聖根〉건은 숯을 구워 파는 김대춘이 雇工 김성근이 말을 듣지 않는다면서 동네 사람들과 함께 懲治 차원에서 장 10대를 쳤다가 죽게 한 일이다. 당시 형조는 사건의 발단이 패악한 고공 김성근으로 인해 발생하였으므로, 사정을 감안해 볼 때 감형해야 한다는 의견을 내놓았다. 주인과 머슴의 윤리를 강조하여 유경을 적용한 것이다.[69]

〈茂山兪仁世打殺安汝江〉 사건의 경우 안여강이 유인세의 어머니와 다투자 유인세가 안여강을 결박하여 추운 마당에서 얼어 죽게 했다. 당시 구타살해인지 동사인지 실인이 확정되지 않은데다가, 노모의 被打를 보고 유인세가 아들의 입장에서 안여강을 구타한 일은 사정상 당연한 일이요, 누군가를 죽이려는 마음에서 벌어진 사건이 아니라는 점이 강조되었다. 결론적으로 안여강은 감사정배되었다.[70]

〈海州崔靑金踢殺金汗光〉건은 최청금이 취중에 김한광의 아버지를

---

68) 『承政院日記』 순조 32년 9월 5일 "又啓目, 粘連德川朴景涉獄事, 以平日厭薄之心, 乘憤推踢, 勢必有是, 以同室伉儷之義, 蓄凶戕害, 理必無是 謹稽先朝判付, 夫殺妻償命, 在法雖然, 除非情理絶悖, 未曾實法, 此獄從輕, 參情卽然, 施以次律, 何如? 判付啓依允"

69) 『承政院日記』 순조 32년 9월 2일 "刑曹啓目, 粘連高陽金大春獄事, 酗喧本由雇悖, 禁治卽是主責跡近邂逅, 情宜原恕, 上裁, 何如? 判付啓, 依回啓施行爲良如敎"

70) 『承政院日記』 순조 32년(1832) 9월 11일 "又啓目, 粘連茂山兪仁世獄事, 檢帳之似打似凍, 可見執因之難的, 沿屍之或撞或擦, 難定下手之眞證, 老母被踢, 傷無救解, 其子致踢, 情勢必然 今彼之死, 非由殺心, 施以次律, 何如? 判付啓依允"

욕하자 김한광이 최청금을 구타했다. 이때 최청금의 어머니 宋 召史가 흉기로 김한광의 머리를 가격하여 살해했다. 어머니 송 씨가 김한광을 죽인 범인이었지만 아들 최청금은 어머니 대신 정범을 자청했다. 당시 어머니를 대신한 아들의 효성은 윤리에 합당하지만 법에는 흠결이 있다고 판단, 어머니를 죄인으로 확정해야 한다는 의견이 있었지만, 결론적으로 애초에 김한광을 죽이려던 것이 아니었으며 어머니를 대신하려는 아들의 도리를 감안하여 차율로 처분되었다.[71]

요컨대, 『袖香編』에서 『惟輕錄』에 이르기까지 정원용의 판결 원칙은 '惟輕'과 '寬刑'이었다. 정원용은 특히 정조의 好生之德을 칭송했다. "경술(1790년, 정조14) 8월에 정조께서 경외의 중범죄인[重囚]를 심리하면서 202명 중 195명을 살려주는[傅生] 덕을 베푸셨다. 또한 각 도의 죄수 가운데 70세 이상은 모두 석방했다. 정조는 즉위 초부터 형옥을 흠휼하시는 데 매우 지극했다. 한 명의 지아비도 억울하지 않도록 매해 심리를 거르지 않았다. 친히 옥안을 열람하여 반드시 죽을 곳에서 살릴 방도를 찾았다."[72]

결국 정원용이 이해한 정조의 심리 정신은 인륜을 중시하고 풍속을 교화하기 위해서 법을 잠시 굽힐 수 있다는 것이었다. 사실 정조의 심리는 단지 교화를 위해 법을 굽히는 데 그친 것은 아니었다. 정조는 철저한 조사과정과 엄밀한 법적 추론 이후라야 흠휼의 애민정신을 펼 수 있다고 보았다. 아울러 일방적으로 법을 굽힌다면 다산의 우려대로 도

---

71) 『承政院日記』 순조 32년(1832) 9월 2일 "又啓目, 粘連海州崔靑金獄事, 以子換錄, 雖合敦倫, 代母定犯, 終欠平法, 原其心則非出蓄殺, 論其情則可傅疑輕, 施以次律, 何如? 判付啓, 依回啓施行爲良如敎"

72) 『袖香編』 〈庚戌審理之盛德〉 참조.

리어 덕의 교화에 치명적이었다. 그럼에도 19세기 초반 정원용은 정조의 심리를 '好生之德의 寬刑'으로 이해했다.

살인에 대한 寬容 정책은 한편으로는 도덕교화에 도움을 주는 동시에 다른 한편으로는 사적 폭력의 증가를 용인하는 원인이 될 수도 있었다.

백과사전학자 정원용의 『총진편금』 필사본 소장 현황과 과제

박혜민

1. 들어가며 – 정원용의 지식의 축적

정원용(鄭元容)은 순조(純祖) 2년(1802)에 과거에 급제한 이후 헌종(憲宗), 철종(哲宗), 고종(高宗)까지 4조(朝)를 섬기며 요직을 두루 역임하였고 헌종 3년(1848)에는 영의정까지 올랐다. 헌종 승하 후 고종이 즉위하기까지 국정을 관장하였는데 당시 그의 나이가 팔질(八秩)을 넘은 즉 81세였다. 그는 삼공(三公)을 거치면서 조정의 일에 노숙하였기 때문에 말년에 이르러서는 중국, 조선의 전장(典章)과 의례(儀禮)에 관한 많은 기록을 수집하고 편집하였다. 그것은『문헌촬요(文獻撮要)』,『수향편(袖香編)』,『총진편금(叢珍片金)』을 통해 확인할 수 있다.

『문헌촬요』는 1851년에 쓴 서문이 실려 있고 우리나라 상고시대부터 당대까지의 문물제도와 그와 관련한 고사를 기록한 책이다.[1]『수향편』

---

1) 허경진,『문헌촬요(文獻撮要)』해제 참조.

은 1854년에 쓴 서문이 실려 있고 조선 조정의 전장, 의칙 및 사가(私家)의 덕행, 선배(先輩)의 문장과 의론을 모은 것이다.[2] 이 두 책 모두 체제를 세워 분류나 순서를 짓지 않았다. 『총진편금』은 서문이 남아 있지 않아 편집년도는 명확하지 않다. 그러나 『수향편』권4 〈저찬제서(著撰諸書)〉조에 『총진편금』 2권이 보이는 것을 보아[3] 그가 1854년 『총진편금』 2권까지 편집하였고 그 뒤에도 기록을 추가하여 현재 남아 있는 전 6권을 완성하였음을 짐작할 수 있다. 『총진편금』은 『문헌촬요』와 『수향편』과 달리 우리나라와 관련된 전장(典章)과 고실(故實)이 아니라 중국의 것을 기록하였다는 점에서 내용상 전자의 두 책과 차이가 있다. 그러나 여러 문헌에서 흥미로운 기록을 발췌하여 항목화하여 나열하고 특별한 체제를 세우지 않았다는 점에서 형식상 전자의 두 책과 같다.

본고에서는 『총진편금』의 필사본의 현황을 정리하고 『총진편금』의 구성과 내용에 대해 선행 연구에서 언급되지 않은 몇 가지 사항을 언급할 것이다. 그리고 마지막으로 조선 후기에는 『총진편금』과 같이 여러 문헌에서 발췌하여 항목화한 후 분류체계를 세우지 않고, 안어(按語)도 부기하지 않은 글쓰기 방식을 가진 텍스트가 다수 생산된다. 그러한 텍스트들에 대한 연구의 방향에 대해 이야기하고자 한다.

---

2) 『수향편』의 체재와 내용에 관해서는 한국학중앙연구원출판부에서 나온 번역본을 참조하였다.(정원용 공저, 신익철·조융희·박정혜·전경목 역, 『수향편』, 한국학중앙연구원출판부, 2018)

3) 정원용 공저, 신익철 외 역, 전게서(2018), 469쪽.

2. 『총진편금』 필사본 소장 현황

『총진편금』은 전 6권으로 이칭으로 '정회록(鯖薈錄)'이라고도 한다. 일본 정가당문고(静嘉堂文庫)의 소장본을 저본으로 하여 1984년에 서벽외사해외수일본 총서(栖碧外史海外蒐佚本叢書)로 아세아문화사에서 영인되었다.[4] 그 외에 연세대에 5, 6권, 동양문고에 1, 2권으로 낱권 소장되어 있다. 아래는 필사본 소장 현황을 표로 정리한 것이다.

서명	소장처	소장 권수	비고
鯖薈錄	日本 静嘉堂文庫	1-6 卷	표지에는 '鯖膾錄', 속지에는 '叢珍片金'이라고 되어 있음. 표지에 각 권마다 '禮·樂·射·御·書·數'라고 六藝의 과목을 순서대로 달고 있다.
叢珍片金	日本 東洋文庫	1, 2卷	'經山書室抄謄'에서 '經山'이 삭제되어 있음.
叢珍片金	연세대학교	5, 6卷	

'정회록'이라는 서명은 '오후정(五侯鯖)' 고사에서 유래한 것으로 그 고사가 정가당문고본과 동양문고본 1권 10조목에 실려 있다.

한(漢) 오후(五侯)는 서로 사이가 좋지 못하여 빈객들도 서로 왕래하지 못하였다. 누호(婁護)가 말을 잘하여 오후의 집을 옮겨가며 만났는데 그들의 환심을 사서 다투어 진기한 음식을 보내왔다. 누호는 받은 것을 섞어 요리하고 '정(鯖)'이라 하였다.[5]

---

4) 『鯖薈錄』, 아세아문화사, 1984.

5) 『叢珍片金』卷一: 漢五候 不相能 賓客不相往來 婁護豊辯 傳會五侯間 各得歡心 競致 奇膳 護乃合以爲鯖

'오후'는 한(漢) 성제(成帝)가 하평(河平) 2년에 같은 날 봉작한 왕담(王譚) 평아후(平阿侯), 왕상(王商) 성도후(成都侯), 왕립(王立) 홍양후(紅陽侯), 왕근(王根) 곡양후(曲陽侯), 왕봉시(王逢時) 고평후(高平侯)를 가리킨다. 같은 날에 봉작되었기 때문에 그들을 '오후'라고 불렀는데 서로 시샘하여 왕래를 하지 않았다. 오후의 빈객들도 다른 오후의 거처에 오고갈 수 없었다. 그런데 오직 누호라는 자가 언변이 좋아 오후의 거처를 두루 다녔다. '정'은 누호가 오후로부터 받은 진귀한 어류와 육류를 모두 섞어 요리한 것을 가리킨다. 그래서 '후정(候鯖)'이 서명으로 쓰일 때는 잡록(雜錄)이나 총초(叢抄)의 의미를 지니는데 북송(北宋) 조금시(趙今時)의 『후정록(候鯖錄)』이 그러한 예이다.[6)

그러므로 '정회록'은 독서를 하다 베껴 쓴 것[鯖]을 모은[薈] 것이라는 의미를 지닌다. 이것은 진기한 것[珍]을 모아[叢] 편금(片金)을 만든다는 의미인 '총진편금'과 같이 회집(匯集)의 글쓰기 방식을 간명히 보여주는 서명이다. 그러나 정가당본만이 '정회록'이라는 서명을 달고 있고 동양문고본과 연세대본에서는 그 서명을 찾아볼 수 없다. 또한 정원용의 서문이 없기 때문에 어느 쪽이 본래 서명인지 알기 어렵다. 여기에서는 세 책 모두 『총진편금』이라 통칭할 것이다.

정가당본이 1권부터 6권까지 모두 남아 있어 동양문고본 1, 2책과 연세대본 5, 6책을 비교할 수 있다. 세 책 모두 같은 수의 조목을 담고 있고 누락 및 추가된 조목도 존재하지 않는다. 예컨대 동양문고본 1권과 정가당본 1권의 경우, 글자 차이가 있다. 동양문고본 1권 1조목 "역대의 문장을 안 연후에야 함께 문장의 체(體)를 논할 수 있다(知歷代之文

---

6) 葛洪作; 成林, 程章燦譯注, 『西京雜記』, 臺灣古籍出版, 1997, 56~57쪽.

章然後 可與論文章之體矣)"라는 구절에서 정가당본은 '文章' 대신 '文士'
로 되어 있는 정도이다. 오히려 정원용이 초록하다 범한 오류를 필사의
과정에서 두 본 모두 답습하고 있음을 발견할 수 있다.

> 이백(李白)은 낮잠 자는 것[午睡]을 탄반(攤飯)이라고 하였고 소식은 새
> 벽에 술 마시는 것[晨飮]을 요서(澆書)라고 하였다.[7]

위의 구절은 육유(陸游)의 〈춘만촌거잡부(春晚村居雜賦)〉의 자주(自注)
를 인용한 것이다. 낮잠을 '탄반'이라고 한 것은 이백이 아니라 이황문(李
黃門)이다. 정원용이 잘못 초록한 것인데 정가당문고본과 동양문고본
모두 이 오류를 답습하고 있다. 그 외에도 두 책이 오자를 그대로 필사한
예로 "(천자의 거처를) 진시황이 처음으로 전전(前殿)이라 칭하였다(秦時皇
始稱前殿)"라는 구절에서 '진시황'의 '始'를 '時'라고 한 것, "사마군이 신
시(辰時) 이각(二刻)전 배알하였다(司馬君以辰時二刻前朝)"라는 구절에서
'사마광(司馬光)'을 '사마군'으로 한 것 등이 있다. 이러한 필사 상황을
보았을 때 두 본이 모두 같은 저본으로 하였음을 알 수 있다.

3. 『총진편금』의 구성과 내용

『총진편금』은 전 6권으로 이루어져 있고 각 권은 낱낱의 조목으로
이루어져 있다. 1권은 218조목, 2권은 215조목, 3권은 208조목, 4권은
209조목, 5권은 189조목, 6권 180조목이다. 전술과 같이 이 조목들은

---

7) 『叢珍片金』卷一: 李白以午睡爲攤飯 東坡以晨飮爲澆書

유별화되어 있지 않고 각기 독립적으로 나열되어 있다. 예컨대 1권의 경우 109조목 "한(漢)의 모든 왕궁은 모두 금중(禁中)이라고 하였다(漢凡王宮 皆曰禁中)"부터 167조목 "당(唐)의 조령은 비록 한림학사에서 나왔으나(唐詔令雖一出于翰林學士)"까지 총 59개의 조목은 모두 송(宋) 섭몽득(葉夢得)의 『석림연어(石林燕語)』에서 발췌하여 항목화한 것이다. 그러나 108조목은 '상(商)'의 어휘를 설명하는 기사로 109조목 이하 중국 한·당·송조의 제도와 무관하다.

한편 조목을 서술하는 방식은 인용서의 텍스트를 그대로 베끼는 것이 아니라 키워드 중심으로 요약 발췌하는 것이다. 아래는 황제의 칭호에 관한 내용을 다루는 164조목이다.

> 『叢珍片金』 진(秦)이 처음으로 황제(皇帝)를 칭하였고 당(唐) 무후(武侯)가 존호를 더하여 성신황제(聖神皇帝)라고 호(號)하였다. 중종(中宗)은 응천황제(應天皇帝)라 하였고 그 후 더욱 늘여서 많은 것은 10여 자에 이르렀다. 이는 살아있을 때 시호를 붙이는 것이니 과연 무슨 예인가? 인종(仁宗) 경우(景祐) 초 군신이 개원 때의 고사를 인용하여 '경우(景祐)'를 호로 삼으라 청하였다. 이때부터 매번 남교대례(南郊大禮)에 백관이 배표(拜表)하고 존호를 더하여 귀미(歸美)의 뜻을 보였다.[8]

> 『石林燕語』 본래 진황(秦皇)이라 칭하고자 했으나 이미 '진(秦)'자가 삭제되고 황제(皇帝)라 칭하였으니 진실로 지나친 것이다. 한(漢) 이후 인습하여 바꿀 수가 없었다. 당(唐) 무후(武侯) 천수(天授) 연간에 존호를 더하

---

8) 『叢珍片金』卷一 : 秦始稱皇帝 唐武侯加尊號曰聖神皇帝 中宗曰應天皇帝 其後更相衍 多至十餘字 此乃生而爲諡 果何禮哉 仁宗景祐初 羣臣用開元故事 請以景祐爲號 自是每 遇南郊大禮 則百官拜表 加上尊號 以示歸美之意

여 성신황제(聖神皇帝)라고 하였고, 중종(中宗) 신룡(神龍) 연간에 존호를
더하여 응천황제(應天皇帝)라고 하였으며, 명황(明皇, 현종)이 또한 연호를
덧붙여서 개원황제(開元皇帝)라고 칭하였다. 그 후 더욱 늘여서 많은 것은
10여 자에 이르렀다. 이는 살아있을 때 시호를 붙이는 것이니 과연 무슨 예
인가? 본조(本朝, 宋朝)초 폐지하고 실행하지 않았다. 인종(仁宗) 경우(景
祐) 초에 군신이 개원 때의 고사를 인용하여 '경우(景祐)'를 호로 삼으라 청
하였다. 이때부터 매번 남교대례(南郊大禮)가 끝나면 백관이 배표(拜表)하
고 존호를 더하여 귀미(歸美)의 뜻을 보였다.[9]

위는 귀미(歸美)의 뜻, 즉 시호나 존호를 올리는 일에 관한『석림연어』
의 구절과 그것을 발췌하여 기록한『총진편금』의 구절을 비교한 것이다.
정원용은『석림연어』에서 일의 연유, 연호 등을 삭제하고 진시황–황제
(皇帝), 당 무후–성신황제(星辰皇帝), 당 중종–응천황제(應天皇帝)라는 관
계가 잘 드러나도록 고쳐 썼다. 한 조목이 1, 2행으로 그치는 경우가 아니
면 대부분의 조목들은 이와 같이 요약 발췌하는 방식으로 쓰여 있다.
대부분의 조목은 출처를 밝히고 있지 않다. 그러나 예컨대 1권 218조
목의 경우 "평소의 사귐이 좋았는데 하루아침에 작은 이해관계에 직면하
여 원수가 되는 것은 그 사귐이 바른 데에서 나오지 않았기 때문이다(平
時交好 一朝臨小利害 爲仇敵 由其交之未出於正也)"라는 내용 뒤에 "서역(西
域) 이마두(利瑪竇) 우론(友論)"이라고 출처를 밝히고 있다. 예수회 선교
사로 중국에 도래한 마테오 리치의『교우론(交友論)』에서 인용한 것이다.

---

9)『石林燕語』卷五 : 本欲稱泰皇 旣去泰號稱皇帝 固已過矣 漢以後因之 不能易 至唐武
后天授中 加尊號曰聖神皇帝 中宗神龍加尊號曰應天皇帝 明皇又以年冠之 稱開元皇帝
其後更相衍 多至十餘字 此乃生而爲諡 果何禮哉 本朝初廢不講 仁宗景祐初 羣臣用開元
故事 請以景祐爲號 自是每遇南郊大禮畢 則百官拜表 加上尊號 以示歸美之意

본래『교우론』에서 '一旦'으로 되어 있는 것을 '一朝'로 고쳐 발췌한 것은
태조(太祖) 이성계(李成桂)의 개명인 '단(旦)'을 피휘(避諱)한 것이다.

위와 같이 출처를 밝힌 경우가 아니더라도 대부분의 조목들은 중국
의 문헌에서 발췌한 것이다. 다만 1권 첫 번째 조목의 경우 그 내용에
해당하는 인용문헌을 찾을 수가 없다.

> 복희씨(伏羲氏)에게 하도(河圖)를 주어 팔괘(八卦)가 생겨나고, 우(禹)에
> 게 낙서(洛書)를 주어 구주(九疇)가 드러나니 이에 문(文)이 움텄다. 복희씨
> 부터 요(堯)까지 찬란하구나, 그 문(文)이여! 당우(唐虞)부터 주(周)까지 성
> 대하구나, 그 문이여! 이에 문이 활짝 피어났다. 삼대 이후 오직 양한(兩漢)의
> 문이 가장 옛것에 가까우니 이에 문의 후함에 가까워졌다. 위진(魏晉)이래
> 날마다 쇠미하여 이에 문이 점차 폐해졌다. 당(唐) 대력(大曆)·정원(正元)
> 간에 한유가 고문(古文)을 창도하고 유종원이 그에 호응하여 8대의 쇠락을
> 일으켜 일왕(一王)의 법(法)을 이루니 이에 문의 문아(文雅)가 바로잡혔다.
> 역대 문장(文章)을 안 이후에야 함께 문장의 체(體)를 논할 수 있다.[10]

정원용에게 문(文)의 도(道)는 하도(河圖), 낙서(洛書)에서 시작해서
요순시대에 있었다. 요순 삼대를 전범으로 삼기 때문에 그에게 있어 그
후의 시대의 변화상은 문(文)의 악화일로였다. 그나마 전한·후한 때 옛
모습을 회복했고, 그 이후 한유와 유종원이 고문운동으로 문장의 법을
이루었다고 여겼다. 이는 정원용이 가진 정통적인 유학자의 면모를 엿

---

10)『叢珍片金』卷一：河圖授義而八卦生 洛書畀㺀而九疇著 文之萌蘖於此矣 自伏羲而至
於堯 煥乎其有文章 由唐虞以迄於周 郁乎其爲文 文之敷榮於此矣 三代而下 惟兩漢之文
最爲近古 文之近厚於此矣 魏晉以來日就淪靡 文之蠱弊於此矣 迨於有唐大曆·正元之間
倡之以韓 和之以柳 起八代之衰而爲一王之法 文之爾雅肇於此矣 知歷代之文章然後 可
與論文章之體矣

볼 수 있다. 또한 이 조목이『총진편금』1권 첫 번째 조목이고 다른 문
헌에서 인용한 구절이 아님을 고려한다면 이는『총진편금』편집 목적
의 실마리를 보여준다고 생각한다. 여러 문헌에서 조목들을 발췌한 것
은 일차적으로는 문장을 이해하기 위함이고 궁극적으로는 올바른 문의
도를 통하게 하기 위함인 것이다.

『총진편금』의 조목이 다루는 내용은 기존의 해제자들이 지적한 것과
같이 고실(故實)·위정(爲政)·형벌(刑罰)·경서(經書)·어휘(語彙)·문학(文
學)·불도(佛道)·선도(仙道) 등 실로 다양하다.

아래는『총진편금』권1에서 주제별로 나누어 조목들을 소개한 것이다.

① 고실(故實)

『총진편금』권1에서 조목이 다루는 주제 중 가장 많은 비중을 차지하
는 것이 법령(法令), 의식(儀式), 복식(服飾) 등의 전례(典禮)에 관한 것이
다. 아래 조목은 궁궐 배치의 원칙인 삼조(三朝)와 연조(燕朝)에서 이루
어지는 의례와 그와 관련된 용어를 정리하고 있다.

> 당(唐)은 선정전(宣政殿)을 전전(前殿)으로 삼고 정아(正衙)라고 하였는
> 데 곧 과거의 내조(內朝)이다. 자신전(紫宸殿)을 편전(便殿)으로 삼고 상합
> (上閤)이라고 하였는데 곧 과거의 연조(燕朝)이다. 바깥에 별도로 함원전
> (含元殿)이 있다. 과거 천자의 삼조는 외조, 내조, 연조이다. 선정전에서는
> 대개 평소에 하는 조회를 하였고 날마다 군신을 만났다. 삭망(朔望)이 되면
> 능침(陵寢)에 제사음식 올린 후에 자신전으로 온다. 재상이 그것을 주관하
> 여 합문(閤門)을 통하여 나아가면 백관이 그를 따라서 들어오는 것을 '환장
> 입합(喚仗入閤)'이라고 하였다. (後略)[11]

② 위정(爲政)

한 위공(韓魏公)이 나라의 정무를 맡아 사자(使者)를 여러 도(道)에 보내
고 관휼민력(寬恤民力)이라고 칭하였다. 사자가 이미 떠난 후에 공은 그 일
을 후회하여 매번 밖에서 온 빈객들을 보면 반드시 묻기를 "관휼사(寬恤使)
가 군현을 어지럽게 하고 있지는 않은가?"라고 하였으니 조사(詔使)가 소요
를 일으켜 백성들이 더 불안해질 것을 염려한 것이다. 모두 폐지하였다.

왕 형공(王荊公)이 신법(新法)을 행하여 매번 사자를 보내었는데 그 중
큰 것은 '찰방(察訪)'이라고 하여 잇달아 내려 보냈다. 형공이 말하길 "『소아
(小雅)』 제2편에서 '황황자화(皇皇者華)'라고 하였으니, 사신을 보내는 것
은 우선 힘써야 할 일이다."라고 하였다.

두 공의 소견이 이와 같다.[12]

두 위정자의 외관직에 관한 각기 다른 견해를 소개하고 있다. 한기(韓
琦)는 재상이 되어 관휼사를 파견하였는데 그것이 도리어 민정을 어지럽
히자 그 제도를 폐지하였다. 왕안석(王安石)은 각 군현에 찰방을 자주
내려 보냈던 이유를 『시경(詩經)』에 나오는 '황황자화(皇皇者華)'를 인용
하여 설명하였다. '황황자화'의 첫 장은 "급히 말을 몰아 길을 가는 사람
이여, 임무를 제대로 행하지 못할까 항상 걱정일세.(駪駪征夫 每懷靡及)"
라고 시작한다. 여기서 왕안석이 언급하는 '황황자화'는 사신의 수고를
치하하는 의미로 쓰였다기보다는 사신의 임무는 임금의 덕의(德義)를

---

11) 『叢珍片金』卷一 : 以宣政殿爲前殿 謂之正衙 卽古之內朝也 以紫宸殿爲便殿 謂之上閤
卽古之燕朝也 外別有含元殿 古者 天子三朝 外朝·內朝·燕朝也 宣政常朝 日見羣臣 遇朔
望陵寢薦食 然後御紫宸 旋傳宣喚伏入閤 宰相押之 由閤門進 百官隨之入 謂之喚伏入閤

12) 『叢珍片金』卷一 : 韓魏公當國 遣使出諸道 以寬恤民力爲名 使旣行 公悔之 每見外來
賓客 必問 寬恤使者不擾郡縣否 恐詔使搔擾 民重不安也 皆罷之 王荊公行新法 每遣使
其大者曰察訪 項背相望 荊公言小雅第二篇便言皇皇者華 故遣使爲先務 二公所見如是

두루 미치게 하고 민정(民政)을 샅샅이 살펴 임금에게 전달하는 것인데 이것이 어떤 일보다 힘써야 할 일이라는 의미로 나오는 것이다.[13]

③ 형벌(刑罰)

1831년 형조판서(刑曹判書)를 지냈던 정원용은 일찍이 『유경록(惟輕錄)』을 지어 당대 살인사건 보고서를 작성한 바 있다. 아래는 살인사건 별로 동기에 따라 치죄를 달리한 일을 기록하고 있다.

송(宋) 태종(太宗) 흥국(興國) 5년에 언정현(言定縣)의 부인(婦人)이 남편의 전처 소생의 자식과 며느리에게 노하여 그들을 죽였다. (태종이) 말하기를 "형헌(刑憲)을 행하는 것은 대개 인륜에 후하다. 효도와 자애가 나는 바는 실로 천성으로 말미암는 것이다. 하물며 적자와 계모의 사이에 있어서랴. 진실로 사랑과 증오의 차별이 있다. 법(法)은 동기를 귀하게 여기니 다스림[理]을 같게 하기 어렵다. 지금까지 계모가 남편의 전처 자식을 죽이거나 해하는 것과 시어머니가 며느리를 죽이는 것은 모두 보통 사람으로 하여 따져야 할 것[사람을 죽이면 사형으로 치죄하는 것]이다."라고 하였다.

경력(慶歷)간 영주(寧州)의 9살 난 어린 아이가 사람을 때려 죽였다. (그러나) 인종은 어린아이가 싸웠으나 죽일 마음은 없었다고 여기고 벌금을 죽은 자의 집에 보낼 것을 명령하였다.

개봉(開封)의 백성이 어린 아이를 거두어 가르쳤는데 회초리로 인하여 아이가 죽는 일이 있자 부모가 그를 고소하였고 그는 옥에 갇히었다. 인종이 말하기를 "정으로는 비록 안타까우나 법 역시 굽히기 어렵다."라고 하고 장

---

13) 『簡易集』五卷 〈槐院文錄〉: 詩之皇皇者華 先王所用以遣使臣者 而春秋傳以爲君敎使臣 蓋雖若美其勤 而實敎戒之詞也 其首章曰 駪駪征夫 每懷靡反 其下四章 皆言載馳載驅 而諏謀度詢 必咨於周 是其心之常懼靡及者 惟以咨訪爲事 蓋欲以宣上德而達下情也 苟情之在所上達者 下雖未言 而當急於咨訪 況下之人言之而爲達其情 顧不又急矣乎

척(杖脊, 등허리를 치는 형)을 명하고 그를 풀어주었다.[14]

④ 경서(經書)

『시(詩)』 300은 한마디로 정리하면 '사무사(思無邪)'이고, 경례(經禮) 300
과 곡례(曲禮) 3,000은 '무불경(毋不敬)'이다. '집중(執中)' 두 자는 『서(書)』
58편(篇)의 요(要)요, '시(時)' 한 자는 『역(易)』 384효(爻)의 요이다.[15]

『시경(詩經)』은 '생각에 사특함이 없는 것[思無邪]', 『예기』의 기본예
절과 사소한 예절은 '공경하지 않음이 없는 것[毋不敬]', 『서경』은 '중용
을 잡음[執中]', 『주역』은 '때에 맞춤[時]'로 각 경서마다 그것을 관통하
는 뜻을 정리하였다.

⑤ 어휘(語彙)

영갑(令甲): 지금 사람들이 법령(法令)을 칭하여 영갑(令甲)이라고 한다.
『한서(漢書)』에 영을(令乙), 영병(令丙)이 있다.[16]

조선 후기 법령(法令)을 '영갑(令甲)'이라고 자주 썼는데 이 용어의 유
래를 밝히고 있다.

---

14) 『叢珍片金』 卷一 : 宋太宗興國五年 言定縣婦人怒夫前妻之子婦殺之 說曰 刑憲之設
厚於人倫 孝慈所生 由於天性 矧乃嫡繼之際 固有愛憎之殊 法貴原心, 理難共貫 自今繼
母殺傷夫前妻之子及姑殺婦者 並以凡人論 慶歷間 寧州童子年九歲 毆殺人 帝以童孺爭
鬥 無殺心 止命罰金入死者家 開封民聚童子敎之 有因夏楚死者 父母訟之 具獄 帝曰 情
雖可矜 法亦難屈 命杖脊捨(敕)之

15) 『叢珍片金』 卷一 : 詩三百 一言以蔽之 思無邪 經禮三百 曲禮三千 毋不敬 執中二字
是書五十八篇之要 時之一字是易三百八十四爻之要

16) 『叢珍片金』 卷一 : 令甲 今人稱法令曰令甲 漢書有令乙令丙

⑥ 문학(文學)

소식(蘇軾)의 문장은 황주(黃州)에 이른 후 사람이 미칠 수 없었다. 오직 황정견(黃庭堅)의 시만이 견줄만하였다. 소식이 만년에 바다를 건너가자 비록 황정견이라도 뒤에서 눈을 휘둥그레 뜨고 쳐다볼 수밖에 없었다. 구양수가 아들 비(棐)와 문을 논하다 소식의 글에 미쳐서 공이 탄식하며 말하기를 "너는 내말을 기억해라. 30년 후 세상 사람들은 다시 나에 대해 말하지 않을 것이다."라고 하였다. 숭녕(崇寧)·대관(大觀) 간 소식의 해외시(海外詩)가 유행하자 후세 사람들이 다시 구양수를 말하지 않았다.[17]

소식(蘇軾)은 구양수(歐陽脩) 문하에서 수학하였고 20대에 관직에 나가서 문재(文才)가 일찍이 알려졌다. 그러나 왕안석의 신법에 반대하는 구법당(舊法黨)에 속하였던 탓에 정치적 상황에 따라 여러 차례 유배를 가야했다. 결국 1097년 그의 나이 62세 때 해남도(海南島)까지 쫓겨나게 되었는데 당시 그곳은 '남황(南荒)'이라 하여 사람이 살 수 있는 곳이 아녔다. 그럼에도 불구하고 소식은 글쓰기를 멈추지 않았고 해남도에서 쓴 글은 개봉까지 전해져 유행하였다고 한다.[18] 위의 조목에서 '해외시'는 소식이 해남도에서 쓴 시를 가리킨다.

---

17) 『叢珍片金』 卷一 : 東坡文章 至黃州以後 人莫能及 惟黃魯直詩可抗衡 晚年過海 則雖 魯直瞠若乎其後矣 歐公與棐論文及坡 公嘆曰 汝記吾言 三十年後 世上人更不道著我也 崇寧·大觀間 海外詩盛行 後生不復有言歐公者

18) 조규백, 「蘇東坡의 海南島 流配詩 探索」, 『중국문학연구』 23권, 한국중문학회, 2001, 225~228쪽.

4. 마치며 – 지식의 증대와 그것을 수용하는 글쓰기 방식

일찍이『청회록』의 해제를 쓴 안대회는 이 텍스트를 '필기류(筆記類) 잡록(雜錄)'으로 정의하였다. 그리고『지봉유설』과『성호사설』과 비교하여 유별화가 이루어지 않은 점, 안어(按語)가 없는 점을 지적하였다.[19] 그 뒤 연구에서 유서를 조선 후기 명물고증학의 전통 안에서 새롭게 범주화하였다. 그는 이 논문에서『지봉유설』을 한 개인으로부터 나왔기 때문에 '잡가(雜家)', 지식을 체계화하였기 때문에 '유서(類書)'의 성격을 겸한 텍스트로 평가한다.[20] 이는 '분류체계'를 유서로 명명하기 위한 필요조건으로 상정하고 있는 것이다.

한편 진재교는 조선후기 여러 문헌에서 발췌하여 항목을 만든 여러 텍스트들에서 초록 대상이 '학술과 문예'이고, 형식상 분류체계를 갖추고 있으며, 내용상 비평적 관점을 보여주는 것들을 '차기체 필기'라고 명명하였다.[21] 그리고 이 글쓰기를 행함으로써 이루어지는 '지식의 재생산과 확산'이라는 실천의 개념도 그 명칭 안에 포함하고 있다.[22] 그리고 글쓰기 단계를 전제하는데 여러 문헌에서 초록한 조목들로 구성된 텍스트가 존재하고 그것을 분류하고 비평을 덧붙여 체제와 골격을 갖추어야 온전한 것으로 파악한다.[23] 후자의 것을 차기체 필기라는 범

19)「鯖薈錄 解題」,『鯖薈錄』, 아세아문화사, 1984, 5~10쪽.
20) 안대회,「李睟光의『芝峰類説』과 조선 후기 名物考證學의 전통」,『진단학보』98권, 진단학회, 2004, 269~271쪽.
21) 진재교,「19세기 箚記體 筆記의 글쓰기 양상:『智水拈筆』를 통해 본 지식의 생성과 유통」,『한국한문학연구』36권, 한국한문학회, 2005, 366쪽.
22) 진재교,「李朝 後期 箚記體 筆記 研究: 지식의 생성과 유통의 관점에서」,『한국한문학연구』39권, 한국한문학회, 2007, 423쪽.
23) 진재교, 전게 논문, 2005, 369~371쪽.

주에 넣어 지성사와 문화사의 흐름을 이해하는 데 있어 중요한 텍스트
로 수용하고 있다.

심경호는 분류체계와 안어의 조건을 구분하였다. 초록 후 그 내용을
체계화하면 유서, 변증을 부기하면 잡고(雜考)로 보았다.[24] 그래서 『성
호사설』을 잡고로 정의하기도 하였다.[25] 그러면서도 유서에서 분류체
계를 충분조건으로 보아 협의의 유서와 광의의 유서라는 범주를 설정
한다. 그래서 『성호사설』의 경우 협의로는 잡고지만 광의로는 유서에
포함되는 것이다.[26] 이러한 범주의 유연성은 분류체계가 되어 있지 않
고 안어가 없는 『이목구심서』와 같은 텍스트를 "필기와 유서의 경계"에
있다는 평가를 가능하게 하였다.[27]

이와 같이 선행연구자들은 유서, 필기, 차기, 잡록, 잡가, 만록 등
여러 명칭을 사용하여 조선 후기 생성된 필기라는 범박한 범주에 속하
는 텍스트들을 파악하고자 하였다. 그래서 같은 텍스트를 두고 그 글쓰
기 방식을 다양하게 명명한다. 이에 대해 김문용은 유서의 범주를 재설
정하자는 제언을 하였다. 유서의 문체적 특징을 지식의 안집(匯集), 지
식의 항목화, 지식의 분류, 지식의 변증 네 가지로 정리하고 이 특징들
을 부분적으로 공유하고 일부가 부족하거나 결여되더라도 외적 조건,
즉 다른 유서들과의 지식사적 연계성을 고려하여 유서 여부를 판별해
야 한다는 것이 요지이다.[28]

---

24) 심경호, 『한국 한문기초학사』 2, 태학사, 2012, 327쪽.

25) 심경호, 「성호의 僿說과 지식 구축 방식(1)」, 『민족문화』 49권, 한국고전번역원, 2017,
141쪽.

26) 심경호, 「성호의 僿說과 지식 구축 방식(2)」, 『민족문화』 49권, 한국고전번역원, 2017,
292쪽.

27) 심경호(2012), 전게서, 630~631쪽.

그의 유서의 범주에 관한 제언은 『총진편금』이 학술적 지평에서 어디에 위치하는가에 대한 실마리를 제공한다. 서학(西學) 전래 이후 서적 유통이 성행하면서 사대부들이 접할 수 있는 지식정보의 규모는 전시대와 비교할 수 있는 것이 아녔다. 이러한 문화사적 변화와 동시에 생산된 것이 『총진편금』과 같이 다양한 문헌을 열람하고 흥미로운 정보를 초록하여 항목화에 그친 텍스트들이다. 이 일련의 텍스트들의 시대적 연계성을 고려한다면 '지식의 증대'라는 지적 흐름을 반영하는 글쓰기 방식의 하나로 바라볼 수 있는 가능성을 시사하기 때문이다. 지금까지 『총진편금』은 형식상 분류체계가 이루어지지 않았고, 내용상 중국 문헌에서 발췌한 다양한 주제의 조목들의 나열이며 정원용의 비평적 관점도 존재하지 않는다. 이러한 점 때문에 『총진편금』은 연구대상으로써의 가치를 인정받기 어려웠다. 본고에서는 『총진편금』의 필사본 소장 현황과 각 필사본 간의 관계를 언급하는 데 그쳤다. 향후 과제로 『총진편금』의 글쓰기 방식이 지닌 시대적 위상을 밝히는 문제를 남기고 마무리하고자 한다.

---

28) 김문용, 「조선후기 유서 지식의 성격」, 『민족문화연구』 83권, 고려대학교 민족문화연구원, 2019, 18~21쪽.

목민관 정원용의 북방 인식

-『북행수록』을 중심으로 -

최영화

1. 머리말

본고는 정원용(鄭元容, 1783~1873)의 『북행수록(北行隨錄)』을 대상으로, 19세기 전기 조선 관원 정원용의 북방 인식을 고찰하고, 이러한 인식에 기초한 북방 정책의 경향성을 살펴보는 것을 목적으로 한다. 정원용은 1802년에 문과에 급제한 이후 70여 년간 관직에 있으면서 병조판서, 이조판서, 예조판서, 우의정, 좌의정, 영의정 등 중앙 요직을 두루 지냈다. 또한 선후로 전라도 관찰사, 강원도 관찰사, 평안도 관찰사, 함경도 관찰사 등 지방 최고관직에 머물렀다. 정원용은 행정 능력이 탁월하였고, 학문이 뛰어나 젊은 시절부터 성균관 대사성, 규장각 제학, 홍문관 제학 등을 지냈다. 만년에는 실록청의 총재관을 맡아 『哲宗實錄』의 편찬을 주도하기도 하였다. 정원용은 기록을 중시하여 돌아가는 날까지 일기를 썼고, 다양한 성격의 저술을 남겼다. 현전하는 정원용의 저술에는 『經山北征錄』, 『약산록』, 『기성록』, 『관첩록』, 『서첩록』, 『유경록』, 『북첩록』,『총진편금』,『수향편』,『연사록』,『경산일록』,『쇄사동정일기』
등 12종이 있다.[1]

『북행수록』은 정원용이 회령 부사 재임 기간(1829.8~1830.12)에 함경
도 회령 및 北關 지역의 사정을 조사하여 기술한 것으로, 〈北略擬議〉와
〈鐵北拾錄〉 두 부분으로 구성되었다. 현전하는『북행수록』은 필사본으
로 규장각(청구기호: 古 4794-1-v.1-3)에 소장되어 있다.『북행수록』은
『경산북정록』의 일부인 〈鐵北拾錄〉, 〈北略擬議上〉, 〈北略擬議下〉를
따로 묶어 놓은 것이다. 현재『경산북정록』은 연세대학교에 필사본으로
소장되어 있는데, 정원용이 회령 부사 재임 시절의 시문을 집대성한 저
술이다. 권1과 권2는 회령에서 지은 詩들이고, 권3은 序文, 箋文, 묘지명
등의 雜著들을 수록하였으며, 권4는 〈枕談錄〉, 권5는 〈鐵北拾錄〉, 권6
은 〈北略擬議上〉, 권7은 〈北略擬議下〉, 권8은 〈讀易日記〉, 권9는 〈選
職攷綱〉, 권10은 〈北征日錄〉 순으로 되어있다.『경산북정록』의 권5,
권6, 권7을 독립시킨 것이『북행수록』이다.

---

1) 허경진,『정원용 관련 저술 해제집』, 보고사, 2009.
　　연세대학교 도서관에 정원용의 저술과 그의 아들 鄭基世, 손자 鄭範朝의 저술도 함께
　소장되어 있는데 허경진이 관련 해제를 진행하였다. 정원용의 생애와 저술에 대해서는
　허경진이 펴낸『정원용 관련 저술 해제집』을 주로 참고하였다. 정원용의 저술에 대해서
　광명문화원에서 펴낸『경산 정원용: 가승 고문서 해제』, 광명문화원, 2006)와 허경진의
　『정원용 관련 저술 해제집』, 보고사, 2009) 등 두 권의 해제집이 있고, 허경진·구지현이
　『경산일록』, 보고사, 2009)을 번역하여 출간하였다. 관련 논문으로는 송호빈,「[수향편]
　새 해제: 저작 배경 고증 및 저작 의식에 대한 재해석」,『고전과 해석』제4집, 2008;
　허경진,「13종 저술을 통해 본 관인 정원용의 기록태도」,『동방학지』146, 2009; 허경
　진·천금매,「『연사록』을 통해본 정원용과 청조 문사들의 문화교류」,『동북아문화연구』
　19, 2009; 김해인,「세도정치기 관료 정원용의 정치 활동」, 건국대학교 석사논문, 2015
　등이 있다. 정원용에 대한 연구는 그가 남긴 저술의 방대함과 중요성에 비해 매우 미비한
　편이다.

『북행수록』은 권제가 天, 地, 人 세 권으로 되었으며, 『경산북정록』과
는 달리 〈북략의의〉를 앞에 두고 〈철북습록〉을 뒤에 배치하였다. 『경산
북정록』의 원본을 살펴보면 필사 후 교정의 흔적[2]이 몇 군데 보이나,
『북행수록』은 『경산북정록』의 해당 부분과 동일한 내용으로 깨끗하게
필사되어 있다. 주목을 요하는 것은 〈철북습록〉의 목차 부분이다. 본문
내용과 대조해보면, 『경산북정록』 권5, 〈철북습록〉 목차에서 '長城基'
와 '豆外補聞' 사이에 '豆滿江'이 누락되었다. 『북행수록』 卷人, 〈철북습
록〉의 목차를 보면 누락되었던 '豆滿江'을 수정하여 보완하였으나, 이어
지는 〈豆外補聞〉에서 條目의 순서가 원문과 어긋나 있다.[3] 『경산북정
록』이 선행본이고 『북행수록』이 後抄本으로 추정되며, 『북행수록』으로
독립시키는 과정에서 순서를 조절하여 〈북략의의〉를 〈철북습록〉의 앞
에 배치한 것으로 보인다.

『북행수록』은 정원용이 지방 관원으로 함경도 지방을 순행하면서 견
문한 사실과 그에 대한 개혁안을 개진하고자 저술한 것이다. 북방정책
제정의 참고서로 저술한 것인 만큼, 『북행수록』은 변경의 사정을 연혁
과 더불어 실증적으로 전개하고, 북방지역에 대한 제도적 접근을 하였
다. 이에 본고는 『북행수록』을 면밀하게 분석하여, 조선 관원 정원용의
변경 의식에 대해 알아보고자 한다. 『북행수록』에 대한 연구 논문이 전
무했던 점을 감안하여 우선 기초 작업을 진행할 것이다. 먼저, 『북행수

---

2) 『經山北征錄』 권5, 〈鐵北拾錄序〉에 교정의 흔적이 보인다.

3) 『北行隨錄』 卷人, 〈豆外補聞〉에서 "斡東八池, 黃山, 我羊串山, 鹿屯島, 三峰島, 外公
鎭, 縣城, 麗塔, 巨陽城, 先春嶺, 訓春, 家江, 分界江內, 許全人, 虜車國, 蕃胡部落,
忽剌溫, 淸人始起"가 정확한 순서이다. 『북행수록』 卷人 〈豆外補聞〉에서 '鹿屯島'를
앞부분에서 누락하였으나, 뒷부분에서 '虜車國'의 앞에 적어 넣었다. 앞에서 실수로 누
락한 것을 필사 과정에 인지하고, 보완한 것으로 보인다.

록』의 저술 배경과 저술 의도, 저술 방식에 대해 기술하고, 다음으로,
『북행수록』의 구성과 내용에 대해 구체적으로 살펴보고, 마지막으로
북방지역에 대한 인식과 이에 바탕으로 한 정원용의 정책주장의 특징
을 추출하고자 한다. 이러한 작업은 19세기 초반의 대표적인 북방지역
인식을 고찰하는 작업이라는 점에서 유의미하다.

2. 『북행수록』의 성격과 저술의도

『북행수록』의 전체 구성을 보면 〈북략의의〉上·下와 〈철북습록〉으로
구성되었다. 『북행수록』 전체에 대한 서발문은 없고, 〈북략의의〉의 서
문과 〈철북습록〉의 서문이 따로 존재한다. 『北行隨錄』 권1의 표지를
넘기면 첫 장이 〈북략의의〉의 서문으로, 북방지역에 대한 저자의 문제의
식, 저술의도와 저술방식에 대한 단서들이 보인다. 아직 구체적으로 소
개된 바 없기에 〈북략의의〉 서문 全文을 소개한다.

　　① 용문의 塗山을 보면 夏禹의 恤民의 수고로움을 알고, 洞庭의 荊門을
　　지나면 苗蜀의 정복의 공을 생각합니다. 저는 關北에 간 후에야 오히려 聖
　　祖의 시대를 구제하고 백성을 편안히 한 공업을 알게 되었습니다. 고려 말
　　년에 北鄙가 더욱 혼란스러우니, 우리 太祖는 단번에 금나라 우두머리를 도
　　망가게 하였고, 두 번째는 섬나라 오랑캐들을 평정하였으며, 세 번째는 蕃
　　胡가 항복하게 하였습니다. 또한 어진 신하들이 협력하여 다스림에 이미 사
　　백여 년 사이에 변경이 평온하고, 티끌 하나도 움직이지 않으니, 백성은 태
　　어나서 밖의 일을 알지 못하고, 이 사이에서 나고 자라 늙어갑니다. ② 벼슬
　　하는 사람은 한가함과 즐거움을 좇아 구차하게 일이 없는 것만을 편안히
　　여길 뿐이고, 京師와 멀리 떨어져있어, 조정의 신하들은 이곳에 드물게 이

르니, 그리하여 조정에서는 북방 지역의 일이 더욱 疏略합니다. ③ 산천에 대해서는 誌圖가 있고 전민에 대해서는 版籍이 있지만, 반드시 발로 밟아 목격한 뒤에야 형세를 따라 지식이 확장되고 사물에 접하여 생각이 모이게 됩니다. 옛날에 鄭俟가 圖籍을 거두어 오자 광무제가 지도를 펼쳐보고 한번 살펴보고서 모두 통창하게 알 수 있었습니다. 그러나 金城의 방략은 반드시 充國이 말달려 이르기를 기다려야 하고, 隴右의 형승은 반드시 마원이 指畫하기를 필요로 합니다. 이는 험조함을 겪어보고 실정과 거짓을 안 뒤에야 편의를 강론하여 주책에 남김이 없을 수 있기 때문입니다. ④ 제가 이 땅에 머물러 한 해 넘게 보내면서 採訪하고 覘覽하는 여가에, 삼가 關防의 形便과 군민의 사정을 기록하여, 모아서 책으로 만들고, 또 감히 한두 가지 견해를 첨부하였습니다. 외람되고 망령된 일임을 모르는 것은 아니나, 古禮에 近臣이 바깥에 사신으로 갔다가 돌아올 때에는 풍토와 民事를 조목별로 上奏한다고 들었습니다. "북략의의"라고 이름 하였으니, 조목은 열 조목이고 議는 삼십 가지입니다.[4]

서문을 통해 확인할 수 있는 사실들은 다음과 같다. 우선, 〈북략의의〉는 군주에게 올릴 목적으로 저술한 책이다. 서문의 말미에 정원용은 '신하가 외부에 파견되었다가 돌아올 때면 당지의 풍토와 民事를 조

---

4) 『北行隨錄』, 〈北略擬議序〉
　　見龍門塗山則知夏禹恤民之勞, 過洞庭荊門, 則思苗蜀征服之功. 余之關北, 然後尤以識聖祖濟時安民之業也. 勝國之末, 北鄙尤亂, 我太祖一擧而金酋遁, 再擧而島夷平, 三擧而蕃胡降. 又有哲輔碩弼協力經理. 至今四百年之間. 邊境寧謐. 一塵不動. 民生不見外事. 生長且老於其間. 爲吏者亦因循暇豫. 苟安無事. 且與京師絶遠. 帷幄廊廟之臣. 罕至是方. 故朝廷之上. 北事尤疎畧. 山川雖有誌圖. 田民雖有版籍. 必足履而目擊. 然後因勢而知長. 觸類而慮集. 昔鄭俟收籍. 光武披圖. 可一按該暢. 然金城方略. 必待充國之馳至. 隴右形勝. 必須馬援之指畫. 此盖嘗險阻知情僞. 然後便宜可講而籌策無遺也. 余居玆土且經歲. 採訪覘覽之暇. 謹錄關防形便. 軍民事情. 彙編爲書. 又敢附一二管見. 非不知猥妄. 然聞古禮近臣之使於外者歸. 輒以土風民事條奏. 名之曰北畧擬議. 其目有十. 其議三十

사하여 上奏하는 것이 옛적부터 내려온 禮'이며, 〈북략의의〉는 이러한 맥락에서 지어졌다고 하였다. 실은 표제인 〈北略擬議〉에서도 이를 알 수 있다. '北略擬議'에서 '議'는 문체에 해당하는데, 『文體明辯』에 의하면 '議'는 '이치를 분석하고 시세를 헤아려 정사가 혼미하지 않도록 제도로써 의논'하는 문체로, '옛적의 일을 상고하고 오늘날의 일을 헤아려서 政事에 대한 의논을 기술'⁵⁾하는 것이다. 〈북략의의〉는 그 제목대로 '임금에게 올리는 북방을 다스리는 정책(北略)에 대한 의논(擬議)'으로, 문제의식과 저술동기가 신하의 사명감과 직결되어 있다.⁶⁾

1829년 8월 정원용은 회령 부사로 발령받아 북관으로 출발하였다. 1829년 북관에 홍수피해가 들자 순조는 정원용을 회령 부사로 위임하였다. 순조는 8월 13일 하루 동안에 후보를 네 차례나 올리도록 명하였는데, 마지막에 정원용의 이름이 올라오자 그제야 낙점하였다고 한다. 홍수로 인해 시급했던 재해복구 사업을 주도하여 백성을 안정시키고, 北關의 실질적인 문제를 해결할 수 있는 적임자로 정원용을 지목한 것이다. 관련 내용은 『순조실록』에 자세히 기록되어 있다. 순조는 내각 직제학을 지내던 정원용을 차임하면서 下直하는 수령들을 소견하여, "北道의 水災가 참혹하여 가까이 있던 신하들을 특별히 보내는 것이니, 각자 일심으로 대양하여 궁중에서 北道를 돌보는 근심을 덜어주기 바란다."⁷⁾고 당부하였다. 이처럼 임금의 기대가 컸고, 정원용도 책임감을

---

5) 박완식(편역), 『한문 문체의 이해』 전주대학교출판부, 2001, 102~103쪽.
6) 〈북략의의〉를 실제로 군주에게 올렸다는 구체적인 기록은 발견하지 못하였다. 또한 '擬'라는 말로 미루어 올리지 않았을 수도 있으나, 〈북략의의〉의 서문에서 저자가 밝힌 것처럼 저술의도가 관료로서의 사명감과 연결되어 있으며, 북방 정책 제정을 염두에 두고 기술한 것은 틀림없다.
7) 『純祖實錄』 순조 30권, 29년(1829) 8월 10일(신미) 1번째 기사

느끼면서 기대에 부응하려 하였다.

정원용은 북방은 지역적 중요성에 비해 국정에서 소략하게 다루어졌다고 생각하였다. 북방의 중요성은 그 지역의 역사적 연혁과 지리적 위치에 기인한다. 북관은 변경지대이긴 하지만, 태조와 그 선조들의 활동지역으로 '풍패지향'이라 불렸으며, 각지에 태조와 조상들의 유적이 널려 있다. 또한 북관은 청나라와 직접 연결되어 있는 변방으로 국방 안전의 핵심 지대이다.

인용문 ①과 ②에서 알 수 있듯이, 정원용은 關北은 조선의 故土이자 關防의 주요 지역이나, 지금까지 대체로 변방이 안정하였기에 위기의식이 박약하였고,[8] 지역적 중요성이 비해, 국가 정책에서 간과되었다고 지적한다. 기존의 지방 관료들은 안일함에 젖어 나라와 백성을 위한 정책을 펴지 않았고, 關北이 조정과 멀리 떨어져 있었기에 국정에서 소략하게 다루어졌다고 지적한다. 정원용은 이 지역의 중요성을 감안하여 변방 안정을 위한 대비책을 제정하고 실행하여야 한다고 주장하였다. 〈북략의의〉의 바탕에는 이러한 위기 인식이 깔려있으며, 〈북략의의〉의 저술 의도는 적극적인 국토방위 인식과 직결되어 있다. 이러한 북방 위기의식의 기저에는 당시 성행했던 청의 영고탑 복귀설이 깔려 있었다. 〈북략의의〉의 〈關防〉에는 다음과 같은 언급이 있다.

함경 감사 김기은이 도내 수재 상황을 보고하였다. "會寧府使擇擬之令, 以內閣直提學鄭元容差之. 召見下直守令, 令曰: "北道水災孔慘, 特遣邇列之臣, 其各一心對揚, 以弛九重北顧之憂.""

8) 『北行隨錄』, 〈北略擬議〉, 〈北關總錄〉
邊防當嚴 安不忘危云爾

만약 뒷날 중국을 주도하는 자의 힘이 북쪽 오랑캐들을 제압하지 못하여, 烏喇와 영고탑 사이 蕃落이 줄지어 있는 곳까지 서로 침략하기를 옛날 女眞 때와 같이 한다면, 실로 疆域이 날로 줄어들 우려가 있으니, 이 우환은 실로 다른 道에 비해 가장 깊은 것입니다. 保衛와 방어, 준비의 계책은 실로 편안하고 한가할 때에 해야 하는 것으로, 촉박하다는 탄식이 있게 해서는 안 됩니다.[9]

18세기 중반 이후로 중국의 정세 변동과 함께 만주족의 영고탑 회귀설은 조선에서 폭넓게 받아들여지고 있었다. 청이 영고탑으로 돌아가게 될 경우 함경도 지역의 직접적인 피해는 필연적인 사실로 인정되었다. 조선이 청나라의 운명적인 몰락을 전망하는 한 전쟁의 가능성은 늘 인정되었고, 이러한 가능성은 邊防 인식에 가장 중요한 변수가 되고 있었던 것이다.[10] 동시에 〈북략의의〉의 저술 시점을 전후로 하여 당시 조선의 조정에서는 중국의 정세에 대해 우려하는 목소리가 높았다. 조인영은 1828년 동지사로 연행하는 洪起燮에게 주는 送序에서 '중원에서는 이로부터 사건이 많아질 것이며, 조선은 요동 심양에 가장 가까워 천하에 변고가 발생하면 영향을 먼저 받게 되기에, 막연하게 생각하여 미리 대비하여 자강할 대책을 세우지 않는다면 안 된다.'[11]고 강조하였

---

9) 『北行隨錄』,〈北略擬議〉上,〈關防〉
若使日後之主中國者 力不足以制伏北胡 則凡刺寧古之間 蕃落列處 互來侵略 似如古女眞時 而實有疆域日蹙之慮矣 此憂則最深於他道 保障捍備之策 宜講於安閑之時 而不使有倉猝之歎矣.
10) 배우성, 『조선후기 국토관과 천하관의 변화』, 일지사, 1998, 65~81쪽.
11) 趙寅永, 『雲石遺稿』 卷之九,
送內兄洪癡叟學士 起燮 行臺之燕序 而中原恐自此多事矣. 吾東方最近遼藩. 天下有變. 實先受之. 漠然無陰雨之備. 有以自彊者. 此計之失.

다. 유신환은 1831년 사은사로 연행하는 홍석주를 보내며 쓴 글에도 중
국 정세에 대한 우려가 강하게 표출되어 있었다. 중국에 난리가 발생할
가능성이 커지고 있다는 것이다.[12] 정원용의 저술도 이러한 문제의식
의 연장선에 있었다.

　변방 안정과 북방의 발전을 도모하기 위해서는 서책과 지도만으로는
부족하며, 발품을 팔고 눈으로 확인하는 실제조사를 진행하여야만 현실
과 밀착된 효율적인 정책을 제정할 수 있다. 따라서 〈북략의의〉는 실제
조사를 토대로 하였으며, 현실 밀착도가 높다고 정원용은 강조한다. 그
는 변방 관리를 지내면서 조사한 내용을 토대로 국정 개선책을 제정하여
폐단을 개선하고, 국방 안전을 강화하고자 〈북략의의〉를 저술하였다.

　이어서 〈철북습록〉의 서문을 통해 〈철북습록〉의 저술의도를 살펴보
자. 〈철북습록〉은 분량으로는 『북행수록』의 삼분의 일을 차지하며, 내
용적으로는 전반부를 보완한 인문 지리서의 역할을 한다.

　　豊沛의 장사꾼과 도살꾼은 모두 공후의 상을 지녔고, 南陽의 비단과 신발
　에는 長相의 존귀함이 많다. 제왕이 장차 나오려고 하면, 정기가 쌓이고 기운
　이 모인다. 金玉이 산에 있으면, 모래와 돌과 草木이 모두 그 光輝를 입는
　것과 마찬가지이다. 삭방도는 우리나라의 풍패와 남양이다. 내가 관직에 부
　임하느라 철령을 넘으니, 산봉우리들이 빽빽이 벌려 있고 시내와 하천이 구
　불구불 흐르는데, (산은) 높이 치솟아 있고 (강은) 거세차게 흘러가서 다 응접
　할 겨를이 없었으니, 마치도 공후와 長相의 마을에 들어서서 종일토록 貴人
　과 더불어 遊覽하는 것과 같았다. 國初에 임금을 섬긴 俊傑들을 지금은 볼
　수 없지만, 산천의 靈淑한 기운은 여전히 변하지 않았다. 우뚝 솟아서 수려한

12) 안대회, 「조선후기 연행을 보는 세 가지 시선-연행사를 보내는 送序를 중심으로」,
　　『동아시아 삼국의 상호 인식과 그 전환의 단초』, 문예원, 2010, 49~50쪽.

산악과, 크고 깊은 강은 진실로 이미 방주를 지켜 지도에 나열되었지만, 나머지 산기슭과 지류들 중에 이름이 없는 것이라 하더라도 또한 모두 수려하고 영롱하여, 범상하고 용속한 것들을 초월한다. 비유컨대 풍패와 남양의 자제와 고인들이 비록 鐵券의 誓詞와 雲臺의 그림에는 나열되지 못할지라도, 또한 모두 대풍가를 노래하고 백수를 노래하면서 풍운과 일월의 광명에 길이 의지할 자들인 것과 같을 것이다. 지나는 곳마다 문득 견문을 기록하여 특별히 드러내 밝혀서, 훗날 북쪽을 유람하는 이들이 참고할 수 있게 대비한다.[13]

조선의 豐沛와 南陽으로 불리는 회령은 제왕과 장수의 정기를 받은 지역으로, 산천은 영험하고 인물은 빼어난 곳이지만, 지리 위치와 지형적인 요인으로 많이 알려지지 않았다. 그래서 저자는 견문을 바탕으로, 이 지역의 자연과 인물 중에 빼어난 것들을 소개하였다. 그는 기존 기록과 地圖에 기록되지 않은 것들을 정리하여, 훗날 이 지역을 유람하는 사람들의 여행안내 참고서로 작성하였다고 밝혔다. 〈북략의의〉가 정책 제정 참고서의 성격이 짙다면, 〈철북습록〉에서는 인문 지리서의 성격이 강조되었다.

저술의도와 연관시켜 『북행수록』의 저술방식을 분석해보면 다음과 같은 특징을 보인다. 우선, 『북행수록』은 실제 견문과 현장 조사를 토대로 저술하였다. 앞서 〈북략의의〉 서문에 '이 땅에 머물러 한 해 넘게

---

13) 『北行隨錄』, 〈鐵北拾錄序〉

　　"豐沛販屠。皆公侯之相。南陽織屨。多將相之貴。盖帝王之將興。精聚而氣鍾。如金玉在山。而沙石草木。皆被其光輝也。朔方一道。我國之豐沛南陽。余以官踪鐵嶺。峰嶂矗列。川江縈紆。飛騰奔瀉。接應不暇。如入公侯將相之村。而日與貴人遊也。國初之佐命俊傑。今不可以得見。然山川靈淑之氣。猶不變改。其屹然而秀。汪然而深者。固已鎭方州而列誌圖。雖餘麓派流之無名稱者。亦皆秀拔靈異。超凡常庸陋之品。譬若豐沛南陽之子弟故人。雖不得列鐵券之誓雲臺之畫。而亦皆可歌大風謠白水。長依於風雲日月之光者耶。所過輒錄所見聞。特表著之。以備他日北遊者之效。"

보내면서 採訪하고 유람하는 여가에, 삼가 關防의 形便과 군민의 사정
을 기록하여, 모아서 책으로 만들고, 한두 가지 견해를 첨부'하였다고
한 것에 알 수 있다.[14] 또한 〈철북습록〉의 서문 말미에서 '지나는 곳마
다 문득 견문을 기록하여 특별히 드러내 밝혀서, 훗날 북쪽을 유람하는
이들이 참고할 수 있게 대비한다.'고 한데서도 알 수 있다.

다음으로, 중국과 조선의 地圖와 邑誌 및 관련 서적을 다수 참고하여
저술하였다.[15] 정원용이 〈북략의의〉를 저술하면서 참고한 書目을 밝히
지는 않지만, 본문의 여러 곳에 구체적인 언급을 하였다. 『宋史』[16],
『一統誌』[17], 『遼東誌』[18], 『여지승람』 등에 대한 언급이 있고, 王士
禎[19], 洪世泰[20], 李睟光[21], 홍양호 등의 저술을 참고하였음을 밝혔다.
山川, 關防 부분을 저술함에 있어서 지리적 고증이 필요했고, 이 때문에
정원용은 관련 서적들을 다수 참조하였다. 이를테면, 〈山川(海路附)〉의
수로의 구체적인 길이를 낱낱이 밝히는 부분은 홍양호의 『북새기략』
〈海路考〉의 해당 부분을 그대로 수용한 것이다.

위의 내용을 종합해보면 다음과 같다. 우선, 『북행수록』은 정책관련

14) 『北行隨錄』, 〈北略擬議序〉

15) 『北行隨錄』, 〈北略擬議〉
　　'謹按地圖邑誌前人記錄而統論之'

16) 『北行隨錄』, 〈北略擬議〉 上, 〈北關總論〉

17) 『北行隨錄』, 〈北略擬議〉 上
　　英宗丁亥 命設壇於甲山 望德山以望際焉 『一統志』云 長白山[彼人謂白頭謂長白]在故
　　會寧府南[彼地亦有會寧地]

18) 『北行隨錄』, 〈北略擬議〉 上, 〈北關總論〉

19) 『北行隨錄』, 〈北略擬議〉 上, 〈山川〉

20) 『北行隨錄』, 〈北略擬議〉 上, 〈山川〉

21) 『北行隨錄』, 〈北略擬議〉 下, 〈軍制〉

견해를 개진하는 부분에서 역사적인 연혁을 정리하였다. 또한 직접 조사한 군사적 시설과 장비, 유사시에 활용할 수 있는 지리적 요건들을 분석하여 자신의 정책 주장을 뒷받침하였다. 지리적 정보와 방어 시설 관련 부분에서는 저자 자신이 현지 조사를 진행하였다. 당시 상황을 기존 기록과 대조하고 고증하는 방식으로,[22] 변경 정보의 오류를 바로잡으려 하였다. 종합해보았을 때, 『북행수록』은 정원용이 조사하고 견문한 바를 정리하고, 서책 기록을 참고하여 실증적으로 구성해낸 것이다.

『북행수록』의 저술 시점을 전후로 하여 당시 조선에서는 북방 관련 저술이 다수 집필되었다. 18세기 후기로부터 함경도의 지방관을 지냈거나 이곳에 유배되었던 인물들을 통해, 북방 지역 전체의 상황을 종합적으로 정리한 저술이 다수 편찬된 것이다. 홍양호의 『북새기략(北塞記略)』, 홍의영의 『북관기사(北關記事)』, 정윤용의 『북로기략(北路紀略)』, 김노규의 『북여요선(北輿要選)』 등이 대표적이다.[23] 또한 비슷한 시기에 沈垚, 張穆 등 청나라 지식인들도 북방지리에 관한 서책을 다수 편찬하였다. 청나라 가경 25년(1820)부터 도광 7년(1827)까지 新疆 張格爾의 반란에 인해 청나라 정부뿐만 아니라, 청나라 지식인에게도 큰 충격을 주었기 때문이다. 이와 같은 국내외의 동향은 정원용의 『북행수록』의 저술에 영향을 미쳤을 것으로 보인다.

---

22) 가령, 『北行隨錄』, 〈北略擬議〉上, 〈關防〉 등 부분에서 鎭堡의 위치와 방어시설을 소개함에 있어, 초반에 구축한 수량과 명시하고, 현재 남아있는 것을 조사하여 기록하는 모습을 보인다.
  海津黃津等津凡十一 烽燧北峰烽燧等烽燧凡十四 [今存三]
  또한 〈북략의의〉 下 〈糴政〉에서 肅宗 庚午(1690)년에 조사한 戶口수와 현재의 戶口수를 밝혔다. 會寧十六社民戶 肅宗庚午二千八百餘戶 今六千餘戶
23) 강석화, 『조선후기 함경도와 북방영토의식』, 경세원, 2000, 121쪽.

3. 『북행수록』의 구성과 내용

『북행수록』은 〈北略擬議〉 上과 下, 〈鐵北拾錄〉 총 세 卷으로 구성
되었다. 이 부분에서는 〈북략의의〉와 〈철북습록〉의 구성과 내용에 대
해 개략적으로 살펴볼 것이다.[24)]

〈표 1〉〈북략의의〉上, 下의 구성과 내용

제목		내용과 특징
	北略擬議序	북방 지역에 대한 저자의 문제의식과 〈북략의의〉의 저술의도 및 책의 구성에 대해 총괄적으로 설명하였다.
北略擬議 上	北關總錄 (設邑官方附)	관북지방에 대한 총론 부분이다. 역사적 사실에 결부하여 북관 지역의 역사적 연혁과 현재의 상황을 정리하였다. 고증을 통하여 중국 전적에서 제시한 邊防 정보의 오류를 수정하고자 하는 저술 태도를 보인다.
	關防 (鎭堡城堞嶺隘附)	군사적 요충지로서 관북지방의 방어태세를 점검할 수 있도록 정리한 글이다. 회녕의 여러 읍성의 둘레, 성벽의 높이를 조사 하였고, 주요 鎭堡의 위치 등을 조사하여 정리하였다. 방어시설에 대해서는 현재의 상황을 조사하고, 기존의 기록과 대조하여, 현재 방어시설의 보존상황을 명료하게 정리하였다.
	山川(海路附)	관북 지방의 산천과 수로에 대해 정리하였다. 중요한 산과 강의 구체적인 위치를 정리하고, 유사시에 활용할 수 있는 지리적 조건을 서술하였다. 청과의 분계선인 백두산 정계비를 설립하는 과정에서 조선 관원들의 부실한 대응도 함께 논의하였다. 해로 부분은 수로의 구체적인 길이를 낱낱이 밝히고 있는데, 이 부분은 홍양호의 『북새기략』 〈海路考〉를 그대로 수용한 것으로 보인다. 또한 근접해 있는 청나라 땅에 대해 소개하였다.
	聖蹟	관북 지방이 조선의 창업한 太祖의 조상인 穆祖의 기원임을 강조하면서, 이곳은 조선의 고토로서 중요한 지역임을 설명하였다. 태조의 조상들은 이 지역에서 여러 차례 거처를 옮겼고, 그들의 행적과 관련된 유적이 각지에 있었다. 이러한 유적지들의 현황을 정리하여 기록하였다.

---

24) 『북행수록』의 내용과 구성을 정리함에 있어서 허경진, 『정원용 관련 저술 해제집』, 보고사, 2009의 내용을 부분적으로 참조하였다.

	人物(祠院附)	공헌이 있거나, 추증해야 할 인물들의 사적을 소개하였다.
	教士(科宦附)	북방 지역 출신으로서 과거를 통해 관계에 진출한 선비들을 소개하였다. 아울러 과거제도의 적절한 운영을 통하여, 지역사회의 지식인을 배출하고 문사층을 두텁게 할 것을 제안하였다.
北略擬議 下	田政(船稅 附)	관북 지역의 조세 제도를 소개하고, 구체적인 세액 징수 목록을 나열하고, 선박에 부과되는 세금도 세세히 소개하였다.
	軍制(軍器 附)	관북 지방의 군사제도와 당시 군대에서 사용되는 각종 군사장비 들에 대해 소개하였다.
	糴政 (邑社里戶口 附)	관북지역 백성들의 생활과 관련된 제반 사항 및 호구의 수효에 대해 설명하였다. 현재 적정을 관리함에 있어서의 폐단과 관련 구폐책이 기술되어 있다.
	開市	관북지역의 시장 현황에 대해 기록하고 있다. 조선중기 이래로 청나라와 북방 변경에서 통상하였는데, 개시 이래의 폐단을 나열하면서 국방을 위해 개시하는 것을 우려하였다.

〈북략의의〉는 서술방식에 있어서 특정 주제에 대해 연혁을 밝히거나 조사한 내용을 정리하고, 이를 바탕으로 자신의 주장을 개진하는 방식으로 기술되었다. 〈北略擬議〉上은 〈北關總錄(設邑官方 附)〉, 〈關防(鎭堡城堞嶺隘 附)〉, 〈山川(海路 附)〉, 〈聖蹟〉 등 항목으로 구성되어 있다. 정원용은 실무 경험과 지식을 바탕으로 관북 지방에 대해 역사적인 연혁을 소개하고, 군사적 시설과 장비, 지리적 요건들에 대해 구체적으로 설명하였다. 북방지역이 조선의 故土이자, 국방 보위를 위한 중요한 지역임을 강조하면서 군사적인 防禦 능력에 초점을 두고 기술하였다.

〈北略擬議〉下는 〈人物(祠院 附)〉, 〈教士(科宦 附)〉, 〈田政(船稅 附)〉, 〈軍制(軍器 附)〉, 〈糴政(里社民戶口 附)〉, 〈開市〉 등 항목으로 구성되어 있다. 북방의 주요한 인물, 관직에 있는 사람, 田稅를 비롯한 조세제도, 군사제도와 군사장비, 호적제도, 무역상황 제반에 대해 논의하였으며, 북방의 지역 발전과 민생 안정을 위한 제언을 올리고 있다. 〈북략의의〉

에서 다양한 지리 정보와 역사 연혁 외에도 북방 변경에 대한 현실적인
대안을 제기하여, 변경정책 제정의 방향을 제시하려고 하였다.

다음으로 〈철북습록〉의 전반적인 구성과 내용에 대해 알아보기로 한
다.[25] 『북행수록』 권3 『鐵北拾錄』은 다시 〈鐵北拾錄〉, 〈豆外補聞〉,
〈北俗紀略〉으로 나뉜다.

〈표 2〉〈철북습록〉의 구성과 내용

제목	항목	비고
鐵北拾錄序	〈철북습록〉의 저술의도와 북관 지역에 대한 총괄적인 소개를 진행하였다.	
鐵北拾錄	鐵嶺, 鶴浦, 國島, 釋王寺, 飄飄然亭, 風流山, 黃龍山, 烏鴨山, 湧珠里, 銘石院, 道昌樹, 鐵關, 門坪, 元山, 蛾眉山, 濬源殿, 黑石里, 龍興江, 王樂峙, 道安寺, 本宮, 掛弓松, 讀書堂, 土宇基, 慶興宅, 定陵, 馳馬臺, 擊毬亭, 祭星壇, 萬歲橋, 樂民樓, 知樂亭, 玉簫亭, 龜景臺, 廣浦, 金水窟, 白岳瀑布, 一遇巖, 咸關嶺, 金三百, 照浦木, 穿島, 海月亭, 鶴溪, 東井水, 西島, 肅愼氏故都, 侍中臺, 觀音窟, 南北松亭, 摩雲嶺, 懸德山, 梨洞, 遊仙臺, 摩天嶺, 城津, 溫泉, 臨溟驛, 長白山, 七寶山, 甁項ស, 漁郎浦, 元帥臺, 穿串, 兄弟巖, 五國城, 汗生臺, 高嶺, 皇帝塚, 白頭山, 童巾山城, 吳憶洞, 甑山, 立巖, 草島, 羅端山, 龍堂, 西阿山, 古珥島, 訓戎碑, 也郎城, 寺洞石碑, 望德峰, 赤島, 赤池, 陵坪, 白岳山, 勝戰臺, 西水羅, 立基, 長城基, 豆滿江	정치·군사·문화적으로 의미 있는 관북 지역의 특기할 만한 지명을 위주로 기술하였다. 〈철북습록〉은 정원용이 서울에서 부임지인 회령으로 이동하면서 지나간 경로의 순서에 따라 기록한 것이다. 『경산일록』과 대조해 보았을 때, 『경산일록』에 기록된 이동의 순서와 〈철북습록〉에 나열된 지명들의 기술 순서가 일치하다.
豆外補聞	斡東八池, 黃山, 我羊串山, 鹿屯島, 三峰島, 外公鎭, 縣城, 麗塔, 巨陽城, 先春嶺, 訓春, 家江, 分界江內, 許全人, 虜車國, 蕃胡部落, 忽剌溫, 淸人始起	분계선너머 두만강 이북의 중국의 상황에 대하여 조사하여 청나라의 기원과 부족, 역사와 발전 과정을 소개하였다. 특히 변경 문제에서 쟁점이 되는 부분에 대해 자세하게 설명하였다.

25) 허경진, 『정원용 관련 저술 해제집』, 보고사, 2009 참조.

| 北俗紀略 | 古俗, 耕種飮食, 衣服, 屋制, 禁錢, 文士, 官妓, 鄕音, 燈紙, 油鹽, 酒, 僧俗, 花木, 江魚, 田車 | 관북지역의 풍속과 농경, 의복, 옥제, 특산물에 대해 자세히 설명하였다. |

〈鐵北拾錄〉에서는 지명에 따라 항목을 나누어 기술하였다. 본격적인 서술은 鐵嶺으로부터 시작되었는데, 철령은 함경도의 관문으로 철령 너머가 關北이다. 關北은 변경 지대에 속하면서도 太祖와 그 선조들의 활동 지역으로, 태조와 그 조상들의 유적들이 매우 많다. 本宮, 과궁송, 독서당, 적도, 적지와 같은 대표적인 왕실 사적지들을 기술하면서, 특기할만한 사건, 사물의 연혁을 설명하거나 그것을 통시적으로 개괄하는 형식을 취하였다.[26]

〈豆外補聞〉에서는 정원용은 분계선 너머의 지역이 현재 청나라 영토에 속하지만, 예전에는 조선 땅이었음을 누누이 강조하였다. 선조의 발상지인 斡東과 경계 劃分에서 중요한 지점이었던 분계강 및 선춘령 등 역사적으로 분쟁이 많았던 곳을 주로 기술하였다. 분명히 해두어야 할 것은 정원용은 故土 收復論을 주장하는 것이 아니라, 변방 수비 강화를 주장한다는 것이다. 그러면서도 이제는 청나라에 귀속된 땅들이 고구려의 고토였음을 말하면서, 상실된 국토에 대한 아쉬움을 드러냈다.[27]

---

26) 『北行隨錄』, 〈鐵北拾錄〉.
　　白頭山 "山在茂山西三百五十里 盤據不知爲幾百里 山上有大池 周回四十里 池四方各有高峰 山爲我國諸山之祖宗 池爲三江之發源 聞登覽者 雖夏月必衣綿裘 數夜露宿 而可達山巓云 上有穆克登定界碑"

27) 『北行隨錄』, 〈豆外補聞〉
　　"鹿屯島 "慶興府東豆滿江入海處有鹿屯島 島中土沃 宣廟朝設置屯田 令造山萬戶 李舜臣掌其事 後屯田漸廣 今屬江外"
　　先春嶺 "先春嶺在慶源北 豆滿江七百里 尹瓘拓地至此 城公險鎭 遂立碑於嶺上 刻曰 高麗之境 碑之四面有書 胡人削去云"

〈北俗紀略〉에서는 북방 지역의 특기할 만한 풍속[28]과 의식주, 鄕音, 그 곳에서 나는 특산품에 대해 설명하였다. 정원용은 변방을 대비하는 것도 중요하지만, 요인에 대해 면밀하게 조사하고 정리할 필요가 있다고 생각하였다.

4. 목민관 정원용의 북방 관련 정책 주장

지금까지 『북행수록』의 저술배경과 저술의도 및 구성과 개략적인 내용에 대해 알아보았다. 본장에서는 회령 부사 재임기간의 일기와 결부하여 『북행수록』을 통해 드러나는 정원용의 북방 인식을 살펴보고, 그의 북방 정책 주장의 경향성을 추출하고자 한다.

1) 邊防 체제 강화를 주장

『북행수록』의 저술 의도는 적극적인 국토방위 인식과 직결되어 있다. 이러한 북방 위기의식의 기저에는 당시 성행했던 청의 영고탑 복귀설이 깔려있었다. 북관은 청나라와의 접경지대이다. 북관은 요동 심양에 가까워 청에 변고가 발생하면 영향을 먼저 받게 된다. 북방 지역의 영구한 안정을 위해서는 미리 대비하여 자강할 방비책을 강구하여야 한다는 것이다.

---

28) 『北行隨錄』, 〈豆外補聞〉, 〈北俗紀略〉, '禁錢'
　　十邑本禁用錢 吉明鏡富近年許用 惟六鎭尙不得用 以穀布縣爲貨用 邑無廛肆 村無場市 以有無相易物 無定價 路無鋪店 來往者皆受公文於官 以譏非常

변방 방비의 중요함이 어느 道인들 그렇지 않겠냐마는 오직 북쪽 변방이
더욱 요긴합니다. 豆滿江 일대는 저들(淸)과 우리의 分界 지역이나, 오나라
와 월나라의 사이가 큰 강이 깊고 길어 넘기 어려웠던 것과는 다릅니다. 얕
은 여울에 좁은 물길이라 쉬이 건널 수 있으니, 급할 때에 믿을만한 것은
오직 城堞과 嶺隘뿐 입니다.[29]

정원용은 북방 위기인식을 기반으로, 북방변경 방위의 중요성을 인
식하고, 효율적인 방어 체제를 가동할 것을 주장하였다. 정원용은 邊防
정책을 제정함에 있어서 실제조사를 통하여 지역적 특성을 파악하고,
군사적으로 천연적인 우세를 갖고 있는 지역에 한해 지형적 장점을 살
려 변경 수비를 강화할 것을 강조하였다.

茂山으로부터 慶興에 이르는 여섯 개 鎭은 모두 豆滿 강가에 위치해 있
고, 오랑캐 땅과 江을 경계로 하고 있습니다. 大山이 처음 流落한 곳이라
山谷과 陵阤이 중첩되고 험준하여, 힘써 수비하면 외구가 감히 넘보지 못하
나, 한번 잃으면 수복을 논의하기가 어려우니, 이는 지형 때문이자, 시세의
필연입니다.[30]

경흥과 길주 사이는 육로로 700여 리가 되고 해로로는 900여 리가 됩니
다. 그러나 경흥에는 서수를 두고, 나주와 길주에는 성진을 두어, 그 사이
해변에는 고을(府)과 鎭을 하나라도 설치한 바가 없습니다. 망망 천리에 방

29)『北行隨錄』,〈北略擬議〉上,〈關防(鎭堡城堞嶺隘 附)〉
    關防緊要 何道不然 而惟北尤緊 豆江一帶 卽彼我之分界處 而非如吳魏間 大江之深長
  難越 淺灘狹流 揭厲可涉 緩急之恃 惟是城堞與嶺隘而已
30)『北行隨錄』,〈北略擬議〉上,〈北關總數〉
    自茂山至慶興六鎭 俱濱豆滿之江 而與胡地割江爲界 大山初落之處 山谷陵阤重疊險
  阻 力守則外寇不敢窺 一失則收復猝難議 此地形之所使 事勢之必然者也

어와 수비가 없으니 변방을 굳게 하는 책략이 어찌 이러함을 용납할 수 있겠습니까? 부유한 곳에는 진을 설치해야 함을 앞서 이미 얘기하였습니다만, 진을 이곳에 설치하면 경흥에 있어서도 길주에 있어서도 가운데 있어서 좌우로 서로 聲援할 수 있는 곳입니다.[31]

옛날에는 그 땅의 노토부락이 장백산의 뒤에 위치해 있어서 자주 침략의 우환이 있었기에 진실로 산길의 요충지에 진보를 많이 설치하였다. 지금은 노토구허가 곧 사람이 없는 땅을 이루었으니 이 진영의 유무는 중요한 바가 못 됩니다. 그 중에서 특히 중요하지 않은 鎭을 파하고, 千年德에 이전하여 설치하면 한결 便宜에 알맞을 것으로 생각됩니다.[32]

변경 방위에 있어서 지역적으로 중요한 곳에는 방어시설을 증축하고, 기존에 건설한 방어시설 중에 활용도가 낮은 곳에 한 해서 선별적으로 축소하여 그곳 백성들의 생업을 안정시킬 것을 제안하였다. 정원용은 실제 조사와 현실적인 인식을 바탕으로 기존 방어체제에서 불합리한 부분을 개선할 것을 주장하였다.

2) 민생 안정에 주력할 것을 주장

서론에서 정원용은 북방의 水災를 구조하라는 임무를 받고 회령 부사

---

31) 『北行隨錄』, 〈北略擬議〉上, 〈山川(海路附)〉
　　慶興至吉州之間 以陸路則爲七百餘里 以海路則爲九百餘里 而慶興置西水 羅吉州置城津 其間則海邊無一府與鎭之設置者 茫茫千里無所防守 固邊之策 豈容如是 富居之設鎭 前已言之 而設鎭於此 則於興於吉 道里居中 以爲左右聲援之地
32) 『北行隨錄』, 〈北略擬議〉上, 〈山川(海路附)〉
　　盖古則彼地老土部落 居長白山之後 數有侵掠之患 固多設鎭堡於山路要衛之地矣 今則老土舊墟 便成無人之界 則此鎭有無 無所輕重 就其中 罷其尤無緊要之鎭 移設於千年德 則亦似合便宜矣

에 임명된 것이었음을 밝혔다. 부임 당시의 북방지역은 자연재해의 피해로 인해 기근이 들고 백성들의 생활이 피폐해진 상태였다. 정원용은 1829년 8월 회령 부사에 부임되어 서울에서 출발하여 9월 12일에 鐵嶺을 넘었다. 그는 關北에 진입하기 바쁘게, 지역 부호인 원중진과 김창규를 만나 勸分을 통해 기근을 구제할 것을 요청하여 곡식 3,500여석을 마련하였다.[33] 또한 임기가 끝나가는 1830년 11월에는 수재와 가뭄 등 자연재해를 대비하기 위해 '民倉'을 만들었다.[34] 이는 그가 부임 초부터 백성의 생활을 중심에 두고 민생 안정을 위해 정책을 운영하였음을 보여준다. 민생 안정을 추구하는 태도는 『북략의의』의 〈關防〉, 〈田政〉, 〈糴政〉 등 부분에서 드러난다. 그의 북방인식에서 중요한 지점은 민생 안정 정책을 통해 지역적인 성장을 이끌어 내고자 하였다는 것이다. 현실적인 방어체제를 가동시킴과 동시에 북방의 지역적인 성장과 민생의 안정을 함께 고려하는 모습을 보인다.

---

33) 정원용(지음), 허경진·구지현(옮김), 『국역 경산일록』 2, 보고사, 2008.
   (1829년) 9월 13일
   안변 수령 박장복이 남산에 만나러 와서 동행하여 안변부에 들어갔더니, 선비 원중진을 만나게 해달라고 청하였다. 그의 아비 때부터 재물을 가볍게 여기고 베풀기를 좋아했으며 가계가 넉넉하다고 하였다. 타일러 勸分하자 원중진이 기뻐하면서 이천여 석의 곡식을 北關에 들이기를 청하였다. 원산에 도착해 점심을 먹고 덕원에서 묵었다.
   (1829년) 9월 15일
   수령 유상진과 망궐례를 행하였다. 영흥에서 점심을 먹고 비 때문에 유숙하였다. 관북 지방에 곡식이 비싸 구휼할 자본을 준비하지 못했다는 말을 들었다. 진사 김창규를 만나 권분하였다. 김창규가 기뻐하면서 갖가지 곡물 1,500석을 꾸려 보내겠다고 약속하였다.
34) 정원용(지음), 허경진·구지현(옮김), 『국역 경산일록』 2, 보고사, 2008.
   (1830년) 11월 1일
   창고에 남은 곡식으로 급한 사람을 구제할 때 加資帖穀을 얻기를 청하여 수합해서 정곡 1,600석을 갖추었다. 1백 석 씩 각 社에 나누어 두고 '민창'이라고 이름하고 지급하는 절목을 만들었으며, 耗穀을 가져다 민역을 보충하고 수재와 가뭄을 대비하도록 하였다.

향후 만약 혹시라도 우환의 때가 있다면 앞쪽을 따라 이동하여 주둔하여
도 오히려 늦지 않습니다. 게다가 무릇 일의 輕重은 때를 따르고 시세를 살
피는 것에 있으니, 오늘날 武備를 비록 말하지 않을 수는 없으나 시대가 태
평하고 세상이 평안하니 民事를 중히 여겨야 합니다.[35]

정원용은 '회령의 백성들은 요역이 번다하고 징수하는 세금이 많아
서, 그 사정이 진실로 가엽다.'[36]고 하면서 전세나 환곡에서 백성의 편
의를 도모하는 방향으로 운영할 것을 제안하였다. '분류지법'을 제안하
면서 이를 적절하게 시행하면 자생적으로 재해를 구제할 수 있다고 하
였다. 田稅에 관해서는 북방 지역은 땅이 척박하고 추워서 남쪽 지방과
는 달리 농업 산출이 적기에 조세를 감면해야 한다고 주장한다.

설치한 뜻은 백성의 홍수와 가뭄의 대비를 위함이지 사용하기 위함이 아
닙니다. 그러나 간혹 경비를 헤아리지 않음으로 인하여 처음 耗穀[37]을 補用
하기 시작하였는데, 지금은 곧 항례를 이루어서 갑자기 파할 수가 없습니
다. 그러나 分留之法을 만일 엄격하게 지킨다면, 오히려 흉년이 든 때를 구
제할 수 있는 자본이 될 수 있습니다.[38]

---

35) 『北行隨錄』, 〈北略擬議〉上, 〈北關總錄〉
　　此後若或有憂虞之時 則依前移駐尙未晩也 且凡事輕重在於隨時而審勢顧 今武備 雖
不可不講 而時平世安 則民事爲重
36) 『北行隨錄』, 〈北略擬議〉下, 〈開市〉
　　會民徭役之繁 徵斂之稠 其情誠可矜矣
37) 환자(還子) 곡식을 받을 때, 곡식을 쌓아둘 동안 축이 날 것을 미리 짐작하고 한 섬에
몇 되씩을 덧붙여 받던 곡식.
38) 『北行隨錄』, 〈北略擬議〉下, 〈糶政〉
　　糶糴民國之大政也 設置之意 卽爲民 水旱之備 非爲用也 而間因經費之不數 始有耗穀
之補用 今則便成恒例 猝不可罷 而分留之法 苟能嚴守 則猶可以救荒歲之資

육진은 북쪽의 제일 변방에 위치해 있는데, 땅이 척박하고 추위가 빨리 찾아와 곡식과 농사의 풍요로움이 남쪽 지방만 못합니다.[39]

이처럼 정원용은 북방지역 백성들의 질고를 염두에 두고 민생 안정을 위한 구폐책을 제시하였다. 회령에서의 임기를 마치고 서울에 돌아온 후인 1830년 12월 25일에는 차대(差代)에 들어가 참석하여, 회령 부사 시절 차호(差胡)를 접대할 때 관사를 수리한 일, 백성에게 부과된 각종 세렴을 없애고 公穀耗로 쓰고 백성들에게 거두지 말게 한 일, 白地에 징세하는 천여 결의 땅을 호조 量案에 기록하여 아뢴 일, 경흥 부사 이민덕을 포상할 것을 제안하였다.[40] 임기를 마치고 돌아와 군주에게 보고한 일들은 전부 자신이 북방 민생을 위해 취한 조치들이었다.[41]

3) 북방지역의 문화적 발전을 주장

정원용은 북방지역의 전반적인 발전과 함께 이 지역의 문화적인 가치를 발굴하고, 북방 지역민의 문화적 자부심을 고양시켜 문화적 성장을 이끌어낼 것을 주장하였다. 그는 북방지역의 문화적인 성장을 주로 다음과 같은 세 가지 방면으로 실현하고자 했다.

---

39) 『北行隨錄』, 〈北略擬議〉 下, 〈田政〉
    六鎭處極北之邊 土瘠而寒早 谷農利之饒厚 固不如以南
40) 정원용(지음), 허경진·구지현(옮김), 『국역 경산일록』 2, 보고사, 2008, 139쪽.
41) 정원용은 선후로 전라도 관찰사, 강원도 관찰사, 평안도 관찰사, 함경도 관찰사 등 지방의 최고관직에 두루 머물렀는데, 일관되게 부패를 경계하고 청렴함을 견지하였다. 그는 언제나 백성들의 생활을 중심에 두고 전세나 환곡 등에서 백성들에게 유리한 정책을 펴고자 하였다. (김해인, 「세도정치기 관료 정원용의 정치 활동」, 건국대학교 석사논문, 2015, 25쪽.) 『순조실록』 18권, 15년(1815) 3월 3일(기축) 첫 번째 기사에 정원용이 백성들을 불쌍히 여기고 사랑하여, 구제하는데 힘쓰기를 청한 기사가 실려 있다.

첫째, 관북 지역이 조선의 발상지이자 故土임을 상기시키면서, 남아
있는 여러 聖績들에 대한 관리를 통하여 이 지역의 문화적 역사적 가치
를 전승하고자 하였다.

　　또한 성자와 神孫이 先德이 이룬 바를 크게 넓혔습니다. 조업의 艱難을
　　생각하여, (덕을 드러내) 칭송하고, 널리 베풀고, 영광을 드리워서 다함이
　　없게 하여, 백대 이하로 하여금 또한 그 땅을 징험하고, 상서로움을 고찰하
　　고, 그 일을 칭송하고 덕을 넓히게 해야 합니다.[42]

　　우리 북관 일대를 둘러보면 우리나라의 岐豳이요 풍패입니다. 경원의 龍
　　堂, 경흥의 망덕봉은 도부도혈(陶復陶穴)의 곳으로, 면과(綿瓜)의 시작이자
　　생민의 근본입니다. 목조가 손수 심은 소나무, 태조가 활을 걸던 곳은 예전
　　부터 전해져 내려와 聖跡이 뚜렷이 남아있으나, 여태 표식하는 돌비석 하나
　　없이 풍패와 기양의 유민들이 구름 사이 까마득한 곳을 손으로 가리키고,
　　초목이 우거진 곳을 보면서 탄식하고 있습니다.[43]

둘째, 六鎭의 수복에 공헌이 있는 인물들의 사적을 소개하고, 북방
지역 名士들을 追贈하여 지역민들의 문화적 자부심을 격상시킬 것을
주장하였다.

---

42) 『北行隨錄』, 〈北略擬議〉上, 〈聖蹟〉
　　又有聖子神孫推先德之積累 念祖業之艱難 揄揚鋪張垂耀無極 使百代之下 亦得以徵
　　其地 而考其祥 誦其事 而推其德也
43) 『北行隨錄』, 〈北略擬議〉上, 〈聖蹟〉
　　顧我關北一路 及我家之岐豳也 豐沛也 慶源之龍堂 慶興之望德峰 卽陶復陶穴之所 而
　　綿瓜之始也 生民之本也 穆祖手植之松 太祖掛弓之處 自古流傳 聖跡宛留 而尙無一片石
　　之表識者 使新豐古老岐陽遺民 指點於雲煙 杳茫之中 而嗟嘆於草樹掩翳之間

인재를 내려줌은 지계의 차이가 없고, 천성(秉彝)을 똑같이 하늘로부터 내려받으니, 비록 궁벽하고 거친 풀숲과 돌바위 사이라도 왕왕 뛰어난 절개와 아름다운 행실이 이목을 밝게 합니다. 서울에서 천 리 떨어진 곳에 태어나, 발은 연곡(輦轂)에 이르지 못하고, 몸은 박봉의 관직에도 미치지 않았으나 난을 맞이하여 나라를 위해 목숨을 바치니, 숭고한 자가 충의를 발함에 있어 다만 나라의 강개함을 알 뿐이라서, 激切함에 어느 여가에 처자식을 보존할 계책을 생각하겠습니까. … (중략) … 대체로 여러 의사들이 생전에 받은 직무는 모두 6품과 7품의 음직이었고, 그 후에 추증하면 正郎의 직무에 그쳤으니, 탄식하고 한탄하기를 백 년을 하루와 같이 하였습니다. … (중략) … 전후의 사적을 상세하고 헤아려서 과연 그러하다면 편액을 하사받은 사당에서 제사를 올리게 하여야 합니다. 추증이 끝나 봉록을 받지 못한 자는 마땅히 이 道 사람들의 탄식하는 바이니, 엎드려 바라옵건대 예당에 俯詢한 뒤 특별히 亞卿의 녹봉을 주어, 충절이 오래도록 하고 명성이 후세에까지 높아지도록 하면, 사림의 바람은 대체로 만족함을 얻고, 북방의 의기는 대체로 益張할 수 있을 것입니다.[44]

이러한 맥락에서 정원용은 영조대에 關北夫子로 불렸던 韓夢麟을 吏曹 參議로 추증하도록 간언하였는데, 관련 내용이 『순조실록』에 보인다.[45]

---

44) 『北行隨錄』,〈北略擬議〉下,〈人物〉
降才無間於地界 秉彝同得於天賦 雖窮陬陋荒徼 草莽巖谷之中 往往有卓節懿行 炳朗耳目而 生於去京屢千里之地 足不涉輦轂之下 身不沾斗祿之官 而當難殉國捐軀 尙前者 其忠義之發 只知有國而慷慨 激切何暇生全軀保妻子之計哉 …(略)… 盖諸義士之生前所被職 皆是六品七品之蔭職 而其後追贈 止於正郎之職 齎菀嗟歎 百年如一日 …(略)… 詳考前後事蹟 果如此之 服享於賜額之院 而榮贈止 未蒙顯秩者 宜爲此道士林之所歎息 伏願俯詢禮堂 特贈亞卿之秩酬 忠切於久遠 激風聲於來後 則士林之衆望 庶可得愜 北方之意氣 庶可益張矣

45) 『순조실록』 순조 31권, 30년(1830) 12월 20일(갑진) 다섯 번째 기사
고 참봉 한몽린(韓夢麟)을 이조 참의로 추증(追贈)하게 하였다. 한몽린은 경성(鏡城) 사람인데 영조 때에 학행(學行)으로 초사(初仕)를 하였었다. 이때에 이르러 지사(知事)

셋째, 정원용은 과거제도의 적절한 운영을 통하여, 북방 지역에서 과
거시험을 통해 선발하는 인원의 정액을 늘려서 학문적으로 뛰어난 북
방 문사들을 등용하고, 지역사회의 문사층을 두텁게 할 것을 제안하였
다. 북방 지역은 줄곧 '弓馬之鄕'으로 文風에 비해 尙武정신이 강조되
던 지역이었다. 이에 정원용은 북방지역의 敎士의 폐단에 대해 다음과
같이 말한다.

> 지금 여섯 진의 여러 수령들을 둘러보니 모두 武臣을 파견했기에 무릇
> 선비를 가르치는 방도는 잘 다스려지지 않고 있습니다. 평사는 비록 교양이
> 있는 관리가 맡고 있지만 오고 감이 총망하니, 다만 한 번 선비를 시험하고
> 는 그치니, 무슨 效益이 있겠습니까.[46]

> 근래에 과거에 응시하는 선비들이 전보다는 열 배가 많아져, 식년시 收券
> 은 삼천 여장에 달합니다. 그 중에 재능이 있는 아름다운 선비들도 많으나
> 정액(定額)은 아주 적습니다. 詩, 賦, 疑, 義를 각기 다섯 사람씩 취해도 과착
> (窠窄)의 탄식이 있습니다. 게다가 시험을 주관하는 자가 행여 공평을 잡을
> 수 없다면 삼 년 글공부는 허사로 돌아갈 뿐입니다. … (중략) … 지금 收券한
> 숫자는 넘치지는 않은 듯하니 이 무리들을 내려다보시고 특별히 정액을 추가
> 하시면 북관 여러 읍의 선비들의 바람을 크게 위로할 수 있을 것입니다.[47]

정원용(鄭元容)이 북관(北關)에서 돌아와 그것을 아뢰었기 때문이다. 贈故參奉韓夢麟
吏曹參議, 夢麟, 鏡城人。英廟時, 以學行爲初仕, 至是知事鄭元容, 自北關還奏之也。
46) 『北行隨錄』, 〈北略擬議〉下, 〈敎士〉
    顧今六鎭諸守 皆以武臣差來 故凡屬敎士之方 一不修擧 評事雖兼敎養之官 而去來怱
    怱 只一場試士而止 有何效益哉
47) 『北行隨錄』, 〈北略擬議〉下, 〈敎士〉
    近來則靑衿赴擧之士 可謂十倍於前 式試收券爲三數千張 間多有實才佳士 而額數甚
    少 詩賦疑義 各取五人 已使有窠窄之歎 而主試者 又或不能一心秉公 則三年鉛槧制工徒
    歸虛…(略)…今收券之數 似不爲濫 俯詢該曹 而特爲加額 則大可慰北關列邑之士望矣

실제로 정원용은 재임기간에 이 지역 문사층의 성장을 위해 노력하였
다. 회령 부사로 재임해 있는 15개월 동안 도합 11번의 시험을 진행하여
詩文으로 북방의 선비들을 시험하고 뛰어난 사람들에게 상을 내려 시문
공부를 장려하였다. 특히 1830년 2월에만도 4차례나 文으로 당지의 유
생들을 시험하고 성적이 우수한 사람을 가려 뽑아 상을 주었다. 장원이
나 성적이 우수한 이들에 한해서는『사기영선』,『주서백선』,『규장전운』,
『소학언해』등 책과 지필묵이나 粧曆을 상으로 주어 學業에 한층 정진하
도록 격려하였다.[48]

---

48) 정원용(지음), 허경진·구지현(옮김), 위의 책, 118~139쪽.
   (1829년) 10월 22일 선비들에게 詩賦를 시험하여 각 10인을 뽑았다.
   (1830년) 2월 3일 순제에 합격한 사람을 다시 시험하고 粧曆 1권을 장원에게 상으로
        주었다.
   (1830년) 2월 21일 旬題의 점수를 매겨 10인을 거접하게 하고, 양식과 반찬을 지급하
        였다. 매일 과제에 시상을 하고 한 달로 한정하였다.
   (1830년) 2월 24일 종성 수령 조원석과 가려 뽑기로 약속을 하였다. 유생 40인이
        와서 모여 본부의 유생 40인과 실력을 겨루었다. 부에서 12인, 시에서 15인
        을 뽑아 점수를 내었다. 회령의 유생이 우수한 점수를 얻어 장원에게『사기
        영선』과 지필묵을 상으로 주었다. 그 다음은『규장전운』을 주었다.
   (1830년) 2월 25일 다시 시취를 시행하였다. 종성의 유생이 우수한 점수를 얻어 장원
        에게 상을 주고 상으로『주서백선』과 지필묵을 주고, 그 다음은『규장전운』
        을 주었다.
   (1830년) 4월 1일 거접유생을 시험하여 가려 뽑고 쌀과 고기를 지급하였다.
   (1830년) 윤4월 10일 백일장을 시행하였다. 읍의 전례였다.
   (1830년) 5월 12일 척수헌에서 거접유생의 재주를 시험하였다.
   (1830년) 9월 27일 백일장을 실시하였다.
   (1830년) 10월 19일 육진의 여러 선비를 시험하였다. 시와 부에서 80인을 뽑고, 고풍
        은 20인, 疑와 義는 각각 1인씩 뽑았다.
   (1830년) 10월 20일 향음과 향악례를 행하였다. 합격자를 호명하고 시상하였다. 부에
        서 으뜸을 차지한 오종흡, 시에서 으뜸을 차지한 경흥의 김종경에게 각각
        장지 한 묶음을 상으로 더 주었다. 김종경에게 또 상으로『소학언해』1질을
        상으로 주고, 음식을 종이에 싸서 주었다.

위의 내용을 종합해보면 정원용의 북방정책 주장은 크게 '邊防 체제의 강화', '민생 안정의 확보', '북방 지역의 문화적 성장 촉구' 등 세 가지로 귀결되며, 정원용은 현실에 입각하여 북방지역을 군사적, 정치적 문화적인 발전을 이끌어내고자 하였다.

5. 맺음말

조선 후기는 북방지역에 대한 관심이 증폭되던 시기이다. 북방 변경 지역, 분계선 너머 만주 지역, 백두산 지역에 대한 관심은 조선 말기로 갈수록 커진다. 이는 조선과 청나라 사이의 분계선 문제, 변경지역의 개발과 활성화, 옛 강역에 대한 역사의식의 고취 등과 관련되어 나타나는 양상이다. 북방지역에 대한 관심의 증대는 『북새기략』, 『북관기사』, 『북로기략』, 『북여요선』, 『북행수록』 등 이른바 북방 지리서의 편찬으로 드러난다.[49]

『북행수록』을 비슷한 시기에 작성된 여타의 북방 지리서와 비교해 보았을 때, 비교적 두드러진 변별점은 저술 동기와 저술 방식에서 찾아볼 수 있다. 『북행수록』 특히 〈북략의의〉 부분은 '군주에게 올릴 목적으로 저술한 것으로, 북방 변경 정책에 대한 자신의 주장을 열 가지 조목으로 나누어 기술하고 있다. 여타의 지리서들이 북방 지역에 대한 정보와 견해를 기술하고 있기는 하지만, 북방에 대한 자신의 인식을 국가적인 정책 주장과 직접적으로 연결시키지는 못하였다는 것을 감안해

---

49) 손성필, 「『북새기략』의 편찬 경위와 편찬자 문제」, 『민족문화』 제43집, 한국고전번역원, 2014, 302쪽.

볼 때, 이는『북행수록』만의 독특한 지점이다.『북행수록』은 19세기 전기의 북방지역 관련 저술 가운데서 현직 고위 관료인 정원용이 국방 수비와 변경 지역 관리, 개발을 염두에 두고 북방 정책 참고서로 저술하였다는 점에서 특별한 북방 지리서라 하겠다.

　이에 본고는『북행수록』의 저술배경과 저술의도 및 전반적인 구성과 내용에 대해 알아보고, 이러한 작업을 기반으로 정원용의 북방 인식과 그의 북방 정책주장을 추출하였다. 정원용은 1년 4개월 동안 회령 부사로 재임하면서 변경 정책의 여러 폐단을 절감하고 이에 대한 개선책을 구상하여 이를『북행수록』에 담았다. 구체적인 저술방식을 보았을 때,『북행수록』은 정원용이 調査하고 見聞한 바를 정리하고, 기타 서책 기록을 참고하여 실증적으로 구성해내는 방식을 취하였다. 정원용의 북방정책 주장은 크게 '邊防체제의 강화', '민생 안정의 확보', '북방지역의 문화적 성장 추구' 등 세 가지로 귀결되며, 정원용은 현실에 입각하여 북방지역을 군사적, 정치적 문화적인 발전을 이루어내고자 하였음을 밝혔다.

『경산일록』 해제

세계에서 가장 오래 쓴 개인 일기
경산일록(經山日錄)

허경진

연세대학교 중앙도서관 고서실에는 경산(經山) 정원용(鄭元容, 1783~1873)이 91년 동안 기록한 일기 『경산일록(經山日錄)』이 소장되어 있다. 정조·순조·헌종·철종·고종의 5대에 걸쳐 기록한 이 일기는 분량만 해도 17책이나 되는, 세계에서 가장 오래 쓴 개인일기이다. 『경산일록(經山日錄)』은 저자가 직접 정리한 초고본(草稿本)인데, 32.5×20.5cm의 지면에 10행 20자씩 기록했으며, 시기순으로 편집된 17책의 분량은 각기 다르다.

대대로 재상을 배출한 집안에 태어난 저자 정원용

정원용의 자는 선지(善之)이고, 호는 경산(經山)이며, 시호는 문충(文忠)이고, 관향은 동래이다. 돈령부 도정 동만(東晚)의 아들이고, 어머니는 예조판서 이숭우(李崇祐)의 딸이며, 아내는 예조판서 김계락(金啓洛)의 딸이다. 정광필(영의정), 정유길(좌의정), 정창연(좌의정), 정태화(영의

정), 정치화(좌의정), 정지화(좌의정), 정재숭(우의정), 정존겸(영의정) 등
의 재상을 배출해낸 동래 정씨 문중에 태어나, 그 역시 재상생활을 30년
동안 하였다.

20세에 문과에 급제한 뒤에 오랜 기간에 걸쳐 사관이나 승지 벼슬을
하며 임금 측근에서 신임을 얻었다. 사간원 대사간으로 청나라 사신을
영접하거나, 동지사로 청나라에 다녀오면서 외교감각을 익히기도 했다.
강원도와 함경도 관찰사를 역임하며 백성들을 잘 다스렸고, 예조·이조
판서를 거쳐 좌의정에 올랐다. 1848년에 영의정이 되어 철종과 고종을
보필하고 영중추부사에 이르렀다. 벼슬살이 72년 동안 충성과 정직으로
임금을 섬겼으며, 철종과 고종이 즉위할 때에 인망을 얻은 재상으로 과
도기를 잘 넘겼다. 일상생활에 검소하여 살림에 관심이 없었으므로, 91
세 생신에는 고종이 하연(賀宴)을 베풀기까지 했다.

90년 동안 일기를 기록하다

그는 세상을 떠날 때까지 날마다 일기를 기록했다. 그는 평소에 기록
했던 초고를 만년에 정리하여 17책으로 만들었는데, 1면에 20자 10줄
씩 단정한 해서체로 썼으며, 1책이 보통 160쪽 내지 170쪽 분량이다.
한글로 번역하면 200자 원고지 500매 정도가 된다. 일기를 정리한 과
정은 증손자 정인보가 일기 앞머리에 기록하였다.

이것은 영의정 정공 휘 원용께서 정조 계묘년(1783)부터 고종 계유년(1873)
까지 공적인 일과 사적인 일, 중대한 일과 사소한 일을 기록하신 것이다.
어떤 것은 상세하고 어떤 것은 간략하지만 일상에서 눈과 귀로 몸소 경험하신
사실이다. 국가의 당시 일이 때로 사적의 밖에서 나오기도 하였으므로 살아

계실 적에 옮겨 적어 17 책을 만들고, 직접 쓰고 검토하여서 후세에 전하신 것이다.

증손 인보가 기록하다

공적인 일과 사적인 일, 즉 나라 일과 집안일을 모두 기록했는데, 때로는 사적의 밖에서 자료를 찾아 쓰기도 했다. 눈과 귀로 몸소 경험한 사실을 기록했는데, 자신이 듣거나 보지 못했지만 중요하다고 생각되는 내용은 나중에 보완하였다. 대개는 조정 관원들의 임면에 관한 사항이었는데, 아마도 조보를 보고 보완한 듯하다. 그만큼 조정의 움직임에 대해서 관심이 깊었음을 알 수 있다.

그는 중요한 시기에는 일기를 따로 썼다. 대표적인 예가 청나라에 사신으로 갔던 시기인데, 일상적인 일기 말고, 기행문 형식의 일기를 따로 쓴 것이다. 그는 1831년 6월 도목정사에서 동지사로 임명되어 10월에 출발하였는데, 6월부터는 동지사 업무수행에 관한 별도의 일기를 기록하였다. 이 일기의 제목은 『연사록(燕槎錄)』인데, 표지에는 '일기(日記) 연행록(燕行錄)'이라고 써 있다. 북경은 옛날 연나라 수도였기 때문에 연경(燕京)이라고 했는데, 하버드대학의 옌칭연구소를 비롯해, 지금까지도 연경이라는 이름이 많이 쓰이고 있다. '사(槎)'는 뗏목인데, 사신의 행차를 뜻한다. 이러한 시기에는 두 가지 일기를 보완해서 읽으면 자료의 가치가 더 높아지는데, 이를 통해서도 그가 얼마나 기록을 중요시했는지 알 수 있다.

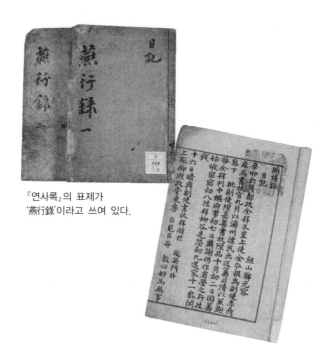

『연사록』의 표제가
'燕行錄'이라고 쓰여 있다.

『경산일록』의 중요성

이 일기는 우선 한 개인이 91년 동안 기록한 17책의 분량만으로도 그 가치가 높다. 물론 그가 91세나 살며 장수한데다 72년이나 벼슬생활을 했기에 그 엄청난 분량이 가능했겠지만, 그 긴 세월 동안 날마다 자신의 행적을 기록한 그의 역사의식도 놀랍다. 헌종이 세상을 떠나고 강화도령이었던 철종이 즉위하기까지 숨 가쁜 며칠 동안의 일기는 하루에 6-7면(面)씩 썼으니, 한글로 번역하면 하루에 원고지 30여 장 분량의 일기를 쓴 셈이다. 왕조실록에서 미처 기록하지 못한 부분까지, 정권의 핵심에 있었던 자신이 보고 들은 사실들을 기록으로 남겨 뒷날의 사료로 삼으려 했음을 알 수 있다.

　이 일기는 단순한 개인 일기를 넘어서, 외척세도가 발호한 철종·고종 시대에 안동 김씨가 아니면서도 30년 넘게 재상을 역임한 원로대신의 경륜이 기록되어 있다. 본문에서는 일기의 제목을 『경산종환일록(經山從宦日錄)』이라고 했으니, 벼슬생활에서 중요하게 생각한 사실들을 기록한 것이다. 하루에도 몇 차례 자신의 벼슬이 바뀌었다는 기록을 보면, 임기가 보장되지 못하고 임금이나 고관들의 마음에 따라 임면되었던 관원들의 애달픔이 느껴지기도 한다. 과거시험을 치르고 급제하여 벼슬생활을 시작하는 과정부터 출퇴근하는 모습이 자세히 기록되어, 사대부의 생활사를 살펴보기에도 좋은 자료이다. 부모가 세상을 떠나면 벼슬을 내어놓고 무덤을 지키는 것이 당시의 예법이었는데, 그의 경우에는 아버지의 삼년상을 마치자마자 어머니가 또 돌아가셔, 벼슬이 한참 올라가던 무렵에 여러 해 동안 벼슬에서 떠나야만 했던 모습을 보여주기도 했다.

　그는 철종이 세상을 떠나고 고종이 즉위하는 과정에서도 원상(院相)으로 막중한 임무를 맡았다. 이 시기가 노론의 세도정치가 무너지고 대원군이 집권하며 외국 세력이 간섭하기 시작하는 시기이므로, 이 일기는 국내외 정치상황을 알 수 있는 역사적 자료이다.

어린 시절의 기억까지 더듬어 기록하다

　이 일기는 정원용이 태어난 날, 즉 1783년 2월 18일부터 시작된다. 물론 본격적으로 일기를 쓰기 시작한 이후에 보완한 것이지만, 자신에 대한 기록을 철저히 보완했다는 점 자체가 그의 완벽한 성격을 보여준다. 태어난 날의 일기는 이렇다.

계묘년 2월 18일. 술시(戌時)에 한성 남부(南部) 회현방(會賢坊) 본가에서 태어났다. 청나라 건륭(乾隆) 58년이니, 우리나라 정종(正宗) 즉위 7년이다. 사주(四柱)는 계묘 을묘 기묘 갑술이다.

당시 어린이들에게 마마는 아주 무서운 병이었는데, 그는 6세 되던 1788년 일기에서 마마에 대한 기억을 이렇게 기록하였다.

> **가을에** 마마를 앓았는데, 열꽃의 고름이 몹시 심했다. 안재운 같은 의원들은 모두 인삼을 약으로 쓰라고 했다. 의관 이행눌은 우리 집안과 세교가 있었으므로, 집 안에 와 살고 있었는데, 그는
> "이 아이의 기질은 양기가 부족한 것이 아니므로, 열 때문에 고름이 아물지 않는 것 같습니다. 우황(牛黃) 두 푼을 젖에 타서 마시게 하면, 반드시 효험이 있을 것입니다."
> 라고 말했다. 그러자 아버님께서 그 말대로 하셨다. 우황 한 푼을 썼더니 밤중에 편안히 잠을 잤으며, 고름도 잘 아물었다. 마치 약속이라도 한 듯이 잘 나았다.

15세 되던 1797년 7월 10일에는 관례(冠禮)를 치렀으며, 18일에는 백동(栢洞)에서 판서 김화진의 손녀이자, 참판 김계락의 딸과 혼례를 치렀다. 18세 되던 1800년 6월 28일에 정조가 승하하자, 아직 벼슬도 하지 않았지만 대궐 바깥의 곡(哭)하는 반열에 가서 참예하였다. 그의 아버지 정동만은 문과에 늦게 급제하였으며, 아들보다도 승진이 늦었다. 정원용은 20세 되던 1802년 11월에 급제하여, 인정전 뜨락에 들어가 어사화(御賜花)를 꽂고 홍패(紅牌)를 받았다. 집에 돌아와 부모님께 인사드린 뒤에, 백동 김 참판 댁(처가댁)에 갔다. 그는 과거 시험을 보는 과정부터 급제한 즐거움에 이르기까지 자세하게 기록하였다.

기록의 정확성을 입증하는 자료

그의 일기에는 자신만의 느낌을 기록한 부분도 많지만, 그보다는 자료로서의 중요성을 더 인식하였다. 그래서 가능하면 감정을 자제하면서 기록하였고, 자신이 그 자리에 없어서 보거나 듣지 못한 부분들, 특히 조정의 인사문제 같은 것들은 관보를 참조하여 보충하였다. 이러한 내용들은 본문 위에 따로 덧붙여 기록하였다.

그는 1828년에 강원도 관찰사로 부임한 뒤에 설악산 구경을 했는데, 3월 25일 일기를 소개하면 이렇다.

> 외설악의 신흥사에 들어갔다. 따라온 사람은 아들 기세, 생질 서장순, 척숙 유노수, 군관 이면인, 정환, 변종호, 간성 수령 송재의, 고성 수령 유철조, 통천 수령 이희승, 홍천 수령 한여, 흡곡 수령 이의성, 상운 찰방 서지보였다. 도선대(到仙臺), 비선대(飛仙臺) 및 계조굴(繼祖窟)을 완상하고 적묵당에서 묵었다. 아침에 일어나 따라온 손님 및 여러 고을의 수령들과 청경당에 앉아 승려들과 석민 등에게 게송을 하게 하고 이어서 함께 밥을 마주하였는데, 바로 선현소(先賢所)라고 하여 삼대(三代)의 남은 위의가 있었다. 절밥의 맛이 맑고 좋아 서로 돌아보며 매우 기뻐하였다. 돈 100냥, 벼 17석을 주어 밭을 사 절에 부쳐, 매년 이날 이 시간에 여러 승려에게 밥을 먹여 백련사(白蓮社) 사귐의 증거를 모방하게 하고 시를 지어 주었다. (시 줄임)

설악산 비선대에는 지금도 그의 여행 흔적이 남아 있다. 너럭바위에는 이곳을 찾아왔던 수많은 사람들의 이름이 새겨져 있는데, 한쪽에 이들 이름이 보인다. '순사(巡使) 정원용(鄭元容)'은 크게 쓰고, 그 다음부터 정기세·서장순·유노수·이면인·정환의 이름이 차례로 새겨져 있어, 일기에 이름까지도 서열 순으로 정확히 기록했음을 알 수 있다.

설악산 비선대에 새겨진 정원용과 아들 정기세의 이름 등이
순서까지도 일기 그대로 남아 있다. (허경진 사진)

왕조실록에도 없는 중요한 기록들

『경산일록』의 중요성은 왕조실록에도 실려 있지 않은 사실을 자세히
기록한 점에 있다. 『헌종실록』에는 헌종이 세상을 떠나던 날인 1849년
6월 5일의 기록이 "약원에 명하여 윤직하게 하였다[命藥院輪直]"는 다섯
글자뿐이다. 그러나 『경산일록』에는 실록에 없는 글과 자신이 듣고 본
헌종의 마지막 모습을 상세하게 기록하였다. 그는 판중추부사(종1품)로
있으면서 왕실의 신임을 얻고 있었기 때문에, 승하와 즉위 과정에서 막
중한 임무를 맡게 되었던 것이다. 너무 긴 느낌이 있지만 참고삼아 인
용하기로 한다.

저녁에 약방장무관(藥房掌務官)이 임금의 상태가 더 심해졌다고 글로 알
려왔다. 들어가서 교대로 숙직하였는데, '사정이 훨씬 더 놀랍고 걱정스럽다'

고 계가 내려왔다. 임금의 상태는 지난 겨울에 귤피탕(橘皮湯) 2제를 올렸고,
또 체증(滯症) 때문에 항상 향사군자탕(香砂君子湯)을 올려왔다. 정월부터
물리셔서, 약을 올려도 자주 체하고, 편안히 자지 못하는 등의 증세가 있었다.
매번 안에서 의관을 불러들일 때마다 변종호·이하석·김형선 등이 들어가
진료하여 약을 올렸으나, 평위전(平胃煎)과 양위전(養胃煎)을 군자탕 등에
가미한 처방에 불과했다. 여러 증상이 나아졌다 못해졌다 일정치가 않았다.
임금의 얼굴이 야위고 누렇게 떴으며, 통통했던 피부가 말랐다. 앞의 모든
사정이 우려되었다. 위에서는 밖에 소동이 일어날까 염려해서 숨기고 알리려
하지 않았다. 그래서 의관들도 감히 드러내놓고 말하지 못했으며, 약원(藥院)
에서도 자세히 알지 못했다. 4월 20일 후 약방도제조 권돈인이 의관을 데리고
들어가 의약 등절로 진료하였다. 약방에서 주관하여 우러러 청하여, 비로소
약원에서 들어가 진료했다. 또 탕제를 들고 와 기다리며 아뢰었다.

"또 귀용군자탕(歸茸君子湯) 스무 첩을 올립니다."

5월 13일에 영중추부사가 온김에 임금을 문안하였다. 영중추부사 조인영
이 지난해부터 다리에 병이 있어 임금께서 입궐하지 말도록 했는데, 이날에
이르러 처음으로 문안한 것이다. 참판 조병준, 승지 조병기도 이튿날 입궐
하였다. 의약 등절을 영중추부사가 주장하였다. 들어가 진료하고 약을 의논
하는데, 약방에서 제대로 다 알지 못했다. 권도상도 병이 있어 약원에 오지
못했다. 그 사이에 면천에 사는 시골 의사 이명위가 궁궐 문에서 약리(藥吏)
를 불렀기에, 그를 올라오게 하였다. 그가 들어와 진료한 뒤에 대가미신기
탕(大加味腎氣湯)을 내면서

"비경(脾經)과 신경(腎經)이 모두 허하다."

고 말했다. 그 약을 들여왔으나, 영중추부사가 "재료가 많다"는 이유로 쓰지
않았다. 또 해주 군수 박제안이 들어와 진료하더니, 삼출군자탕(蔘尤君子湯)
을 내오게 하였다. 여러 첩 올렸더니, 며칠 전부터 또 한기가 일었다 열이
났다 하는 증상이 있었다. 사지와 복부의 부기가 이미 한 달 가까이 되었고,
소변이 적어졌다. 하룻밤에 예닐곱 번 소변을 보아도 요강의 반쯤밖에 안
되었다. 부기가 혹시 좀 빠지면 원기가 더욱 손상되었다. 이에 이르러 설사까

지 점점 심해졌으나 약원에서도 자세히 몰랐다. 며칠 전에 임금의 잠자리가 편치 못하고 미음도 잘 넘기지 못한다는 말을 들었다. 글로 도상에게 물으니,

"임금의 제절(諸節)이 조금씩 나아져서 회복을 바랄 만하다는 의관의 말을 들었다."

고 대답하였다. 도상도 잘 모르고 그렇게 말한 것이었다. 의관은 변종호와 이기복이 밤새 숙직을 했으며, 이하석이 드나들었다. 이하석이 매번 도상의 집에 가서 알렸다. 이날 저녁에 급한 소식을 듣고 저녁을 먹은 뒤에 궁궐로 향했는데, 가는 길에 '차례대로 숙직한다'는 소식을 들었다. 조방(朝房)에 나아가니 영중추부사 조 대감이 조방에 있었다. 내가 임금의 제절을 묻자,

"더 위중해져서 문의 자물쇠를 잠그려 하기 때문에 나왔다."

고 대답하였다. 도상은 또 자물쇠를 따라 궁궐 문지기를 내보내고 본가로 향하였다. 내 생각에 도상이 본가로 향하니 임금의 제절에 시급한 근심은 없는 것 같았다. 그래서 문에 남아 있었다. 정전의 뜰에 나아가 차례대로 숙직에 참여한 다음, 임금께 문안하고 나와 보니 이미 3경이 지났다. 여러 관료와 2품 이상이 모두 돌아갔다.

나도 집으로 돌아와 잠시 앉아 있다가 조방에 나아갔다. 이날이 초엿새였다. 자물쇠가 열리기를 기다려 정전의 뜰에 나아가 문안에 참여하였다. 좌의정 김도희·판부사 박회수와 함께 약방에 갔더니 제조 서좌보와 부제조 홍종응이 약원에 있었다. 도상은 병 때문에 들어오지 않았다. 내가 '가마를 타더라도 꼭 약원에 들어와야 한다'는 뜻을 도상에게 알리게 했다. 도상이 조금 후 들어왔기에, 내가 말했다.

"어찌 숙직을 청하지 않는 게요? 대신이 또 어찌 문안 여쭙기를 청하지 않는 게요?"

도상이 말했다.

"숙직을 청하는 것은 지금 역시 시간이 지났습니다. 만약 할 수 있다면 소생이 어찌 하지 않겠습니까?"

영중추부사가 '임금께서 싫어하신다'는 말을 듣고 숙직을 청하지 못하게 했다고 말하는 것이었다. 영중추부사가 일찍 문안을 여쭈러 들어갔다가 듣

고서 곧 주원(廚院)에 나와 앉았다. 나는 '임금의 환후가 조금 나아져서 영
중추부사가 나와 앉았구나'라고 생각했다. 잠시 있다가 계부군자탕(桂附君
子湯)에 인삼 한 냥쭝을 달여서 들였다. 임금께서 놀라고 근심스럽게 한 다
음에 또 '안에서 영중추부사를 들랍신다'는 말을 들었고, 영중추부사가 도
상에게 글을 맡기는 것을 보았다. 그를 시켜 곧 '숙직을 옮기라'고 청하니,
온 약원이 크게 놀랐다. 급히 일어나 주원으로 가는 길에 '대신과 각신(閣
臣)은 입시하라'는 하교가 있었다고 들었다. 들어가려는 즈음 아랫사람이
전하는 말을 들었는데, '중희당 방 안에서 이미 곡성이 났다'는 것이었다.
슬프구나! 이 무슨 일이란 말인가?

정원용이 강화도에 가서 모셔온 철종 어진

헌종이 승하한 소식이 5일 날짜 끝부
분에 기록되었지만, 사실은 6일이다.
그가 잠을 자지 않았기 때문에 잇달아
기록했을 뿐이다. 자물쇠가 열리기 전
부터 기다리다가 정전 쪽으로 향했는
데, 이미 곡소리가 났다. 임금이 세상을
떠나면 세자가 이어 즉위해야 하는데,
헌종 경우에는 세자를 미리 정하지 못
했다. 그래서 왕실의 어른인 대왕대비
순원왕후가 원로대신들의 의견을 들어
후사를 정했는데, 정원용이 강화도령
이원범을 모셔다가 즉위하는 과정까지
책임을 맡았다. 그래서 6일의 일기도 왕
조실록보다 훨씬 더 자세하다.

판부사 권돈인·좌상 김도희·판부사 박회수 및 각신(閣臣) 김학성·서희
순 등과 함께 중희당에 들어가 뵈셨다. 중희당 뜰에 들어가자마자 곡소리가
방안에서 나왔다. 내가 계단에서 마루에 오르자, 영중추부사 조인영이 마루
에서 일어나 물러났다. 내가 옷깃을 잡고 말했다.

"이게 무슨 일이오?"

이어서 함께 방을 통해 협방으로 갔다. 장지문을 열어보니 임금께서 아래
켠에 누워 검은색 겹이불을 덮고 계셨다. 방의 가리개 안에서는 내전께서
곡소리를 내고 계셨다. 영중추부사가 이불을 걷어보니 얼굴부분이 백지로
덮여 있었다. 그 모습을 보자 놀랍고 애통하여 소리를 질렀으며, 나도 모르
게 목이 메도록 통곡하였다. 여러 대신들이 도승지 홍종응을 시켜 대보(大
寶)를 찾게 하였다. 좌상에게 맡겨 대보를 대왕대비전에 바치자, "도승지가
보궤(寶櫃)의 자물쇠를 열라"는 전교가 글로 내렸다. 내가 아뢰었다.

"살피고 삼가는 방법은 이렇습니다. 대보(大寶)를 봉한 종이를 찢어서 보
고 살핀 다음에 종이를 바꾸어 봉합니다. 자물쇠를 채운 뒤에, 종이에다 '신
아무개가 삼가 봉합니다'라고 써서 봉해야 됩니다."

도승지가 내 말대로 했다. 승전색(承傳色)에게 청해 동조(東朝)에 바쳤
다. '종묘사직과 산천에 기도를 행하려 하는데, 축문 가운데 쓴 사람이 누구
라고 칭할 것이냐'고 향실(香室)에서 통지가 왔다. 영중추부사가 일렀다.

"마땅히 중전이라고 써야 한다. 왕비 홍 씨가 아무개 관원을 보내 분명하
게 아뢴다고 칭하여라."

동조에 아뢰자, 그렇게 쓰라고 하교하셨다. 그러자 여러 사람들이 "종묘
사직의 축문에는 내전(內殿)이라고 쓸 수 있겠지만, 산천의 축문에는 써서
는 안 되니, 좌상이 쓴 것으로 하는 것이 옳다"고 하였다. 영중추부사도 역
시 "그 말이 옳으니 또 아뢰어 정하자"고 하였다. 내가 말했다.

"좌상이 어찌 삼가 아무개 관을 보내어 태묘(太廟)에 아뢴다고 할 수 있습
니까?"

영중추부사도 그렇다고 여겨 "'시켜서(使)'라고 쓰는 것이 옳겠다"고 말하
고는, 끝내 이렇게 거행하였다. 내 생각은 대신이 태묘에 고하는 것이 왕비

가 관리를 보내 고하는 것만 못하다는 것이었다. 비록 산천으로 말하더라도 이 역시 바로 우리나라의 산천이니, 국왕의 비(妃)가 기도하는 것이 예에 어찌 안 될 것이 있단 말인가?

대비께서 "권 판부사(權判府事)를 원상(院相)으로 삼으라"고 전교를 내리셨다. 이것은 본래 영의정이 하는 직임이었으나, (이번에는) 원임대신(原任大臣)이 대신 행하게 되었다. 옛날에는 이런 경우가 없었다. 어떤 이는 "원임대신이 한 적이 있다"고 말하는데, 이는 제대로 알지 못하는 자이다. 성종과 명종께서 들어와 보위를 계승할 때는 위태롭고 불안한 즈음이었기 때문에 시임(時任)과 원임대신이 아울러 원상을 하였고, 또 숭품(崇品) 및 좌찬성·우찬성에게 청해 함께 원상으로 발령을 내었다. 어찌 원상을 한 명만 두면서 영의정이 전적으로 맡지 않았던 예이겠는가? 권 대감이 좌상에게 말했다.

"나라에 어찌 하루라도 임금이 없을 수 있겠습니까? 지금은 상(喪)을 거행하고 있으니, 마땅히 동조를 뵙기를 청해 미리 사직(社稷)에 대한 계획을 정하는 것이 좋겠습니다."

좌상이 (동조에게) 곧바로 뵙기를 청하지 않자, 권 대감이 여러 차례 말하였다.

"대면(對面)을 청하기 어렵다면, 판서 김좌근에게 청하여 '오늘 뵙기를 청할 뜻이 있다'고 먼저 동조에 아뢰는 것이 좋겠습니다."

좌상이 말했다.

"원임대신이 함께 들어가는 것이 좋겠소."

권 대감이 말했다.

"이것은 시임대신의 일입니다."

이러는 동안에 해는 이미 유시(酉時)가 되었다. 동조에서 "시임과 원임대신들은 들어오라"는 전교가 있었다. 우리들이 희정당에 입시하니 대왕대비전께서 서쪽 상방(上房)에 발을 드리우고 계셨다. 우리들이 앞으로 나아가자, 대비께서 슬프게 곡을 하셨다. 우리들도 통곡하였다. 한참 있다가 대비께서 말씀하셨다.

"하늘이 어찌 차마 이러시는지! 하늘이 어찌 차마 이러시는지!"

조인영이 아뢰었다.

"오백 년 종사가 오늘 갑자기 이 지경에 이를 줄 어찌 헤아렸겠습니까?"

내가 아뢰었다.

"신들이 복이 없어 이같이 산이 무너지고 땅이 갈라지는 슬픔을 만나게
되니, 천지가 막막하여 무슨 말로 위로를 드리겠습니까? 그러나 지금 종사
(宗社)의 위급함을 돌아보면 참으로 위태합니다. 신하와 백성들이 우러러
바라보고 있는 분은 오직 우리 대비 전하뿐입니다."

권돈인이 아뢰었다.

"신들이 불충하기 짝이 없어 이런 망극한 변을 만났습니다."

대왕대비전께서 가로막으며 하교하셨다.

"종사를 맡길 일이 시급하니…."

그 나머지는 말씀과 흐느낌이 반반이었고 소리가 작아 여러 신하들이 자
세히 듣지 못하였다. 내가 아뢰었다.

"종사의 대계가 시급합니다. 엎드려 바라오니, 너그럽게 감정을 억누르
시고 분명히 하교하셔서, 신들이 상세히 받들어 듣게 해 주십시오. 이것은
막중하고 막대한 일이라, 말씀으로만 받들 수 없습니다. 엎드려 바라오니,
글자로 써서 내려주십시오."

대비께서 하교하셨다.

"여기에 글자로 쓴 것이 있소."

발 안에서 종이 한 장을 내놓으시고, 또 하교하셨다.

"차례로 본 후에 진서(眞書)로 번역하는 것이 좋겠소."

내시가 무릎을 꿇고 받아서 도승지 홍종응에게 주었다. 홍종응이 무릎을
꿇고 받았다. 내가 홍종응을 시켜 앞에 나아가 큰 소리로 언문(諺文)으로
된 교지를 읽게 한 후에, 여러 대신들이 함께 보았다. 홍종응이 번역한 것을
읽어 아뢰었다.

"종사를 맡길 일이 시급하다. 영묘조(英廟朝)의 혈맥(血脈)은 지금 임금과
강화부에 거주하는 이 사람뿐이다. 이 사람에게 종사를 맡기기로 정하라."

(이름) 두 글자 옆에 '즉 광(玉廣)의 셋째 아들이다'라고 쓰여 있었다. 읽

기를 마치자, 내가 아뢰었다.

"연세가 지금 얼마입니까?"

대비께서 말씀하셨다.

"열아홉 살이오."

내가 아뢰었다.

"종사의 계획이 정해졌으니, 참으로 신하와 백성들에게 기쁘고 다행스러운 일입니다."

조인영이 아뢰었다.

"먼저 군(君)으로 봉해야 할 것 같습니다."

대비께서 말씀하셨다.

"맞아들여 오는 의례와 절차를 예에 따라 거행하시오."

김도희가 아뢰었다.

"대비께서 수렴청정(垂簾聽政)하시고, 절목(節目)은 전례에 따라 해당 관아에서 마련하는 것이 좋겠습니다."

대비께서 말씀하셨다.

"새 왕께서 연세가 스물이 가깝고, 나는 나이가 예순이 넘어 정신도 혼미해졌소. 지금 어찌 다시 이 일을 논의할 수 있겠소만 국사가 지극히 중요하여, 지금은 당연히 힘쓰고 따라야 할 일을 회피할 생각은 없소."

조인영이 아뢰었다.

"종사의 대계가 이미 정해졌으니, 군사를 얼마쯤 먼저 정하여 보내 본가를 지키도록 하는 게 좋겠습니다."

대비께서 말씀하셨다.

"그렇소. 병조와 도총부의 당상관과 낭관이 삼영문(三營門)의 군사를 이끌고 먼저 가서 보호하는 게 좋겠소."

또 하교하셨다.

"선묘조등록(宣廟朝謄錄)에 상고할 만한 예가 없소?"

조인영이 아뢰었다.

"지금 상고할 만한 곳이 없습니다."

김도희가 아뢰었다.

"지금 이번 봉영 때 정경 대신 가운데 누가 나가야 합니까?"

대비께서 말씀하셨다.

"전례는 어떠하오?"

조인영이 아뢰었다.

"선묘조에 도승지 이양원이 나갔고, 명나라 세종 봉영 때에는 태학사가 나갔습니다."

대비께서 말씀하셨다.

"대신이 나가시오."

도희가 아뢰었다.

"어느 대신이 나갈까요?"

자성께서 말씀하셨다.

"정 판부사가 나가시오."

종응이 아뢰었다.

"어느 승지가 나갈까요?"

대비께서 말씀하셨다.

"도승지가 나가시오."

내가 아뢰었다.

"이번 일은 대단히 중대합니다. 서신을 받들어 공손히 전하고 공손히 받아야 실제로 예절에 부합됩니다. 이제 자교(慈敎)를 내리시어, 승정원에서 정서하여 대비께 보이게 하고, 옥새를 찍어 돌려보내서 채여(彩輿)에 받들고 의장(儀仗)을 갖추어, 신들이 함께 나아가 공손히 전하는 것이 옳습니다."

대비께서 하교하셨다.

"사리가 과연 아뢴 대로이니, 그렇게 하면 될 것이오."

또 하교하셨다.

"임금께서 오실 때에 쌍교(雙轎)로 행차하시는 것이 좋겠소."

이에 물러나 사옹원에 앉아서 예조의 아전을 불러 의주(儀注)를 내오게 하고, 병조의 아전을 불러 배위절목(陪衛節目)을 내오게 했다. (배위절목

줄임)

처음에는 금군 100명, 총영군 200명이었으나 모두 반수로 줄였고, 전어군(傳語軍)은 200명이 정해진 수였으므로 단지 위군(衛軍) 10명으로 부자(部字) 안에 명령을 전하게 했으며, 부(部) 밖은 경기감영에서 정해 보내게 하여 폐단을 없앴다. 그리고 삼영(三營) 및 총영(總營)에서 각기 군병의 노자를 내려 보내게 하여, 관청의 주방 및 여염집에 식량을 요구하지 않게 하였다. 이어 주사(籌司)로부터 경기 감영에 이 뜻으로 공문을 보냈다.

관례(冠禮) 여부를 자세히 알지 못하므로, 상의원에 백포(白袍) 및 백대(白帶)를 만들어 오게 하여 진상하는 의복을 갖추었다. 승정원에서 도승지가 대비의 교서를 자문지에 정서하여 다시 돌려보냈다. 그 후 (대비의 교서를) 채여에 받들고 의장을 갖추어 돈화문을 나섰다. 기마가 채여를 배행하였다. 도승지 홍종응·한림 윤정선·주서 한경원·병조참판 황호민·부총관 이근우가 동행하였다. 남대문을 나서서 의막(依幕)에서 쉬며 저녁밥을 먹었다. 녹사 박재덕·친척인 비장 정학유·겸인 지인석·종 도야지 등 여러 사람이 따로 배행하며 따라갔다.

(약속한 장소에) 경기감영의 역마가 와서 기다리고 있지 않았다. 초경부터 4경까지 앉아서, 경기 감사 김기만이 배행하러 오기를 기다렸다. 약현(藥峴) 의막에 앉아 있는데, '기마가 모자라서 앉아있다'는 말을 (경기 감사가) 듣고 급히 사인교 한 대와 교군 8명을 보내왔다. 그래서 이것을 타고 전진하였다. 밤이 어둡고 비가 쏟아졌는데, 횃불까지 없었다. 간신히 양화진 나루에 닿았더니, 배는 모두 앞사람이 다 타고 가버렸다. 게다가 바람이 불고 물이 불어나 잠시 쉬었다. 진장(鎭將)이 수레 안에서 횃불을 잡고 양화진을 건넜다. 먼저 도승지에게 채여를 배행하여 앞서 가게 하였다.

7일 간혹 비가 왔다. 해가 나온 후 양천에 이르렀는데, 서울에서 30리이다. 관아 동헌에 들어가서 들으니, 아전과 노비 약간 명이 각기 곳곳으로 노역을 나가 이방 한 사람만이 남아 있다는 것이었다. 밥을 내오게 하여 소찬 몇 그릇을 놓고 몇 술을 뜬 뒤에 곧 출발하였다.

30리를 가서 김포에 도착했더니, 본 고을 군수 심석규가 보러 왔다. 밥을 먹은 뒤에 곧 출발해서 40리 남짓 지나 통진에 닿았다. 본 고을 부사 구춘희가 보러 왔다. 밥을 먹은 뒤에 곧 출발하여 10리 남짓 가서 갑곶진에 이르렀다. 해가 아직도 높이 떠 있었으나 나루의 물이 막 불어서, 작은 배를 타고 겨우 건넜다. 배에서 내리니 유수 조형복이 나룻가에 와서 기다리고 있었다. 함께 의막에 들어갔다가, 곧 채여를 배행하여 성문으로 들어갔다. 본가 동리 안에 채여를 세웠다. 중사(中使) 두 사람과 사알(司謁) 한 사람도 와서 기다리고 있었다. 생각해 보니 본가에 몇 사람이나 있는지 여부를 잘 알 수가 없었다. 게다가 (왕이 되실 분의) 생김새와 연세도 또한 몰랐다. 유수에게 물었지만, 역시 잘 알지 못했다.

갑진옥사(甲辰獄事)[1] 후에 여러 형제와 부녀자들이 처음에는 교동도(喬桐島)에 안치되었다. 그래서 (이번에) 올 때 동료 재상 가운데에 '교동에 있었던 것 같은데 언제 강화로 옮겨 안치하였는지 몰랐다'고 말하는 사람도 있었다. 게다가 지키는 것이 워낙 엄해서, 고을 사람들도 소식을 들을 수 없었다. 내수사(內需司)에서 달마다 돈 50냥을 보내 입고 먹는 비용으로 주었다. 드나드는 사람은 오직 물 긷고 나무해다 주는 관비 한 사람뿐이었다.

잘 모르지만 옛날부터 궁에 들어와 보위를 잇는 사람은 번왕(藩王)이거나 궁에 가까이 있는 근친이었다. 오직 한나라 선제(宣帝)만이 민간에 있었다. 그러나 그도 역시 종실족보에 있어 조회하는 사람이었다. 이번 경우 같은 전례는 없었다. 매우 위태롭고 의심스러운 때요, 지극히 중대한 일이었다.

먼저 사알을 시켜 본가에 들어가 주인에게 전하게 하였다.

"중대한 일은 당연히 살피고 신중히 해야 합니다. 이 집 장정은 장유노소를 막론하고 일제히 문밖에 나와 전교(傳敎)를 경건히 맞이하는 자리를 마련하십시오."

조금 있다 관을 쓴 사람 한 명과 관을 쓰지 않은 사람 두 명이 나왔다. 내가 관을 쓴 사람을 향해 말했다.

---

1) 헌종 10년(1844)에 이원덕·민진용·최영희 등이 회평군 명(철종의 형)을 받들어 모반하였다가 처형당한 사건이다.

"일은 당연히 살피고 신중히 해야 합니다. 여쭙겠습니다만 주인은 모두
나온 것입니까?"

관을 쓴 사람이 말했다.

"다만 이 세 사람뿐인데, 종형제입니다."

내가 말했다.

"이름자를 이어서 부르지 말고, 글자 하나하나를 풀어서 말하십시오. 연
세도 함께 말하십시오."

관을 쓴 사람이 말했다.

"이름은 희(曦) 자이고, 나이는 스물여섯입니다."

그가 한 사람을 가리키며 말했다.

"이름은 원(元) 자, 석(石) 자이고 나이는 스물둘입니다."

또 한 사람을 가리키며 말했다.

"이름은 모(某) 자, 모(某) 자이고 나이는 열아홉입니다."

바로 전교 가운데 있는 이름자였다. 비로소 그 상세한 내용을 들으니, 몹시
기쁘고 다행스러웠다. 도승지에게 전교를 받들고 앞장서게 하고 주인에게
따라 들어가게 했다. 그전에 본 감영으로 하여금 정헌(正軒)에 자리를 설치하
고 교족상(交足床)을 배치하게 했으며, 뜰아래에다 절하는 자리를 만들게
했다. 도승지에게 먼저 정헌에 올라 상위에 전교를 봉안하게 하였다. 이어서
동쪽을 향해 서서, 주인께 상 앞으로 다가와 서쪽을 향해 서도록 청하였다.
도승지에게 전교를 펼쳐 주인께 받들어 보이게 했다. (주인의) 이름과 아버지
의 이름을 손으로 가리키며 (확인해) 보기를 청하자, 다 보고 말하였다.

"맞소이다."

이어서 도승지에게 전교를 경건하게 읽게 하였다. 이름까지 오자 그만
읽게 하였다. 교지를 받들어 (확인해) 보기를 청하고 나서 계속 다 읽었다.
주인께 당에서 내려서서 사배례(四拜禮) 행하기를 청하였다. 사알이 외쳤다.

"국궁(鞠躬) 배(拜)."

절이 끝나자 당에 올랐다. 도승지가 교지를 받들어 북쪽을 향해 서고, 주
인은 남쪽을 향해 섰다. 도승지가 서서 전하자 주인이 무릎을 꿇고 받았다.

도승지에게 내일 묘시(卯時)에 출발한다는 뜻을 아뢰게 하자,

"그 말대로 해야지요."

라고 대답하였다. 나는 문밖에 나서서 사알을 불러 중사 및 별감무예청(別監武藝廳)은 밤에 잠을 자지 말고, 주인께서 거처하신 방에는 사람의 왕래를 금하여 밤새 지킬 것이며, 옆에 초가가 많으니 주의하여 불을 피우지 말라고 하였다.

이어 유수영에 물러앉아 유수에게 밤에 홑옷 한 벌과 도포, 명주띠를 만들어 아침에 바치게 하였다. 치수는 물 긷던 관비를 통해 알아보게 했다. 저녁밥은 소찬을 준비해서 올리게 했다. 그리고 도승지와 함께 장계를 올렸다.

"신들이 이달 초엿새 유시에 대왕대비전의 전교를 엎드려 받잡고 곧 말을 달려 나왔습니다. 초이레 술시에 강화부 본가 저택에 도착하여 경건하게 전달하고 공손히 받기를 의례와 같이 행하여 마쳤습니다. 이제 초여드레 묘시에 출발합니다. 신들이 배행해 가는 연유를 급히 아룁니다."

유수와 경력(經歷)이 함께 만나러 들어와서 말하기를, '우리 행차가 갑진을 건너자마자 갑자기 채색무지개가 강언덕 가에서 일어났는데, 오색이 영롱한 것이 보통 때와 달랐다'고 한다. 무지개가 긴 강에 다리처럼 가로질러, 보는 사람마다 기이하다고 하지 않는 자가 없었다는 것이다. 고을 사람 및 유수영의 아래 관속들이 다 같이 처음 본다고 하였다 한다. 또 듣자 하니, 유수영 앞 남산에 이달 초부터 상서로운 기운이 생겼다고 한다. 고운 색채가 매우 밝고 밤낮으로 기운이 있어, 모두들 보배로운 기운이 나타난 것이라고 말하며 다투어 향로와 밥을 차려놓고 기도했다고 한다.

기이하구나! 용이 일어난 땅에 복스럽고 길한 징조가 있는 것이 본래 이치인 것이다. 잠시 촛불 아래에서 뵈니 의표가 우뚝하고 기이하며 미목이 출중하였다. 세 사람이 모두 거친 베로 만든 도포를 입고서 무명띠나 명주띠에 미투리를 신었다. 제사 때 입는 것이기에 각기 도포를 입었으나, 아래위로 옷을 다 갖추지 못하였다는 말을 들었다.

듣자니, 갑진년(1844) 뒤부터 매우 엄하게 지켜서 초가집 한 간 남짓한 방 안에 또래 예닐곱이 함께 거처하였다고 한다. 마루가 두 간, 월방이 한

간 정도 되었다. 세 종형제가 함께 거처하였으나 내외가 화목하고 근실하여 말 한 마디 이웃집에 들리는 일이 없었고, 지성으로 제사를 받든다고 온 동네가 칭찬하였다 한다.

위당 정인보 선생이 연세대에 기증하다

이 책은 조선 후기 사대부의 일생을 보여준다는 의미에서 중요한 자료이지만, 연세대학교의 국학 연구를 정립하신 위당 선생이 기증하신 책이기 때문에 더욱 중요한 의미가 있다. 이 책은 정원용의 증손자인 위당 선생에 이르기까지 4대를 걸쳐 전수되면서 후손들이 몹시 소중하게 여겨, 조상의 신주를 모신 가묘에 함께 보관하였다. 그러나 위당 선생은 이 책을 한 집안에 가보로 전하는 것보다는 후학들이 모두 볼 수 있도록 연세대학교에 기증하는 것이 낫겠다고 생각하였다. 이 일기의 첫 장에 위당 선생이 연세대학교에 기증하는 사연이 친필로 덧붙어 있다.

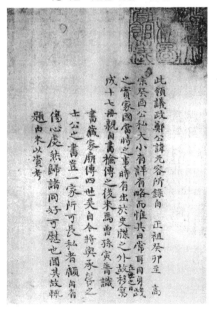

정인보 선생이 연희대학교에 기증하는 사연을 친필로 썼다.

책이 가묘에 보관된 지 4대가 되었는데, 이제는 학문을 계승하는 선비들에게 주려고 한다. 공의 책이 어찌 한 집안만이 숭상할 것이겠는가? 사적으로 돌아보면 절로 마음이 아픈 구석이 있다. 그러나 친한 이들에게 돌아가는 것이 위로가 될 만하다. 그 연유를 듣고 유래를 적어 참고자료로 삼고자 한다.

조상의 유물을 남에게 주는 것은 글자 그대로 '마음이 아픈 구석이 있다.' 위당 선생은 『경산일록』 17책뿐만 아니라 정원용의 문집인 『경산집』 부록, 『문헌촬요(文獻撮要)』 10권 5책, 『북정록(北征錄)』 10권 10책, 『수향편(袖香編)』 6권 3책, 『연행록』 2책 등 정원용의 저술 초고본을 모두 기증하여 정원용 연구의 자료로 삼게 하였다. 이에 그치지 않고 정원용의 아들(자신의 조부) 정기세의 일기 15책, 손자 정범조의 문집 초고와 일기 19책을 모두 기증하여, 연세대학교 도서관이 정원용 개인에 관한 연구뿐만 아니라 18-9세기 정치 사회사를 연구하는 데 중요한 자료들을 갖출 수 있게 하였다.

17책의 구성

불분권(不分卷) 17책인데, 10행 20자, 1책이 보통 80장 안팎이다. 날짜가 바뀔 때마다 행을 달리하여 썼다. 가장 얇은 제4책이 35장, 가장 두꺼운 제16책이 102장인데, 신묘년(1831)과 임진년(1832)의 일기만 실린 제4책은 이 시기의 연행일기(燕行日記)인 『연사록(燕槎錄)』이 따로 정리되어 있기 때문에 얇아졌으며, 제16책은 경복궁 중건에 관한 기록이 많은 을축(1865)·병인년(1866) 시기이기 때문에 두꺼워졌다. 저자 만년에 서리를 시켜 정사(淨寫)했으므로 글씨가 고르며, 본인이 검토했으므로 틀린 글자도 많지 않다. 저자가 지방에 나가 있을 때에 조정에서 있었던 일은 대개 조보(朝報)를 보고 기록했는데, 이 부분은 본문 위 서미(書眉)에 구분하였다. 이따금 서각(書脚)에 소주(小註)를 달았다. 표지에는 간지(干支)를 밝혀, 목차를 대신하였다. 제16책부터는 다른 사람이 필사하였다.

　분량으로 보면 가주서(假注書)에 추천된 계해년(1803)부터 본격적으로 일기를 쓰기 시작한 듯하다. 사관(史官)의 임무가 사실을 기록하는 것이기 때문에, 자신에 관한 기록도 남기기 시작했을 것이다. 그 이전 시기에 관한 기록도 이때 한꺼번에 기록한 듯한데, 자신이 태어나던 계묘년(1783)부터 할아버지가 돌아가시던 기유년(1789)까지가 1장, 순조가 태어나던 경술년(1790)부터 최황과 함께 수학하던 무오년(1798)까지가 1장, 기미년(1799)부터 문과에 급제하던 임술년(1802)까지가 1장인데, 가주서(假注書)에 추천된 계해년(1803)분은 2장이다. 벼슬하면서 보고 들으며 기록으로 남길 만한 것들이 많아졌기 때문이다. 1책에는 계묘년(1783)부터 신미년(1811)까지 29년이 기록되었지만, 2책에는 임신년(1812)부터 기묘년(1819)까지 8년이 기록되었으며, 나이가 들고 벼슬이 높아질수록 분량이 많아졌다. 계미(1823)·갑신년(1824)은 부친상으로, 을유(1825)·병술년(1826)은 모친상으로 벼슬하지 않고 여막(廬幕)을 지켰으므로 각각 2장 분량 밖에 기록하지 않았다. 모두 1,292장 분량이다.

　저자의 아들인 정기세(鄭基世)는 1822년부터 1883년까지 일기를 썼고, 손자 정범조(鄭範朝)도 1859년부터 1897년까지 일기를 써서, 1859년부터 1873년까지 15년 동안은 3대가 각기 별도의 일기를 썼다. 각기 다른 직책을 맡아 벼슬하고 있었으므로, 같은 사건에 대해서 어떻게 다른 기록을 남겼는지 비교할 수도 있다.

91년치 일기의 내용

　정원용이 91년간 기록한 일기의 내용과 분량을 시기순으로 간단히 소개한다.

제1책

계묘(1783, 1세) 2월 18일에 한성 남부 회현방(지금의 중구 회현동)에서
　　태어났다.

을사(1785, 3세) 첫째 누이동생이 태어났다.

병오(1786, 4세) 홍역을 앓고 글을 배우기 시작하였다.

무신(1788, 6세) 천연두를 앓았는데, 의관 이행눌의 처방으로 나았다.

기유(1789, 7세) 외할아버지, 외할머니께서 돌아가셨다. 둘째 누이동
생이 태어났다. 할아버지께서 돌아가셨다. (이상 1장)

임자(1792, 10세) 할머니께서 돌아가셨다.

계축(1793, 11세) 할머니를 광주(廣州) 산소에 합장하였다. 병을 앓으면
　　서 자랐다. 상제(庠製)에 응시하여 이상(二上)으로 장원하였다.

을묘(1795, 13세) 동생 헌용(憲容)이 태어났다.

정사(1797, 15세) 7월에 관례(冠禮)를 행하고 판서 김화진의 손녀, 참
　　판 김계락의 딸과 백동(栢洞)에서 혼인하였다. 승보시(陞補試)와
　　감시(監試)에 응시하였다.

무오(1798, 16세) 작은아버지께서 회시(會試)에서 장원하셨다. 외삼촌
　　의 임소인 경기감영에서 머물다 돌아왔다. 최황(崔璜)과 함께 수
　　학하였다. (이상 1장)

경신(1800, 18세) 글뜻을 풀이하고, 벗과 어울려 시를 지었다. 정조(正
　　祖)가 승하하자 대궐 바깥의 곡(哭)하는 반열에 나아가 참례하
　　였다. 외삼촌께서 유배되셨다.

신유(1801, 19세) 계부(季父)를 따라 노강서원(鷺江書院)에서 공부하였
　　다. 경과(慶科) 증광감시(增廣監試)를 보았다. 식년감시(式年監試)
　　에 급제하였다.

임술(1802, 20세) 문과에 을과(乙科) 2등으로 급제하였다. 인정전 뜨
　　락에서 어사화(御賜花)를 꽂고, 홍패(紅牌)를 받았다. 김조순(金
　　祖淳)의 딸이 정순왕후(純元王后)가 되었다. (이상 1장)

계해(1803, 21세) 가주서(假注書)에 추천되었다. 태묘(太廟)의 경모궁
　　(景慕宮)에서 처음으로 왕을 알현하였다. 인정전(仁政殿)에 큰 불
　　이 났다. 대왕대비가 수청을 거둬들였다. (2장)

갑자(1804, 22세) 한학문신전강에 불참한 일로 인해 좌승지 홍의호가
　　'의금부로 잡아들여 처단하라'고 아뢰어, 수십 명이 동시에 의금
　　부에 나아가 심리를 받았다. '다음부터는 이리 하지 말라'고 전교
　　하신 뒤에, 잘못을 빈틈없이 적어두고 풀어주셨다. 태릉 정조제
　　(正朝祭)의 대축(大祝)으로 임명되었다. 승문원에 분관되어 처음
　　으로 녹봉을 받았다. (3장)

을축(1805, 23세) 정순왕후 김씨께서 승하하셨다. 삭서(朔書)에 입격
　　하여 상을 받았다. 딸이 태어났다. (10장)

병인(1806, 24세) 가주서에 첫째 후보로 올라 낙점되었다. 이긍익이
　　세상을 떠났다. 북한산에서 잠시 머물렀다. (8장)

정묘(1807, 25세) 남산 춘향(春享)의 감제(監祭)가 되었다. 혜경궁의
　　환후로 약원에서 입직하는 일이 많았다. 실주서(實注書)의 후보
　　에 올랐다. 춘당대 한림소시(翰林召試)에서 2등으로 뽑혀, 예문
　　관 검열로 임명되었다. (12장)

무진(1808, 26세) 북한산과 한강의 감제(監祭)에 임명되었다. 예비 한

림으로 출근하였다. 봉교(奉敎)로 승부(陞付)되었다. (18장)

기사(1809, 27세) 의금부에 잡혀가 조사를 받았다. 속전(贖錢)을 내고
풀려났다. 중궁전에서 원자가 태어났다. 평안도 일대를 다니면
서 과거를 주관하였다. (11장)

경오(1810, 28세) 부수찬에 첫째 후보로 올랐다. 홍문관(弘文館) 부교리
(副校理)에 첫째 후보로 올랐다. 아버지가 영유 현령으로 부임하
시자, 부모 병을 이유로 휴가를 얻어 근친(覲親)하였다. (8장)

신미(1811, 29세) 사헌부(司憲府) 지평(持平)에 특별히 제수되었다. 연좌
(連坐)되어 파직되었다. (7장) 소계 82장

제2책

임신(1812, 30세) 향관(享官)이 되었다. 문례관(問禮官)이 되어 의주에
갔다. 홍문관 부응교(副應敎)에 제수되었다. (5장)

계유(1813, 31세) 부친과 장인의 회갑연을 치렀다. 규장각(奎章閣) 직
각 겸 교서관 교리에 제수되었다. 아버지께서 재령군수가 되셨
다. (9장)

갑술(1814, 32세) 아버지 생신을 맞아 신위, 김조순 등과 시회(詩會)를
가졌다. 아들 기세(基世)가 태어났다. 『열성어제(列聖御製)』합
부본이 완성되어 수령하였다. (13장)

을해(1815, 33세) 장인께서 돌아가셨다. 광릉(光陵) 정자각에 불이 나
왕께서 피전(避殿)하셨다. 사도세자비(思悼世子妃) 혜경궁 홍씨
께서 돌아가셨다. (8장)

병자(1816, 34세) 남공철(南公轍)에 의해 관찰사에 추천되었다. 동래
에서 잠시 머물다 돌아왔다. 둘째 아들 경손이 태어났다. (13장)

정축(1817, 35세) 전시(殿試) 대독관(對讀官)이 되었다. 세자시강원(世
子侍講院) 겸보덕(兼輔德)이 되었다. 두 아들이 마마를 앓았다.
(8장)

무인(1818, 36세) 아버지께서 목사(牧使)로 계시는 진주에 근친을 갔
다. 건강이 좋지 않았다. 좌승지에 제수되었다. (11장)

기묘(1819, 37세) 형방(刑房) 우승지에 제수되었다. 대사간(大司諫)에
낙점되었다. 딸의 혼례를 치렀다. (21장) 소계 88장

제3책

경진(1820, 38세) 영변 부사로 부임하였다. 박천 소림의 사건을 조사
하였다. 전문(箋文)을 다섯 차례 지어 바쳤다. (12장)

신사(1821, 39세) 영변 부사로 관서위유사(關西慰諭使)를 겸하여 괴질
이 퍼진 서북지방을 수습하였다. 호적에 의거하여 환곡을 균등
하게 나누어 주었다. 평안도의 민폐(民弊)를 조사·보고하였다.
(15장)

임오(1822, 40세) 석전제(釋奠祭)의 제물 봉하는 것을 감독하였다. 순제
(旬製)를 실시하여 인재를 시험하고, 향음주례와 향악례를 행하
였다. 아버지께서 돌아가셨다. (12장)

계미(1823, 41세) 양주의 여막(廬幕)에서 보낸 시간이 많았다. 정시(庭
試)의 시관(試官)이 되었다. 효의왕후 부묘를 행하였다. (2장)

갑신(1824, 42세) 양주 산소에서 보낸 시간이 많았다. 형조참판에 첫째
후보로 올랐다. 어머니께서 돌아가셨다. (2장)

을유(1825, 43세) 산역(山役)을 마치고, 시흥의 여막에서 보낸 시간이
많았다. (2장)

병술(1826, 44세) 시흥의 여막과 고양 현천에서 보낸 시간이 많았다.
한성부(漢城府) 좌윤(左尹)에 첫째 후보로 올라 낙점되었다. 병
조참판에 첫째 후보로 올라 낙점되었다. (2장)

정해(1827, 45세) 비변사(備邊司) 당상(堂上)에 임명되었다. 전라 감사
와 동지중추부사에 첫째 후보로 낙점되었다. 강원도 관찰사가
되었다. (9장)

무자(1828, 46세) 억울하게 수감된 삼척의 죄인을 조사하여 풀어주었
다. 학질을 앓았다. 호조참판에 첫째 후보로 올라 대점되었다.
(7장)

기축(1829, 47세) 대사간에 기존후보로 올라 대점되었다. 회령 부사에
제수되었다. 백일장과 활쏘기 시험 등을 보였다. (9장)

경인(1830, 48세) 어진(御眞)을 주합루(宙合樓)에 봉안하였다. 효명세자
(孝明世子)가 돌아가셨다. 회령 부사로 재직하게 되었다. (8장)
소계 80장

제4책

신묘(1831, 49세) 형조에서 재직하였다. 판중추부사에 단독 후보로 올
랐다. 동지사(冬至使)로 청나라 연경(燕京)에 갔다. (17장)

임진(1832, 50세) 청나라에서 3월에 돌아왔다. 공조판서, 형조판서에
첫째 후보로 낙점되었다. 막내아들 기명의 혼사를 치렀다. 김
조순이 세상을 떠났다. (18장) 소계 35장

제5책

계사(1833, 51세) 시흥과 광주에서 잠시 머물다 돌아왔다. 창덕궁의

희정당에 불이 났다. 홍석주, 서희순, 남공철 등과 모임을 가졌
다. (19장)

갑오(1834, 52세) 경술시(經術試)에 시관으로 나갔다. 순조께서 승하
하셨다. 맏손자가 태어났다. (16장)

을미(1835, 53세) 압록강 변에서 동지사 일행을 맞이하였다. 규장각
관리들과 함께 실록과 『일성록(日省錄)』을 정리하였다. 신명원,
김응근, 윤국렬 등과 모임을 가졌다. (22장)

병신(1836, 54세) 사국(史局)에 나갔다. 서유구, 홍석주, 조인영 등과
의논하였다. 건강이 좋지 않아 말미를 얻어 잠시 쉬었다. (26장)
소계 83장

제6책

정유(1837, 55세) 예조판서에 올랐다. 장악원(掌樂院)의 업무를 보았
다. 아들 기세가 문과에 병과(丙科)로 급제하였다. (26장)

무술(1838, 56세) 기우제 초고를 짓자 소나기가 왔다. 태묘추향(太廟
秋享)과 경모궁(景慕宮)의 제사를 모셨다. 병으로 말미를 얻어
시흥에서 지냈다. (27장)

기해(1839, 57세) 의금부에서 죄인 후송하는 일에 대해 의논하였다.
표문(表文), 소(疏) 등을 지어 올렸다. 약원(藥院)의 업무에 대해
의논하였다. (22장) 소계 75장

제7책

경자(1840, 58세) 낙민루(樂民樓)의 시회(詩會)에 나갔다. 남공철이 세
상을 떠났다. 가래와 번열기가 심해졌다. (22장)

신축(1841, 59세) 우의정이 되었다. 사옹원(司饔院)의 도제조·제조의 일
과 좌의정 김홍근의 사면(辭免) 문제를 의논하였다. (30장)

임인(1842, 60세) 좌의정이 되었다. 3차례에 걸쳐 기우제를 지냈다.
박영원, 조인영 등과 가벼운 죄인을 처벌하는 규정에 대해 의논
하였다. (25장) 소계 77장

제8책

계묘(1843, 61세) 판중추부사(判中樞府使)가 되었다. 헌종비 효현왕후
김씨가 돌아가셨다. 부인의 회갑을 맞았다. (33장)

갑진(1844, 62세) 동회시(東會試)에 나갔다. 헌종께서 경희궁으로 옮
기시고 비(妃) 정휘왕후 홍씨)를 책봉하셨다. 인천에서 잠시 머물
다 돌아왔다. (22장)

을사(1845, 63세) 정시문과가 실시되어 시관으로 나갔다. 평양에 머물다
돌아왔다. 막내와 큰며느리를 데리고 연안에 다녀왔다. (15장)

병오(1846, 64세) 조만영이 세상을 떠났다. 수릉(綏陵)을 신릉(新陵)으
로 천봉(遷奉)하게 되었다. 상량문(上梁文), 계사(啓辭) 등을 지
어 올렸다. (병오년 書眉에 小註가 많이 있음) (19장) 소계 89장

제9책

정미(1847, 65세) 손자 범조(範祖)가 혼례를 치렀다. 경모궁(景慕宮) 춘
향(春享)과 태묘(太廟)의 하향(夏享)을 모셨다. 빈궁(嬪宮)을 재간
(再揀)하는 일이 있어 경빈(敬嬪)의 관례(冠禮)에 축사를 지어 올
렸다. (19장)

무신(1848, 66세) 영의정이 되었다. 손자 범조가 감시(監試)에 응시하

였다. 경술문학(經術文學)과 나국(拿鞫)하는 일에 대해 논의하였
다. (25장)

기유(1849, 67세) 헌종께서 승하하셨다. 덕완군(德完君 철종)의 영립
(迎立)을 주관하여, 강화도에 가서 모셔왔다. 영중부추사(領中樞
府事)가 되었다가 말미를 얻어 쉬었다. (11장) 소계 76장

제10책

기유(1849, 67세) 건강이 안 좋아졌다. (書眉에 小註가 많이 있음) (48장)

경술(1850, 68세) 황태후께서 돌아가셨다. 조인영이 세상을 떠났다.
(33장) 소계 81장

제11책

신해(1851, 69세) 『헌종실록(憲宗實錄)』이 간행되었다. 후추, 생게 등을
하사받았다. 문과가 실시되어 시관으로 나갔다. (30장)

임자(1852, 70세) 흉년으로 유랑민이 많아진 일에 대해 수습할 일을
의논하였다. 외읍(外邑) 도결(都結)이 금지되었다. 권돈인이 풀
려 나왔으므로 맞이하였다. (29장)

계축(1853, 71세) 아들 기세가 강화 유수에 임명되었다. 가뭄에 굶어
죽는 이에 대한 대책을 의논하였다. 새로 영의정이 된 김좌근과
자주 만났다. (20장) 소계 79장

제12책

갑인(1854, 72세) 문과와 도내의 백일장에 시관으로 나갔다. 순천, 구
례, 곡성 세 고을에 수재가 심하여 수습, 위로차 다녀왔다. 아

들 기세가 전라도관찰사가 되었다. (26장)

을묘(1855, 73세) 영의정 김좌근 등과 송석원(松石園)에서 대신회(大臣會)를 가졌다. 며느리들이 손자들을 데리고 합천에 갔다. 건강이 좋지 못하여 쉬었다. (29장)

병진(1856, 74세) 원주에 머물다 돌아왔다. 영남에 수재가 심하여 대책을 의논하였다. 신릉(新陵)에 금정(金井) 틀을 놓는 일을 감독하였다. 박회수, 이돈영, 홍익주 등과 다녀보았다. (22장) 소계 77장

제13책

정사(1857, 75세) 순조비 순원왕후(純元王后)께서 돌아가셨다. 순종의 묘호(廟號)를 순조로 고쳤다. 인정전을 수리하는 일을 박회수, 김도희, 조두순 등과 의논하였다. (32장)

무오(1858, 76세) 문과에 조카 기회(基會)가 응시하였다. 손자 범조가 이천에서 돌아왔다. 손자사위가 질병으로 죽었다. (24장)

기미(1859, 77세) 영의정이 되었다. 관청의 기강이 문란해지고 민란이 빈발하므로 암행어사 생읍(栍邑)의 고법을 부활할 것을 건의하였다. 손자 범조가 문과에 병과로 급제하였다. (27장) 소계 83장

제14책

경신(1860, 78세) 한성에 전염병이 크게 퍼졌다. 손자 범조가 홍문관에 등용되었다. 외손 윤자복이 병으로 죽었다. (26장)

신유(1861, 79세) 경희궁을 보수하는 일이 완료되어 철종께서 경희궁으로 옮기셨다. 손자 범조가 대교(待敎)가 되어 아패(牙牌)를 받들었다. 손자 선조(善朝)가 관례를 치렀다. (29장)

임술(1862, 80세) 진주, 익산 등에서 민란이 일어나고, 충청, 경상, 전라 각지로 확대되었다. 임술민란이 일어났다. 아들 기세가 판의금부사(判義禁府事)와 형조판서가 되었다. (24장) 소계 79장

제15책

임술(1862, 80세) 삼정이정청(三政釐正廳)의 총재관(總裁官)이 되었다. 삼정의 문란을 시정하고자 노력하였다. 삼정에 관한 옛 법규를 복구하고자 하였다. (9장)

계해(1863, 81세) 철종께서 승하하셨다. 대왕대비 조씨(趙氏)의 전교로 흥선군의 둘째 아드님 명복(命福 고종)께서 즉위하셨다. 고종께서 즉위하기까지 원상(院相)이 되어 국정을 관장하였다. (32장)

갑자(1864, 82세) 실록청의 총재관이 되어 『철종실록』의 편찬을 주관하였다. 왕의 행차에 옥당(玉堂)이 수행하는 것을 제도화했다. 아들 기세가 병조판서에 오르고, 손자 범조가 좌참찬(左參贊)에 올랐다. (35장) 소계 76장

제16책

을축(1865, 83세) 경복궁을 중건하는 일을 의논하였다. 종친부(宗親府)와 의빈부(儀賓府)는 조회하는 동쪽 반열에 입참(入參)하게 하였다. 식년(式年) 문과 회시(會試)가 실시되어 시관으로 나갔다. (30장)

병인(1866, 84세) 경복궁 중건 공사를 하던 중 큰 화재가 발생하였다. 장보각(藏譜閣)의 실화로 어진(御眞)을 냉천정(冷泉亭)으로 이봉(移奉)하였다. 양인(洋人 프랑스인)이 탄 배 4척이 정박하여 방화하고, 약탈한 뒤에 돌아갔다. (32장)

정묘(1867, 85세) 식년 문무과 전시(殿試)에 시관으로 나갔다. 대원군
과 새로 영의정이 된 김병학 등과 일을 의논하였다. 철종의 어
진(御眞)을 천한전(天漢殿)으로 이봉(移奉)하였다. (16장)

무진(1868, 86세) 왕께서 '노(老)', '경(經)', '산(山)' 3자를 친히 써서
내려주셨다. 왕께서 춘당대(春塘臺)에서 참반유무(參班儒武)를 실
시하셨다. 사위 윤주진이 질병으로 죽었다. (19장)

기사(1869, 87세) 왕이 사직단(社稷壇)에서 기곡대제(祈穀大祭)를 행하
는 일에 동참하였다. 전라도에 민란, 화재 등이 잇달아 일어났
다. 경무대에서 실시된 경과(慶科) 정시(庭試)에 시관으로 나갔
다. (5장) 소계 102장

제17책

기사(1869, 87세) 문묘(文廟) 수리가 완성되어 응제시(應製試)가 실시되
자, 손자 경조(景朝)와 근조(謹朝)가 응시하였다. 종로(鐘路)에 큰
불이 일어나 종각이 소실되었다. 증손 백경(百慶)이 삼가례(三加
禮)를 행하였다. (5장)

경오(1870, 88세) 양주(楊洲)에 잠시 머물다 돌아왔다. 대왕대비전 탄
신일을 맞아 세자, 세손의 묘호(墓號)가 원(園)으로 승격되었다.
정시(庭試) 문무과가 실시되어 시관으로 나갔다. (8장)

신미(1871, 89세) 경무대에서 알성(謁聖) 문무과가 시행되어 시관으로
나갔다. 건강이 좋지 않아 궁중의 여러 행사에 모두 불참하였
다. 말미를 얻어 약을 먹으며 쉬었다. (7장)

임신(1872, 90세) 제릉(齋陵)과 후릉(厚陵)에서 왕이 친제(親祭)를 행하
실 때 모시고 동참하였다. 알성 문무과가 시행되어 시관으로 나

갔다. 영건도감(營建都監)을 폐지하기로 한 데 따라 강녕전(康寧
殿), 경회루(慶會樓) 등의 상량문을 지었다. (8장)

계유(1873, 91세) 1월 1일에 다례(茶禮)에 동참하였다. 91세 생일은 드
문 일이므로 고종이 하연(賀宴)을 베푸실 거라는 말을 전해 들
었다. 쌀, 목화, 기름 등을 하사받았다. 1월 2일에 담체(痰滯),
오한(惡寒) 등의 증세로 약을 지어 먹었다. 1월 3일에 세상을 떠
났다. (2장) 소계 30장

기록을 소중하게 여겼던 우리 민족과 『경산일록』의 가치

우리 민족은 기록을 중요시하지 않는 민족으로 알려져 있다. 친일파라
든가 광주항쟁 같이 큰 사건, 또는 전임 대통령의 문서까지도 거의 보관
된 것이 없다. 그렇지만 이러한 현상은 얼룩진 근대사의 잔재일 뿐이고,
원래 우리 조상들은 기록을 소중하게 여겼다. 편지 하나도 버리지 않고
문집에 실었으며, 여행을 떠나면 일기 형식의 기행문을 따로 기록하였
다. 연세대학교 도서관이나 규장각, 국립중앙도서관에는 우리 조상들이
기록한 일기와 일록이 많이 남아 있다. 중국에 다녀온 사신들이 기록한
연행록이나 조천기(朝天記), 일본에 다녀온 사신들이 기록한 통신사일기
는 국제화시대에 들어선 요즘 그 중요성을 새삼 인식하게 되었다.

우리나라 최대의 일기는 『조선왕조실록』이다. 태조부터 철종에 이르
기까지 25대 472년에 걸친 조정의 일기가 1,893권 888책으로 간행되었
다. 『조선왕조실록』은 국보 제151호로 지정되었으며, 유네스코 세계문
화유산으로도 등록되어 우리 민족의 기록을 세계에 널리 알리고 있다.
고종과 순종도 실록이 편찬되었지만, 일제 치하에서 그들이 주관하여

그릇되게 편찬하였기 때문에 『조선왕조실록』에 포함시키지는 않는다.

우리 조상들이 기록을 중요시한 증거는 실록을 편찬하고 인쇄하여 보관한 과정만 보아도 알 수 있다. 임금이 승하하면 춘추관의 시정기(時政記)와 사관들의 사초(史草)를 모아 실록을 편찬하였으며, 정초본(正草本) 외에 활자로 3부를 더 인쇄하였다. 전란이나 화재를 피하기 위해 서울 춘추관과 충주, 전주, 성주 사고에 각기 1부씩 나누어 간직하였는데, 과연 임진왜란이 일어나자 전주 사고에 보관했던 실록만 유일하게 남고 다 불타 없어졌다. 조정에서는 전란의 피해를 복구하기도 전에 실록부터 다시 인쇄하였으며, 예전보다 더 깊은 산속이나 섬에다 보관하였다. 강화도 마니산(정족산성), 태백산, 적상산, 오대산에 보관했던 실록들이 일제 치하와 6.25 민족상쟁을 거치면서도 남아 있었기에 우리의 자랑스러운 역사를 후세에 전할 수 있게 되었다. 임금 주변에 있던 승지들이 인조 1년(1623)부터 고종 31년(1894)까지 270여 년간 기록한 『승정원일기(承政院日記)』도 세계문화유산으로 등록되었으며, 정조 때부터 159년에 걸쳐 국왕의 동정과 국정을 2,327책이나 기록한 일기 『일성록(日省錄)』은 국보 제153호로 지정되었다.

우리 조상들의 일기는 국학계에서 예전부터 중요하게 다뤄졌다. 임진왜란의 와중에도 날마다 기록한 충무공의 『난중일기』나 병자호란을 기록한 『남한일기』는 일찍부터 번역되어, 연구자뿐만 아니라 일반 독자들에게까지 널리 읽혀졌다. 중고등학교 국어 교과서에는 『의유당관북유람일기(동명일기)』를 비롯한 여러 일기가 소개되었다. 그렇지만 이러한 일기들은 모두 개인의 일기일 뿐이지, 문중의 일기는 아니다.

정원용의 아들인 정기세(鄭基世, 1814~1884)는 1831년부터 1883년에 이르는 53년간의 생애를 15책의 『일록(日錄)』으로 남겼고, 손자 정범조

(鄭範朝, 1833~1898)도 1859년부터 1897년에 이르는 39년간의 벼슬생활
을 19책의 『일록(日錄)』으로 남겼다. 정기세의 『일록(日錄)』 속에는 손자
정인승(鄭寅昇 1859~1938)의 9년간 일기(1882~88, 1892~3)도 섞여 있다.
정원용·기세·범조·인승 4대가 115년 동안 기록한 연 192년의 일기는
세계에서 그 유례를 찾아보기 힘든데, 유일본이 모두 연세대학교 중앙도
서관에 소장되었다.

정원용은 20세에 문과에 급제한 뒤에 오랜 기간에 걸쳐 사관이나 승
지 벼슬을 하며 임금 측근에서 신임을 얻었다. 청나라 사신을 영접하거
나, 동지사로 청나라에 다녀오면서 외교감각을 익히기도 했다. 강원도
와 평안도 관찰사를 역임하며 백성들을 잘 다스렸고, 예조·이조판서를
거쳐 좌의정에 올랐다. 1848년에 영의정이 되어 철종과 고종을 보필하
고 영중추부사에 이르렀다. 벼슬살이 72년 동안 충성과 정직으로 임금
을 섬겼으며, 철종과 고종이 즉위할 때에 인망을 얻은 재상으로 과도기
를 잘 넘겼다. 일상생활에 검소하여 살림에 관심이 없었으므로, 91세
생신에는 고종이 하연을 베풀기까지 했다. 이러한 그의 일생이 『경산
일록』에 그대로 기록되어 있다.

이 일기는 우선 한 개인이 91년 동안 기록한 17책의 분량만으로도
그 가치가 높다. 물론 그가 91세나 살며 장수한데다 72년이나 벼슬생활
을 했기에 그 엄청난 분량이 가능했겠지만, 그 긴 세월 동안 날마다 자
신의 행적을 기록한 그의 역사의식도 놀랍다. 헌종이 세상을 떠나고 강
화도령이었던 철종이 즉위하기까지 숨 가쁜 며칠 동안의 일기는 하루
에 6-7장씩 썼으니, 실록에서 미처 기록하지 못한 부분까지, 정권의
핵심에 있었던 자신이 보고 들은 사실들을 기록으로 남겨 뒷날의 사료
로 삼으려 했음을 알 수 있다.

이 일기는 단순한 개인 일기를 넘어서, 외척세도가 발호한 철종·고종시대에 안동 김씨가 아니면서도 30년 넘게 재상을 역임한 원로대신의 경륜이 기록되어 있다. 본문에서는 일기의 제목을 『경산종환일록(經山從宦日錄)』이라고 했으니, 벼슬생활에서 중요하게 생각한 사실들을 기록한 것이다. 하루에도 몇 차례 자신의 벼슬이 바뀌었다는 기록을 보면, 임기가 보장되지 못하고 임금이나 고관들의 마음에 따라 임면되었던 관원들의 애달픔이 느껴지기도 한다. 과거시험을 치르고 급제하여 벼슬생활을 시작하는 과정부터 출퇴근하는 모습이 자세히 기록되어, 사대부의 생활사를 살펴보기에도 좋은 자료이다. 부모가 세상을 떠나면 벼슬을 내어놓고 무덤을 지키는 것이 당시의 예법이었는데, 그의 경우에는 아버지의 삼년상을 마치자마자 어머니가 또 돌아가셔, 벼슬이 한참 올라가던 무렵에 여러 해 동안 벼슬에서 떠나야만 했던 모습을 보여주기도 했다. 그는 철종이 세상을 떠나고 고종이 즉위하는 과정에서도 원상(院相)으로 막중한 임무를 맡았다. 이 시기가 노론의 세도정치가 무너지고 대원군이 집권하며 외국 세력이 간섭하기 시작하는 시기이므로, 이 일기는 국내외 정치상황을 알 수 있는 역사적 자료이다.

연세대학교 고서실에는 정원용의 후손들이 기증한 『경산집(經山集) 부록(附錄)』, 『약산록(藥山錄)』 『기성록(箕城錄)』 등의 문집 초고와 『북정록(北征錄)』, 『연사록(燕槎錄)』, 『쇄사동정일기(曬史東征日記)』 등의 기행 시문(紀行詩文) 등이 소장되어 있어, 『경산일록』과 함께 연구하면 갑절의 효과를 얻을 수 있다. 아들, 손자, 증손자들의 일기와 함께 연구하면 여러 분야에서 몇 갑절의 효과를 얻을 수 있을 것이다.

참고문헌

1. 자료

『경산북정록』(연세대 소장)
『북행수록』(규장각 소장)
『순조실록』
『叢珍片金』
『簡易集』
『石林燕語』
『鯖薈錄』, 아세아문화사, 1984.

2. 단행본

葛洪作, 成林, 程章燦 譯注, 『西京雜記』, 臺灣古籍出版, 1997.
강석화, 『조선후기 함경도와 북방영토의식』, 경세원, 2000.
박완식(편역), 『한문 문체의 이해』, 전주대학교출판부, 2001.
배우성, 『조선후기 국토관과 천하관의 변화』, 일지사, 1998.
심경호, 『국왕의 선물』(2), 책문, 2012.
안대회 외, 『동아시아 삼국의 상호 인식과 그 전환의 단초』, 문예원, 2010.
鄭元容, 『經山集』, 한국문집총간 300, 한국고전번역원, 2002.
정원용(지음), 허경진·구지현(옮김), 『국역 경산일록』 2, 보고사, 2008.
정원용 저, 허경진·구지현 역, 『경산일록(經山日錄)』 제1권, 보고사, 2009.
정원용 공저, 신익철·조융희·박정혜·전경목 역, 『수향편』, 한국학중앙연구
    원출판부, 2018.

허경진, 『정원용 관련 저술 해제집』, 보고사, 2009.
_____, 『경산초초(經山初草) 해제』, 고려대학교 민족문화연구원 해외한국학
　　자료센터 제공 해제.

3. 논문

권은지, 「經山 鄭元容의 文學論 고찰」, 『동양고전연구』 72, 동양고전학회,
　　2018, 67~96쪽.
_____, 「經山 鄭元容『經山北征錄』의 시세계 고찰」, 『동양고전연구』 75, 동양
　　고전학회, 2019, 165~196쪽.
김문용, 「조선후기 유서 지식의 성격」, 『민족문화연구』 83권, 고려대학교 민족
　　문화연구원, 2019.
김우정, 「한국 한문학에 있어서 壽序의 전통과 문학적 변주 양상」, 『한국한문학
　　연구』 51, 한국한문학회, 2013, 239~265쪽.
_____, 「경산(經山) 정원용(鄭元容)의 남성성(masculinity)」, 『한국고전여성
　　문학연구』 34, 한국고전여성문학회, 2017, 269~296쪽.
김윤조, 「두실 심상규의 생애와 시 연구」, 계명대학교 일반대학원 박사학위논
　　문, 2013.
김해인, 「세도정치기 관료 정원용의 정치 활동」, 건국대학교 석사논문, 2015.
노재현·김화옥·박율진·김세호, 「두실(斗室) 심상규(沈相奎)의 남한산성 옥
　　천정(玉泉亭) 정원유적」, 『한국전통조경학회지』 35권 4호, 한국전통조경
　　학회(구 한국정원학회), 2017, 75~87쪽.
손성필, 「『북새기략』의 편찬 경위와 편찬자 문제」, 『민족문화』 제43집, 한국고
　　전번역원, 2014.
심경호, 「성호의 僿說과 지식 구축 방식(1)」, 『민족문화』 49권, 한국고전번역원,
　　2017.
_____, 「성호의 僿說과 지식 구축 방식(2)」, 『민족문화』 49권, 한국고전번역
　　원, 2017.
안대회, 「이수광의『芝峰類說』과 조선 후기 名物考證學의 전통」, 『진단학보』
　　98권, 진단학회, 2004.
안솔잎, 「조선시대 自警編의 간행과 편찬에 대한 연구」, 고려대학교 대학원

국문학(한문학전공) 석사논문, 2018.

조규백, 「蘇東坡의 海南島 流配詩 探索」, 『중국문학연구』 23권, 한국중문학회, 2001.

진재교, 「19세기 箚記體 筆記의 글쓰기 양상: 『智水拈筆』를 통해 본 지식의 생성과 유통」, 『한국한문학연구』 36권, 한국한문학회, 2005.

_____, 「李朝 後期 箚記體 筆記 硏究: 지식의 생성과 유통의 관점에서」, 『한국한문학연구』 39권, 한국한문학회, 2007.

최기숙, 「조선시대(17세기-20세기 초) 壽序의 문예적 전통과 壽宴 문화」, 『열상고전연구』 36, 열상고전연구회, 2012, 99~141쪽.

허경진, 「13종 저술을 통해 본 관인 정원용의 기록태도」, 『동방학지』 146, 연세대학교 국학연구원, 2009.

허경진·천금매, 「『연사록』을 통해본 정원용과 청조 문사들의 문화교류」, 『동북아문화연구』 19, 동북아시아문화학회, 2009.

저자 소개

허경진

연세대학교 객원교수

심경호

고려대학교 문과대학 교수

구지현

선문대학교 국어국문학과 교수

천금매

중국 남통대학교 교수

김호

경인교육대학교 교수

박혜민

연세대학교 강사

최영화

중국 남통대학교 교수

경산 정원용 총서 1

경산 정원용 연구

2019년 11월 6일 초판 1쇄 펴냄

지은이 허경진·심경호·구지현·천금매·김호·박혜민·최영화
펴낸이 김흥국
펴낸곳 도서출판 보고사

책임편집 이순민
표지디자인 손정자

등록 1990년 12월 13일 제6-0429호
주소 경기도 파주시 회동길 337-15 보고사 2층
전화 031-955-9797(대표), 02-922-5120~1(편집), 02-922-2246(영업)
팩스 02-922-6990
메일 kanapub3@naver.com / bogosabooks@naver.com
http://www.bogosabooks.co.kr

ISBN 979-11-5516-944-5 93810
ⓒ 허경진·심경호·구지현·천금매·김호·박혜민·최영화

정가 27,000원